スティーヴン・キング

THE OUTSIDER
STEPHEN KING

アウトサイダー

上

白石 朗［訳］

アウトサイダー

文藝春秋

ランドとジュディのホルストン夫妻に捧げる。

芸術は想念にほかならず、想念は、見せかけの世界にまるめこまれるほど弱い人間にたいして、秩序らしきものを世界に付与するにすぎない。

——コリン・ウィルソン「盲人の国」

（中村保男訳）

目次

（下巻に続く）

装画　藤田新策
装幀　石崎健太郎
DTP製作　エヴリ・シンク

アウトサイダー

主な登場人物

テリー・メイトランド……………ハイスクール教師　少年野球のコーチ
マーシー・メイトランド…………テリーの妻
セーラ・メイトランド……………メイトランド夫婦の長女
グレイス・メイトランド…………同　次女
ハウイー・ゴールド………………弁護士
アレック・ペリー…………………調査員　元刑事
ラルフ・アンダースン……………フリントシティ市警察の刑事
ジャネット・アンダースン………ラルフの妻
デレク・アンダースン……………アンダースン夫妻の息子
ビル・サミュエルズ………………フリント郡地区首席検事
ベッツィ・リギンズ………………フリントシティ市警察の刑事
ジャック・ホスキンズ……………同右
サンディ・マッギル………………同通信指令係
ユネル・サブロ……………………オクラホマ州警察警部補
フランク・ピータースン…………殺害された少年
オリー・ピータースン……………フランクの兄
フレッド・ピータースン…………フランクの父

逮捕

七月十四日

1

どこの組織のマークも出していない車だった――ごくありふれたアメリカ車のセダン、それも数年前のモデルというだけ。しかしブラックウォールタイヤと車内の三人の男たちが、はからずも見た目どおりの車でないことを明かしていた。前の座席のふたりは青い制服姿だった。後部座席にすわっている民家なみの巨体の男はスーツ姿。歩道に立っているふたりの黒人男――片方は傷だらけのオレンジ色のスケートボードに片足をかけ、もうひとりはライムグリーンのボードを腋《わき》の下にかかえていた――が、交互にエステル・バーガ記念公園の駐車場をのぞきこんで、顔を見あわせた。

片方の男がいった。「あれはサツ《ファイブ・オー》だな」

もうひとりがいった。「まちがいなし」

ふたりはそれ以上の言葉を交わすことなく、地面を蹴ってボードを加速させながら去っていった。ルールは単純だった――サツ《ファイブ・オー》が姿を見せたら引きあげる潮時。〈黒人の命を軽く見るな《ブラック・ライヴズ・マター》〉――ふたりは両親からそのモットーを教わっていたが、警官は黒人の命を軽く見るかもしれない。野球のグラウンドでは観客が声援をあげて、リズミカルに拍手しはじめていた。九回裏ワンアウト、フリントシティ・ゴールデン・ドラゴンズの攻撃中だった。

ふたりの黒人の若者は一回もふりかえらなかった。

2

ミスター・ジョナサン・リッツの供述書［七月十日、午後九時三十分。聴取担当：ラルフ・アンダースン刑事］

アンダースン刑事　動揺なさっているのはわかっています。ええ、当然です。しかし、あなたがきょうの夕方目撃したことについて、どうしても正確なお話をうかがう必要がありまして。

リッツ　あんなものは金輪際忘れられないな。死ぬまで無理だ。薬を飲むのもいいかもしれないな。ヴァリアムあたりか。これまでその手の薬を飲んだことはないんだが、いまなら飲むのもわるくないか。いまもまだ心臓がのどにまで迫《せ》りあがったままの気分だよ。警察の鑑識スタッフに伝えておいてほしいんだが、もし現場で反吐《へど》が見つかったら——見つかるに決まってる——わたしの反吐だ。いや、吐いたのを恥ずかしいとは思ってない。あんなものを見た日には、だれだって食べたもんをもどすに決まってる。

アンダースン刑事　こちらの話がおわれば、医者があなたの気持ちを落ち着かせる薬を処方してくれるはずです。わたしが手配しましょう。しかし、さしあたっていまばかりは、あなたにはすっきり澄んだ頭でいてほしい。ご理解いただけますね？

リッツ　ああ。もちろんだ。

アンダースン刑事　とにかく、あなたがごらんになったことを残らず話してください。それだけで、今夜はもうおしまいです。お話ししていただけますね？

リッツ　わかった。きょうは夜の六時ごろ、デイヴの散歩のために家を出た。デイヴというのは、うちで飼ってるビーグル犬だ。デイヴの夕食が毎日五時。妻とわたしは五時半に食事をとる。六時になると、デイヴは用をすませる準備がととのう——第一の用と第二の用、両方だ。サンディ——というのは妻だが——が皿洗いをしているあいだ、わたしがデイヴを散歩させる。家事の公平な分担は結婚生活にとってきわめて重要だよ——とりわけ、子供たちが成長して家を出ていったあとはね。うちの夫婦はそう考えてる。あ、話が脇道にそれたね？

アンダースン刑事　かまいませんよ、ミスター・リッツ。お好きなように話してください。

リッツ　そんな堅苦しい呼び名じゃなくジョンと呼んでくれ。ミスター・リッツなどと呼ばれるとぞっとしてしまう。クラッカーになった気分になる。学校に通っていたころは、ほかの子供たちからそう呼ばれてたんでね——リッツ・クラッカーと。

アンダースン刑事　災難でしたね。では、あなたは愛犬に散歩をさせていた――

リッツ　そのとおり。で、デイヴが強烈なにおいを嗅ぎつけた――いわば〝死のにおい〟だろうな。デイヴは小さな犬だが、あのときは両手でリードを引っぱって引きもどさなくちゃならなかったよ。やつは、嗅ぎつけたにおいのところに行きたくてたまらなかったんだな。つまり――

アンダースン刑事　すいません、ちょっと話をもどしてもいいですか。あなたがマルベリー・ストリート二四九番地の家を出たのは午後六時ごろ――

リッツ　もうちょっと早い時間だったかもしれん。デイヴとわたしは丘をくだって〈ジェラルズ〉まで行った。交差点の角にあって、高級食材をずらりとそろえている食料品店だ。そのあとバーナム・ストリートを歩いていき、フィギス公園にはいっていった。ほら、子供たちが〝くたばれ《フリッグ・アス》公園〟と呼んでいるところだよ。子供連中は、大人は自分たちの会話をきいてないと思いこんでいる。ところがどっこい、大人はきいてるさ。少なくとも、きいてる大人もいる。

アンダースン刑事　夜の散歩ですが、毎晩おなじ道を通るんですか？

リッツ　ああ、飽きるといけないので、たまにちがうルートをつかうこともある。しかし帰り道につく前に最後に立ち寄るのは、だいたいこの公園だ。デイヴがにおいを嗅げるものがたくさんあるからだよ。公園には駐車場があるが、夜のその時間には駐車している車はいないも同然だ――ハイスクールの生徒たちがテニスをしていれば話は別だが、このときにはひとりもいなかった。あそこはクレーコートで、宵の口にひと雨降ったからね。駐車場にとまっていたのは白いヴァンだけだった。

アンダースン刑事　社用車につかわれるようなヴァン――そういえますか？

リッツ　ああ、そうだ。窓はない。車体後部に両びらきのドアがあるだけだ。小さな会社が荷物や資材を運ぶのにつかうようなヴァンといえばいいかな。フォードのエコノラインかもしれないが……断言はできない。

アンダースン刑事　車体に会社名はありましたか？　たとえば〈サムの空調設備工事〉とか〈ボブの窓リフォーム工事〉といった具合に。

リッツ　いやいや。なにも書いてなかった。ただ汚れてはいたな。それだけはいえる。長いあいだ洗車してなかったんだ。タイヤにも泥がついていた。たぶん雨のせいだな。デイヴがヴァンのタイヤのにおいを嗅いだあと、木立のあいだを通っている砂利敷きの遊歩道をいっしょに進んでいった。遊歩道を四、五百メートルも進んだだろうか。デイヴがいきなり吠えはじめ、同時に遊歩道右側の茂みに駆けこんでいった。やつがあのにおいを嗅ぎつけたのは、あの瞬間だろう。勢いがよすぎて、手からリードを引き抜かれそうになったよ。引きもどそうとしたんだが、デイヴは地面に体をぴったりつけ、土を掻くように前足を動かし、ひっきりなしに吠えてたよ。そこでわたしはリードを短くしてデイヴとの距離を詰めて、やつのあとについていった——巻取り機能のあるリードをつかってるんだよ。こういった場面では重宝する。デイヴももう子犬じゃないので、栗鼠《りす》のたぐいには目もくれなくなっている。だから、洗い熊のにおいでも嗅ぎつけたんだろうと思った。そのうちデイヴを呼びもどすつもりだった——犬が帰りたがっても帰りたがらなくても関係ない、犬にはだれがボスかを教えこまなくちゃならない。そんなことを思っていたときだよ、最初の数滴の血を目にしたのは。血がついていたのは樺《かば》の木の葉だ。わたしの胸くらいの高さ……ということは、だいたい地面から百五十センチくらいの高さだな。少し先の木の葉にも血の雫《しずく》が落ちていて……さらに前方の茂みに血がどっさりぶちまけられているのが見えてきた。まだ真っ赤で乾いてもいなかった。デイヴは血のにおいを嗅ぎはしたが、まだ先へ進みたがっていた。いいか、よく話をきいてくれ。忘れないうちに話しておくが、うしろからエンジンのスタート音がきこえてきたのはそのときだ。マフラーが壊れていたのか、かなり大きな音だったから気がついたが、そうでなければ気づかなかったかもしれない。ごろごろと転がるような音でね——いいたいことがわかるかな?

アンダースン刑事　なんとなくわかります。

リッツ　あれが白いヴァンの音だとは断言できないし、帰りはそっちの道をつかわなかったので、白いヴァンが走り去ったかどうかも知らない。でも、あの車が走り去ったんだろうな。わたしがなにをいいたいか、わかるか?

アンダースン刑事　そのあたりを説明してください、ジョン。

リッツ　犯人がわたしを監視していたのかもしれない、ということだよ。殺人犯がね。林のなかにひそんで、わたしを監視していたんだ。考えるだけでぞっとする。いや、これは現在の話だよ。林のなかにいたときには血のことで頭がいっぱいだった。デイヴに強く引っぱられて、肩関節がはずれないようにするだけで精いっぱいだった。だんだん怖くなったことを認めるのもやぶさかじゃない。わたしは大男じゃない。体が鈍《なま》らないようにしてはいても、もう六十代だ。二十代のときにも腕っぷしが強いほうじゃなかった。それでも確かめずにはいられなかった。怪我人でもいたらことだからね。

アンダースン刑事　ご立派なおこないでした。最初に血痕に気がついたのは何時ごろだと思われますか?

リッツ　腕時計を見たわけじゃないが、六時二十分すぎじゃなかったかな。二十五分になっていたかもしれない。道案内はデイヴにまかせていた。リードを短くして、ずっと近くに引き寄せてね。デイヴなら足が小さくて短いから藪の下をくぐればいいが、こっちは藪をかきわけないといけなかったからだ。ビーグル犬がどういうものか、有名な言葉があるだろうが――お高くとまって体は低い。とにかく、やつは頭がいかれたみたいに吠えつづけていた。わたしと犬がたどりついたのは、林のなかの空地めいた場所だった――なんというか、恋人たちがこっそりやってきて腰をおろし、軽くいちゃつきあう隠れ家みたいな場所だ。空地のまんなかに御影石《みかげいし》のベンチがあった。ベンチは血まみれだった。大量の血だった。ベンチの下にも血だまりがあった。なきがらはベンチ横の草の上に横たわっていたよ。顔がわたしのほうをむいていた。両目が見ひらかれたままで、のどは消えうせていた。のどがあったところには真っ赤な穴があいているだけだった。ブルージーンズと下着がまとめて足首にまで引きさげられていて……見えたんだよ……枯れ枝が……その……突き立っているのが……あの子の……あの子の……わかるだろう……。

アンダースン刑事　わかります。しかし記録を作成する関係上、あなたには言葉で話していただかなくてはなりません、ミスター・リッツ。

リッツ　あの子はうつぶせで……枯れ枝は尻に突き立っていた。そっちも血まみれだった。枝もね。樹皮の一部が剝がされていて、手の痕がついていた。はっきり見えた。このときにはデイヴはもうわんわん吠えてはいなかった。かわいそうに……遠吠えをあげていたよ。いやはや、どんな人間なら、あんな真似ができたものやら見当もつかないな。犯人はかなりの異常者にちがいない。犯人をつかまえてくれるかい、アンダースン刑事？

アンダースン刑事　ええ、もちろん。かならず逮捕します。

3

エステル・バーガ記念公園の駐車場は、土曜日の午後にラルフ・アンダースンが妻と買物へいくスーパーマーケット〈クローガーズ〉に匹敵する広さがあり、この七月の夕方にはほぼ満車に近い状態になっていた。ほとんどの車にはゴールデン・ドラゴンズのバンパーステッカーが貼ってあった。なかにはリアウィンドウに威勢のいいスローガンを貼りだしている車もあった。《こてんぱんにしてやるぜ》《猛竜軍団《ドラゴンズ》が熊の群れ《ベアーズ》を焼き払う》《さあ、おれさまたちのお通りだ》《今年はおれたちの番だぞ》などだ。すでに投光器のスイッチがはいっているグラウンドのほうから（とはいえ、しばらくは空に昼間の光が残っていた）、歓声やリズミカルな拍手の音があがっていた。

覆面パトカーの運転席についていたのは、この道二十年のベテランのトロイ・ラメイジだった。車がびっしり駐まっている列に沿ってパトカーを進め、さらに次の列に沿っても進めながら、トロイはいった。「そういえば、ここに来るたびに公園の名前になっているエステル・バーガっていうのは何者なのかって思うんだよ」

ラルフは答えなかった。いまラルフの筋肉は緊張し、肌は燃えるように熱く、脈搏《みゃくはく》は危険なレッドゾーンに近づいているかのようだった。これまでの長い歳月で逮捕した悪人たちの数も相当にのぼるが、今回は事情が異なっていた。今回はとりわけ恐ろしかった。それぱかりか、とりわけ身に迫って感じられた。本来なら今回の逮捕劇は自分にかかわりないものであり、そのことは百も承知だった。しかし最新の予算削減のあおりで、フリントシティ市警察の職員名簿ではフルタイムの刑事がわずか三人にまで減っていた。そのうちのひとりのジャック・ホスキンズは目下休暇中で、どこかの遠い奥地だかで釣りを楽しんでいるし、どのみちいないほうがせいせいする。ベッツィ・リギンズは本来は産休中だが、今夜の仕事では別の面で州警察を支援することになっていた。

自分たちが拙速に行動を起こしていないことを、ラルフは神に祈った。きょうの午後おこなわれた逮捕前会議の席で、ラルフはその懸念をフリント郡の地区首席検事であるビル・サミュエルズに表明していた。サミュエルズは三十五歳になったばかりで、この地位につくにはいささか若すぎたが、力のある政党に所属し、しかも自信に満ちた態度だった。決して傲慢《ごうまん》というのではないが、やたらに意気ごんでいることは確かだった。

「いまもまだ不備な点がいくつか残ってる。おれとしては、それもきっちり整理しておきたくてね」ラルフはそういった。「背景のすべてが判明しているわけじゃない。それにあの男は、自分にはアリバイがあると主張するだろうな。あっさりあきらめるならともかく、アリバイを主張するのはまずまちがいないところだ」

「そうなったら――」サミュエルズは答えた。「アリバイを崩すまでだ。そうなるのは、きみもわかっているだろう」

その点はラルフも疑っていなかったし、自分たちが真犯人を突き止めていることもわかっていたが、それでもいざ引金を絞る前に、捜査を少しでも進めておきたい気持ちもあった。あの人でなしのアリバイに小さな穴を見つけたら……その穴を力ずくで大きく広げ、やがてトラックさえ通過できるほどになったら、その段階で逮捕する。大多数の事件では、これが適正な手続のはずだった。しかし、今回の事件ではちがった。

「理由は三つある」サミュエルズはいった。「いま述べてもいいかな？」

ラルフはうなずいた。好ききらい関係なく、自分はこの男と仕事をしなくてはならない身だ。

「まずこの街の市民たちが——なかでも小さな子をもつ親たちが——恐怖と怒りをかかえているからだ。彼らは犯人が迅速に逮捕され、ふたたび安心をとりもどすことを強く願っている。ふたつ——合理的な疑いの余地のない証拠があつまっている。ここまで隙のない証拠固めは見たことがない。ここまでは同意してくれるかな？」

「ええ」

「オーケイ。では三つめだ。最大の理由でもある」サミュエルズはそういって身を乗り出した。「犯人が以前にもおなじようなことをしているとは断言できない——やらかしていたら、本格的に調べだした時点で判明するはずだ。しかし、今回の事件についていえば、やつの犯行でまちがいない。つまり衝動を解き放った。あるいは犯罪童貞を捨てた。こうしてひと皮剝けたとなったら……」

「犯行を重ねるかもしれない」ラルフが言葉を引きついだ。

「いかにも。ピータースン事件の直後だから、またすぐに手を染めるとは考えにくいが、ありえない話でもない。なにせ、やつのまわりにはいつだって子供たちがいる。それも少年たちが。そんな少年たちのひとりでもあいつの毒牙にかかってみろ。われわれが職をうしなうことはもちろん、そもそも自分で自分が許せなくなるんじゃないかな」

いわれなくてもラルフは、もっと早くから見抜けなかった自分が許せない気分になっていた。理不尽なのはわかっている。リトルリーグのシーズン終了を祝う裏庭でのバーベキュー・パーティーで相手と目をあわせただけでは、その男が筆舌につくしがたい行為を内心で思い描いていることが——さらにはその思いを撫でさすり、栄養を与え、成長を見守っていることが——あっさり見抜けるはずはない。しかし理不尽だからといって、ラルフの気分に変化をおよぼすようなことはなかった。

そしていま、前の座席にすわるふたりの警官のあいだに身を乗りだして前方を指さしながら、ラルフはいった。「あそこに駐めよう。障害者用スペースだ」

助手席にすわるトム・イエイツ巡査がいった。「ボス、反則金は二百ドルだぞ」

「今回は見逃してもらえるさ」ラルフは答えた。

「まいったな、ただのジョークだったのに」

ラルフは警官同士の定番の応酬《おうしゅう》をやりたい気分ではな

かったので、なにも答えなかった。

「目標――前方の障害者優先スペース」トロイ・ラメイジがいった。「空きスペースがふたつあることを確認」

トロイがそのうちの片方に覆面パトカーを入れ、三人は車から降り立った。ラルフはイエイツがグロックをおさめたホルスターのスナップを外したのを目にとめ、頭を左右にふって制止した。「正気か？　試合中のあのグラウンドには千五百人も人があつまってるんだぞ」

「もしあいつが逃げたらどうする？」

「おまえが走ってつかまえろ」

ラルフは覆面パトカーのボンネットにもたれ、フリントシティ市警察のふたりの警官が、グラウンドと投光器とぎっしり観客が詰めかけた屋外スタンドのほうへむかうのを見まもっていた。グラウンドではいまもまだ拍手と喝采が湧きあがっていた。ピータースン少年の殺害犯人を迅速に逮捕するというのは、ラルフがサミュエルズといっしょに（といっても渋々ながら）くだした決定だった。そして殺害犯を試合の場で逮捕するというのはラルフの発案だった。

トロイがふりかえった。「ボスは来ないのかい？」

「ああ、行かない。この仕事はおまえたちにまかせる――丁寧に、くそデカい声でやつに被疑者の権利を読みあげたら、こっちへ連れてこい。トム、ここを引きあげるときには、おまえはやつといっしょに後部座席にすわってくれ。おれはトロイといっしょに前にすわる。ビル・サミュエルズがおれの電話を待ってて、警察署で合流することになってる。この事件にはレギュラー陣が総出演だ。逮捕についてはは全面的におまえたちにまかせる」

「でも、これはボスの担当事件だ」トム・イエイツはいった。「だったら、なんであのクソ野郎を自分の手で逮捕しない？」

ラルフは腕組みをしたまま答えた。「フランク・ピータースンを木の枝でレイプして、のどを切り裂いたあの男は、うちの息子のコーチを四年もつづけていたんだ――最初はちびっ子リーグ、次はリトルリーグ。つまりやつはバットの構え方を教えるときに息子の体に手をかけていたわけだ。そんなこんなで自分を抑えていられる自信がなくてね」

「わかった、わかった」トロイ・ラメイジは答え、トム・イエイツともどもグラウンドのほうへ歩きはじめた。

「ふたりとも、きいてくれ」

ふたりはふりかえった。

「逮捕の場ですぐに手錠をかけるんだ。手を前に出した状態で」

「それじゃ規則からはずれるぞ、ボス」トロイがいった。

「わかってる。かまうものか。あいつが手錠をかけられて引き立てられる姿を万民の目に晒《さら》したいんだ。わかったか？」

ふたりが歩きはじめると、ラルフはベルトから携帯電話を抜きだした。ベッツィ・リギンズの番号は短縮ダイヤルに登録してある。「そっちは所定の位置についたか？」

「ええ、もちろん。あの男の自宅前に車を駐めてる。わたしと州警察の警官が四人」

「捜索令状は？」

「わたしのホットで小さな手のなかにある」

「いいぞ」そういって通話を切ろうとした矢先、あることを思いついてラルフはこうたずねた。「ベッツィ、予定日はいつだった？」

「きのう」ベッツィは答えた。「だから、とにかく急いで」そういうなり、ベッツィは自分から通話をおわらせた。

4

ミセス・アーリーン・スタンホープの供述書〔七月十二日、午後一時。聴取担当：ラルフ・アンダースン刑事〕

スタンホープ　これには時間がかかるの、刑事さん？

アンダースン刑事　そんなに長くはかかりません。七月十日の火曜日の夜、あなたがごらんになったことを話してくだされば、それでおわります。

スタンホープ　わかったわ。あれはちょうど〈ジェラルズ〉の店から外へ出てきたときだった。毎週火曜日は、あの高級食料品店で買物をする習慣なの。そりゃ〈ジェラルズ〉のほうがなんでもお高いわ。でもね、車の運転をやめてからは〈クローガーズ〉には行けなくなったの。夫をなくした翌年に運転免許を返納したから。

もう自分の反射神経が信じられなくて。二回も事故を起こしたのよ。どっちも、ちょっとバンパーやフェンダーが凹む程度の軽い事故だったけど、それだけでもこりごり。〈ジェラルズ〉はね、わたしが一軒家を売ったあとで入居して以来ずっと住んでるいまのアパートメントから二ブロックしか離れてないの。お医者さまからも、ウォーキングは健康にいいっていわれてるし。ええ、心臓にもいいってね。あのときわたしはね、小さな自前のカートにショッピングバッグを三つ積んで店から出てきたの——いまではバッグ三つ分の食品が精いっぱい。だってなにもかも値あがりしてて、なかでもお肉類がとっても高くなってて、ほんとにもうね、最後にベーコンをいただいたのがいつだったかも思い出せないくらい——ええ、そう、ピータースンさんの男の子を見かけたのはそのときよ。

アンダースン刑事　見かけたのはフランク・ピータースンだとはっきりいえますか？

スタンホープ　ええ、もちろん、あれはフランクでした。かわいそうな子。あんな目にあうなんて本当に気の毒でならないわ。でもいまフランクは天国にいて、もう苦しみとは無縁になった。それだけが救いね。ご存じでしょうけど、ピータースンさんのおたくには男の子がふたりいるの。どっちも赤毛よ。人参みたいな真っ赤な赤毛。でもお兄さんのほうはね——名前はオリヴァー——たしか五歳は年上だったはず。お兄さんはね、前はうちに新聞を配達してくれていたのよ。フランクは自転車を走らせてた。ハンドルバーが高くまで折れ曲がっていて、なんだか細長いシートがついてる自転車——

アンダースン刑事　バナナシートというみたいですよ。

スタンホープ　名前なんか知りませんよ。でもね、目が痛くなりそうなライムグリーンだったことは知ってる。それはもう悪趣味な色。シートにはステッカーが貼ってあった。フリントシティ高校《ハイ》って書いてあるステッカー。でも、あの子はもうハイスクールへあがることはないのね。かわいそう、本当にかわいそうな子。

アンダースン刑事　ミセス・スタンホープ、このあたりでひと息いれましょうか？

スタンホープ　いいえ、最後まで話してしまいたいわ。うちへ帰って猫ちゃんにごはんをあげなくちゃいけないの。いつもは午後三時にあげてるの。だから、さぞお腹をすかせてるでしょうね。わたしがどこに行ったのかと不安になっているかも。でもね、お手間でなければティッシュを一枚もらえる？　いまのわたし、さぞやお見苦しいでしょうね。ああ、ありがとう。

アンダースン刑事　フランク・ピータースンの自転車のシートに貼ってあったステッカーが見えたということは、つまり——？

スタンホープ　ええ、あの子が自転車に乗ってなかったから。あの子は自転車を押して、〈ジェラルズ〉の駐車場を横切るように歩いてたの。チェーンが途中で切れてしまっていて、それを地面の舗装に引きずりながらね。

アンダースン刑事　フランク・ピータースンの服装は覚えていますか？

スタンホープ　ロックンロールのバンドのTシャツだったわ。でもバンドのことは知らないから、名前まではわからない。もし大事な情報だっていうのだったら——ごめんなさいね。頭にはレインジャーズのキャップをかぶってた。頭のうしろに押しあげてかぶってたから、赤毛がすっかり見えてたっけ。あの手の人参っぽい髪って、かなり若いうちから禿げはじめるのよ。でも、あの子はもうそんな心配をしなくてよくなった。本当に本当にかわいそう。それはともかく、駐車場のいちばん端に汚れた白いヴァンが駐まってた。ヴァンからひとりの男が降りてきて、フランクに近づいた。男は——

アンダースン刑事　その話はまたのちほど。いまは、話に出てきたヴァンのことをうかがいたい。ヴァンは窓のないタイプでしたか？

スタンホープ　ええ。

アンダースン刑事　車体にはなにも書かれていなかった？　会社名とか、そのたぐいの文字はひとつもなかったんですか？

スタンホープ　わたしが見た範囲ではひとつも。

アンダースン刑事　わかりました。では、あなたがごらんになった男の話をしましょう。その男を見て、だれだかわかりましたか？

スタンホープ　もちろんよ。テリー・メイトランドだった。ウェストサイドに住んでいる人なら、だれもがT

コーチを知ってるわ。ハイスクールもTコーチって呼ばれてるくらいよ。学校では英語の先生。うちの死んだ亭主は退職する前、Tコーチを生徒として教えてたのよ。あの人がTコーチと呼ばれてるのは、リトルリーグのコーチをしているからだし、リトルリーグのシーズンがおわればシティリーグのコーチをやって、秋になるとフットボールをやりたい少年たちのコーチもやってるからよ。フットボールにもなんとかリーグという名前があったはずだけど、思い出せないわ。

アンダースン刑事　よろしければ、いったんお話をもどして、火曜の午後にあなたが見たもののお話を——

スタンホープ　そうはいっても話すことはあんまりないの。フランクはTコーチと話をして、切れた自転車のチェーンを指さした。Tコーチはうなずくと、ヴァンの両びらきの後部ドアをあけた。あのヴァンがTコーチの車だったはずはなくって——

アンダースン刑事　どうして、そういいきれるんですか？

スタンホープ　ナンバープレートがオレンジ色だったから。どこの州のプレートかはわからなかった。昔ほど遠目が利かなくなってるから。でも、オクラホマ州のプレートが青と白というのは知ってる。それはともかく、ヴァンの車内はほとんど見えなかった。見えたのは工具箱みたいな細長い緑色の品物だけ。あれは工具箱だったんでしょう、刑事さん？

アンダースン刑事　そのあとなにが？

スタンホープ　ええと、Tコーチがフランクの自転車をヴァンの車内に積みこんで、ドアを閉めた。で、コーチはフランクの背中をぽんと叩いた。コーチは車の横をまわって運転席に乗りこみ、フランクは反対側から助手席に乗りこんだ。ふたりとも乗りこむと、ヴァンは走りだしてマルベリー・ストリートにはいっていった。だからね、てっきりTコーチがあの子を家まで送っていくものと思ったのよ。当たり前でしょう？　ほかにどう思えというの？　だってね、テリー・メイトランドはウェストサイドにもう二十年も住んでて、奥さんとふたりの娘さんがいるすてきな家庭をもっていて……ねえ、ティッシュをまた一枚くださる？　ありがとう。そろそろ話はおわりかしら？

アンダースン刑事　ええ。たいへん有用なお話をありがとうございました。そういえば、録音をはじめる前に、この出来事は午後三時ごろだったとおっしゃっていましたね?

スタンホープ　ええ、きっかり三時。自前の小さなカートを押して店を出たとき、市庁舎の鐘が三時を打つのがきこえたもの。そろそろ家に帰って、猫ちゃんにごはんをあげたいんだけど。

アンダースン刑事　あなたが目撃した少年、赤毛のその少年はフランク・ピータースンだったのですね。

スタンホープ　ええ。ピータースンさんのご一家は、うちから角を曲がったところに住んでるの。お兄さんのオリヴァーはうちに新聞を配達してくれてた。あの兄弟のことはいつも見かけてたのよ。

アンダースン刑事　それから白いヴァンの後部荷室に自転車を積みこんで、フランク・ピータースンを乗せてヴァンで走り去った男はテレンス・メイトランド、テリー・コーチとかTコーチという別名でも知られている男だった。

スタンホープ　そのとおり。

アンダースン刑事　その点には確信があるのですね。

スタンホープ　ええ、あるわ。

アンダースン刑事　ご協力に感謝します、ミセス・スタンホープ。

スタンホープ　でもテリーにあんな真似ができるなんて、どこのだれが信じられて?　どうかしら、共犯者がいたのだと思う?

アンダースン刑事　そのあたりのことは、これから捜査を進めるうちにわかってくるかもしれません。

5

シティリーグのトーナメント試合はエステル・バーガ野球場でおこなわれるため――ちなみにここは郡内で唯一、夜間試合のための投光器設備をそなえた野球グラウンドだ――ホームアドバンテージはコイントスで決めることになっていた。テリー・メイトランドはいつものように、試合前にトスされたコインの裏表を当てる役目をこなした。かつてテリー自身がシティリーグに所属していたときのコーチから受け継いだ験《げん》かつぎのようなものだった。コインは裏だった。

「おれはどこで試合をしてもかまわない。最後の勝利を手にしたいだけだ」テリーはいつも少年たちにそう話していた。

そして今夜は、その最後の勝利が必要だった。いまは九回裏、今リーグのこの準決勝戦ではベアーズがからくも一点差でリードしていた。攻撃側のゴールデン・ドラゴンズはすでに二死をとられていたが、満塁だった。バッターが四球で出塁するか、ワイルドピッチかエラーか内野安打が出れば同点にもちこめる。打球が守備の穴に飛べば、それだけで逆転勝利だ。観衆は手を打ち鳴らし、足踏みをして金属製の観覧スタンドで音をたて、左バッター用の打席にはいっていく小柄なトレヴァー・マイクルズにやんやの声援を送っていた。かぶっているバッター用ヘルメットはいちばん小さなタイプだったが、それでもトレヴァーの目にかぶさってしまい、しじゅう頭の上へ押しあげなくてはならなかった。トレヴァーは神経質にバットを小さく前後左右にふり動かした。

最初テリーは代打を出すことも考えた。しかしトレヴァーは身長が百五十二、三センチしかないため、四球で出塁することも多かった。ホームラン・バッターではなかったが、ボールをバットにまったく当てられないわけでもない。いつもでないが当たることもある。ここで代打を出せば、トレヴァーはミドルスクールにあがって過ごす最初の一年のあいだ、屈辱をなめなくてはならない。しかし、ここでヒットを出せば、そのあと死ぬまで裏庭でのバーベキューパーティーでビールを飲みながら思い出話ができる。テリーはそれを事実として知っていた。なぜなら自分もかつておなじ経験をしたからだ。昔々、まだ試合にアルミニウム製バットが登場する前の古代の話だ。

ベアーズのピッチャー——抑えの投手で、かなりの豪速球が武器だ——が大きくふりかぶってホームプレートの真上にストレートを投げこんだ。トレヴァーはうろたえた顔でボールを見送るしかなかった。アンパイアがストライク・ワンを宣言した。観客がいっせいにうめき声をあげた。

ギャヴィン・フリック——テリーのアシスタントコーチ——が丸めたスコアブックを片手に握って（この行為

をテリーはこれまで何度やめろと注意しただろうか？）、少年たちがすわるベンチ前を行きつもどりつ歩いていた。着ているのはゴールデン・ドラゴンズのＸＸＬサイズのＴシャツだが、ＸＸＸＬサイズの腹が生地を引き伸ばしていた。

「トレヴァーを打席に立たせたのが采配ミスでなかったことを祈るよ」ギャヴィンはテリーにいった。左右の頬を汗のしずくが伝い落ちていた。「死ぬほどビビってる顔つきだな。あれじゃテニスラケットをぶんまわしても、あのピッチャーの速球は打てそうもないぞ」

「まあ、どうなるか確かめようじゃないか」テリーはいった。「いい結果が出そうな予感がするんだよ」口ではそういったが、内心そんなものは感じていなかった。

ベアーズのピッチャーは大きくふりかぶると、またしても速球を投げた。しかし今回ボールはホームベース前の地面に落ちた。サードにいたドラゴンズのバイビル・パテルがすかさずホームへむかって走りだすと、観客はいっせいに立ちあがった。しかしボールはバウンドしてキャッチャーのミットにおさまり、観客はうめき声とともに腰をおろした。ベアーズのキャッチャーがサードにむきなおった。マスクをしていたが、テリーにはキャッチャーの表情が読みとれた。《走ってみろよ、このガキ》。しかしバイビルは走らなかった。

次のボールは大きく逸れた。しかしトレヴァーはバットを大きく振った。

「三振とっちまえ、フリッツ！」スタンドの高いところから胴間声《どうまごえ》が響きわたった――ピッチャーがすばやく声のほうに顔をむけたところを見ると、どうやら父親らしい。「三振・とっ、ち、ま、え、え、え、え、え！」

トレヴァーは次の一球を見送った――ぎりぎりのきわどいコースだったが、アンパイアはボールと判断し、このときはベアーズのファンがうめき声をあげた。だれかが、あのアンパイアにはもっと度の強い眼鏡が必要だといった。ほかのだれかが、盲導犬がどうこうという発言をした。

これで2《ツー》ストライク、2《ツー》ボール。次の一球にドラゴンズのシーズンの運命がかかっていると強く感じられてならなかった。フリントシティの決勝戦でパンサーズと試合をし、さらに勝ち進んで州大会の試合――そこまでいけばテレビで中継される――に出場するか。あるいは、このあとそれぞれの家へ帰って、あとはもう一回だけ、シーズンをしめくくる恒例のメイトランド家の裏庭でひらかれるバーベキューの席で顔をあわせるだけにおわるか。

テリーは妻のマーシーとふたりの娘に顔をむけた。妻子はいつもの場所――バックネット裏のローンチェアにすわっていた。妻をはさんですわっている姉妹は、愛らしいブックエンドのようだった。三人は幸運のおまじないに交差させた指をテリーにむかって振った。テリーはお返しにウィンクと笑顔を三人にむけながら、両手の親指をともに突きあげた。しかし、気分はあいかわらず晴れなかった。この試合のことだけが理由ではなかった。しばらく前から、なんとなく気分が晴れなかった。いまひとつ、すっきりしない気分だった。

妻のマーシーが返してきた笑顔がふっと翳《かげ》って、困惑の渋面《じゅうめん》に変わった。マーシーは左側に目をむけ、同時に親指を左へむけて突きだした。その方向に目をむけたテリーは、ふたりの市警察の警官がぴったりと足なみをそろえ、三塁ラインをホームベースにむかって近づいてくるのを目にした。ふたりは三塁ベースコーチのバリー・フーリハンの前を通りすぎた。

「タイム、タイム！」球審が大声をあげ、ワインドアップにかかる寸前だったベアーズのピッチャーを制止した。トレヴァー・マイクルズがバッターボックスから外に出た――テリーはその顔に安堵を見てとったように思った。観客は静まりかえり、ふたりの警官を見つめていた。ひとりは背中に手をまわしていた。もうひとりはホルスターにおさめた官給品の拳銃の台尻に片手をかけていた。「グラウンドから出ろ！」球審が叫んでいた。「グラウンドから出るんだ！」

ふたりの警官――トロイ・ラメイジとトム・イエイツ――は球審の命令も無視して、ドラゴンズのダッグアウトへ足を踏み入れると――ダッグアウトといっても、長いベンチが一脚、用具類のバスケットが数個、あとは汚れた練習用ボールをおさめたバスケットがあるだけのスペース――立っているテリーにまっすぐ近づいてきた。ラメイジはベルトの背中側から手錠をとりだした。手錠を目にした観客からざわめきがあがった――困惑と昂奮が入り交じったざわめきは〝おぉぉぉ〟ときこえた。

「おい、おまえたち！」アシスタントコーチのギャヴィン・フリックが大急ぎで近づいてきた（途中で、一塁を守っていたリッチー・ギャラントが投げ捨てたミットに危うく足をとられかけていた）。「あと少しで大事な試合がおわるところだぞ！」

イエイツが頭を左右にふりながら、ギャヴィンを押しもどした。観客はいままでは死んだかのように静まり返っていた。ベアーズの面々は張りつめていた守備のポーズを捨て、いまはそれぞれのグローブをだらんと垂らし、なりゆきを見まもっているだけだった。キャッチャーがおなじチームのピッチャーのもとへ走り寄り、ふたりはピッチャーマウンドとホームベースのちょうど中間で落ちあった。

テリーは手錠をもっているほうの警官の顔にわずかながら見覚えがあった。秋におこなわれるポップワーナー・フットボールの試合を、たまに弟といっしょに見にきている警官だったからだ。

「トロイか？」テリーは声をかけた。「どうした？　なにか用か？」

トロイ・ラメイジが見たところ、テリーの顔には心底からの困惑とおぼしき表情しかなかった。しかし、トロイは一九九〇年代から警官稼業をつづけている。だから真の極悪人なら〝まさか、おれが？〟という表情を芸術の域にまで磨きあげていることも知っていた。そしてここにいるのは、極めつけの悪党だ。トロイはラルフ・アンダースンの指示を思い出し（しかもその指示をこれっぽっちも気にかけずに）、この場の全員にきこえるような大声をあげた。ちなみに翌日の新聞では、この日の観客数が千五百八十八人だったと報じられた。

「テレンス・メイトランド、フランク・ピータースン殺害容疑で逮捕する」

観覧スタンドから、またしても〝おぉぉぉ〟という声がきこえた。前よりも一段と大きなその声は、吹きあがる風のうなりにも似ていた。

テリーは眉を寄せてトロイを見つめていた。いや、言葉は理解できた。基礎的な単語で構成されている平叙文だったからだ。フランク・ピータースンがどんな人物で、その身になにが起こったのかは知っていた。しかし、言葉の意味はさっぱりわからなかった。テリーが口に出せたのは、「なに？　ふざけてるのか？」という言葉だけで、その瞬間、フリントシティ・コール紙のスポーツ専門カメラマンがテリーの写真を撮影した。翌日の朝刊の一面に掲載された写真だ。口をあけ、両目を見ひらき、ゴールデン・ドラゴンズのキャップのへりから髪の毛があちこちに突き立っている姿。写真のテリーは頼りなく見えたし、同時に有罪にも見えていた。

「いまなんといった？」

「両手を前に差しだしてもらえるかな？」

テリーは妻マーシーと娘ふたりに目をむけた。三人は金網フェンスの反対側にすわったまま、いずれも同様の凍りついた驚愕の表情でテリーを見つめていた。驚きのあとには、いずれ恐怖がやってくるのだろう。バイビル・パテルが三塁を離れてダッグアウトにむかいはじめた。バッター用ヘルメットを脱ぐと、汗に濡れてくしゃくしゃになった黒髪があらわになった。テリーはバイビルが泣きだしていたことを見てとった。

「もどるんだ！」アシスタントコーチのギャヴィンがバイビルを怒鳴りつけた。「試合はまだおわってないぞ！」

しかしバイビルはファールゾーンに立ちすくんでテリーを見つめたまま、なにか大声で叫んでいるばかりだった。テリーは視線を返しながら、これは全部ただの夢だと（ほぼ）確信していた。ついでトム・イエイツがテリーの体をつかみ、両腕を強く前へ引いた。テリーが思わず前へよろけかけたほどの力だった。トロイ・ラメイジがすばやく手錠をかけた。プラスティックの安物ではなく、本物のずっしりした大きな手錠が、夕方近くの日ざしにぎらりと光った。トロイは先ほどとおなじ朗々と響く声でいった。

「おまえには黙秘権があり、質問への答えを拒否する権利がある。ただし今後の発言については、裁判で不利な証拠として採用されることもあるので、そのつもりで。またいまこの瞬間以降は、取調べの場に弁護士の立ち会いを求める権利がある。わかったか？」

「トロイ？」テリーには自分の声もろくにきこえなかった。衝撃のあまり、体内から空気がすっかり叩きだされたような気分だった。「いったいこれはどういうことなんだ？」

トロイはとりあわなかった。「話はわかったか？」

マーシーがフェンスに駆け寄り、金網に指をかけて揺さぶった。妻のうしろでセーラとグレイスが泣いていた。グレイスはセーラのローンチェアの横に膝をついていた

——グレイスがすわっていたローンチェアは地面に横倒しになっていた。

「なにをしているの？」マーシーはそう叫んでいた。「いったい全体あなたたちはなにをしているわけ？　だいたい、どうしてここでそんなことをしてるの？」

「話はわかったか？」

　いまテリーにわかっているのは、妻とふたりの娘をふくむ約千六百人もの人々の前で警官に手錠をかけられ、被疑者としての権利を通告されているということだけだった。これは夢ではないし、通常の逮捕でもなかった。これは——理由はテリーの想像を絶していたが——いわゆる〝公的な場での辱め《パブリック・シェイミング》〟だ。とにかく一刻も早くおわらせて、物事の筋を通すのがいちばんだ。ショックと混乱のさなかにあったが、妻がこれから長いあいだ、いつもの状態にもどりそうもないことは理解できた。

「ああ、わかった」テリーはいった。「フリック・コーチ、持ち場に帰ってくれ」

　それまで両手を拳に握り、顔を病的なまでに紅潮させて警官たちに近づいていたギャヴィンだったが、テリーにそういわれてあとずさった。金網フェンスの反対側にいるマーシーに目をむけると、ギャヴィンが筋骨逞《たくま》しい肩をぐいっともちあげ、同時に左右の肉厚の手のひらを上へむけた。

　その昔、ニューイングランドの町の中央広場で布告などを大声で伝えた触《ふ》れ役《やく》を思わせる、あいかわらずの胴間声でトロイ・ラメイジは話をつづけた。その声は、覆面パトカーにもたれかかって立っているラルフ・アンダースンにも届いた。やつはいい仕事をしているな、トロイは——ラルフは思った。残酷なやり口ではある。だからおれが上からお叱りを受ける可能性はありそうだ。しかし、フランク・ピータースン少年の両親から叱られることはないだろう。そう、ぜったいにない。

「弁護士を雇う金銭的余裕がなくて、それでも弁護士の同席を望むのなら、取調べに先だって公選弁護人を手配しよう。話はわかったか？」

「ああ」テリーは答えた。「それ以外にもわかっていることがある」そういって観客席にむきなおって、「まずなぜ逮捕されるのか、わたしにはまったく心当たりがない！　そしてこの試合は、ギャヴィン・フリックのもとで最後までおこなわれるということだ！」といい、さらにあとから思いついたかのようにいい添えた。「バイビル、三塁にもどれ。それから、ファールゾーンに走りこむのを忘れるな」

　ちらほらと拍手の音がした――あくまでも、ちらほらと。観客席の高いところにすわっている胴間声のもちぬしがふたたび叫んだ。「警官はそいつがなにをしたといってるんだ？」

　この質問に観客たちがふたつの単語で答えた――この二単語は、ほどなくウェストサイドばかりか市の全域で人々が口にすることになる。フランク・ピータースンというふたつの単語を。

　トム・イエイツがテリーの腕をつかんで、スナックの屋台とその先の駐車場の方向へテリーを引き立てて歩きはじめた。「大勢の前で一席ぶつ機会はいずれめぐってくるぞ、メイトランド。とりあえず、おまえはこれから留置場行きだ。そのあとはどうなると思う？　うちの州には注射があってね。その針を刺すんだよ。いや、おまえは教師だったな？　だったら、それくらい知ってるはずだ」

　間に合わせのダッグアウト前から二十歩も進まないうちに、マーシー・メイトランドが追いついて、トム・イエイツの腕をつかんだ。「こんなことをするなんて、いったいなんのつもり？」

　イエイツは肩をそびやかしてマーシーを払いのけた。マーシーは次に夫の腕をつかもうとしたが、トロイ・ラメイジがやさしく、しかし決然とした手つきでマーシーを引き離した。マーシーは茫然とした顔つきで、その場にしばし立ちすくんでいたが、逮捕担当のふたりを出迎えるべく近づいてきたラルフ・アンダースンの姿に目をとめた。ラルフのことはリトルリーグの試合で知っていた。ラルフの息子のデレク・アンダースンが、当時テリーがコーチしていたチーム――高級食料品〈ジェラルズ〉の名を冠したライオンズ――の一員だったからだ。もちろん、ラルフが息子の試合すべてを見にきていたわけではない。しかし、足を運べるかぎり試合を見にきていた。あのころはまだ制服警官だった。そのあと刑事に昇進したときには、マーシーは夫婦連名でお祝いのメールを送った。いまマーシーはラルフにむかって走りだしていた。古いテニスシューズで芝を踏みしめながら――テリーが率いるチームの試合を見物するときは、いつもこの靴と決めていた。この靴が幸運を運んでくると信じていたからだ。

「ラルフ！」マーシーは大声でいった。「いったいどういうこと？　まちがいに決まってるでしょう！」

「あいにく、そうじゃない」ラルフは答えた。

ラルフにとって、このやりとりは不本意なものだった。マーシーには好感をもっていたからだ。いや、それをいうならテリーのことも好きだった――もしかしたらテリーは、わずかばかりの自信をつけさせることで、デレクの人生を少し変えただけかもしれない。しかし十一歳の子供にとっては、たとえわずかでも自信をもつのは大事だ。それだけではなかった。マーシーなら、夫の真実についてなにか知っているかもしれない――たとえ本人が意識のレベルでは知っていることを認めていなくても。メイトランド夫妻は結婚してもう長いし、ピータースン少年殺しのような恐怖の事件は、無からいきなり出現するわけではない。徐々に積み重なるものがあってこそ、現実の行動にいたるものだ。

「家に帰るんだ、マーシー。いますぐ。娘さんたちは友人の家に預けたほうがいいかもしれないな。警察が自宅できみを待っているはずだからね」

マーシーは話がひとつも理解できぬまま、じっとラルフを見つめるばかりだった。

背後からアルミニウム製のバットがボールを見事にとらえた快音が響いてきた。しかし、歓声はほとんどあがらなかった。観客たちはいまもまだショックから抜けだせず、目の前の試合よりも、たったいま目撃した出来事のほうに関心をむけていたからだ。これは残念なことでもあった。というのも、トレヴァー・マイクルズがこれまで出したことのないほどの力でボールを打ち返したからだった。それこそ、Tコーチが練習でゆるいボールを投げたとき以上の力がこもったバッティングだった。あいにく、打球はベアーズのショートのもとにまっすぐ飛んでいった。ショートの選手はジャンプするまでもなく打球をミットにとらえた。

試合終了。

6

ジューン・モリスの供述書［七月十二日、午後五時四十五分。聴取担当：ラルフ・アンダースン刑事。保護者のミセス・フランシーン・モリスが同席］

アンダースン刑事　ミセス・モリス、警察署まで娘さんを連れてきていただき、ご足労に感謝します。ジューン、そのソーダはおいしいか？

ジューン・モリス　はい。わたし、面倒なことになってるんですか？

アンダースン刑事　いや、その心配はまったくないよ。きみが二日前の夕方に見たものについて、話をきかせてほしいだけだからね。

ジューン・モリス　わたしがコーチのテリーさんを見かけたときのことですか？

アンダースン刑事　そのとおり。きみがコーチのテリーさんを見たときのことだ。

フランシーン・モリス　この子が九歳になったときから、ご近所に住んでいるお友だちのヘレンの家まで、ひとりで遊びにいくのを許したんです。昼間の明るいうちにかぎっての話ですけど。子供をいつも監視している超過保護なモンスターペアレンツにはならないというのが、うちの考えです。今回はこんなことになりましたが、そんな保護者になる気はないということははっきりと申しあげておきます。

アンダースン刑事　ジューン、きみがテリーさんを見かけたのは夕食《サパー》をすませたあとだったね？

ジューン・モリス　はい。ミートローフを食べました。ゆうべは魚料理でした。わたし、魚はあんまり好きじゃないけど、でもそういう決まりなので。

フランシーン・モリス　ヘレンの家には道路を横断したりなんだりせずに行けます。だから心配はないと思っていました。もとより治安のいいところですからね。というか、そんなふうに思ってました。

アンダースン刑事　いつから子供たちに単独行動を許すかを見きわめるのは容易ではありませんからね。さて、ジューン。きみは道を歩いていく途中で、フィギス公園の駐車場の前を通った。まちがいないかな?
ジューン・モリス　ええ。わたしとヘレンは――
フランシーン・モリス　ヘレンとわたし――
ジューン・モリス　ヘレンとわたしは南アメリカの地図を完成させようとしてました。学童保育《デイ・キャンプ》の課題です。別々の国を別々の色で塗り分けなくちゃいけないんです。それであと一歩でおわるっていうときになって、パラグアイを忘れてたことに気づいたので、最初からやりなおしになりました。それが決まりなんです。課題をすませたら、ヘレンのｉＰａｄで〈アングリーバード〉と〈コーギーホップ〉のゲームをしながら、父が迎えにくるのを待つつもりでした。そのころには暗くなりかけていたので、父が迎えにくることになってました。
アンダースン刑事　それは何時ごろですか、お母さん?
フランシーン・モリス　ジュニーがうちを出たときは、テレビで地元のニュースをやってました。わたしが食器を洗っているあいだ、ノームがニュースを見てました。だから、家を出たのは六時から六時半のあいだです。天気予報が流れていたような気もするので、六時十五分過ぎかもしれません。
アンダースン刑事　じゃ、駐車場の前を通りかかったときになにが見えたのか、ここで話してもらえるかい?
ジューン・モリス　さっきも話したとおりテリー・コーチです。コーチはうちから通りを歩いた先に住んでるんです。前にうちの犬が迷子になったとき、コーチが見つけて連れてきてくれました。たまに娘さんのグレイシー・メイトランドとも遊びます。でも、いつもじゃない。あの子は一歳年上だし、男の子のほうが好きだから。コーチは血だらけでした。鼻血のせいでした。
アンダースン刑事　なるほどね。きみが見たとき、コーチはなにをしていた?
ジューン・モリス　木立から出てくるところでした。わたしが見ていることに気づくと、コーチは手をふってきました。わたしは手をふりかえして、「こんばんは、テリー・コーチ。どうしたんですか?」とたずねました。コーチは、木の枝に顔をぶつけてしまったと答えました。「怖がらなくてもいいよ、ただの鼻血だし、鼻血が出るのはいつものことだ」って。わたしが「怖くはないです。でも、そのシャツはもう着られませんね。血は洗っても落ちないと母さんがいってましたから」って答えると、コーチはにっこりして、「うちにシャツがいっぱいあって助かったよ」といいました。でも、血はコーチのズボンにもついてました。両手にも。

フランシーン・モリス　あの男がこの子にそんなに近づいていたなんて。どうしても、そのことが頭を離れません。

ジューン・モリス　どうして？　コーチが鼻血を出してたから？　去年、ラルフ・ジェイコブズが校庭で転んで鼻血を出したときだって、わたしは怖くなかったよ。ラルフにハンカチを貸そうと思ったけど、その前にグリシャ先生がラルフを医務室に連れていっちゃった。

アンダースン刑事　コーチにはどれくらい近づいた？

ジューン・モリス　ええと……それはわかんないです。コーチは駐車場に立ってて、わたしは歩道にいました。どれくらいの距離でしょうか？

アンダースン刑事　わたしにもわからないな。でも調べればわかる。ソーダはおいしいかな？

ジューン・モリス　それ、さっきもきかれました。

アンダースン刑事　ああ、そうだったね。うっかりしてた。

ジューン・モリス　お祖父《じい》ちゃんがいってました。年をとると人は忘れっぽくなるって。

フランシーン・モリス　だめよ、ジューン。失礼なことをいっては。

アンダースン刑事　かまいません。ジューン、きみのお祖父さんは賢い人みたいだね。で、それからなにがあった？

ジューン・モリス　なにもありませんでした。テリー・コーチが自分のヴァンに乗りこんで、駐車場から出ていっただけです。

アンダースン刑事　ヴァンの横っ腹になにか文字があったかな？　会社の名前とか？

ジューン・モリス　なんにもありませんでした。ただの白いヴァンです。

アンダースン刑事　ヴァンはどの方向へ走っていったのかな？

ジューン・モリス　バーナム・ストリートのほうです。

アンダースン刑事　じゃ、駐車場にいた男、きみに鼻血を出しただけだと話した男の人は、コーチのテリー・メイトランドにまちがいないね？

ジューン・モリス　ええ、テリー・コーチ、Tコーチでした。いつも見かけていますから。コーチがどうかしたんですか？　わるいことをしたとか？　ママから新聞を読むな、テレビを見るなっていわれてます。でも、公園でなにか大変なことがあったことはわかってます。テリー・コーチは悪人と戦ったりしたんですか？　それであんなに血が出てしまって——？

フランシーン・モリス　話はこれでもうおしまいでしょうか、刑事さん？　そちらが情報を欲しがっているのはわかりますが。今夜この子をベッドに寝かしつけなくてはならないのは、このわたしです。

ジューン・モリス　ひとりで寝られるもん！

アンダースン刑事　ええ、あと少しでおわります。ジューン、帰る前にわたしとゲームをしてほしいんだ。ゲームは好きかい？

ジューン・モリス　ええ、まあ——退屈なゲームでなければ。

アンダースン刑事　じゃ、これから六人のちがう人たちの写真をこのテーブルにならべていくよ……こんなふうに……ね、みんなテリー・コーチに似ているだろう？　きみにはこのなかから、コーチを——

ジューン・モリス　この写真です。四番。この人がテリー・コーチです。

7

トロイ・ラメイジが覆面パトカーの後部座席ドアの片方をあけた。テリーはうしろをふりかえって、妻マーシーに目をむけた。駐車場のへりで立ちどまっているマーシーの顔には、苦悶まじりの困惑の見本めいた表情が浮かんでいた。妻のうしろからコール紙のカメラマンがやってきて、芝生をジョギングしながら写真を立てつづけに撮影していった。

《写真なんかいくら撮っても無駄だ》テリーはそう思った——それもいささかの満足感とともに。ついでテリーはマーシーにこう叫んだ。

「ハウイー・ゴールドに電話だ！　おれが逮捕されたと伝えろ！　それから――！」

そこでトム・イエイツがテリーの頭のてっぺんをつかんで、車内に押しこめた。「さあ、体をずらして奥へ行け。おれがシートベルトを締めてやるから、そのあいだ両手を膝に置いて動かすな」

テリーは尻をずらして奥へ進んだ。両手をきちんと膝に置きもした。フロントガラスから外をのぞくと、野球グラウンドの大きな電光式スコアボードが見えた。二年前にテリーの妻マーシーが募金運動をした結果、設置が実現したスコアボードだった。マーシーはテリーの視線の先に立っていた。一生忘れられなくなりそうな表情だった。たとえるなら、みずからが住む村が焼け落ちていくのを見ているしかない第三世界の女性のような表情だった。

それからトロイ・ラメイジが運転席に、ラルフ・アンダースンが助手席に乗りこんだ。ラルフがまだドアを閉めきっていないうちから、パトカーはタイヤを軋《きし》ませて障害者用スペースからバックで出た。ついでトロイは片手の掌底をハンドルに押しあてて一気に方向転換し、テインズリー・アヴェニューのほうへ走りはじめた。覆面パトカーはサイレンを鳴らさずに走っていたが、ダッシュボードにとりつけられた青いバブルライトが回転しながら光りはじめた。テリーは、車内にこもっているメキシコ料理のにおいに気づいた。きょうという一日が――いや、自分の人生が――その場にあるとも知らなかった断崖絶壁から突然投げだされたというのに、また妙なことに気づかされたものだ。テリーは前に乗りだした。

「ラルフ、話をきいてくれ」

ラルフはまっすぐ前をむいていた。両手をきつく握りあわせている。「このあと署で好きなだけ話ができるぞ」

「いま話をさせればいいじゃないか」トロイはいった。「おれたちみんなの時間の節約になるし」

「黙ってろ、トロイ」ラルフはいった。あいかわらず車体の下に吸いこまれていく路面に目を貼りつかせている。テリーにはラルフのうなじにある二本の腱《けん》が浮きあがって、数字の11をつくっているのが見えた。

「ラルフ、きみがどうしてわたしを逮捕したのかもわからなければ、なぜ街の人の半分が見ている前で逮捕しようと思ったのかもわからない。でも、頭がとことんいかれているのはまちがいないね」

「ああ、みんなそういってる」テリーの隣にすわっているトム・イエイツが、ただの時間つぶしだといいたげな声でいった。「メイトランド、両手は膝に置いたまま動かすな。鼻を掻くのも禁止だ」

テリーの頭は澄みはじめていた――完全に冴えたわけではなく、わずかに澄んだだけだったが、それでもイエイツ巡査（制服のシャツに名札がピン留めされていた）の命令に従うよう気をつけることにした。この巡査が、口実さえあれば自分が捕えた人物を――手錠をかけていようといまいと――殴りつける男に見えたからだ。

どうやら、このパトカーの車内でエンチラーダを食べた者がいるようだな――テリーはそう確信した。〈セニョール・ジョー〉の店のテイクアウトだろうか。あの店は娘ふたりのお気に入りだった。店での食事のあいだ、ふたりの娘はよく笑っていた――そう、本当によく笑っていたし、そのあと家に帰るまで、どちらも相手がおならをしたと責めあっていた。「話をきいてほしいんだ、ラルフ。頼む」

ラルフはため息をついた。「ああ、話をきいてる」

「おれたち全員がね」ラメイジがいった。「さあ、みんな。耳の穴かっぽじって話をきこうじゃないか」

「フランク・ピータースンが殺されたのは火曜日。火曜日の午後だった。新聞にも記事が出たし、テレビのニュースでも流れてた。その火曜日、わたしはキャップシティにいたんだ。火曜日の夜もいたし、翌水曜日もほとんどあの街にいた。こっちへ帰ってきたのは水曜日の夜、それも九時か九時半になってからだ。だからその二日にかぎっては、ギャヴィン・フリックとバリー・フーリハン、それにバイビルの父親のルケシュ・パテルが選手のトレーニングを代わってくれたよ」

つかのまパトカー車内は静まりかえった。カーラジオの声が邪魔することもなかった――ラジオの電源は切ってあったからだ。テリーはいま得意の絶頂だった――この瞬間ばかりは、ラルフが運転席にいる大男に車をとめろと命令するだろうと、百パーセント信じて疑わなかった。停車命令のあとでラルフは後部座席に顔をむけ、大きく見ひらいた目にとまどいをのぞかせつつ、こういうのだろう。《まいったな、これは。おれたちはとんだ大どじを踏んだようじゃないか、え？》

しかし現実にラルフが――あいからわず、うしろをふりかえりもしないまま――口にしたのはこういう言葉だった。「ああ。出たな、鉄壁のアリバイとやら」

「なんだって？　きみがなにを話してるのか、さっぱりわからない――」

「おまえも切れ者だな、テリー。最初におまえに会ったときから頭がいいとわかってた――リトルリーグで、おまえがデレクのコーチをしていたころからだ。だから、おまえがあっさり自白しなければ――できればそうなってほしいが、その見込みは薄い――そのときはおまえがアリバイの話をもちだすはずだと予想していてね」そこまで話して、ようやく後部座席をふりかえったラルフは、まったくの赤の他人の顔をしていた。「でもこちらは、そのアリバイを木端微塵《こっぱみじん》に打ち砕けるはずだとも思ってるよ。これについては、おまえの尻尾をつかんでいるからだ。ああ、しっかりつかんでいるんだよ」

「キャップシティでは、なにをしていたのかな、コーチ？」イエイツがそんな質問をしてきた。鼻を掻くのも禁止だと申しわたしてきた男が、ここへ来ていきなり親しみと関心をのぞかせてきた。テリーはあの街でなにをしていたのかを打ち明けかけたが、すんでのところで思いとどまった。とっさに反応するのではなく考えをめぐらせるようになったいま、気がついたことがある。エンチラーダのほのかな残り香がただようパトカー車内は、いってみれば敵の領域だ。だとしたら、いまから警察署でハウイー・ゴールドと合流するまでは口を閉ざしておくべきだろう。ハウイーと知恵をあわせれば、このとんでもない誤解もすんなり正せるはずだ。それも、あまり時間もかからずに。

それ以外にもテリーが気づいたことがあった。いまテリーは怒っていた。おそらく、生まれてこのかた経験したことのないほどの激しい怒りだった。パトカーがメイン・ストリートに折れてフリントシティ市警察署にむかいはじめると同時に、テリーは心に誓った。秋になるころには――いや、もっと早くてもいいが――助手席にすわっている男、これまで友人だとばかり思っていたあの男には転職先をさがしてもらうことにしてやろう。ここオクラホマ州タルサか、いっそテキサス州アマリロあたりの銀行警備員の仕事を。

8

ミスター・カールトン・スコウクロフトの供述書〔七月十二日、午後九時三十分。聴取担当：ラルフ・アンダースン刑事〕

スコウクロフト　長くかかりそうかな、刑事さん？　いやね、いつもは早寝をするんだよ。鉄道線路の保守の仕事をしてるからね。朝の七時までに仕事場に出ていかないことには面倒なことになる。

アンダースン刑事　できるだけ早くすませるようにしますよ、ミスター・スコウクロフト。ただ、これが非常に重要な問題だということもご理解ください。

スコウクロフト　ああ、わかってる。できる範囲で精いっぱい協力するさ。そうはいっても話せることなんかろくにないし、早めにうちへ帰りたいね。ただ、安眠できるかどうかは怪しいな。警察署に来たのは、十七歳のとき飲み会へ行って捕まったとき以来だ。当時はチャーリー・ボートンが署長だったっけな。みんな、それぞれの父親が署に来て家に帰れたが、おれはひと夏のあいだ外出禁止を食らったよ。

アンダースン刑事　ともあれ、ご足労に感謝します。では七月十日の夜の午後七時、どちらにいたかを教えてください。

スコウクロフト　ここへ来たときに受付にいた女の子にも話したけど、〈ショーティーズ・パブ〉にいたんだよ。白いヴァンも見たし、ウェストサイドでリトルリーグやポップワーナー・フットボールのコーチをしている男も目にした。名前は思い出せないが、顔はしょっちゅう新聞で見てるよ。ほら、今年はシティリーグでいい成績をおさめたからだな。新聞には、この先ずっと上まで進めるかもしれないとあったぞ。名前は……モアランドだったかな。体じゅう血だらけになってた。

アンダースン刑事　どういういきさつで、その男を目撃するようになったんですか？

スコウクロフト　仕事を引けたあとは、いつも決まった過ごし方をしてるんだよ。家に帰っても女房がいるわけでなし、おれの料理の腕はたかが知れてるしでね。まあ、そういうことだ。そんなわけで、月曜と水曜は〈フリントシティ・ダイナー〉へ行く。金曜日は〈ボナンザ・ステーキハウス〉。火曜と木曜は〈ショーティーズ・パブ〉で、リブのプレートとビールと決めてる。あの火曜も〈ショーティーズ〉に行った……あれは、そうだな、六時十五分ってところか。そのころには、あの男の子はとっくに殺されてたんだろう？

アンダースン刑事　そのあと七時ごろには、あなたは店の裏手に出ていた――まちがいないですね？〈ショーティーズ・パブ〉の裏手に。

スコウクロフト　ああ、おれとライリー・フランクリンがね。店で出くわして、いっしょに食事をとった。店の裏に出たのは、そこが喫煙所だからだ。洗面所のあいだの通路を進んで裏口から出たところがね。灰皿代わりのバケツだのなんだのがそろってる。で、あいつといっしょに食事をした――おれはリブを、ライリーはマカロニ＆チーズ。食べおわってデザートを注文した。で、デザートが来る前に一服しようと裏口から外へ出たんだ。で、おれたちがそこに立って、クソみたいな煙を吸ってるところへ、例の汚れた白いヴァンがやってきた。ニューヨーク州のナンバープレートをつけてたことだけは覚えてる。ヴァンは小さなスバルのワゴン車の隣に駐まって――スバルだったと思う――男が降りてきた。例の……モーランドだかなんだか、名前はともかく。

アンダースン刑事　男はなにを着ていましたか？

スコウクロフト　スラックスについてはなんともいえない――ライリーなら覚えてるかも。チノパンツだったとしてもおかしくない。ただ、シャツは白かった。白だって覚えてるのは、シャツの前に血がついてたからだよ。べったりとね。顔も血まみれだった。鼻の下や口のまわり、それにあごも。ぞっとするほど血みどろだった。するとライリーが――おれが店で会うまでに、やつはビールを二杯ばかり飲んでいたみたいだったが、おれはそのときはまだ一杯しか飲んでなかったんだが、そのライリーがこういった。「喧嘩相手はどんなありさまになったんだ、Tコーチ？」

アンダースン刑事　お友だちは男をTコーチと呼んだのですね？

スコウクロフト　そうだよ。それをきいて男は、つまりコーチは笑い声をあげてこういった。「相手なんかいないさ。なにかが鼻にはいりこんだみたいだ。鼻血がイエローストーン国立公園の間欠泉《オールド・フェイスフル》みたいに出てくる。このへんに応急診療所《ドク・イン・ザ・ボックス》はあったかな?」

アンダースン刑事　あなたはそれをきいて、飛びこみ患者でも診療する、〈メッドナウ〉や〈クイックケア〉のような医療機関のことだと思ったのですね?

スコウクロフト　ああ、そういう意味でいってたよ、あの男は。血をとめるのに鼻の奥を焼灼《しょうしゃく》してほしがっていたからね。痛そうじゃないか、え?　前にもおなじような症状に見舞われたことがあるといってた。だったらバーフィールド・ストリートを一キロ半ばかり先へ行って、ふたつめの信号を右折すれば看板が見えてくる、と教えてやった。フォード販売店《ディーラー》の〈コニー〉のそばにある案内看板は知ってるだろう?　それを見れば、いまの待ち時間だのなんだのがわかる仕掛けだよ。それからあの男は、パブの裏のこの駐車場に車を置いていっていいかとたずねた。建物裏に案内も出てるんだが、あそこはパブの客じゃなくて従業員用の駐車場なんだ。だから、「おれの駐車場じゃないからわからんが、あんまり長い時間じゃなければ大丈夫だろうよ」と答えた。そしたらやつが答えたんだが……そのときには、おれたちふたりとも、返事が妙ちきりんに感じられたよ。やつは、だれかが車を移動させたがるかもしれないから、カップホルダーにキーを入れておく、といったんだ。ライリーは「車を盗まれたければ、もってこいの方法だな、Tコーチ」といった。でも相手は、長くは留守にしないし、そのあいだにもだれかが車を動かしたがるかもしれないとくりかえすばかり。おれがそのときどう思ったかわかるか?　あの男は本心じゃ車を盗まれたがってるんじゃないか、それも、おれかライリーに盗んでほしいんじゃないかと思ったんだよ。そんなことがあるもんかな、刑事さん?

アンダースン刑事　それからなにがあったんですか?

スコウクロフト　コーチが小さな緑のスバルに乗りこんで走り去っていった。で、これまた妙だなと思った。

アンダースン刑事　なにが妙に思えたんですか?

スコウクロフト　だって、その前にあいつはヴァンを駐めていっても大丈夫かとたずねてたんだぞ——レッカー移動だかなんだかをされるんじゃないかと心配してるみたいにね。だけど、その前から自分の車を駐めてて、そっちの車はまったくの無事だったわけだぞ。どう考えたって妙だろうが。

アンダースン刑事　ミスター・スコウクロフト、これから六人の男の顔写真をあなたの前にならべます。そのなかから、〈ショーティーズ〉の裏で目にした男の写真を選びだしてください。六人とも似通った顔だちですから、好きなだけ時間をかけていただいてかまいません。選んでいただけますか？

スコウクロフト　もちろん。じっくり考える時間なんか必要ない。あそこにいたのはこの男だよ。モアランドだかなんだか名前は知らないがね。さあ、そろそろ帰ってもいいいか？

9

そのあと警察署の駐車場にたどりついて、《**公用車専用**》と書かれたスペースのひとつに駐車するまで、覆面パトカーの車内ではだれひとり口をひらかなかった。ついでラルフはうしろに顔をむけ、かつて息子をコーチしたことがある男をとっくりとながめた。テリー・メイトランドがかぶっているドラゴンズのキャップはわずかに傾《かし》ぎ、なんとなくギャングスタを思わせる角度になっていた。ドラゴンズのTシャツは半分だけ裾がはみだし、顔には汗が筋をつくっていた。いまこの瞬間にかぎっては、テリーは有罪そのものに見えた。ただし、まっすぐにラルフを見つめかえしてきた目だけは、そうは見えなかったかもしれない。大きくひらかれた両目は静かにラルフを責め立てていた。

ラルフの頭のなかには、先延ばしできない疑問があった。「なんであの男の子だったんだ？　どうしてフランク・ピータースンだった？　あの子は今年のライオンズ・リトルリーグ・チームの選手だったんじゃないのか？　前々からあの子を狙っていたのか？　それともたまたま目についただけなのか？」

テリーは否認を繰り返すために口をひらいたが、そんな話をしてなんになる。どうせラルフにはききいれてもらえまい——とりあえずいまは無理だ。話をきいてくれる警官はいないに決まっている。だったら待つほうがいい。簡単ではなかったが、結果的には時間の節約になるかもしれなかった。

「さあ、話せ」ラルフはいった。穏やかに、ただ世間話をしているだけといった口調。「さっきは話したがっていたじゃないか。だからいま話すといい。教えてくれ。おれに理解させてくれ。いまここで。この車から外に出てもいないときに」

「弁護士が来るのを待っていたほうがいいと思ってね」テリーは答えた。

「無実だったら」トム・イエイツはいった。「弁護士なんかいらないはずだ。その気になれば、こいつをおわらせることだってできる。ひょっとしたら、おれたちがこのまま家へ送り帰してやれるかもな」

あいかわらずラルフの目をまっすぐ見すえながら、テリーはほとんどききとれないくらい低い声で話しはじめた。「お粗末な失態もいいところだ。きみは火曜日にわたしがどこにいたのか、それさえ調べなかったんだろう？　きみがこんな真似をするなんて、以前なら考えもしなかっただろうな」テリーは考えをめぐらせるようにいったん黙りこんでから、こういい添えた。「この人でなしめ」

その点は、あまり時間をかけなかったとはいえサミュエルズ首席検事とも話しあっていたが、それをわざわざテリーに話すつもりはラルフにはなかった。ふたりとも、テリー・メイトランド本人の耳に届きそうな質問は控えておきたかったという事情もある。「これはおれたちがチェックする必要もない珍しいケースのひとつでね」そういってラルフはドアをあけた。「さあ、降りろ。おまえの弁護士がここへ来る前に、逮捕手続をすませて指紋を採取し、顔写真も撮っておきたい——」

「テリー！　テリー！」

テリーの妻のマーシー・メイトランドはラルフの助言もききいれず、野球場から自前のトヨタ車を走らせて覆面パトカーを追いかけてきていた。ふたりの娘のセーラとグレイスは、近所に住むジェイミー・マッティングリーが手をあげて、自分の家へ連れていくといってくれた。娘ふたりは泣いていた。ジェイミーも涙を流していた。

「テリー、警察の人はなにをしてるの？　わたしはどうすればいい？」

イエイツに腕をつかまれてはいたが、テリーは一瞬だけ体をねじって警官の腕を払った。「ハウイーに電話だ！」

そう叫ぶだけの時間しかなかった。ラメイジが《**警察関係者以外立入禁止**》と表示されたドアをあけ、イエイツがテリーの背中の中央を手で――いっさい手加減をせず――強く押して室内へと押しこめた。

ラルフはしばしドアを手で押さえたまま外にとどまっていた。「家に帰るんだ、マーシー。マスコミの連中が家に押し寄せる前に」これにつづけて、《こんなことになってすまない》という言葉をつづけそうになったが、口にはしなかった。謝りたい気持ちはこれっぽっちもなかったからだ。マーシーが自宅に帰っても、ベッツィ・リギンズと州警察の面々が待っているだけだ。それでもいまのマーシーには、家に帰るのがいちばんだ。いや、ほかにできることはないともいえる。それに、もしかしたらラルフはマーシーに借りをつくったかもしれない。マーシーのふたりの娘さんについては確実にそういえる――ふたりはこの件にはいっさい関係していない――しかし、同時に……。

《お粗末な失態もいいところだ。きみがこんな真似をするなんて、以前なら考えもしなかっただろうな》

子供をレイプして殺害した男に嫌悪をいだいた自分をうしろめたく思う理由はひとつもないはずだったが、それでもラルフはつかのまとはいえ罪悪感をおぼえた。しかし、すぐに犯罪現場の写真を思い出した――見た人に、いっそ目が潰れたほうがよかったと思わせる酸鼻をきわめた光景の写真を。少年の直腸に突き立っていた木の枝のことも思った。枝のなめらかな部分に残っていた血の痕を思った。枝の一部がなめらかになっていたのは、血痕を残した犯人が枝をかなり強い力で少年の体内に突き入れたせいで、樹皮が剝がれていたからだ。

ビル・サミュエルズの論点はふたつだった。ラルフはどちらにも同意し、サミュエルズが多数の令状の発行を求めたカーター判事も同意見だった。ひとつ――本件は証拠が完璧にそろったスラムダンクだ。必要なものはすべて手もとにそろっているのだから、これ以上待っていても意味はない。ふたつ――テリーに時間を与えたら、そのあいだに逃亡されるおそれがある。そうなったら当局は、テリーが第二のフランク・ピータースンを見つけて強姦殺人の餌食とする前に、あの男をさがしだす必要に迫られてしまう。

10

ミスター・ライリー・フランクリンの供述書［七月十三日、午前七時四十五分。聴取担当：ラルフ・アンダースン刑事］

アンダースン刑事　ミスター・フランクリン、これからあなたに六名の男の顔写真をお見せしますので、あなたが七月十日の夜、〈ショーティーズ・パブ〉の裏で見た男を選んでいただけますか？　好きなだけ時間をかけていただいてけっこうです。

フランクリン　考えるまでもない。その写真の男だよ。ナンバー2だ。Tコーチだ。信じられんな。うちの息子もリトルリーグであの男のコーチを受けてたんだぞ。

アンダースン刑事　偶然ですが、わたしの息子も同様ですよ。ご協力に感謝します、ミスター・フランクリン。

フランクリン　あんな男には毒薬注射だってもったいない。縛り首にして、じわじわとくびり殺してやればいいさ。

11

マーシーはティンズリー・アヴェニューの〈バーガーキング〉の駐車場に車を駐めると、ハンドバッグから携帯電話をとりだした。手が震えて、電話をとり落としてしまった。身をかがめて拾いあげようとした拍子に頭をハンドルにぶつけて、ふたたび泣きはじめた。それから携帯の連絡先をスクロールして、ハウイー・ゴールドの番号を見つけた。弁護士の電話番号を携帯に登録しておくべき理由がメイトランド家にあったのではなく、ハウイーが過去二回のシーズンで、テリーといっしょにポップワーナー・フットボールのコーチをつとめていたからだ。ハウイーは二回めの呼出音で電話に出た。

「ハウイー？　マーシー・メイトランドよ。テリーの妻の」二〇一六年からこっち、毎月一回は家族ぐるみで夕食をともにしているのだが、そんなこともなかったかのように名乗った。

「マーシー？　泣いているのか？　なにがあった？」

話すべきことがたくさんありすぎて、マーシーはとっさに言葉を口にできなかった。

「マーシー？　まだそこにいるのか？　事故にあったかなにかしたのかな？」

「ええ、ここにいる。わたしのことで電話したんじゃない。テリーよ。警察がテリーを逮捕した。ラルフ・アンダースンがテリーを逮捕したの。あの男の子を殺した犯人だといって。とにかく警官たちはそういってた。ピーターースンさんの男の子を殺した罪で、と」

「なんだって？　わたしをかつごうとしているのか？」

「あの人は事件のとき、この街にさえいなかったのに！」マーシーはわめいた。自分が大声でわめいているのはきこえていたし、癇癪《かんしゃく》を起こしたティーンエイジャーそっくりだとも思ったが、自分でも抑えられなかった。

「警察はテリーを逮捕して、わたしには自宅で警察が待ってるといってよこしたの！」

「セーラとグレイスはいまどこに？」ハウイーは娘たちのことをたずねた。

「一本隣の通りに住んでいるジェイミー・マッティングリーに預けたわ。だから、いまのところは大丈夫のはずよ」とはいえ、実の父親が警官に逮捕され、手錠をかけられて連行されていくのを見せつけられた直後なのだから、ふたりがどれほど大丈夫だといえるだろうか。

マーシーはひたいをさすりながら、ハンドルにぶつけた痕が残っただろうかと考え、なぜそんなことを気にしているかとも思った。自宅にもうマスコミが待ち構えているかもしれないから？　おでこに痣《あざ》があって、それをマスコミの連中に見られたら、テリーが殴ったと勘ちがいされるかもしれないから？

「ハウイー、力を貸してもらえる？　わたしたちを助けてくれる？」

「もちろん。警官たちはテリーを署に連行したんだね？」

「ええ！　手錠をかけて！」

「わかった。これから署に行こう。マーシー、きみは自宅に帰れ。帰って、警察がなにを求めているのかを確かめることだ。警察が捜索令状をもっていたら――警察が自宅前できみを待っているのなら、その目的は家屋の捜索以外にはまず考えられない――とにかく令状に目を通して、警察がなにをさがそうとしているのかを把握したうえで、警官たちを部屋に通せ。ただし、なにもしゃべるな。わかったね？　とにかく、なにもしゃべってはならないよ」

「わ……わかった」

「あいつらは甘言を弄したり、脅したり、餌をちらつかせたりするだろうが、屈してはならないぞ。とにかく警察はいま話した三つが得意なんだ」

「オーケイ。わかった。しゃべらない」

「いまはどこにいる？」

看板を見たのだから店名はわかっていたはずだが、マーシーはあらためて看板を確かめないでは答えられなかった。「〈バーガーキング〉。ティンズリー・アヴェニューの。駐車場に車を入れて電話をかけてる」

「ちゃんと運転できそうか？」

うっかり頭をハンドルにぶつけたことを話しそうになったが、マーシーはすんでのところで思いとどまった。

「ええ、大丈夫」

「まず深呼吸をしたまえ。次は三まで数える。それから家に帰る。速度制限をきっちり守り、出すべきタイミングではウィンカーを欠かさないこと。テリーはコンピューターをもっているか？」

「もちろん。書斎にある。ｉＰａｄももってるけど、ほとんどつかってない。それから、テリーもわたしもノートパソコンをもってる。娘たちはそれぞれｉＰａｄミニをつかってる。あとは携帯ね――全員が自分の携帯をもってる。グレイスは三カ月前の誕生日に買ってもらったばかりよ」

「警察は押収したい物品のリストをきみに見せるはずなんだ」

「でも、ほんとにそんなことができるの？」マーシーはさっきのように泣き叫んではいなかったが、それに近い状態だった。「うちから勝手に品物を奪っていくなんて。そんなの、まるでロシアとか北朝鮮みたい！」

「令状に押収可能と書いてある品物なら、警察は押収できる。ただきみはきみで、押収された品のリストをつくってておいてほしい。娘さんたちはいま、自分の携帯電話をもっているのかな？」

「あたりまえでしょう？　ふたりとも、まるで携帯を手に移植されたみたいにいつも握りしめてるし」

「オーケイ。警察はきみにも携帯を提出するよう要請してくるかもしれない。そうなったら拒否しろ」

「拒否しても奪われたら」そもそも、そんなことが重要だろうか？　本当に？

「その心配はない。きみがなにかの容疑で告発されていないかぎり、警察はきみの意に反して所有物を押収することはできない。さあ、すぐ家に帰るんだ。わたしもできるだけ早くきみに合流しよう。いっしょにこの事態を解決しようじゃないか。約束するよ」

「ありがとう、ハウイー」マーシーはまた泣きはじめた。「ほんとに、ほんとに、ほんとにありがとう」

「いいんだ。くれぐれも忘れるな——制限速度を守る、一時停止では完全に車をとめ、ウィンカーをかならず出す。わかったね？」

「うん」

「よし、これから署にむかう」そういってハウイーは電話を切った。

マーシーはいったんギアを前進《ドライブ》に入れたが、すぐまた駐車《パーキング》にもどした。まずは深呼吸を一回。二回。そして三回。《これは悪夢だ。でも、そんなに長くはつづかないに決まってる。だってあの日テリーはキャップシティにいたのだから。それがはっきりわかれば、警察はあの人を釈放するはず……》

「そうなったら」マーシーは車に語りかけた（ふたりの少女の含み笑いや口論の声がきこえないいま、車内は空虚に感じられた）。「あの連中を訴えて、ケツを蹴り飛ばしてやる」

そう口にしたことで背骨がぴんと伸び、目に見える世界がふたたび焦点をあわせてきた。それからマーシーは制限速度を律儀に守り、一時停止の標識では残らず完全に車をとめながら、バーナムコートの自宅へむかった。

12

ミスター・ジョージ・ザーニイの供述書［七月十三日、午前八時十五分。聴取担当：ロナルド・ウィルバーフォース巡査］

ウィルバーフォース巡査　ご足労いただきありがとうございます、ミスター・チャーニイ――

ザーニイ　発音は〝ザーニイ〟だ。綴りはCZERNYだが、最初のCは無音《サイレント》でね。

ウィルバーフォース巡査　な、なるほど。失礼しました。心しておきます。ラルフ・アンダースン刑事もあなたのお話をうかがいたいといっておりますが、いまはほかの証人の事情聴取で手いっぱいでして、あなたの記憶がまだ新鮮なうちに基本的な事実を話していただくように頼まれました。

ザーニイ　あの車はもうレッカー車で牽引してるのか？　あのスバルを？　ちゃんと保管しないと、せっかくの証拠が汚染されてしまうからな。あの車にはどっさり証拠が詰まってる――おれにだってわかるさ。

ウィルバーフォース巡査　こうして話しているあいだにも、そちらの担当が仕事を進めてますよ。さて、あなたはきょうの朝、魚釣りに出かけたんですね？

ザーニイ　ああ、最初はそのつもりだったんだが、結局は糸を垂らしもしなかったね。家を出たのは夜明け直後だ。そのときは、アイアン橋と呼ばれてるところまで行くつもりでね。知ってるかな、オールドフォージ・ロードを行った先にあるんだ。

ウィルバーフォース巡査　ええ、知ってます。

ザーニイ　あそこは鯰《なまず》の穴場だ。鯰は見た目が醜いし、釣針をはずそうとした拍子に手に嚙みついてきたりもするんで、好んで釣る人はあまりいない。でも女房がフライにして塩とレモン汁で味つけをすると、そりゃもう頬っぺが落ちるほど旨くなる。味の秘訣《ひけつ》はレモンだ。ついでに、鋳鉄《ちゅうてつ》のフライ鍋をつかうのがこつだ。炉の火にかけるんで脚がついてて蜘蛛《くも》に似てるもんで、おふくろは〝蜘蛛鍋《スパイダー》〟なんて呼んでたな。

ウィルバーフォース巡査　それであなたは、橋をわたりきったところで車をとめたんですね――

ザーニイ　ああ。でも幹線道路から少しはずれた場所にだ。あそこには昔の船着き場があってね。で、どこかのだれかがあそこの土地を数年前に買って、フェンスで囲って**《立入禁止》**の看板を出した。でも、それっきり、なんにも建ちゃしない。何ヘクタールだか知らないが、ただ雑草が生えてるだけで、船着き場は半分、川に沈んじまってる。で、おれはいつも枝分かれしてる小道をくだって、その金網フェンスのところで車を駐める。だから、きょうの朝もおなじ場所にまで行ったんだが、そこでなにを見たと思う？　フェンスが押し倒されてて、あのちっこい緑の車が、沈みかけた船着き場の桟橋ぎりぎりのところに駐まってたんだ。それこそ、前のタイヤが半分ばかり泥に沈むほど川の近くだったよ。で、おれは車に近づいていった。前の晩にどこかの男がストリップバーからへべれけに酔って帰ろうとして、うっかり道路をそれて迷いこんだんじゃないかと思った。もしかしたら、そいつが気をうしなったまま車に乗ってるんじゃないかとも思ったし。

ウィルバーフォース巡査　そのストリップバーというのは、街の境界を出てすぐのところにある〈紳士の社交場《ジェントルメン・プリーズ》〉のことですか？

ザーニイ　ああ。いかにも。あの店にいった男たちはしこたま酒を飲み、一ドル札や五ドル札を女の子のパンティーに押しこんだあげく、無一文になって、酔っ払ったまま家へ帰るってわけだ。いっておけば、おれにはあの手の店のなにがいいのか、さっぱりわからん。

ウィルバーフォース巡査　なるほど。それであなたは川のほうへ歩いていって、車内をのぞきこんだ、と。

ザーニイ　小さな緑色のスバルだった。だれも乗ってなかったが、助手席には血まみれの服が残されてた。それを見るなり、殺されたっていう男の子のことが頭に浮かんできた。ほら、ニュースで警察が事件との関連で緑色のスバルをさがしてるって話してたからだよ。

ウィルバーフォース巡査　ほかに気がついたことはありますか？

ザーニイ　スニーカーがあった。助手席側の床に転がってた。スニーカーにも血がついてたな。

ウィルバーフォース巡査　どこかに手を触れましたか？

ドアがあくかどうか試したとか?

ザーニイ　滅相もない。女房もおれも、〈CSI：科学捜査班〉は一回も見逃してないんだぞ。

ウィルバーフォース巡査　そのあと、あなたはなにをしましたか?

ザーニイ　911に通報の電話をかけたよ。

13

テリー・メイトランドは取調室の椅子にすわって待っていた。署にやってきた弁護士が大騒ぎで抗議するのを防ぐためだろう、手錠はすでにはずされていた——弁護士もまもなく到着しそうだった。ラルフ・アンダースン刑事は両手を背中で組む〝休め〟の姿勢で立ち、かつて息子のコーチをつとめた男をマジックミラーごしにじっと見つめていた。トム・イエイツとトロイ・ラメイジのふたりの巡査はすでに送りだした。ベッツィ・リギンズ刑事とも話した——ベッツィからは、ミセス・メイトランドがまだ帰宅していないと知らされた。逮捕をすませて多少は頭が冷えてくると、ラルフはまたしても事態が進んでいく速さに落ち着かないものを感じはじめた。テリーがアリバイを主張したことは意外でもなんでもないし、どうせ根拠薄弱に決まっている。しかし、それでも——。

「やあ、ラルフ」地区首席検事のビル・サミュエルズがネクタイをまっすぐに直しながら、急ぎ足で近づいてきた。髪は〈キィウイ〉の靴用ワックスなみに漆黒だったが、後頭部で跳ねているひと房の癖毛が容貌を実年齢よりも若く見せていた。ラルフも知っていたが、サミュエルズはこれまでにも極刑を科しうる殺人事件の裁判を検事として五、六件担当し、そのすべてで首尾よく有罪判決を獲得していた。そのうち有罪が確定したふたりの殺人犯が、もっかマカリスターにある州刑務所の死刑囚舎房に収監されている(サミュエルズはふたりを〝うちの坊主〟などと呼んでいた)。それ自体はけっこうなことだし、自分のチームに神童がいても困ることはひとつもない。しかし今夜、フリント郡の地区首席検事どのは、〈ちびっこギャング〉に出てくる少年、アルファルファに不気味なほど似通って見えた。

「やあ、ビル」ラルフは声をかけた。

「いかにもビル本人の到着だ」サミュエルズはいい、取調室にいるテリーをのぞきこんだ。「ただ、野球のユニフォームとドラゴンズのキャップという姿のあの男を見たくはないな。いずれ、やつが郡刑務所の褐色の制服を着たら気分も明るくなりそうだ。もっと気分が明るくなるのは、やつが〝永遠のおねんねベッド〟から五、六メートルしか離れていない独房に閉じこめられたときだな」

ラルフはなにもいわなかった。考えていたのは、迷子のようなたたずまいで駐車場のへりに立ちすくんでいたマーシーのことだった。あのときマーシーは両手を握りあわせ、赤の他人を見るような目でひたすらラルフを見ていた。いや、あれは子取り鬼《ブギーマン》を見る目つきだったか。とはいえ、本物のブギーマンはそのマーシーの夫ではないか。

その思いを読みとったかのように、サミュエルズがいった。「怪物には見えないな」

「怪物に見える犯人はめったにいないさ」

サミュエルズはカジュアルジャケットのポケットに手を入れ、数枚の折り畳んだ紙をとりだした。一枚はテリー・メイトランドの指紋のコピーだった――フリントシティ・ハイスクールの人事ファイルにあった書類だ。新任教師は教壇に立つ前に、まず指紋の採取が義務づけられていた。残りの二枚の書類には、**《州警察科学捜査室》**というヘッダがあった。サミュエルズはその二枚をかかげて、ひらひらとふり動かした。

「最新にして最高の結果だぞ」

「スバルを調べた結果か？」

「ああ。州の鑑識が全部で七十以上の指紋を車内から採取して、そのうち五十七がメイトランドの指紋だった。比較鑑定をおこなった技官によれば、ほかの指紋はもっと小さく、おそらく二週間前にスバルの盗難を届けでていたキャップシティ在住の女性のものだろう、ということだ。名前はバーバラ・ニアリング。指紋はいずれも以前につけられたもので、この女性はピータースン少年の殺害事件にいっさい関係ないことがわかった」

「オーケイ。ただ、ＤＮＡ証拠はやはり必要だな。テリーが綿棒での検体採取を拒否してるんだ」指紋とは異なり、この州では綿棒による検体採取が〝プライバシーに踏みこむもの〟と考えられていた。

「きみだって、綿棒検査が不要であることくらいわかっているはずだぞ。ベッツィ・リギンズと州警察の面々がやつの剃刀《かみそり》と歯ブラシ、それに枕から採取できれば髪の毛もあつめてくるんだから」

「そうはいっても、すでに収集した証拠とここで採取した検体を突きあわせて、結果が一致する必要があるんだよ」

サミュエルズは小首をかしげてラルフを見つめた。こうなると〈ちびっこギャング〉のアルファルファ少年そっくりではなくなった。いまこの検事はきわめて高度な知性をそなえた鼠に見えた。あるいは、きらきらするものに目の焦点をあわせている鴉《からす》か。「もしや気が変わったとでも？　お願いだから、そんなことはないといってくれ。だいたいきょうの午前中は、きみもわたしに負けず劣らず逮捕に乗り気だったじゃないか」

《あのときおれは息子のデレクのことを思ってたからな》ラルフは思った。《あれはまだ、テリーがおれの目をまっすぐ、まるでその権利があるといわんばかりに見つめてくる前のことだ。テリーがおれを人でなしと罵倒するよりも前のことだ──あの語は口にした本人に跳ね返るはずだったのに、なぜかそうはならなかった……》

「気が変わっちゃいない。事態があまりにも目まぐるしく進んでるので戸惑ってるだけだ。おれは着実に事実を積みあげていくやり方に慣れていてね。おれの手もとには逮捕令状さえなかった」

「シティスクエアでバックパックからクラックをとりだしている若者を見かけたら、はたして令状が必要かい？」

「不要に決まってるが、それとこれとは話が別だ」

「実際の現場ではたいしたちがいはないよ。しかし、たまたまわたしの手もとには令状があってね。しかもきみが容疑者を逮捕するより前、カーター判事によって発行された令状だ。いまならもう、きみのファックスにもコピーが届いているだろうよ。さてと……そろそろあっちの部屋へ行って、本題の話しあいにとりかかろうか？」

サミュエルズはこれまで以上に目を輝かせていた。

「あの男がすんなり話すとは思えないな」

「ああ、まず話さないだろうね」

サミュエルズはにやりと笑った。ラルフはその笑みのなかに、ふたりの殺人犯を死刑囚舎房へ送りこんだ男の顔を見てとった。そのサミュエルズが、ほどなくリトルリーグ時代のデレクのコーチだった男を同様に死刑囚舎房まで送りこむことになるのは、まず疑いのないところだった。〝うちの坊主〟がまたひとり増えるだけだ。
「でも、こっちがあの男に話すことはできるだろう？　壁がじりじり迫っているし、おまえはじきに押し潰されて、いちごジャムみたいになってしまうんだぞ、とね」

14

ミズ・ウィロウ・レインウォーターの供述書［七月十三日、午前十一時四十分。聴取担当：ラルフ・アンダースン刑事］

レインウォーター　いいのよ、お認めなさいな、刑事さん——これほど柳《ウィロウ》っぽい体形とかけ離れてるウィロウなんて女、これまで見たことがないでしょ？

アンダースン刑事　お言葉ですが、きょうの話題はあなたの体のサイズではありませんよ、ミズ・レインウォーター。きょう、おうかがいしたいのは——

レインウォーター　そういうけど、体のサイズが話題なの。あなたが知らないだけ。だってわたしがあそこにいたのは、体のサイズのせいだもの。たいていの日は夜十一時ごろになると、あのストリップクラブの前に十台以上のタクシーが客待ちの列をつくってる。でも、女の運転手はわたしだけ。なぜだかわかる？　いくら酔っ払っていても、わたしにしつこく言い寄る男の客なんかいないから。これでもハイスクールのころは——フットボール・チームでのプレーを認められたときにかぎれば——レフトタックルをこなせた。だいたい客の半分は、いざタクシーに乗ってきても運転手のわたしが女だなんて気づかないし、そのほとんどが降りるときにもまだ気づかない。でも、わたしに文句はない。わたしがあそこでなにをしていたのかを、刑事さんが知りたがると思って話してるんだけど。

アンダースン刑事　お気づかいに感謝します。

レインウォーター　でも、この話は十一時じゃなく、夜の八時半ごろのことよ。

アンダースン刑事　七月十日、火曜日の夜のことですね。

レインウォーター　そう。油田がだんだん涸《か》れてきたりなんだりで、それからこっち、ウィークデイの夜はひまになってね。だから運転手はだいたいみんな営業所にたむろして、馬鹿話をしたり、ポーカーをしたり、猥《わい》談《だん》をしたりしてる。でも、わたしはそんなの勘弁だから、フリントホテルかホリデイイン、ダブルツリーホテルあたりに行くか、でなきゃ〈紳士の社交場《ジェントルメン・プリーズ》〉に行く。自分の運転で帰れるなんて馬鹿なことを考えるくらい酔っちまう客もいるけれど、そこまで酔ってない客むけにタクシー乗り場が用意されてるからね。早めの時間に行けば客待ちの先頭にならべる。わるくても二番か三番は確保できるんだ。で、タクシーの車内に腰をすえて、客待ちのあいだはキンドルで本を読む。あたりが暗くなったら、ふつうの本は読みにくくてしょうがないけど、その点キンドルなら問題ないしね。ちょっとだけ、われらアメリカ先住民の言葉をつかうのを許してくれるんなら、〝クソったれで最高な発明品だ〟って褒めたいくらい。

アンダースン刑事　もしよければ本題に――

レインウォーター　いま話すから。でも、話すのにも、わたしなりの順序がある。それこそおしめをしてる頃からの流儀がね。だから口をはさまないで。なにが知りたいかはわかってるし、ちゃんと教えてあげる。ここでも、裁判のときにも。あとあと、あの男の子殺しの変態クソ男がいよいよ地獄に突き落とされるとなったら、鹿皮《バックスキン》と羽毛でこの身を飾り、ぶっ倒れるまでいかれぽんちなダンスをしてやる。さあ、わかってくれた？

アンダースン刑事　ええ、わかりました。

レインウォーター　あの晩は時間も早かったせいで、客待ちはわたしのタクシーだけだった。あの男が店へはいっていくのは見てない。ただ、これについてはわたしなりの仮説がある。仮説が正しいことに五ドル賭けてもいい。あの男はプッシーダンスが見たくて店に来たんじゃない。たぶんだけど、あの男はわたしが店先にたどりつく前に――もしかしたら、ほんとに直前に――店に来たんだろうね。電話でタクシーを呼ぶために。

アンダースン刑事　その賭けだったら、あなたの勝ちになりますよ、ミズ・レインウォーター。あなたの会社の配車係が——

レインウォーター　あの火曜日の夜の配車係はクリント・エレンクイストだったね。

アンダースン刑事　そのとおりです。ミスター・エレンクイストは電話をかけてきた客に、駐車場のタクシー乗り場をチェックしてくれ、と答えています。客待ちのタクシーがいるはずだし、いなくてもすぐに到着する、とね。記録によれば、この電話は午後八時四十分でした。

レインウォーター　ああ、そのころだったね。それであの男が店から出てきて、まっすぐわたしのタクシーに近づいてきた——

アンダースン刑事　そのときの男の服装を話してもらえますか？

レインウォーター　ブルージーンズと、きっちりボタンをかけたシャツ。ジーンズは色が抜けてたけど清潔だった。駐車場の照明がオレンジ色のナトリウムランプだったから断定はできないけど、シャツは黄色だったと思う。ああ、そうそう、ベルトには飾りバックルがついてたっけ——馬の頭の形だった。ロデオグッズね。男が腰をかがめてくるまでは、てっきり原油の値崩れあとも業界にしがみついてる石油関係者か、そうでなけりゃ建設現場で働いてる作業員あたりだと思ってた。でも、相手が顔を近づけてきて、テリー・メイトランドだとわかったわけ。

アンダースン刑事　それは断言できるんですね。

レインウォーター　神に誓って。あそこの駐車場の照明ときたら、お日さまなみに明るいの。強盗や殴りあいの喧嘩やドラッグの密売とか、その手のよからぬ気分を起こさないように。だってほら、あの店のお得意さんは、みんなとっても紳士だから。それにね、わたしはＹＭＣＡで、プレイリーリーグのバスケットボールのコーチをやってる。チームは男女混合なんだけど、ほとんど男の子ね。メイトランドは前はよく来ていて——毎週土曜というわけじゃなくても、ちょくちょく顔を見せてた。そういうときはほかの保護者といっしょにスタンドにすわって、子供たちの試合を見物してた。わたしには、シティリーグの野球チームの選手候補をさがしにきてるって話してた。バスケをしているところを見れば、守備に天性の才能がある選手を見分けられるからって。そんな言葉を信じたなんて、わたしったら馬鹿もいいところ。スタンドに腰をすえて、どの男の子のケツを掘ってやろうかと品定めしていたに決まってる。バーで女を物色する男みたいにさ。とんだ変態のクソ野郎な下衆《げす》だよ。有望な選手のスカウトなんて、とんだケツから出まかせを！

アンダースン刑事　ではメイトランドがあなたのタクシーのところへ来たとき、あなたは相手がだれだかわかったかを本人に話しましたか？

レインウォーター　もちろん。慎重さをミドルネームにしてる人もどこかにいるだろうけど、わたしはちがう。だから、「やあ、テリー。奥さんは今夜あんたがどこにいるかを知ってるの？」とたずねた。そうしたらあの男は、「片づけなくてはならない仕事があったもので ね」と答えた。だから、「ヌードダンサーを膝の上にのっけるのも仕事のうち？」ってきいたら、あいつは「とにかく会社に連絡を入れて、わたしがちゃんとタクシーに乗ったと伝えておいたほうがいい」なんていうの。だから「連絡は入れる。で、行先は自宅でいいの、Tコーチ？」ってたずねた。あの男は、「いや、そっちじゃないよ、マーム。ダブロウまで乗せていってほしい。鉄道の駅に」といった。わたしは、「だったら運賃は四十ドル」と答えた。あの男は、「ダラス行きに間に合うように駅まで送ってくれたら、チップを二十ドル出す」っていうの。だからわたしは、「さあ、とっとと乗って、しっかりつかまってな、コーチ、飛ばすよ」っていった。

アンダースン刑事　それでメイトランドを乗せて、ダブロウのアムトラックの駅まで行ったんですね？

レインウォーター　ああ、ちゃんと送り届けたよ。それもダラス－フォートワース行きの夜行列車に充分間に合うようにね。

アンダースン刑事　そこまでの道のりでメイトランドと話をしましたか？　こんなことをきくのも、あなたが話し好きに思えるからですが。

レインウォーター　ああ、話し好きとはわたしのこと！この舌は、給料日のスーパーマーケットのベルトコンベヤなみにすばやく動くってね。だれでもいいから質問してみな。まず最初にシティリーグのトーナメント試合のことを質問したよ。あんたのチームはベアーズを倒せそうかって。そしたらあの男、「いい結果を期待してる」ですって。〈マジック8《エイト》ボール〉のご託宣《たくせん》みたいに曖昧《あいまい》なことをいうの。いまにして思えば、あいつは自分のしでかしたことを考えながら、とっとと高飛びしようという魂胆だったのね。そっちで頭がいっぱいだと、世間話には穴があきがちになるものだし。それでね、刑事さんにききたかったのは、なんであの男がわざわざフリントシティに帰ってきたのかってこと。いっそテキサスまで逃げて、そこからさらに先の〝メエ・ヒィ・コォ〟まで逃げてもよかったのに、なんで逃げなかったんだろ？

アンダースン刑事　メイトランドはほかにどんな話を？

レインウォーター　あんまり話してなかった。ちょっと寝かせてもらうといって目を閉じてはいたけれど、狸寝入りだったと思う。こっそり、わたしのようすをうかがっていたのかも。なにかやってやろうと企んでいたとか。いっそ、なにかしでかしてくれてもよかった。あいつがなにをしでかしたのか、いまなら知っていることを、あのとき知ってたら……あいつをタクシーから引きずりだして、またぐらのホースを引きちぎってやったのに。ああ、嘘なんかじゃないよ。

アンダースン刑事　アムトラックの駅に着いてからはなにをしましたか？

レインウォーター　降車スペースにタクシーをとめたよ。あの男は三枚の二十ドル紙幣を前の座席にぽんと投げこんできた。わたしは奥さんによろしくと話しかけようとしたけど、あの男はもういなくなってた。そういえば、あの男が〈紳士《ジェントルメン》〉の店に行ったのは服を着替えるためだったんだろ？　ほら、服には血がついてたし。

アンダースン刑事　これから六人のちがう男の写真をあなたの前にならべます。ミズ・レインウォーター。六人とも似通った顔だちですから、急がずにじっくりと考えて――

レインウォーター　いいよ、いわなくたって。それが問題の男だ。メイトランドだよ。とっとと逮捕しなよ。それでも逮捕のときには、あいつが抵抗すればいい。それで殺されれば、めぐりめぐって納税者の金の節約になるじゃないか。

15

　マーシー・メイトランドはジュニアハイスクール（当時はまだそんなふうに呼ばれていた）に通っていたころ、おりおりにこんな悪夢を見た。夢のなかで丸裸のまま教室にやってきて、みんなからさんざん笑われるのだ。
《マーシー・ギブスンのお馬鹿さん、けさは服を着るのを忘れてる！　ほらほら、全部丸見えだ！》
　ハイスクールに進学すると、この不安な夢はわずかながら洗練された形態に変わった。その夢でマーシーはちゃんと服を着て登校しているのだが、そこではたと気づく――これから人生でいちばん大事な試験があるというのに、すっかり忘れて勉強をしてこなかったことに。
　バーナム・ストリートをはずれてバーナムコートへ車を乗り入れたとたん、過去の悪夢で味わった恐怖と寄るべない気分が一気に甦ってきた。しかも今回は、目を覚ました瞬間に感じるはずの甘美な安堵の念もなければ、《ああ、夢でよかった》とつぶやくこともなかった。自宅のドライブウェイには、テリーを警察署へ連行していったものと双子であってもおかしくないパトカーが駐まっていた。そのうしろには窓のないトラック。車体側面には大きな青い文字で**《州警察機動鑑識車》**とあった。ドライブウェイを左右からはさむように、オハイオ州ハイウェイパトロールの黒いパトカーが二台駐まっていて、翳《かげ》りゆく夕方の空にむかって警告灯がストロボ状の光をはなっていた。歩道には大柄な四人の警官たち――制帽のせいで、みんな身長が二メートルを軽く越えているように見えた――が足を広げて立っていた（タマが大きすぎて足をそろえられないみたいだ、とマーシーは思った）。これだけでも充分に災難だが、最悪の災難ではなかった。最悪だったのは近隣の住民たちがそれぞれの庭に出てきて見物していることだった。あの人たちは、メイトランド家の住む小ぎれいなランチハウスの前にいきなり警察関係者が出現した理由まで知っているのだろうか？　もうあらかた知れわたっているのだろう、とマーシーは見当をつけた――携帯電話の呪いだ。ここのご近所さんたちも、さらに話を広めるだろう。

　警官のひとりが片手をかかげて制止の合図を送りながら、車道に出てきた。マーシーは車をとめ、パワーウィンドウをあけた。

「あなたがマーシャ・メイトランドですか？」

「ええ。あんなふうに車を駐められたら、うちのドライブウェイに車を入れられないんだけど」

「あちらの歩道ぎわに寄せて駐車してください」警官は一台のパトカーの後方を指さした。

　マーシーはひらいた窓から身を乗りだして警官の顔に顔を近づけ、思いきり大声で怒鳴ってやりたい衝動に駆られた。《わたしのドライブウェイ！　わたしのガレージ！　どうでもいいけど、とっととあんたたちのものをどけてよ！》

　しかし現実にはマーシーは車を駐めて外へ降り立った。トイレで小用を足したくてたまらなかった――それも切実に。警官がテリーに手錠をかけたときから、ずっとトイレに行きたかったのに、これまで気づいていなかっただけかもしれない。

　その場にいたほかの警官のひとりが肩のマイクにむかって話しかけ、きょうの夕方という邪悪な超現実の仕上げの一筆が、人の形をとってトランシーバー片手に家の角を曲がって姿をあらわした――そこにいたのは花柄でノースリーブのワンピースを着た、お腹がかなり大きくなっている妊婦だったのだ。妊婦はメイトランド家の庭の芝生を特徴のある外股歩きで――臨月にさしかかった妊婦が全員身につけているように思える、幼児のよちよち歩きそっくりな歩き方で――横切って近づいてきた。マーシーに近づくあいだも、妊婦は笑みひとつ見せなかった。ラミネート加工された身分証を首にかけている。ワンピースにピンで留められて、片方の豊満な乳房のスロープにちょこんと載っていたのは――教会の聖体拝領皿に置かれたドッグフードなみに場ちがいだったものは――フリントシティ市警察のバッジだった。

「ミセス・メイトランド？　わたしはベッツィ・リギンズ刑事です」

　妊婦はそう自己紹介して握手を求めた。マーシーは握手に応じなかった。それからハウイーに事情をきいてはいたが、いちおうこう質問した。「なんの用でしょう？」

　リギンズがマーシーの肩のうしろに視線を投げた。州警察の警官がひとり立っていた。シャツに袖章がはいっていたので、警官四人組のなかではボス格であることが明らかだった。この警官は一枚の書類を手にしていた。

「ミセス・メイトランド、わたしはユネル・サブロ警部補。ここにあるのは、この住居内を捜索し、種類のいかんにかかわらず、あなたの夫であるテレンス・ジョン・メイトランドの所有物を差し押さえる権限をわたしたちに与えた令状です」

マーシーは書類をひったくった。いちばん上にゴシック体で《捜索令状》とあった。つづいてむずかしい法律用語でごちゃごちゃといろいろ書かれ、いちばん下には署名が書きこまれていた。最初マーシーはその名前をクレイター判事と読みまちがえた。《あの判事はずいぶん昔にいなくなっていたのでは？》と思いながら、瞼《まぶた》をぱちぱちさせて水分を――涙だったのかもしれず汗だったのかもしれない――追い払うと、クレイターではなくカーターという苗字だったことに気がついた。令状にはきょうの日付が記載されていた。署名が書きこまれてから、まだ六時間もたっていないようだった。

マーシーは令状を裏返して眉を寄せた。「ここにはリストもなんにも書いてない。ということは、あなたたちが求めれば夫の下着さえ押収できるっていうこと？」

たまたまメイトランド家の洗濯物のバスケットで下着が見つかれば、それも押収することになると知っていたベッツィ・リギンズはこう答えた。「その点は、わたしたちの裁量権の範囲です、ミセス・メイトランド」

「あなたたちの裁量権の範囲？　あなたたちの裁量権の範囲っていったの？　いったいここはどこの国？　まさかナチス・ドイツ？」

ベッツィはいった。「いまわたしたちは、この道二十年のわたしでも見たことがないほどの事件、州はじまって以来の残虐な事件を捜査しています。ですから、必要とあればどんな品でも押収します。わたしたちはあなたへの礼儀として、こうしてあなたが帰宅するまで待っていたのです――」

「わたしへの礼儀がきいてあきれる。わたしの帰りがもっと遅くなっていたらどうするつもりだったの？　ドアを力ずくで押し破ったとか？」

ベッツィ・リギンズという刑事は、かなり落ち着かない気分になっている顔を見せていた。といっても、わたしの質問のせいじゃなさそう——マーシーは思った——きっと七月の暑い夜なのにお腹にかかえて運んでいる大荷物のせいだ。本当だったらクーラーをきかせた部屋にすわり、足をあげてくつろいでいるべきだった。しかし、マーシーにとってはどうでもよかった。頭はがんがん痛み、膀胱《ぼうこう》はずきずき疼き、目には涙がどんどんこみあげてきた。

「それは最後の手段です」やくたいもない袖章を入れているハイウェイパトロールの警官がいった。「しかし、それもおれたちの権限内の行為ですね。さっき見せた令状に書かれている定義によれば」

「お宅に立ち入らせてください、ミセス・メイトランド」ベッツィがいった。「早く仕事にとりかかれば、わたしたちもそれだけ早く引きあげられます」

「おい、ルート」別の警官が声をかけてきた。「ハゲタカどものお出ましだぞ」

マーシーはふりかえった。角を曲がってテレビ局の中継車が近づいてきた——ルーフのディッシュアンテナはまだ降ろされたままだ。そのうしろからボンネットに白い大きな文字で《KYO》と局名が書かれたSUVがやってきた。さらにKYO局の車の後部バンパーに接触しそうになりながら、別の局の中継車がやってきた。

「わたしたちといっしょに家のなかへはいりましょう」ベッツィはいった。なだめすかすような口調。「あの連中が到着したときに歩道に立っていたくはないでしょう？」

マーシーは折れた。これを第一歩として、これから数多くのものをみずから差しだすことになるのだろう。プライバシー。尊厳。娘たちの安心感。いずれはテリーのこともあきらめろと強《し》いられるのか？　断じてそんなことを許すものか。そもそも、あんな罪状でテリーを告発するなんて馬鹿げている。たとえるなら、リンドバーグ夫妻の赤ん坊を誘拐した容疑でテリーを告発するようなものだ。

「わかった。でも、あなたたちにはなにも話さないからそのつもりで。それから、携帯電話をあなたたちにわたすつもりもない。弁護士からそう指示されているの」

「かまいません」ベッツィはそういって、マーシーの腕をとった。本当なら——体の大きさを考えれば——マーシーが逆にベッツィの腕をとって、妊婦が転んでお腹を下敷きにすることがないよう気をつかうべき場面だった。KYO――局の人間は〝キ・ヨー〟と発音する――のシボレー・タホが道のまんなかで停止して、同局リポーターのひとりで愛らしいブロンド女が大急ぎで車から飛び降りてきた――穿《は》いているスカートが腰までずりあがりかけるほどの剣幕だった。ハイウェイパトロールの警官たちはこれを見逃してはいなかった。

「ミセス・メイトランド！　ミセス・メイトランド、ほんの少しでもお話をきかせてくださいませんか？」

車から降りるときにハンドバッグを手にした記憶はなかったが、肩にバッグがかかっていた。バッグのサイドポケットから家の鍵をとりだす作業はすんなりとこなせた。問題が発生したのは、鍵を鍵穴に挿《さ》し入れようとしたときのことだ。手が抑えようもないほど激しく震えはじめたのだ。リギンズは鍵をとりあげることはせず、マーシーの手を自分の手でくるんで震えを抑えた。それでようやく鍵を挿すことができた。

背後から質問が投げかけられた。「ミセス・メイトランド、ご主人がフランク・ピータースン少年の殺害容疑で逮捕されたというのは本当ですか？」

「はい、下がって」警官のひとりがいった。「歩道から一歩もはみださないように！」

「ミセス・メイトランド！」

次の瞬間、マーシーたちは屋内にはいっていた。たとえ隣に身重の刑事が付き添っていても、一応はひと安心だった。しかし、自宅はどこかちがって見えた。この先二度と以前のようには見えないことも、マーシーにはわかっていた。ふたりの娘を連れ、みんなで胸をときめかせて笑いあいながらこの家から出かけた女のことを思った。まるで、愛していながら世を去ってしまった女のことを思うように。

足から力が抜けていき、マーシーは玄関ホールのベンチ――冬場に娘たちがブーツを履くために腰かけるベンチ――にへなへなとすわりこんだ。テリーもグラウンドへむかって出発する前に、このベンチに腰かけて出場メンバー一覧を最後にもう一度確認することがあった（今夜もその一例）。ついで隣にベッツィ・リギンズが安堵の吐息をつきながらすわってきた。たっぷりと肉のついた右の尻が、それほど肉のついていないマーシーの左の尻にぶつかってきた。袖章をつけたサブロという警官とほかのふたりの警官が厚手の青いビニール手袋を抜きだしながら、マーシーたちには目もくれずに通りすぎていった。警官たちは早くもおなじく青い靴カバーを着けていた。四人めの警官は外で群集整理にあたっているのだろうとマーシーは思った。眠ったような住宅街のバーナムコートにあるわが家の前で群集整理とは。

「おしっこしたいんだけど」マーシーはベッツィにいった。

「わたしもです」ベッツィは答えた。「サブロ警部補！　ちょっといい？」

袖章をつけた男がベンチへもどってきた。残るふたりの警官はそのままキッチンへむかった。キッチンを捜索したところで、警官が見つけるいちばん邪悪な品は、冷蔵庫にしまってある〝悪魔の食べ物《デヴィルズ・フード》ケーキ〟なるチョコレートケーキくらいだ。

ベッツィがマーシーにたずねた。「一階にバスルームはありますか？」

「ええ。食品庫を通り抜けていった先に。去年テリーが日曜大工でつくったの」

「なるほど。警部補、女性陣はふたりともトイレに行きたがってる。だからまずトイレから調べて。それもできるだけ手早く」それからマーシーにむきなおって、「ご主人は専用の書斎がありますか？」

「そんなにご大層なものはないわ。仕事にはダイニングルームの奥をつかってる」

「ありがとう。次はそっちを調べてね、警部補」ベッツィはまたマーシーにむきなおった。「待っているあいだに、ちょっとした質問をしてもいいですか？」

「ええ」

「過去数週間で、ご主人の行動でなにか変わった点にお気づきになりましたか？」

マーシーはユーモアとは無縁の笑い声をあげた。「つまり、テリーがだんだんと変わってきて、あげく殺人を実行するにいたったといいたいわけ？　うろうろ歩きまわったり、両手をすりあわせていたり……もしかしたら、よだれを垂らしながら、ぶつぶつひとりごとをいっていなかったかとか？　まさかとは思うけど、妊娠で頭の働きに影響でもこうむったんじゃないの、刑事さん？」

「返事はノーですね」

「そう。頼むから、もうしつこく話しかけないで」

ベッツィはすわりなおして壁によりかかり、ふくらんだ腹の上で両手を組みあわせた。マーシーは疼きつづける膀胱と、つい先週ギャヴィン・フリックが話していた言葉の記憶とともに残された。その言葉とは――《最近、テリーの頭はどこへ出かけてるんだ？　一日のうち半分は、なんだか心ここにあらずなようすだぞ。インフルエンザだかなんだかと戦ってるみたいだ》

「ミセス・メイトランド？」

「なに？」

「いま、なにかを思いついたという顔をしてらしたので」

「ええ、考えてたことがある。あなたといっしょにこのベンチにすわってると居心地がわるくなる、っていうこと。たとえるなら呼吸法を知っているオーヴンが隣にでんと居座ってるみたいにね」

最初から赤らんでいたベッツィ・リギンズの頬が、また一段階赤く染まった。マーシーは自分の口から出た言葉に――残酷そのものの言葉に――自分で恐怖を感じていた。しかし一方では、言葉による一撃が相手の痛いところを的確に突いたことに喜びを感じていた。

いずれにしても、ベッツィはもう質問をしてこなかった。

それから永遠とも思える時間が流れたのち、サブロ警部補がもどってきた。その手には、一階バスルームの薬品戸棚《メディスン・キャビネット》にあった薬剤すべて（処方箋なしで買える市販薬ばかりだ）と、テリーの痔の軟膏のチューブをおさめた透明なビニール袋があった。

「おわった」サブロ警部補はいった。

「あなたからどうぞ」ベッツィがいった。

通常の場合だったら、マーシーは順番を妊婦に譲り、自分はいま少し尿意を我慢したところだった。しかし、いまはそんなことをいってはいられない。バスルームにはいってドアを閉めると、水洗タンクのカバーがわずかに傾《かし》いでいることに気がついた。あの連中はそんなところにも探りを入れたのだ。いったいなにを探していたのか――おおかたドラッグだろう。マーシーは顔を伏せると、乱雑になったバスルームを見なくてもすむように両手で顔を覆ったまま小用を足した。自分は今夜セーラとグレイスをここへ連れてくるのだろうか？　いまごろ設置されているはずのテレビカメラ用照明のぎらぎらする光のなか、帰宅する娘ふたりのエスコート役をつとめるのか？　ここへ帰らないとすればどこ？　ホテルか？　それでも、あの連中に（さっき警官のひとりが〝ハゲタカ〞と形容したあの連中に）見つかってしまうのでは？　もちろん見つかるに決まっている。

マーシーが膀胱の中身をすっかり出しおわると、ベッツィ・リギンズが代わってトイレにはいっていった。玄関ホールのベンチをとんまな警官《シャムー》と共有するのはまっぴらなので、マーシーはダイニングルームにはいっていった。警官たちがテリーのデスクを漁っていた——いや、レイプしていたというべきか。抽斗《ひきだし》は残らず引きあけられ、中身はあらかた床に積みあがっていた。テリーのコンピューターは早くも分解され、さまざまな構成部品にはガレージセールへの出品準備よろしく黄色い付箋《ふせん》がべたべた貼りつけてあった。

マーシーは思った。《つい一時間前まで、わたしの人生でいちばん大事なことはゴールデン・ドラゴンズが試合に勝って決勝戦に進出することだったのに》

ベッツィ・リギンズ刑事がもどってきた。「ああ、さっぱりした」いいながら、ダイニングテーブル前の椅子に腰かける。「これでしばらくは大丈夫——そう、十五分ばかりは」

マーシーの口がひらいて、《あんたの赤ん坊なんか死ねばいいのに》という言葉を出しかけた。

しかし現実に口から出てきたのは、こんな文句だった。「他人がさっぱりした気分になるのはいいものね。それがたった十五分でも」

16

ミスター・クロード・ボルトンの供述書［七月十三日、午後四時三十分。聴取担当：ラルフ・アンダースン刑事］

アンダースン刑事　さてと、クロード。どうかな、自分がトラブルにはまりこんでいないのに警察署に来るのは新鮮な気分なものだろう？

ボルトン　わかってるくせに。まあ、そうもいえるかな。それにほら、パトカーの後部座席じゃなくて前の席にすわらせてもらえるってのもね。キャップシティからこっち、パトカーはほぼずっと時速百四十キロ以上で飛ばしてたぞ。ライトをつけてサイレンも鳴らし、とにかくてんこ盛りだった。あんたのいうとおり。気分がよかったね。

アンダースン刑事　キャップシティでなにをしてた？

ボルトン　観光だよ。二日つづけて夜の仕事が休みになったんでね。いいだろ？　観光を禁じている法律なんかないはずだ。

アンダースン刑事　その観光地めぐりにはカーラ・ジェップセン——仕事に出ているときの名前はピクシー・ドリームボート——を同行させていたのは、われわれ警察もつかんでいてね。

ボルトン　そりゃ知ってるだろうさ。カーラはおれといっしょにパトカーに乗せられて帰ってきたんだから。ついでにいっておけば、パトカーのドライブがずいぶん気にいったってよ。トレイルウェイズでの旅なんかとは比べものにならないって。

アンダースン刑事　で、おまえが見てまわった観光地というのは、あらかた国道四〇号線ぞいの〈ウェスタンヴィスタ・モーテル〉の五〇九号室だったんじゃないのか？

ボルトン　いやいや、ずっと部屋にこもってたわけじゃない。〈ボナンザ〉に二回行って夕食をとった。うまい料理を出すんだよ、あそこは。おまけにコスパ最強だ。カーラが買物をしたがったので、ショッピングモールに行って時間をつぶしたな。あそこにはボルダリング用のクライミングウォールがあるんだよ。きっちり制覇してやったぜ。

アンダースン刑事　おまえなら楽勝だろうよ。さて、ここフリントシティで少年が殺される事件があったことは知ってたか？

ボルトン　ま、ニュースでなにか見たかもしれないね。おいおい、もしかしておれがその事件と関係があるとかいうんじゃないだろうな？

アンダースン刑事　いわないよ。ただ、おまえなら犯人にかかわる情報を握ってやしないかと思ってね。

ボルトン　なんでおれが——

アンダースン刑事　おまえは〈紳士の社交場《ジェントルメン・ブリーズ》〉で用心棒として働いてる。そうだな？

ボルトン　おれは警備スタッフの一員だよ。うちの店じゃ用心棒なんて言葉はつかわない。〈紳士の社交場《ジェントルメン・ブリーズ》〉は格式ある高級店なんでね。
アンダースン刑事　その点は議論せずにおくよ。火曜日の夜は出勤していたという話だな、フリントシティを出発したのは、翌水曜日の午後になってからだ。
ボルトン　おれとカーラがキャップシティへ行ったと話したのはトニー・ロスか？
アンダースン刑事　いかにも。
ボルトン　あのモーテルには割引料金で泊まれたんだよ。トニーの伯父貴がオーナーでね。火曜の夜はあいつも仕事に出てたんで、伯父さんに電話を入れてくれと頼んだんだ。仲がいいんだよ、おれとトニーは。四時から八時まではふたりで店の入口に立ち、そのあと八時から夜中の十二時までは店内のピットに立つ。ピットってのはステージ前のスペースだ。紳士のみなさんがすわるところさ。
アンダースン刑事　ミスター・ロスからきいたが、八時半ちょうどかその前後、おまえが顔を知っている人物を店で見かけたらしいな。
ボルトン　ああ、Tコーチのことか。おいおい、まさかコーチがあの男の子を殺《や》ったとか考えているわけじゃないだろうな？　Tコーチってのは実直ひと筋の男だぞ。トニーの甥っ子もポップワーナー・フットボールとリトルリーグの両方でコーチしてもらった。で、そんなコーチをうちの店で見かけて驚きはしたが、ショックを受けたわけじゃない。ピットでどんな連中の顔を見かけてもおかしくない——銀行家や弁護士、それどころか教会の関係者だっているよ。でも、ラスヴェガスについての有名な言葉とおなじ流儀でね——〈紳《ジェン》士《トルメン》〉の店のなかで起こったことは、店の外に——。
アンダースン刑事　ああ、なるほどね。つまり自分たちは告解室の神父にも負けないくらい秘密をきっちり守るといいたいわけだ。
ボルトン　ジョークにしたければかまわないが、本当のことだからね。商売をつづけたければ、秘密を守っていかなきゃならないんだよ。
アンダースン刑事　これも記録のために質問するが、おまえがさっきTコーチと表現したのはテリー・メイトランドのことだね？

ボルトン　もちろん。

アンダースン刑事　どんないきさつでコーチを見かけたのかを話してくれないか。

ボルトン　おれたちはずっとピットに立っているわけじゃない。たしかにたいていはピットを巡回しては、女の子に手を触れている客がいないかどうか確かめるとか、喧嘩がはじまりそうなら早めに火消しをしておくとかの仕事がある――あんたもそういう仕事だから知ってるはずだが、男はエロい気分になると喧嘩っ早くもなる。だけど、トラブルが起こるのはピットだけじゃない。いちばん起こりやすい場所だから、おれたちのうちひとりはピットにずっと詰めてはいるが、片割れはあちこち見まわりをする――バー、テレビゲームやコイン式のビリヤード台なんかが置いてある小コーナーや、プライベートでダンスを楽しめる個室、それからもちろん男性用洗面所。ほら、いちばんドラッグ取引がおこなわれやすい場所じゃないか――で、その現場を見つけたら取引をやめさせ、連中を店から蹴りだすわけだ。

アンダースン刑事　おやおや、ドラッグの単純所持と販売目的での所持でパクられた前科のある男がそれをいうか。

ボルトン　お言葉を返すようだがね、それはひどい言いぐさだ。この六年間はきれいな体だよ。〈無名のドラッグ依存症者たち《ナルコティクス・アノニマス》〉に通ったりなんだりしたんだ。小便のサンプルがお望みかい？　ああ、喜んで提供するよ。

アンダースン刑事　いや、その必要はないし、おまえが中毒から脱したというのならお祝いをいわせてくれ。話をもどせば、おまえは八時半ごろに見まわりをしていて――

ボルトン　そのとおり。まずバーをチェックし、廊下を歩いて男性用洗面所をちょっとのぞいたら、そこにTコーチがいたんだよ。ちょうど電話を切ってるところだった。あそこには公衆電話が二台あるんだが、通じるのは一台だけだ。コーチは……。

アンダースン刑事　クロード？　どうした、話の途中でおれのことを忘れたみたいだぞ。

ボルトン　ちょっと考えてたんだ。思い出そうとしてね。コーチはどこか妙な感じだったんだよ。ぼうっとしていたというか。あんたは本気で、コーチがあの男の子を殺したと考えてるのかい？　そんなことが気になるのも、若い女の子たちが裸になるあの店にコーチが来たのは初めてだったからだ。そんなことをしでかす男もいるよ――馬鹿な真似を自分からするような男がね。もしかしたらハイになってたのかもね。おれは「やあ、コーチ、あんたのチームの調子はどうだ？」と声をかけた。そしたらコーチは、おれと会ったことがないような顔で見かえしてきたよ――だけどおれは、スティーヴィーとスタンリーが出るポップワーナー・フットボールの試合はひとつ残らず見にいったし、ダブルリバースを選手にやらせたらどうだってコーチに話したりもした。コーチは、その戦法は小さな子にはむずかしすぎると答えた。だけど、割算の筆算で長除法なんてものをこなせるだけの頭があるんなら、ダブルリバースなんか簡単だとは思わないか？

アンダースン刑事　そこにいたのはテリーことテレンス・メイトランドにまちがいないんだな？

ボルトン　そりゃまちがいない。そのときだって、自分のチームは絶好調だ、この店にはただタクシーを電話で呼ぶために来た、と話してた。ほら、バスルームのトイレの横に置きっぱなしにしたプレイボーイ誌が女房に見つかれば、おれたちがとっさに読みたい記事があったからさと答えるようなもんだ。でも、とりあえずは調子をあわせたよ。〈紳士の社交場《ジェントルメン・プリーズ》〉じゃ、いつだって客が正しいと決まってるからね――女の子のおっぱいをつかむような不届きなことをやらないかぎりは。だから、外に行けばタクシーの一台や二台は客待ちしてるかもしれないと伝えたよ。Tコーチは、タクシー会社の配車係からもそういわれたと答え、おれに礼をいって外へ出てった。

アンダースン刑事　そのときのコーチの服装は？

ボルトン　黄色いシャツとジーンズ。ベルトのバックルは馬の頭をかたどったものだった。しゃれたスニーカーを履いてた。なんで覚えてるかっていえば、ずいぶん高そうだなって思ったからだ。

アンダースン刑事　クラブ店内でTコーチを見かけたのはおまえだけか？

ボルトン　いや、コーチが店から出ていくときに、ひとりふたり、コーチにむけて手をふってる男がいたよ。それがだれかはわからないし、あんたが見つけだそうと思っても苦労させられるぞ。たいていの男は、〈紳士《ジェントルメン》〉みたいな店にいたことを認めたがらないし。それが現実ってもんだ。あの顔に見覚えがあったやつがいたのも意外じゃないな。このあたりじゃ、テリーは有名人といってもいいすぎじゃないからね。たしか新聞で見たんだが、何年か前にはなにかの賞をもらってなかったか。フリントシティの住民に好きなだけ電話をかけまくってみりゃいい。だれもがみんなを知ってる——少なくとも顔を見た覚えがある——って意味じゃ、ここは小さな町も同然だ。おまけに、世間でいうスポーツに適性のある男の子がいる家庭となれば、野球かフットボールのどっちかでTコーチのことを知ってるに決まってるのさ。

アンダースン刑事　ありがとう、クロード。すごく助かったよ。

ボルトン　そうだ、もうひとつ思い出したぞ。たいしたことじゃない。でも、もしコーチが本当にあの男の子を殺したのなら、ちょっと不気味かな。

アンダースン刑事　というと？

ボルトン　なんてことない出来事だよ。——だれかがなにかしたとかじゃない。Tコーチは店をあとにして、客待ちのタクシーがいるかどうかを確かめようとしてた。いいな？　で、おれは片手を差しだしてこういった。「コーチ、あんたが友だちのトニーの甥っ子ふたりのためにいろいろしてくれて、どうもありがとう。ふたりとも気だてはいいんだが、ちょっと乱暴なところもあってね。まあ、両親が離婚したりなんだりのせいだろうな。あんたはそんなふたりに、街で馬鹿な真似をすること以外にも打ちこめることがあると教えてくれたんだ」とね。そんなおれに、コーチはちょっくら驚いたみたいだった。握手をする前に、ぎくっとして小さく身を引いてたからね。ただし、握手にはたっぷり力がこもってたよ。それで……ほら、おれの手の甲のここ、小さな傷痕があるのがわかるかい？　握手をしたとき、コーチの小指でこの傷がついたんだ。もうほとんど治りかけてるし、最初から大した傷じゃなかったが、それでもほんの一、二秒のあいだ、おれはドラッグをやってた時代に逆もどりしてた。

アンダースン刑事　それはどうして？

ボルトン　あのころ、片方の小指の爪だけを伸ばしてる連中がいたんだよ——だいたいは暴走族のヘルズエンジェルズとかデヴィルズ・ディサイプルズの連中だ。昔の中国の皇帝なみに長く長く爪を伸ばしてるやつもいたぞ。バイカーのなかには、女が爪を飾るように伸ばした爪をデカールで飾ってるやつもいた。で、連中はそんな爪を〝コカインの爪《コーク・ネイル》〟と呼んでたのさ。

17

野球のグラウンドで逮捕したとあっては、ラルフ・アンダースンが〝善玉警官と悪玉警官〟のシナリオで善玉警官を演じられるはずもなかった。そこでラルフはなにもいわず取調室の壁にもたれて立ち、じっとにらみつけていた。内心ではまたあの責めるような目でにらみ返されるのを覚悟していたが、テリーはまったくの無表情のままラルフをちらりと見たきりで、注意をビル・サミュエルズ地区首席検事にもどした。サミュエルズはテーブルの反対側にならんだ三脚の椅子のひとつに席をとっていた。

あらためてサミュエルズを観察して、ラルフはこの男がどうしてたちどころに昇進できたのかがわかってきたような気がした。マジックミラーの裏側にふたりで立っていたときには、この地区首席検事は地位に比していささか若く見えていただけだった。ところがこうしてフランク・ピータースン少年の強姦殺人犯とむかいあってすわっているいま、サミュエルズはさらに若く見えていた。それこそ、たまたま（おそらくなんらかの手ちがいによって）大物犯罪者の事情聴取の場に立ち会うことになった法律事務所のインターンにさえ見えている。後頭部から突き立っているアルファルファもどきの癖毛でさえ、サミュエルズがすんなり身につけた役まわり——ここにいるだけで喜んでいる青二才の若者——を補強しているかのようだった。ぼくにならなにを話してもかまわないよ——サミュエルズの大きく見ひらかれて関心をたたえた両目はそう語りかけていた——だって、ぼくなら信じてあげられるからだ。大物のみなさんといっしょに仕事をするのは初めてなので、いまのぼくにはこれが精いっぱいなんだよ。

「やあ、ミスター・メイトランド」サミュエルズは口をひらいた。「わたしはこの郡の地区検事局の一員です」

《うまいことをいうな》ラルフは思った。《おまえ自身が地区検事局そのものじゃないか》

「そんな話は時間の無駄だ」テリーが答えた。「顧問弁護士が来るまでは、ひとことも話すつもりはない。いまはただ、おまえたちは将来、不当逮捕を理由にした巨額の損害賠償訴訟に直面するとだけいっておくよ」

「あなたが動揺していることは理解できます。あなたのような立場に置かれれば、だれしも動揺します。もしかしたら、そのあたりのことをここで解決できるかもしれませんね。どうでしょう、ピーターースン家の男児が殺害されたとき、あなたがどこにいたのかを教えてもらえませんか？　この前の火曜日の午後のことです。あなたがどこかほかの場所にいたのであれば――」

「ああ、ほかの場所にいた」テリーはいった。「しかし、それをおまえたちと話しあう前に、まずは弁護士と話しあうつもりだ。弁護士はハウイーことハワード・ゴールド。弁護士がここへ到着したら、ふたりだけで話しあいたい。わたしにはその権利があるはずだな？　有罪と証明されるまで、人は無罪だと推定されるんだろう？」

《すばやい立ち直りだ》ラルフは思った。《職業犯罪者だって、ここまで上手な切りかえしができるものじゃない》

「ええ、そのとおり」サミュエルズがいった。「しかし、本当になにもしていないのなら、なおさら――」

「そんな真似はよしてくれ、サミュエルズ検事。わたしをここへ連行してきたのは、きみが気立てのいいやつだからじゃないはずだ」

「ところが、わたしは本当に気立てのいい男なんですよ」サミュエルズはいかにも誠実そうな口調でいった。「もしなんらかの手ちがいがあるのなら、わたしもあなたとおなじように手ちがいを正したいと誠心誠意考えているんです」

「きみの後頭部から癖毛が突っ立っているね」テリーはいった。「わるいことはいわないから、どうにかしたほうがよくないか。その毛のせいで、昔見ていたテレビのコメディに出ていたアルファルファ少年そっくりになってる」

ラルフはとうてい声をあげて笑う気分になれなかった

が、片方の口角だけがひくひくと動いてしまった。そればかりは我慢できなかった。

一瞬とはいえ虚をつかれたのだろう。サミュエルズは片手をもちあげて癖毛を撫でつけようとした。毛の房はそのときばかりは寝ていたが、すぐにまた突っ立ってしまった。

「本当にこの問題をいますぐきれいに解決することを望まないんだね？」サミュエルズは身を乗りだした。いかにも誠実そうな表情は、テリーがいまとりかえしのつかない過ちを犯していると語っているかのようだった。

「ああ、そのとおり」テリーはいった。「訴訟についても気持ちは固まってる。今夜、きみたちの仲間の下劣な人でなしどもが――わたしだけでなく、妻や娘たちにも――やったことの埋めあわせに、どれだけの和解金が必要なのかはわからないが、きっちり解き明かしてやるつもりだよ」

サミュエルズは――身を乗りだし、無邪気にも希望に満ちたように見える視線をテリーにすえたまま――なおしばらく、そのまますわっていたが、おもむろに立ちあがった。無邪気な表情が一瞬にして消えていた。「よろしい。けっこう。では、弁護士と話しあうがいい、ミスター・メイトランド。きみにはその権利がある。録音はしないし録画もしない。なに、カーテンだって閉めてやる。きみと弁護士が話しあいを手早くすませてくれたら、われわれは今夜のうちにもこの件を解決できるかもしれないな。あしたは、スタート時間《ティータイム》が朝早くてね」

テリーはうっかり聞きまちがえたかのような表情になった。「ゴルフの話か？」

「いかにもゴルフの話だ。かなり小さなボールを打ってカップに入れる腕を競うゲームだよ。そっちはあまり得意じゃないが、こっちのゲームはすこぶる得意でね、ミスター・メイトランド。きみの顧問弁護士のハウイー先生が教えてくれると思うが、われわれは起訴手続をとらずにきみの身柄を四十八時間にわたって勾留できる。じっさいには、そこまで時間はかからないだろうな。もし話がすっかり片づかなかったら、われわれは月曜日の朝の早いうちに罪状認否手続に進むことになる。そのころには、きみが逮捕された件は州全体で大ニュースになっているはずだから、マスコミも大々的に報道するだろうな。各社のカメラマンは、きみのベストショットを撮ってくれるはずだな」

自分にとってはこれが決定打となる捨て科白《ぜりふ》だったのだろう、いいおわるとサミュエルズは小躍りするような足どりでドアへむかっていった（癖毛をからかったテリーの言葉への怒りが冷めていないのだろう、とラルフは思った）。しかしサミュエルズがドアをあける前に、テリーが口をひらいた。「おい、ラルフ」

ラルフは顔をめぐらせた。この場の情況を思えば驚きだったが、テリーは冷静な顔を見せていた。いや、そう驚きでもないのかもしれない。真の冷血人間やソシオパス連中は、当初のショックが過ぎ去ったあとではこの種の冷静な状態にたどりつき、そのあとの長丁場に備えるものだ。そういった例はこれまでにも見ていた。

「こっちは弁護士のハウイーが来るまで、ひとことも話すつもりはない。ただ、きみにはひとつだけ話しておきたいことがある」

「きこうじゃないか」そう答えたのはサミュエルズだった。気が急《せ》いているのを隠している口調だった。しかし、テリーの次の言葉にサミュエルズはあっけにとられた顔になった。

「デレクほど犠牲バントが上手な選手は見たことがなかった」

「よしてくれ」ラルフはいった。激しい怒りが自分の声を震わせ、ビブラートをかけたようになっているのが耳に届いた。「そんな話をするな。おまえの口から息子の名前が出てくるのはききたくない。今夜だけじゃなく、金輪際ききたくない」

テリーはうなずいた。「その気持ちはわかる。こっちも妻や娘たちや大勢の知りあいもいる千人もの人々の目の前で逮捕なんかされたくなかった。だから、いまはなにをききたくないとか、そんなことは忘れろ。一分でいいから話をきいてくれ。わたしをあんなひどい目にあわせたんだから、その程度の頼みをきく義理はあるぞ」

ラルフはドアをあけた。しかしサミュエルズがその腕に手をかけ、頭を左右にふってから視線を上へむけて、小さな赤いライトを光らせている監視カメラを無言で示した。ラルフはドアを閉めると、胸もとで腕を組んだままテリーにむきなおった。公衆の面前で逮捕したことへのテリーの意趣返しは痛みをともなうものになりそうな気もしたが、サミュエルズの判断が正しいこともわかっていた。弁護士が来るまで貝のように押し黙っている被疑者と比べたら、話したがっている被疑者のほうが例外なく歓迎できる。なぜなら、ひとつの話からでも芋づる式にいろいろと引きだせるからだ。

テリーがいった。「リトルリーグにいたころのデレクは、身長が百五十センチにも届かなかった。そのあと会ったときには——シティリーグでプレーしてもらいたくて会いにいったんだ——十五センチほども大きくなっていたね。あのぶんだと、ハイスクールを卒業するころには父親のきみを追い越しそうだ」

ラルフは話の先を待った。

「デレクはちび助だったが、バッターボックスでは一度も怖じ気づかなかった。怖じ気づく選手が多いんだよ。でもデレクだけは、たとえワインドアップのあとでボールの行先の見当もつかないまま投球してくるピッチャーが相手でも立ちむかっていった。デッドボールも五、六回は食らっていたが、決してあきらめなかった」

嘘ではなかった。帰宅したデレクがユニフォームを脱ぐと、痣が目にとまったことは何度もある——尻や腿、腕や肩に。うなじに青黒いまん丸の痣をつくってきたことさえある。息子がデッドボールを食らうたびに妻のジャネットはとりみだした。デレクがかぶるバッター用ヘルメットも、ジャネットを安心させなかった。デレクがバッターボックスに立つたびに、ジャネットはラルフの腕に手をかけ、血が流れてもおかしくないほどの力で握ってきた——いずれ息子は眉間に直球を食らって、そのまま昏睡状態におちいるのではないかと怯えていたのだ。ラルフはそんなことが起こるわけはないといって妻を安心させようとしたが、そのあとデレクが野球よりテニスのほうが自分にむいていると宗旨がえしたときには、妻ともども胸を撫でおろした。テニスボールのほうが柔らかいからだ。

テリーは意外にも淡い笑みさえたたえながら、身を乗りだした。

「あのくらいの身長しかない選手だと、四球で歩かされることが多いんだよ——というか、今夜トレヴァー・マイクルズに自由にバットをふらせたときには、内心そんなことを望んでいたくらいだ。でも、デレクはその手に乗らなかった。デレクはおよそどんな球でも、バットをがんがんふっていた——内角、外角、頭よりも高い球でもベースすれすれの低い球でもね。そんなデレクを選手のだれかが〈空ぶりマン《ウィッファー》〉と呼びはじめた。そのうちひとりの選手が、これをもじって〈スイッファー〉と呼びはじめた――お掃除モップの有名なブランドとおんなじだ。これが定着した――しばらくのあいだはね」

「すこぶる興味深いね」サミュエルズがいった。「しかし、どうせ話すのならフランク・ピータースン少年の話をしたらどうだろうか？」

テリーの視線は、あいかわらずラルフひとりに据えられていた。

「長い話を短くまとめれば、デレクが四球で歩かされる気がないのを見てとったわたしは、代わりにバントを教えることにした。そのくらいの年ごろ――十歳とか十一歳とか――の男の子は、バントをしようとはしない。頭ではわかっても、バットをホームベースの上に差しだそうとはしない。豪速球を投げるピッチャー相手だとなおさらだ。そんなふうに前に出した手をボールに直撃されたら、どれほど痛いだろうかと考えてしまうからだ。でもデレクはちがった。きみの息子さんはね、とんでもないガッツのもちぬしだった。それだけじゃない、一塁へむかって猛スピードで走ることができた。わたしが犠牲バントのつもりでデレクを送りだしても、結果的にヒットになったことも多いよ」

ラルフはうなずいたりせず、この話に関心があることを示す仕草ひとつ見せなかったが、テリーがなにを話しているかはわかっていた。自分もそういったバントに声援をかけたことは珍しくなかったし、髪の毛どころかケツにも火が燃え移っているかのような勢いで一塁へ疾走していく息子の姿も何度となく見ていた。

「デレクには、バットを適切な角度で傾けることを教えるだけでよかったよ」テリーは両手をもちあげて構え方の実例を示した。両手はこのときもまだ泥汚れが残っていた。おそらく今夜の試合の前のバッティング練習でついた汚れだろう。「左にかたむければ、打球は三塁線に沿って飛んでいく。右なら一塁線だ。バットを押しだすのは禁物だよ。そんなことをしても、ピッチャーがなんなくキャッチできるポップフライになるだけだから、バットがボールをとらえる一瞬前にちょっとだけ押しだせばいい。デレクはあっというまにこつをつかんだ。仲間の選手たちはもう〈スイッファー〉とは呼ばなくなって、新しいニックネームができた。たとえば試合が大づめを迎えたころ、こちらの走者が一塁と三塁にいて、デレクがバントをすることは相手チームにもわかっている——デレクはフェイントをかけたりせず、ピッチャーがモーションにはいると同時にバットをホームベース上にかまえるからだ。そしてベンチの仲間たちは声をあわせて『決めろよ、デレク、一発決めろ』と叫びはじめる。わたしもギャヴィンもいっしょにね。そのあと、うちのチームが地区優勝したときには、一年のあいだ、みんなはデレクをこう呼んだよ——〈一発決めのアンダースン〉と。そのことを知ってたかい？」

ラルフは知らなかったが、チームの内輪に限定されていた話だったからかもしれない。ラルフが知っていたのは、いま話に出た夏のあいだにデレクがぐんと大きく成長したということだった。前よりもよく笑うようになったし、それまでは試合がおわると、顔を伏せてグローブを力なく垂らしたまま迎えの車にまっすぐ近づいてきたのに、しばらくグラウンドにとどまっていたがるようになった。

「そのほとんどは、デレクが独力でなし遂げたことだ——きっちりこなせるようになるまで、わき目もふらず一心に練習してね——しかし、その方向で努力するよう説得したのはわたしだよ」テリーはいったん言葉を切り、きわめて静かな声でつづけた。「そしてきみはこんな真似をした。衆人環視のなかで、わたしにこんな真似をしたんだ」

ラルフは頬が火照《ほて》るのを感じた。口をひらいて返事をしかけたが、サミュエルズがラルフを引き立てるようにして取調室の外へ出してしまった。それからサミュエルズは足をとめて顔だけうしろへめぐらせ、こういった。

「ラルフがきみにこんな真似をしたわけではないぞ、メイトランド。やっていないのは、わたしもおなじだ。これはきみが自分で自分にやったことなんだよ」

そのあとふたりはまたマジックミラーごしに取調室をのぞき、サミュエルズはラルフに大丈夫かとたずねた。

「なんともないさ」ラルフは答えた。両の頬はまだ燃えているように熱かった。

「ああいった連中のなかには、相手を苛立《いらだ》たせるテクニックの達人みたいな者がいるんだよ。きみも知ってるだろうが」

「もちろん」

「それだけじゃなく、あの男が犯人だということも知っているわけだ。ここまで水も洩らさぬ証拠がそろった事件は見たこともないね」

《そこがかえって気がかりなんだな》ラルフは思った。《前は気がかりでもなんでもなかったが、いまは気にかかる。気にするほうがおかしい、サミュエルズのいうとおりなんだから。でも……気になってしまう》

「テリーの手を見たか？」ラルフはたずねた。「あいつが、デレクにどうやってバントのこつを教えたかを実演したときだよ。手を見ていたか？」

「ああ。それがどうかしたか？」

「小指の爪が長くなかった」ラルフはいった。「左右どちらの小指も」

サミュエルズは肩をすくめた。「じゃ、爪を切ったんだろうさ。ところで、本当に大丈夫なのか？」

「大丈夫だ」ラルフは答えた。「ただちょっと――」

オフィス区画と勾留施設区画を仕切っているドアのブザーが鳴り、一拍置いてドアそのものがひらいた。そこから廊下を急ぎ足でむかってくるのは、土曜の夜を自宅でくつろいで過ごす人ならではの服を身につけた男だった――色抜けしたジーンズと、大学スポーツチームのイメージキャラであるスーパーフロッグが跳ねているイラストが胸についているテキサスクリスチャン大学《TCU》のTシャツ――が、手に下げている大きなブリーフケースは弁護士そのものだった。

「やあ、ビル」男はサミュエルズに声をかけた。「これはこれは、アンダースン刑事もおそろいか。さて、どちらでもいいから、フリントシティの二〇〇五年度最優秀市民賞を獲得した人物を逮捕した理由を教えてもらえるかな？　あっさり訂正できるような些細な手ちがいなのか、それともきみたちがとことん血迷った結果かな？」

ハウイーことハワード・ゴールドの到着だった。

18

宛先：ウィリアム・サミュエルズ（郡地区首席検事）
ロドニー・ゲラー（フリントシティ市警察署長）

リチャード・ドゥーリン（フリント郡警察署長）
エイヴァリー・ルドルフ警部（オクラホマ州警察第七分署）
ラルフ・アンダースン刑事（フリントシティ市警察）

送信者：ユネル・サブロ警部補（オクラホマ州警察第七分署）
送信日：七月十三日
件名：ヴォーゲル交通センター（ダブロウ）

サミュエルズ地区首席検事とアンダースン刑事の要請により、本官は上述の日の午後二時三十分にヴォーゲル交通センターに到着した。同所は州南部の地上交通のターミナルであり、バス運行会社三社（グレイハウンド、トレイルウェイズ、ミッドステイト）およびアムトラック鉄道会社が乗り入れている。他、一般的なレンタカー会社のオフィスがある（ハーツ、エイヴィス、エンタープライズ、アラモ）。交通センター内の全区画は防犯カメラによってくまなくモニターされている事情もあり、本官はまっすぐ保安警備室を訪ね、ヴォーゲルの保安警備部の責任者であるマイクル・キャンプの出迎えを受けた。防犯カメラの映像は三十日間保存され、撮影と記録はすべて電子データ化されているため、本官はただちに七月十日の夜のもようを、合計十六台のカメラでとらえた映像で目にすることができた。

七月十日の夜に勤務していたフリントシティ・タクシー社の配車係、ミスター・クリントン・エレンクイストによれば、午後九時三十分に運転手のウィロウ・レインウォーターから乗客を目的地へ送り届けた旨の連絡があったとのこと。ミズ・レインウォーターは、目下の捜査対象である人物は南部特急《サザン・リミテッド》に乗車する意向だと話していたとのことだが、当該列車がヴォーゲル交通センターに到着したのは午後九時五十分だった。降車客は三番線を利用した。七分後の九時五十七分、ダラス・フォートワースを目的地とする乗客へむけて三番線から乗車するようにとの案内が出された。サザン・リミテッドが出発したのは十時十二分。上述の時刻は正確なものである。到着と出発はすべてコンピューターによって記録されている。

本官はキャンプ保安警備部長ともども、七月十日の午後九時ちょうどから（念には念を入れて）午後十一時、すなわちサザン・リミテッドが駅を出発してからほぼ五十分後にいたるまで、全十六台のカメラの映像すべてを調べた。本官のｉＰａｄには全カメラの内容の相互参照インデックスが記録されているが、事態が急を要する旨の（サミュエルズ検事による）宣言にもとづき、本暫定報告書においては内容の要約の記述にとどめる。

午後九時三十三分　対象人物が北口より交通センターに来場。北口にはタクシーの乗客降り場があり、大多数の旅客はここからセンターにはいってくる。対象人物はメインコンコースを横切る。服装は黄色いシャツとブルージーンズ。手荷物はない。対象人物が天井に設置された大型時計を見あげた二秒から四秒のあいだ、その顔が明瞭に確認できる（静止画像をサミュエルズ検事およびアンダースン刑事にメールにて送付ずみ）。

午後九時三十五分　対象人物がコンコース中央にあるニューススタンドに立ち寄る。ペーパーバックを一冊、現金購入。書籍のタイトルは画像からは読みとれず、スタンド店員の記憶にもないが、必要とあらば調査可能と思料する。この映像においては、馬の頭部をかたどったベルトのバックルが確認できる（静止画像をサミュエルズ検事およびアンダースン刑事にメールにて送付ずみ）。

午後九時三十九分　対象人物がモントローズ・アヴェニュー出口（南口）を利用して駅から外へ出る。この出入口は公衆の使用に供されてはいるが、職員用駐車場が建物のこちら側に併設されている関係で利用するのはもっぱら交通センター職員である。この駐車場の監視用に二台の防犯カメラが設置されている。対象人物の姿はいずれのカメラにもとらえられていないが、キャンプ保安警備部長と本官はともに、ごく短時間だけ影が見えたことを確認した。影は右にある関係者通路のほうへ移動しており、われわれはこれが対象人物であったとしてもおかしくないと考える。

対象人物は、現金払いであれクレジットカード払いであれサザン・リミテッドの乗車券を駅で購入していない。

三番線をとらえた数台のカメラ映像を閲覧《えつらん》した結果から——いずれも映像は明瞭で、私見では欠けているところもないと思われる——本官は合理的な確信をもって、対象人物がふたたび駅構内に入場して該当列車に乗車した事実はないと述べるものである。

本官の結論は、対象人物がダブロウまで移動したのもひとえに捜査を攪乱《かくらん》するために偽の手がかりをつくることがその目的だったというものである。以下は本官の推理だが、対象人物は共犯者の手引によって、あるいはヒッチハイクといった手段でフリントシティに帰ったのではないだろうか。対象人物が自動車を盗んだことも考えられる。問題の夜、ヴォーゲル交通センター周辺地域において車輌盗難事件があったという報告はダブロウ警察署には寄せられていないが、キャンプ保安警備部長が指摘するように、長期間専用駐車場から車を盗めば、一週間、あるいはそれ以上の期間にわたって盗難事件の発生が報告されないということもありうる。

長期間専用駐車場の防犯カメラ映像も入手可能であり、要請があれば精査も可能だが、そもそも撮影範囲が完全とはとてもいえない。さらにキャンプ保安警備部長の情報によれば、当該駐車場に設置されている複数の防犯カメラはいずれもまもなく交換の予定であり、故障しがちだという。それゆえ本官は——あくまでも当面にかぎるという条件つきで——本件捜査においてはこれ以外の線を追及したほうがよいと考える。

以上

Y・サブロ警部補

（貼付資料参照のこと）

19

ハウイー・ゴールドはサミュエルズ地区首席検事とラルフ・アンダースン刑事のふたりと握手をかわした。それからマジックミラーごしに、ゴールデン・ドラゴンズのジャージと試合用の幸運のキャップという姿のテリー・メイトランドに目をむけた。テリーは背中をまっすぐ伸ばし、頭を高く上げ、両手をテーブルの上できちんと組みあわせていた。体のどこかがひくひく痙攣するとか、もぞもぞと落ち着かないとか、あるいは神経質に横目をつかうとか、その手のことはいっさいなかった。ラルフは内心で認めたが、いまのテリーは断じて有罪の者の姿ではなかった。

しばらくしてハウイーはサミュエルズにむきなおり、「さあ、話せ」といった。犬に芸を披露しろと促すような口調で。

「いまの時点では、話すべきことはそれほどないな、ハワード」サミュエルズはまた手を自分の後頭部へもちあげ、突き立った癖毛を撫でつけた。癖毛はひとときおとなしくしていたが、ほどなくぴょこんと跳ねた。気がつけばラルフは、かつて子供のころ弟とふたりで口に出しては笑っていたアルファアルファ少年の科白を——《一生にひとりだけの友だちと会う機会は一生に一度だけなんだよ》——思い出していた。「いまいえるのは、これが断じて手ちがいではないこと、そしてわれわれがとことん血迷ってなどいないこと、それだけだね」

「テリーはなんといってる?」

「これまではなにも話してない」ラルフは答えた。

ハウイーはさっとラルフに顔をむけた。眼鏡の丸いレンズの奥で、まばゆいブルーの瞳がきらきらと輝き、若干だが拡大されて見えた。「きみはわたしの質問の意味を誤解しているよ、アンダースン刑事。今夜のことじゃない——ああ、今夜テリーがきみになにひとつ話していないのは知ってる。それだけの知恵のある人物だからね。わたしがいっているのは予備段階の聴取だよ。それについて、きみから話をきいておきたい。テリーからも話がきけるからね」

「予備段階での聴取なんてことはしなかった」ラルフは答えた。わずか四日間で証拠固めをした今回の事件の捜査について落ち着かない気分を感じる理由はひとつもなかったが、それでも落ち着かないものを感じた。そう感じた理由のひとつは、ハウイー・ゴールドが堅苦しく肩書つきの苗字で呼びかけてきたことにあった——ラルフとハウイーは郡裁判所の筋向かいにある〈ワゴン・ホイール〉で何度も酒を奢《おご》りあった仲だが、そんなことは最初からなかったかのようなよそよそしさだ。ラルフはハウイーにこう叫びたいという愚かな衝動をおぼえた。《おれを見るな、隣の検事を見ろ。アクセルを限界まで踏んで猛スピードでことを進めたのはこいつだ》

「なんだって？　ちょっと待った。ああ、とにかくちょっと待ってくれ」

ハウイーは両手をポケットに突っこむと、床に踵《かかと》だけをつけた姿勢になって体を前後に揺らしはじめた。おなじ動作を郡や地区裁判所の法廷で何度も見ていたラルフは、この先に来るものに身がまえた。証人席につかされてハウイー・ゴールドの反対尋問にさらされるのは決して愉快な経験ではない。しかし、ラルフがそれを根にもったことはなかった。すべては法の適正な運用という線に沿ってのダンスの一部にすぎない。

「つまりだ、きみはテリーにみずから釈明する機会をまったく与えないまま、二千人もの人々が見守る前で逮捕におよんだというのか？」

ラルフは応じた。「きみは優秀な弁護士だな。しかし今回の事件についていうなら、たとえ神さまでもテリー・メイトランドをここから救いだすことは不可能だ。ついでにいっておけば、あの場にいたのはせいぜい千二百人、多めに見積もっても千五百人だ。エステル・バーガ記念公園のグラウンドの観客席には二千人もすわれっこない。そんな大人数が押し寄せたらスタンドが倒壊するね」

場の雰囲気を明るくしようという頼りない反撃の言葉に、ハウイーはとりあわなかった。いまハウイーは新種の昆虫でも見るような目で、じっとラルフを見つめていた。「しかし、きみたちは公衆の面前でテリーを逮捕した。それも、テリーがいましも神格化されるかもしれないといえなくもない瞬間を狙って――」

「し、し、シンカクカだって？」サミュエルズがにやにや笑いながらたずねた。

ハウイーはこの反応も無視した。あいかわらずラルフひとりを見つめている。「その気になればグラウンド周辺に目立たないよう警官たちを配置し、試合がおわったあと、自宅でテリーを逮捕してもよかったのに、わざわざグラウンドで逮捕した。テリーの妻やふたりの娘さんの目の前で――意図的だったにちがいないね。なににとり憑かれた？　神が創りし緑の地球にかけて――いったいなにとり憑かれていたんだね？」

ラルフはこのときもまた顔が火照りはじめるのを感じた。「ほんとに答えを知りたいのか、弁護士の先生？」

「ラルフ」サミュエルズが警告口調でいって、ラルフの腕に手をかけて制止しようとした。

　ラルフは検事の手をふり払った。「テリーを逮捕したのはおれじゃない。その現場には、ふたりの巡査を送りだした。おれがあの場に行ったら、あいつののどに両手でつかみかかり、顔が青くなるほど絞めあげてしまいそうだったからだよ。そんな真似をすれば、あんたのようなお利口な弁護士先生にお仕事の材料をくれてやるだけだ」そういうと前へ進み、ハウイーが体を前後に揺らしている空間へ踏みこんだ。「あの男はフランク・ピータースンを拉致《らち》してフィギス公園に連れこんだ。そこで少年を木の枝でレイプしたうえで殺害した。やつがどうやって少年を殺したかを教えてやろうか？」

「ラルフ、それは捜査上の秘密だぞ！」サミュエルズが金切り声をあげた。

　ラルフは抗議を歯牙にもかけなかった。「鑑識の暫定報告では、犯人は自分の歯で少年ののどを嚙みちぎったらしい、とあった。おまけに、のどの肉の一部を食った可能性もある。わかったか？　そんな真似をしたことで犯人はえらく昂奮したらしい——その場でズボンを降ろして、少年の背中にたっぷりと精液をまき散らしやがった。ここまで残酷で、ここまで邪悪な犯行……ここまで口に出すのも忌まわしい犯行には二度とお目にかからずにすませたいね、神が許すものならば。犯人のなかでは、こんな真似をしたい気持ちが、ずいぶん前から着実に膨らんでいたにちがいない。現場に立ち会った関係者のだれもが、あの光景を死ぬまで頭から拭えないぞ。しかも、やったのはテリー・メイトランドだ。Tコーチがやりやがったんだ。そのコーチがうちの息子の手に手をかけて、バントのこつを教えたのだって、そんなに昔の話じゃない。ついさっきも、そのバントの件の一部始終をおれに話したんだ。あの話が自分の禊《みそぎ》だかになるみたいにな」

　ハウイーはもう新種の昆虫を見る目でラルフを見てはいなかった。いまこの弁護士の顔には驚嘆の表情がのぞいていた——たとえるなら、正体不明の地球外知的生命体の遺物にうっかり足をひっかけてしまったようだった。ラルフには気にならなかった。なにかを気にかけられる段階はもう通りすぎていた。

「あんたには息子がいたよな？　名前はたしかトミーだったか？　あんたがテリーといっしょにポップワーナー・フットボールのコーチをはじめたのは、息子のトミーがプレーしていたからだったよな？　テリーはあんたの息子の体にも手をかけた。それなのに、これからテリーの弁護をしようというのか？」

サミュエルズがいった。「頼むから、もう口を閉じてくれ」

ハウイーはもう体を前後に揺らしてはいなかったが、あとずさりもしていなかった。そればかりか、なにやら人類学上の驚異をためつすがめつするような目でラルフの顔を見ているばかりだった。

「テリーの事情聴取さえしなかった」そういって、いったん息をつぐ。「事情聴取・さえ・しなかった。そんな事態は……これまで、ただの、一、度、と、し、て──」

「なにをいうんだ」サミュエルズが無理につくった陽気な声音でいった。「きみはすべてを見聞きしてきた古強《ふるつわ》者《もの》じゃないか。いや、たいていのことを二度は見ているはずだぞ」

「これからテリーとふたりきりで打ち合わせをしたい」ハウイーはきびきびとした口調でいった。「だから、とっととマイクのスイッチを切って窓のカーテンを閉めてくれ」

「わかった」サミュエルズがいった。「時間は十五分間。そうしたら、われわれが合流する。コーチになにかいいたいことがあるかどうかを確かめてくれ」

ハウイーが答えた。「一時間は欲しいところだね、サミュエルズ検事」

「あいだをとって三十分。三十分たったら、われわれがあの男から自白の供述を引きだすか──当然ながら内容いかんでは、マカリスターの州刑務所で終身刑に服するか、それとも致死薬注射の針を刺されるかが決まるわけだが──あるいは月曜日の罪状認否まで、ここの留置場の独房で過ごしてもらうかだ。きみの意向次第だよ。しかし、もしわれわれが軽々《けいけい》に動いているときみが思っているのなら、それはきみの人生でも最大の見込みちがいということになるだろうな」

ハウイーがドアに近づいた。ラルフは自分のカードを錠前のリーダー部分に通して二重ボルトがひらく金属音を確認し、窓のところへもどって、取調室にはいっていく弁護士に目をむけた。テリー・メイトランドが椅子から立ちあがり、両腕を大きく広げてハウイーに近づいていくのを見て、サミュエルズが緊張をのぞかせた。しかしテリーの顔にのぞいていたのは攻撃的な表情ではなく、安堵の表情だった。テリーはハウイーを抱きしめた。ハウイーはかさばるブリーフケースを床に落とし、ハグを返した。

「兄弟《ブロ》のハグだな」サミュエルズはいった。「まことに心暖まる光景だ」

ハウイーはその声をききつけたかのように顔をマジックミラーへむけ、小さな赤いライトがともっている監視カメラを指さし、「あれを切れ」といった。その声は天井のスピーカーからきこえていた。「ついでにマイクのスイッチも切って、その窓にカーテンを引け」

スイッチ類は壁の操作卓にならんでいた。おなじ場所に映像と音声のレコーダー類も設置されている。ラルフは複数のスイッチを切った。取調室の隅にある監視カメラの赤いライトが消えた。ラルフがうなずいて合図を送ると、サミュエルズがカーテンを引いた。ガラスをカーテンが覆い隠していくときの音を耳にして、あまり愉快ではない記憶がよみがえった。ラルフはこれまでに三回――いずれもサミュエルズが地区首席検事になるよりも前に――マカリスター刑務所での死刑執行に立ち会ってきた。処刑室と立会人室のあいだにある横に長いガラス窓にも、似たようなカーテンがかかっていた（もしかするとメーカーもおなじかもしれない！）。カーテンは立会人たちが入室した時点で引きあけられ、受刑者の死亡宣告が出された時点で閉じられる。あそこのカーテンも、おなじような神経に障る不愉快な音をたてた。

「筋向かいにある〈ゾニーズ〉でソーダとハンバーガーを仕入れてくるよ」サミュエルズはコンビニの店名を口にした。「気分が落ち着かずに夕食が食べられなかったんだ。なにか欲しいものがあれば買ってこよう」

「コーヒーをお願いしたいな。ミルクはなし、砂糖は一本で」

「ほんとにいいのか？　前に〈ゾニーズ〉のコーヒーを飲んだが、世の中であれが〝黒い死〟と呼ばれてるのはだてじゃないぞ」

「その危険も引き受けるさ」ラルフは答えた。

「オーケイ。十五分でもどってくる。あのふたりの話しあいが早めにおわっても、わたし抜きではじめるな」

そんなことになるわけもなかった。ラルフにいわせるなら、いまこの事件の主役はビル・サミュエルズだった。

こんな恐怖そのもののなかにも名声という栄光があるのなら、ありったけをサミュエルズにくれてやろう。廊下の反対側に椅子がならんでいた。ラルフはコピー機の横の椅子にすわった。コピー機は静かな音をたてて眠っていた。閉じたカーテンを見つめながら、あの内側でテリー・メイトランドはいまなにを話しているのか、どれほど突拍子もないアリバイをポップワーナー・フットボールのコーチ仲間である弁護士に主張しているのか、と考えた。

気がつくとラルフは、テリー・メイトランドを〈紳士の社交場《ジェントルメン・ブリーズ》〉で客として拾い、ダブロウの鉄道の駅まで乗せていった大柄なアメリカ先住民の女性を思い出していた。

《わたしはＹＭＣＡで、プレイリーリーグのバスケットボールのコーチをやってる》あの女性ドライバーはそう話していた。《メイトランドは前はよく来ていて……ほかの保護者といっしょにスタンドにすわって、子供たちの試合を見物してた。わたしには、シティリーグの野球チームの選手候補をさがしにきてるって話してた》

ウィロウ・レインウォーターという女性ドライバーはテリーを知っていた。テリーのほうもウィロウを知っていたにちがいない――体のサイズやその出自などを考えれば、忘れがたい人物だといえる。それなのにタクシー車内でテリーはウィロウを他人行儀に〝マーム〟と呼んだという。なぜか？　ＹＭＣＡで顔を見かけた相手なのに名前を思い出せなかったからか？　考えられないではないが、あまり気に入らなかった。ウィロウ・レインウォーターという名前は、あっさり忘れられるものではない。

「まあ、ストレスを感じていたせいかもしれないし」ラルフはぼそりとつぶやいた――自分にむけての言葉なのか、微睡《まどろ》みつづけるコピー機に語りかけたのかはともかく。「それだけじゃないぞ……」

また別の記憶がよみがえってきた。同時にテリーが〝マーム〟という丁寧な呼び方をつかった理由として、もっとましなものも思いついた。ラルフの三歳年下の弟のジョニーは、子供のころに隠れんぼがからっきし下手だった。自分の寝室に駆けこんでいって、頭にただ毛布をかぶっているだけということが何度となくあったのだ。どうやらジョニーは、自分からラルフ兄さんが見えなくなれば、ラルフ兄さんにも自分が見えなくなったと思いこんでいたふしがある。恐るべき犯罪に手を染めたばかりの男が、ジョニーと同様の珍妙な理屈に流れがちということはあるだろうか？　〝わたしがあなたを知らなければ、あなたもわたしを知らなくなる〟と考えた？　いかれた理屈だが、これは頭のいかれた人間による犯行だ。しかもこの理屈なら、テリーのウィロウ・レインウォーターへの反応に説明がつくだけではない。自分がフリントシティでは広く顔が知られ、スポーツ愛好家のなかではかなりの有名人であることを当人が知っていながら、それでもなお逃げきれると踏んだことにも説明がつく。

　しかし、カールトン・スコウクロフトの件がある。いまも瞼を閉じれば、最終弁論へむけた準備作業中、スコウクラフトの供述書の重要な部分にアンダーラインを引いているハウイー弁護士の姿を思い描くことができた。もしかしたらO・J・シンプソンの弁護人からアイデアを盗むのかもしれない。そう、「手袋のサイズがあわなかったら、被告人を無罪とするほかはないのです」といったジョニー・コクランだ。ハウイーの場合も、同様に覚えやすい言葉、たとえば〝被告人がなにも知らない以上、自由の身にするほかはないのです〟あたりになりそうだ。

　そんな策がうまくいくわけはないし、情況が似通っているとさえいえないわけだが、しかし――

　スコウクロフトによれば、テリーは顔や服についている血について、鼻の奥になにかがはいりこんだせいだと説明していたという。

《鼻血がイエローストーン国立公園の間欠泉《オールド・フェイスフル》みたいに出てくる》テリーはそう話したとのことだ。《このへんに応急診療所《ドク・イン・ザ・ボックス》はあったかな？》と。

　とはいえテリー・メイトランドは――カレッジ時代の四年間こそ例外だが――生まれてからずっとフリントシティに暮らしている。テリーなら、フォード販売店《ディーラー》の〈コニー〉のそばにある案内看板に頼らずとも、なんなく〈クイックケア〉にたどりつけたはずだ。いや、そもそも他人に道をたずねる必要もなかった。だったら、なぜそんな質問を？

　サミュエルズがコークとアルミフォイルに包まれたハンバーガー、それにテイクアウトのコーヒーを手にして帰ってきた。コーヒーをラルフに手わたして、「あっちは静かなままか？」とたずねる。

「ああ。おれの時計によれば、連中の残り時間はあと二十分だ。ふたりの話しあいがおわったら、テリーにDNA検体の提出に応じるように働きかけてみる」

サミュエルズはハンバーガーの包みを剥がし、慎重な手つきで上半分のバンズをもちあげて中身をのぞいた。「おえっ」とひと声あげ、「火傷を負った被害者の肌から救急救命士が剥がしたものにそっくりだ」といったが、それでも食べはじめた。

ラルフはテリーとレインウォーターの会話や、応急診《ドク・イン・ザ・》療所《ボックス》にまつわるテリーの奇妙な質問のことを話に出そうと思ったが、やはり黙っていた。テリーが変装しようともしなかった件や、サングラスで顔を隠すだけのことすらしなかった点を指摘しようとも思ったが、これまた黙っていた。これまでにもそのあたりを話題に出したことはあったが、毎回サミュエルズに払いのけられていた——どれもこれも、何人もの目撃証言や決定打ともいえる法科学的な証拠の前にはなんの意味もないといえるという、しごく当然の主張とともに。

コーヒーはサミュエルズの言葉どおり、話にならない不味《まず》さだったが、それでもラルフは中身をちびちびと飲んでいった。コップが空になりかけたころ、ハウイー・ゴールドが取調室からブザーを鳴らし、出ていきたいのでドアを解錠するように求めた。出てきた弁護士の顔を見たとたん、ラルフの胃がきゅっと収縮した。そこにあったのは憂慮でも怒りでもなかった。依頼人がどうしようもない泥沼にはまりこんだとき、一部の弁護士が見せる芝居がかった憤懣の顔つきでもなかった。そこにあったのは同情の顔つきだった。しかも、本心からの同情のように見えた。

「いやはや《オイ・ヴェイ》」ハウイーはイディッシュ語でそういった。「きみたちふたりは大きなトラブルに足を突っこんでしまったな」

20

フリントシティ総合病院
病理診断・血清検査課

宛先：ラルフ・アンダースン刑事
　　　ユネル・サブロ警部補
　　　ウィリアム・サミュエルズ地区首席検事
送信者：ドクター・エドワード・ボーガン
送信日：七月十四日
件名：血液型およびDNAの件

【血液】

数種類の検体について血液型鑑定を実施。

第一の検体は、被害者である十一歳の白人男児、フランク・ピータースンの肛門に突き立てられていた木の枝である。木の枝は全長約五十五センチ、直径は約七・五センチ。半分よりも下の部分においては、もとから浮いていた樹皮が剝がれているが、これは本件犯人が枝を乱暴に扱ったことによるものと思われる（添付画像参照）。指紋枝のなめらかになった部分から指紋が検出された。指紋は州警察科学捜査室スタッフによって写真撮影されたのちに採取がおこなわれ、その後、木の枝そのものがラルフ・アンダースン刑事（フリントシティ市警察）およびユネル・サブロ警部補（州警察第七分署）によって小職のもとへ運ばれてきたものであり、それゆえ小職は物証保管の継続性に瑕疵《かし》はないと述べるものである。

この木の枝の下から十三センチまでの部分に付着していた血液はO型でRh＋《プラス》。フランク・ピータースンのかかりつけ医であるホレス・コノリーによれば、これは被害者の血液型だとのことである。木の枝にはほかにもO＋の血痕が多数あるが、これは〝返り血〟〝泡立ち〟と呼ばれる現象による付着である。おそらく被害者が性的暴行を受けているあいだに跳ね飛んだ血液であると見られ、そこから犯人も皮膚や衣服にそれなりの返り血を浴びたと推測するのが妥当だろう。

物証である木の枝からは、型の異なる第二の血痕も発見された。こちらはAB型のRh＋——かなり珍しい血液型である（総人口比の三％）。小職はこれが犯人の血液であると信じるものであり、また犯人が当該の木の枝を扱うにあたってはかなりの力をこめたに相違なく、その過程で手に切り傷を負ったのかもしれないと推測する。

O＋の血液は、〈ショーティーズ・パブ〉（メイン・ストリート一一二四番地）裏手の従業員用駐車場で発見された二〇〇七年型エコノラインのヴァンの運転席、ハンドル、およびダッシュボードからも大量に発見されている。ヴァンのハンドルからはAB＋の血液の小血痕も発見されている。ここで述べた物証は州警察科学捜査室に所属するエルマー・スタントン巡査部長とリチャード・スペンサー巡査部長の手で小職のもとに運ばれており、それゆえ小職は物証保管の継続性に瑕疵はないと述べるものである。

大量のO＋の血液は、七二号線（別名オールドフォージ・ロード）近くの、いまはつかわれていない船着き場跡で発見された二〇一一年型スバルより回収された衣類（シャツ、スラックス、靴下、アディダスのスニーカー、およびジョッキー製の下着）からも発見された。シャツの左袖にはAB＋の血液の小さな痕跡も見つかっている。ここで述べた物証はジョン・コリータ巡査（州警察第七分署）と科学捜査室のスペンサー巡査部長の手で小職のもとに運ばれており、それゆえ小職は物証保管の継続性に瑕疵はないと述べるものである。本報告書作成時点では、スバル・アウトバックの車内からAB＋血液は発見されていない。いずれ発見されることがないとは断言できないものの、犯人が犯行実行中に負った可能性のある切り傷が、スバルを乗り捨てた時点では血液の凝固でふさがっていたことも考えられる。同様に犯人が傷を繃帯《ほうたい》なりで覆ったと考えられなくもないが、発見された検体がごく微量であったことから、その可能性はごくわずかだと推察される。それゆえ、せいぜい小さな切り傷だったと思われる。

AB＋という血液型がきわめて珍しいことにかんがみて、小職は被疑者となった人物の血液型鑑定を迅速におこなうことを進言する。

【DNA】

キャップシティではDNA鑑定を待っている検体がつねに順番待ちの長い列をつくっているのが現状だ。常態であれば、結果が出るまでには数週間、さらには数カ月かかることとさえある。しかしながら本件犯行がすこぶる残虐であることや被害者の年齢といった要素を考慮した結果、犯行現場にて採取された検体は、順番待ちの列の〝最先頭〟へとまわされた。

検体群のうち主要な部分を占めていたのは被害者の太腿と臀部《でんぶ》に見つかった精液だが、それ以外にもピータースン少年の肛門を凌辱《りょうじょく》するのにもちいられた木の枝から採取された皮膚のサンプルがあり、またすでにここで論じた血液のサンプルもある。DNA型の一致を調べるための現場で採取された精液のDNA鑑定結果は来週中にも出る見込み。スタントン巡査部長からはもっと短期間のうちに鑑定結果が出るかもしれないときかされたが、DNA鑑定の経験豊富な小職にいわせれば、今回のように優先順位が高い事件がらみではあるが、結果は来週金曜日前後になるだろうと予測するものである。

業務の範疇《はんちゅう》からは外れるが、小職はここで個人的見解を付加せずにいられない心情である。小職はこれまでにも殺人事件の被害者にかかわる物証を数多く扱ってきたと自負するが、その小職をもってしても、今回鑑定を依頼されたこの事件こそがまぎれもなく最低最悪の殺人だといえるし、このような所業をなした犯人は可及的すみやかに逮捕されるべきであると考える。

上記報告書は午前十一時にドクター・エドワード・ボーガンにより口述された。

21

ハウイーことハワード・ゴールドがテリーとのふたりきりでの話しあいをおえたのが、午後八時四十分。割り当てられた三十分の時間は、たっぷり十分も残っていた。そのときにはラルフ・アンダースン刑事とビル・サミュエルズ検事のもとに、トロイ・ラメイジとステファニー・グールドが合流していた。後者は八時から勤務がはじまった巡査である。ステファニーはビニール袋におさまったままのDNA採取キットを手にしていた。ラルフは《いやはや《オイ・ヴェイ》。きみたちふたりは大きなトラブルに足を突っこんでしまったな》という先ほどのコメントを無視して、依頼人ともども綿棒によるDNA検体の採取に同意するかとハウイー・ゴールドにたずねた。

ハウイーはひらいたままの取調室のドアに足をかけ、再度ロックがかからないようにしていた。「テリー、この連中が頬の内側から綿棒で検体をとらせてほしいといってる。かまわないか？　いずれにしても、警察はきみのDNAを採取することになる。あと、急な用事で電話を二本ばかりかけてきたいんだ」

「ああ、わかった」テリーはいった。目の下に黒い隈《くま》ができかけていたが、口調は穏やかだった。「やるべきことを全部こなせば、日付が変わる真夜中前にはここを出ていけるだろうからね」

それは、自分が口にしたことが実現するはずだと信じて疑わない男の口調だった。ラルフはサミュエルズと目を見交わした。サミュエルズが片眉を吊りあげた――そのせいで、これまで以上にアルファルファ少年そっくりになった。

「妻に電話をかけてくれ」テリーがいった。「わたしなら大丈夫だと伝えるんだ」

ハウイーはにやりと笑った。「そいつはわが電話リストのナンバーワンだ」

「廊下の突きあたりまで行くといい」テリーがいった。「あそこなら携帯のアンテナが五本フルに立つぞ」

「知ってる」ハウイーはいった。「ここに初めて来たわけじゃない。前世の記憶みたいな感じがするよ」それからテリーにむかって、「わたしがもどるまで、ひとことも話すな」

トロイ・ラメイジ巡査が二本の綿棒を手にとって左右の頬の内側から検体を採取し、カメラに二本の綿棒をかかげてから、別々の小さな容器におさめた。ステファニー・グールド巡査が検体容器をビニール袋にもどしてカメラにむかってかかげ、同時に証拠物件であることを示す赤いテープで袋に封をした。ついで、必要書類にサインをして物証保管の継続性が確保されていることを認めた。ふたりの巡査はこれから検体を、フリントシティ市警察署のなかで証拠保管ロッカーの役目を果たしているクロゼットサイズの狭い部屋に運びいれることになっていた。そこでも天井のカメラにむかって検体をかかげ、受入手続をすませる。さらに別のふたりの巡査――おそらく州警察の巡査たち――が、翌日検体をキャップシティへ運んでいく。ドクター・ボーガンなら、物証保管の継続性に瑕疵はないと述べるだろう。なにやら小うるさく思えるかもしれないが、これはジョークではない。ラルフとしては、物証保管の継続性という鎖に、ひとつとして弱い輪があってほしくなかった。しくじりは許されない。鎖が途中で切れるなどもってのほか。この事件にかぎっては、断じて許されない。

ハウイーがメインオフィスへ通じるドアの前で電話をかけているあいだ、サミュエルズ地区首席検事が取調室へもどりかけた。しかしラルフは電話のようすを耳で確かめていたかったので、サミュエルズを引きもどした。ハウイーは短時間だけテリーの妻と話をして――《心配することはないよ、マーシー》そう話している声がきこえた――つづけて別のところへ電話をかけた。こちらはさらに短時間の通話で、ハウイーは電話の相手に、テリーの娘たちがいまどこにいるかを伝え、バーナムコートの自宅にマスコミの取材陣が殺到するだろうから適切に対処するよう相手にいっていた。電話をおえると、ハウイーは取調室にもどってきた。

「さてと、このトラブルをすっきり解決できるかどうかを確かめようじゃないか」

ラルフとサミュエルズは、テーブルをはさんでテリーの反対側にすわった。あいだに置いてある椅子にはだれもすわらなかった。ハウイーは依頼人テリーの隣に立って、その肩に手をかけていた。

サミュエルズが笑顔で話しはじめた。

「さて、きみは男の子が好きなようだね、コーチ？」

テリーは一瞬もためらうことなく答えた。「ああ、大好きだ。女の子のことも好きだから、うちには娘がふたりいる」

「そのふたりの娘さんもスポーツをするんだろうね。当たり前だ、Ｔコーチがパパなんだから。でも、きみは少女たちのチームのコーチはやらないね？　サッカーも、ソフトボールも、ラクロスもだ。きみは決して少年たちのそばを離れない。夏は野球、秋はポップワーナー・フットボール、冬にはＹＭＣＡのバスケットボール。ただし最後のバスケットにかぎっては、きみはもっぱら見ているだけだった。土曜の午後いつもＹＭＣＡへ通っていたのは、いわゆるスカウト出張だったのか？　スピードと体力をあわせもった少年たちをさがすために？　ついでに、少年たちのショートパンツ姿を確かめていたんじゃないのか？」

ラルフはハウイーが検事の言葉をさえぎるのを待っていた。しかしハウイーは――いまだけかもしれないが――黙ったままだった。顔は完全な無表情。動いているのは目だけであり、その目は話し手から次の話し手へと移動していた。

《ポーカーをやらせたら、さぞや手ごわい相手になりそうだ》ラルフは思った。

ところがテリーは意外なことに微笑みはじめていた。

「その話はウィロウ・レインウォーターから仕入れたんだな。たいした女だとは思わなかったか？　土曜の午後にウィロウがどんな大声をあげるかを、ぜひともきいておくべきだな。『ブ、ブ、ブロック！　ブ、ブロックしな！　しっかり走って――**穴に突っこめ！**』。どうだった、ウィロウは元気だったか？」

「それはこっちがききたいね」サミュエルズはいった。「きみは火曜の夜、本人と会ってるんだから」

「いや、会ってなんか――」

ハウイーがすかさずテリーの肩をつかんで、それ以上の言葉が出るのを封じた。「さて、このへんで基礎尋問学の実地演習をおわらせようじゃないか。いいね？　とにかくどうしてテリーがここにいるのかを説明してくれ。すっかり話してほしい」

「きみが火曜日にどこにいたのかを話してくれ」サミュエルズはそう応じた。「話しかけていたんだから、最後まできかせてほしい」

「わたしは――」

しかしこのときも、話がさらに先に進む前にハウイー・ゴールドがテリーの肩を――前よりも強い力で――つかんだ。「だめだぞ、ビル。そんなふうに進めてもらっちゃ困る。まずはそっちがなにをつかんでるのかを明かせ。明かさないのなら、わたしはマスコミの前で、きみたちがフリントシティきっての名士テリー・メイトランドをフランク・ピータースン少年殺害容疑で逮捕して、テリーの名声にどっさり泥を塗りたくり、奥さんと娘さんたちを怯えさせたにもかかわらず、理由をいっさい話さなかったと発表してやるぞ」

　サミュエルズはラルフに目をむけた。ラルフは肩をすくめた。この場に地区首席検事が同席していなければ、いまごろは手っとり早く自供をとりたい一心で、早々と手もちの証拠の開陳におよんでいただろう。

「早くしよう、ビル」ハウイーはいった。「いまテリーに必要なのは、家へ帰って家族といっしょになることだ」

　サミュエルズは微笑んだ。といっても、その目に笑いは片鱗《へんりん》もなかった——ただ口をひらいて歯をのぞかせただけだ。「家族とは法廷で会えるだろうな。月曜日の罪状認否手続で」

　ラルフは礼儀作法という生地がどんどん薄くなるのを感じ、その責任の大半をビル・サミュエルズに押しつけていた。サミュエルズは今回の事件とその犯人である男に本心からの怒りをむけているようだった。だれでも同様の怒りに駆られるだろうが……しかし、ラルフの祖父なら〝それだけでは畑を耕すことはできない道理だ〟とでもいっただろう。

「いいかな——いざはじめる前に、ひとつ質問したいことがある」ラルフは陽気な口調を心がけながらいった。「たったひとつだ。いいな、弁護士先生？　どっちにしても、こっちでも調べればわかることだ」

　ハウイーは注意をサミュエルズから逸らせることができて、ありがたく思っている顔を見せた。「きこうじゃないか」

「テリー、きみの血液型は？　自分でわかっているのか？」

　テリーはハウイーに目顔で問いかけた。ハウイーが肩をすくめたのを見て、ラルフに視線をもどす。「当然だよ。年に六回は赤十字で献血してる。珍しい血液型だからね」

「ABの＋では？」

　テリーは目をぱちくりさせ、「どうして知ってる？」といったが、すぐにその答えを察したにちがいない。「だけど、そこまで珍しくない。本当に珍しいのはAB型のRh−《マイナス》だ。全人口のたった一パーセントだからね。嘘じゃない、赤十字ではその血液型の人たちの電話番号を短縮ダイヤルに登録してるくらいだ」

「珍しいという話が出ると、思い出すのは指紋だな」サミュエルズがただ時間をつぶしているだけという口調で切りだした。「指紋の話も法廷によく出てくるから思い出したんだろうが」

「その法廷で陪審が評決をくだすにあたって、指紋を考慮することもきわめて珍しいんだがね」ハウイーがいった。

サミュエルズは弁護士の発言を無視した。「すべての指の指紋が同一だという人はいない。同一の遺伝子をもつ一卵性双生児同士でも、指紋は微妙に異なっている。ところで、きみには一卵性双生児のきょうだいがいたのかな？」

「もしやピーターースン少年の殺害現場に、わたしの指紋が残っていたとでもいうのか？」テリーの顔には心底信じられないといいたげな表情がのぞいていた。ラルフもこれだけは認めざるをえなかった——この男はたいした役者だし、このまま最後まで芝居を押し通すつもりだぞ。

「指紋なら大量に見つかっていて、いちいち数えられないくらいだよ」ラルフは答えた。「きみがピーターースン少年の拉致につかった例の白いヴァンのいたるところから指紋が見つかった。ヴァンの後部荷室にあった少年の自転車からも。きみが〈ショーティーズ・パブ〉の裏手の駐車場で乗り換えたスバルも、車内のいたるところに指紋があった」ラルフはここでひと息入れた。「また、ピーターースン少年の肛門を凌辱するのにつかわれた木の枝からも指紋が見つかっている。じつに残酷な行為だよ——その結果の内臓損傷だけでも、あの少年の命とりになっていて不思議じゃなかった」

「いま話に出た場所では指紋検出に粉末も紫外線も必要なかった」サミュエルズがいった。「少年の血でつけられた指紋だったからだ」

大多数の犯人——おおむね九十五パーセントの犯人——は、弁護士が同席していようといまいと、この時点で落ちる。ところがテリーはちがった。テリーの顔にはショックと驚きこそ見てとれたが、罪悪感は見あたらなかった。

ハウイーが反撃した。「そちらは指紋を手に入れている。けっこう。指紋が当局の手によって現場に〝植えつけられた〟のは、これが初めてじゃない」

「数個程度なら、その可能性もないじゃない」ラルフはいった。「しかし七十？　八十の指紋？　しかも血液でつけられた指紋や、凶器についていた指紋まで？」

「さらに目撃証人もそろっている」サミュエルズはいった。「きみは高級食料品店〈ジェラルズ〉の駐車場でピーターースン少年に声をかけているところを目撃されている。そののち、きみが走らせていた白いヴァンの後部荷室に少年の自転車を積みこんでいるところが目撃されている。ピーターースン少年がきみとともに白いヴァンに乗りこむところも目撃されている。殺人現場の森から血まみれの姿で出てくるところも目撃されている。この話ならもっとつづけられるが、いつも母からいわれていてね──あとの機会のために少しはとっておけ、と」

「信頼できる目撃証人なんかめったにいない」ハウイーはいった。「指紋はそもそも証拠としてはあやふやだ。それが目撃証人ともなれば……」あとはただ、頭を左右にふる。

ラルフがすかさず口をはさんだ。「ああ、たいていの事件の場合にはその意見に同意する。しかし、今回の事件はちがう。最近おれが事情聴取をしたある人物は、フリントシティが実質的には小さな町だと話してた。その意見を鵜呑《うの》みにしていいものかどうかは迷うが、ウェストサイド地区は緊密な人間関係で編みあげられた社会だし、ここにすわっているミスター・メイトランドはそこではかなりの有名人だ。テリー、きみを〈ジェラルズ〉で目撃した女性は隣人だし、フィギス公園で森から出てくるきみを見たと証言している女の子は、きみのことをよく知っていた──おなじバーナムコートで近所に住んでいるだけではなく、前に愛犬が迷子になったとき、きみが連れもどしてくれたからだといっていたよ」

「ジューン・モリスか？」テリーはまるっきり信じられないといいたげな顔でラルフを見つめていた。「ジュニーが？」

「証人はほかにもいる」サミュエルズはいった。「大勢ね」

「ウィロウは？」テリーは腹にパンチを食らったかのように息を切らせていた。「ウィロウもか？」

「大勢いるんだ」サミュエルズはくりかえした。

「しかもその全員が、六人の顔写真からきみの写真を選びだした」ラルフはいった。「ためらいもせずに」

「もしやそれは、わが依頼人がゴールデン・ドラゴンズのキャップをかぶり、大きなCの字があるシャツを着ている写真ではなかったか？」ハウイーはたずねた。「証人たちが選んだのは、尋問担当者が指でとんとんと叩いた写真ではなかったかな？」

「そんなはずがないことくらい知ってるだろうが」ラルフはいった。「ま、知っていることを願いたいね」

テリーがいった。「これは悪夢だ」

サミュエルズが同情するような笑みをのぞかせた。

「気持ちはわかる。これをおわらせたければ、あんなことをした動機を明かしてくれるだけでいい」

《正気の人間でも理解できるような動機が、この緑の地球上に存在するかのような言いぐさだな》ラルフは思った。

「そうすれば、結果が変わるかもしれないぞ」サミュエルズはいまや懐柔にかかっているも同然だった。「ただし話すのなら、DNA鑑定の結果が出る前にしてくれ。DNAの検体はたっぷりと入手していてね、そのDNA型が先ほど頰の内側からとった検体と一致したら……」

あとは黙って肩をすくめる。

「話してくれ」ラルフはいった。「一時的に精神のバランスをうしなったとか、意識が朦朧《もうろう》としていたのか、それともやむにやまれぬ性衝動のせいだったのか、そのあたりはおれにはわからないが、とにかく話してくれ」自分の声がだんだん大きくなったのがわかり、一瞬は声を抑えようかと思ったものの――ええい、かまうものか。

「男らしく話すんだ！」

テーブルの反対側にいる男たちに話しかけているのではなく、むしろひとりごとめいた口調でテリーはいった。

「なんでこんな話になっているのか、さっぱりわからない。そもそも火曜日には、わたしはこの街にいなかったんだ」

「だったらどこにいた？」サミュエルズがたずねた。

「思いきって、われわれに打ち明けてしまえ。わたしはよくできた物語が大好きでね。ハイスクール時代にはアガサ・クリスティーのほとんどの作品を読んだほどだよ」

テリーは顔をめぐらせてハウイー・ゴールドを見あげた。ハウイーはうなずいた。しかしラルフは、ハウイーの顔に不安がにじみはじめたことを見てとった。血液型と指紋の話にかなり揺さぶられたようだし、さらには目撃証人の話にも動揺したらしい。なかでもいちばん動揺したのは、おそらくジュニー・モリスという少女の目撃証言だろう。なんといってもジュニーの愛犬を家へ連れ帰ったのは、気立てがよくて信頼できるTコーチなのだから。

「キャップシティだ。火曜の朝十時にこっちを出発、帰ってきたのは水曜の夜遅くだ。といっても九時半前後だが、わたしにとっては遅い時間でね」

「といっても、同行者はいなかったんだろう？」サミュエルズはいった。「ひとりでふらりと出かけて、考えをまとめたりなんだりをしていた。そうだな？　大事な試合にそなえて心の準備をしていたわけか？」

「わたしは――」

「移動は自分の車か、それとも例の白いヴァンをつかった？　ところで、あの白いヴァンはどこに隠していた？だいたい、どんな経緯でニューヨーク州のナンバーがついた車を盗んだりした？　それについては仮説をひとつ思いついているんだが、それよりはきみに確認してもらうなり、あるいは否定してもらうなりしたほうが――」

「わたしの話をきく気があるのか、それともないのか？」テリーはたずねた。さらにテリーはおよそ信じられないことに微笑みを見せはじめていた。「それとも、わたしの話を耳にするのが怖いのかな。ああ、怖がって当然だよ。ミスター・サミュエルズ、いまきみは腰までクソにつかってる。しかも、そのクソはどんどん深くなってるぞ」

「おや、そうかね？　だったらどうして、わたしはこの事情聴取がおわれば部屋を出て自宅へ帰れる身分でいられるんだろうね？」

「頭を冷やせ」ラルフは静かにいった。

サミュエルズがさっとラルフに顔をむけた――後頭部の癖毛が左右に揺れていた。その光景も、いまではひとつも愉快ではなかった。「わたしにむかって頭を冷やせはないだろう、刑事。われわれといっしょにすわっているのは、男の子を木の枝でレイプしたあげく、のどを噛み裂いた男だぞ――それこそ、まるでクソったれな人喰い族みたいにな！」

ハウイーは天井の隅に設置された監視カメラをまっすぐに見あげて、将来の判事と陪審にむけてしゃべりはじめた。「地区首席検事さん、きみが癇癪《かんしゃく》を起こした子供みたいなふるまいをいますぐやめなければ、わたしはこの事情聴取を即刻打ち切らせてもらう」

「わたしはひとりではなかった」テリーはいった。「白いヴァンについてはなにも知らない。エヴェレット・ラウンドヒル、ビリー・クエイド、それにデビー・グラントの三人といっしょに行った。いいかえるなら、フリントシティ・ハイスクールの英語科教師全員だ。わたしがふだん乗っているエクスペディションは整備工場入りしてた——エアコンが故障していたのでね。だから、四人でエヴェレットの車に乗った。あの男は英語科主任で、ＢＭＷに乗ってるんだよ。四人乗っても広々としていてね。ハイスクールを出発したのは午前十時だ」

　つかのまサミュエルズは頭が混乱するあまり、この場でたずねるべき明白な質問さえ見失ってしまったようだった。そこでラルフが代わりに質問した。

「夏休みの最中だというのに、英語科の先生が総出でキャップシティまでなにをしに出かけていった？」

「ハーラン・コーベン」

「だれだ、そのハーラン・コーベンというのは？」ビル・サミュエルズがたずねた。この男のミステリーへの興味はアガサ・クリスティーを頂点にして、以降は下降してしまったらしい。

　ラルフはコーベンの名前を知っていた。本人はそれほどの読書家ではなかったが、妻が小説好きだったからだ。

「ミステリー作家の？」

「そう、ミステリー作家だ」テリーはうなずいた。「さて、ＴＳＴＥ——〈三州地域英語教師協会《トライ・ステイト・ティーチャーズ・オブ・イングリッシュ》〉という組織があって、毎年夏に三日間の会議を開催している。全会員がひとところにあつまる唯一の機会だ。中身はといえばセミナー形式の勉強会やパネルディスカッションなどだな。開催地は年ごとに異なる。そして今年はキャップシティの番だった。ただし英語科の教師といっても、ほかの人たちと変わるところもなく、夏場に一堂に会するのはむずかしい。ほかにもいろいろとやるべき仕事があるからね——通常の学期中にはできない建物の塗装とか設備の修理のような仕事があり、家族旅行があり、それ以外にもさまざまな夏の活動がある。わたしでいえばリトルリーグとシティリーグだ。そこでＴＳＴＥでは中《なか》日《び》に有名人をゲスト講演者として招き、大多数の出席者はその講演会に出席するわけだ」

「つまり今回の場合では、それが先週の火曜日だったね？」ラルフはたずねた。

「そのとおり。今年の会議はシェラトン・ホテルを会場として七月九日――月曜日――から、水曜日の七月十一日までの三日間で開催された。わたし自身は会議を五年つづけて欠席していたんだが、エヴェレットから今年のゲスト講演者がコーベンだと知らされ、ほかの英語科教師が全員行くときいて、火曜日と水曜日の練習のコーチ役をギャヴィン・フリックとバイビル・パテルの父親に代わってもらう段取りをつけた。準決勝戦が迫っているなかでコーチの自分が抜けるのは大いに気がとがめたよ。でも木曜と金曜の練習に復帰できるのはわかっていたし、なによりコーベンの講演を逃したくなかった。あの作家の本は残らず読んでる。プロットはすばらしいし、ユーモアのセンスもある。しかも今年の会議では、大人むけに書かれた文学作品を七年生から十二年生に教えることが全体テーマになっていた。数年前から熱い論戦がくりひろげられてきた課題でね――とりわけ、この国のこの地域では」

「そのあたりの説明は省いてくれ」サミュエルズがいった。「要点をずばりときかせてほしい」

「けっこう。わたしたちは到着した。ビュッフェ形式の昼食会に出た。それからコーベンの講演会をきき、午後八時からのパネルディスカッションをききにいった。それから向こうで夜を過ごした。エヴェレットとデビーはそれぞれシングルの部屋。わたしはビリー・クエイドと部屋代を折半《せっぱん》して、ツインの部屋に泊まったよ。ビリーの発案だ。なんでも家を増築するので節約生活を強いられているそうだ。この三人がわたしの話を裏づけてくれる」そういってラルフを見つめ、両手をかかげて手のひらをむけた。「わたしは向こうにいた。それが要点だ」

取調室は静まりかえった。しばらくしてサミュエルズがいった。「コーベンの講演は何時から？」

「三時」テリーは答えた。「火曜日の午後三時だ」

「なんとも好都合な話だな」サミュエルズが棘《とげ》のある口調でいった。

ハウイー・ゴールドは満面の笑みでいった。「そちらには不都合きわまる話だね」

《午後三時か》ラルフは思った。アーリーン・スタンホープは、盗難車である白いヴァンの後部にテリーがフランク・ピータースンの自転車を積みこみ、そのあと少年を助手席に乗せて走り去っていくところを目撃したと話しているが、それが午後三時前後のことだった。いや、〝前後〟などという話ではない。ミセス・スタンホープは市庁舎の鐘が三時を打つのがきこえた、と話していた。

「講演会の会場は、シェラトンの大会議室か？」ラルフはたずねた。

「そのとおり。昼食のビュッフェ会場になった宴会場とは廊下をはさんで反対側だ」

「講演会が三時からだったというのはまちがいないのか？」

「まちがいない。午後三時からＴＳＴＥの会長が挨拶をはじめた。退屈な話がだらだらと十分はつづいていたよ」

「なるほど。ではコーベンはどのくらい話してた？」

「四十五分くらいだと思う。そのあとコーベンと聴衆で質疑応答があった。全部おわったのは四時半ごろだったと思う」

ラルフの頭のなかでは、強風に吹かれる紙切れさながらに思考がぐるぐる回転していた。ここまで完璧な不意討ちを食らった覚えはなかった。本来なら事前にテリーの行動を確かめておくべきだったが、いまさらそんなことをいうのは後知恵の論評でしかない。ラルフとサミュエルズ、それに州警察のユネル・サブロの三人は、前もってテリー・メイトランドに質問すれば、きわめて危険な男に事前の警告を与えることになるという点で意見が一致した。そもそも圧倒的な証拠がそろっているのだから、そんなことは必要ないと思えた。しかし、いまになって……。

ラルフはサミュエルズをちらりと見たが、すかさず助け船を出す気はまったくなさそうだった。検事の顔に浮かんでいたのは、疑念と困惑をつきまぜた表情だった。

「きみたちはとんでもない手ちがいをしでかしたんだ」ハウイーがいった。「これで、きみたちふたりにもわかったはずだぞ」

「いや、手ちがいであるものか」、ラルフはいった。「こっちには指紋があり、テリーを知っている人物による目撃証言があり、もうじき最初のＤＮＡ鑑定の結果も出てくる。鑑定で一致するという結果が出れば、それが決定打になるな」

「ほう。しかしこちらはこちらで、それとは別のものを近々入手できる見通しでね」ハウイーはいった。「こうして話しているあいだにも、わが調査員が調べを進めている。それなりに自信をもってもいるよ」

「その中身は？」サミュエルズが嚙みつくようにいった。

ゴールドは微笑んだ。「アレックの調べでなにが出てくるか、そのお楽しみのネタバレは野暮《やぼ》じゃないか？わが依頼人がわたしに打ち明けた話が真実だったら、ビル、きみのボートにまたひとつ大きな穴があくぞ。おまけにそのボートは、もうかなり浸水しているようだ」

話に出たアレックというのはアレック・ペリーといい、州警察を退職後は刑事事件の弁護人専門の調査員として仕事をしている男だった。料金は高額だが、仕事の腕は確かだ。以前ともに酒を酌《く》み交わしたおりにラルフはアレックに、どうして暗黒面《ダーク・サイド》に寝返ったりしたのかとたずねた。アレックは、自分が牢屋に送りこんだ者たちのうち、のちに無実を確信するようになった者が四人いて、その罪滅ぼしをたくさんしなくてはならないと感じている……と答えた。

「それだけじゃない」アレックはいった。「ゴルフという趣味がないと、引退生活は退屈でしかたないんだよ」

アレックが今回なにを追いかけているのかをあれこれ推測しても意味はない……ただし、いつものように、それが根拠のない空理空論や刑事弁護士のはったりではないと仮定しておこう。ラルフはテリーを見つめながら、ふたたび罪悪感の表情をさがした。しかし見えてきたのは憂慮と怒りと困惑だけだった――いうなれば、やってもいないことを理由に逮捕された男の表情そのままだった。

そうはいってもテリーがやったに決まっている。あらゆる証拠がそう語っているし、DNA鑑定の結果がテリーの柩《ひつぎ》の蓋に打ちつける釘になるはずだ。テリーの主張するアリバイは、しょせん捜査の目くらましを目的として精緻に組みたてられた工作にすぎない。それこそアガサ・クリスティーの（あるいはハーラン・コーベンの）小説からそのまま拝借してきたような。ラルフはあしたの朝から、このマジックのトリックをあばく仕事に着手するつもりだった。手はじめにテリーの同僚教師たちから話をきく。そのあとは教師たちの会議にまつわる事実確認だ。なかでも焦点になるのはハーラン・コーベンの講演会の開始時刻と終了時刻だ。
じっさいにその捜査――ラルフにとっては生活の糧――にとりかかる前だったが、それでもテリーのアリバイにはひとつだけ穴があるように見えた。アーリーン・スタンホープが、テリーといっしょに白いヴァンに乗りこむフランク・ピータースンを見たのは午後三時だ。そしてジューン・モリスがフィギス公園で血まみれのテリーを目撃したのが午後六時半ごろ――それに先立ってジューンが家を出たとき、テレビのローカルニュースの天気予報コーナーが流れていたという母親の証言から時刻を特定できる。両者の目撃証言のあいだには三時間半の穴があいている。三時間半あれば、キャップシティからフリントシティまでの約百十キロの道のりを車で走破することは可能だ。

　では高級食料品店〈ジェラルズ〉の駐車場でミセス・スタンホープが目撃した男がテリー・メイトランドではなかったと仮定したらどうなる？　テリーとよく似た共犯者だったら？　いや、テリーとおなじような服で――ゴールデン・ドラゴンズのキャップとシャツで――変装しただけの共犯者だったら？　およそありそうもないが……ミセス・スタンホープの年齢や、あの女性がかけていた眼鏡のレンズの分厚さを考えあわせれば、そうもいっていられなくなり……。

「さて、諸君、話はもうおわりかな？」ハウイー・ゴールドがたずねた。「きみたちがこのままミスター・メイトランドを勾留する意向なら、わたしの仕事がどっさり増えるからだ。仕事リストのトップはマスコミむけの会見だ。決して好きな仕事ではないが――」

「嘘をつけ」サミュエルズが不機嫌な声でいった。

「しかし、わたしが会見をひらけばマスコミの連中をテリーの自宅から引き離せるし、そうなればふたりの娘さんたちも、記者に追いかけまわされて写真を撮られることなく、自宅に帰れるようになるかもしれない。なにより大事なのは、きみたちが無分別にもあの家族から奪った平和を、わずかなりとも一家に与えることだよ」

「その演説ならテレビカメラのためにしまっておけ」サミュエルズはそういってテリーを指さし、自身もこの場にいない判事や陪審を意識して話しはじめた。「きみの依頼人は、いたいけな少年に肉体的苦痛を与えて殺害した。その依頼人の家族に付随的被害《コラテラルダメージ》が生じたとしても、ああ、責任はきみの依頼人にあるんじゃないか」

「きみたちのやっていることは信じられないな」テリーはいった。「事前に質問することもなく、いきなり逮捕するとはね。わずかひとつの質問さえせずにだ」

ラルフはいった。「テリー、講演がおわったあとはなにをした？」

テリーは頭を左右にふった——否定の意味ではなく、頭をすっきりさせたいための動作だった。「講演のあとで？　ほかの面々とおなじで列にならんだ。ただし、列のだいぶうしろになってしまった。デビーのせいだ。デビーはトイレに行く必要に迫られたんだが、みんなといっしょにいたいから待っててくれ、といったんだよ。トイレにはずいぶん時間がかかった。男も質疑応答がおわるなり大勢がトイレへと走っていったが、決まって女のほうが時間がかかる。なぜって……それは……個室の数の関係だ。それでわたしはエヴェレットやビリーとニュースタンドへ行って、時間をつぶした。デビーがやってきたときには、列はロビーに届くほど長くなっていたよ」

「なんの列なんだ？」サミュエルズがたずねた。

「おいおい。なにもわかってないのかい、ミスター・サミュエルズ？　サイン会の行列だよ。だれもがコーベンの新刊の『だからいったじゃないか』をもっていた。会議の参加費には本代も含まれていたからね。わたしの手もとにもある——コーベンがサインをして日付を書きこんでくれた一冊が。喜んで見せてあげよう。といっても、わたしの私物ともども、もう自宅から運びだしていなければの話だ。ともあれ、わたしたちがサインのテーブルにたどりついたときには、もう五時半をまわっていたよ」

それが事実なら、ラルフがこれまで想像していたテリーのアリバイにあいている穴は、いましがたピンホールほどにも狭まった計算になる。理屈のうえでは、車でキャップシティからフリントシティまで一時間でたどりつくことは可能だ。ターンパイクの制限速度は百十キロ。しかし時速百三十キロ以上も出していないかぎり——それどころか百五十キロに迫るスピードでぶっ飛ばさないかぎり——警官は見向きもしない。しかし、テリーに殺人を実行する時間の余裕があっただろうか？　テリーのそっくりさんが実行犯だったのなら考えられないではないが、いたるところに――木の枝もふくめて――テリーの指紋がついていた以上、そんなことがあったはずがあるか。答え――ありっこない。さらにいうなら、テリーに共犯者がいたとして、自分と顔かたちが似ているか、自分と似た服装か、さらにはその両方をそなえた人間を共犯者に欲しがる道理があるだろうか？　答え――ありっこない。

「きみがサイン会の列にならんでいるあいだ、ほかの英語教師もずっといっしょにいた？」サミュエルズがたずねた。

「ああ」

「サイン会も広い会場でひらかれたのか？」

「そのとおり。宴会場と呼ばれていたと思う」

「きみたち全員が本にサインをしてもらったあとはなにをした？」

「ブロークンアロウから来ていた英語教師たちといっしょに、みんなで夕食に出かけた――サイン待ちの列にならんでいたあいだに親しくなったんでね」

「夕食に出かけたというのはどこへ？」

「〈ファイアピット〉というステーキハウス。ホテルから三ブロックほどのところだ。店にはいったのは六時ごろ。食事の前に軽く飲んで、食後にはデザートも食べた。楽しいひとときだったよ」テリーの最後のひとことには憧憬《しょうけい》といってもいい感情がこもっていた。「たしか全員で九人だった。食後はみんなで歩いてホテルへ引き返し、席について夜のパネルディスカッションをきいた。パネルのテーマは『アラバマ物語』や『スローターハウス5』といった本を授業で扱う場合の問題にどう対処するか、というものだった。エヴェレットとデビーは途中で退出したが、ビリーとわたしは最後まで話をきいていた」

「それが何時だった？」

「九時半前後だ」

「そのあとは？」

「ビリーとホテルのバーでビールを一杯飲み、ふたりで部屋へあがって、ベッドにはいったよ」

《ピータースン少年が拉致されたときには、有名なミステリー作家の講演をきいていたわけか》ラルフは思った。そしてピータースン少年が殺害されたのと同時刻には、八人の人々とともに夕食をとっていた。ウィロウ・レインウォーターがテリー・メイトランドを〈紳士の社交場《ジェントルメン・プリーズ》〉で乗せてダブロウの鉄道の駅まで乗せたと主張している時間には、禁書とされた文芸作品にまつわるパネルディスカッションの場にいた。テリーのことだから、おれたちが同僚教師に話をきくことも、ブロークンアロウから来た教師たちを突き止めることも、おれたちがシェラトン・ホテルのラウンジにいるバーテンダーの話をききにいくことも知っているはずだ。おれたちがホテルの防犯カメラの映像を調べることも、さらにはテリーの手もとにあるハーラン・コーベン最新の注目作のサイン本も調べるはずだということも知っているはずだ。テリーなら、その手のことを知っていて当然だ——この男は愚かではない。

そこから——テリーの話の裏がすっかりとれたら——導かれる結論は、避けられないとはいえ、とうてい信じがたいものになる。

サミュエルズがテーブルに身を乗りだして、あごを突きだした。「つまりきみは、火曜日の午後三時から午後八時までのあいだ、つねにほかの人といっしょにいたという話をわれわれが信じると思っているんだな？　そのあいだ、ずっと他人といっしょだったと？」

テリーは、ハイスクールの教師だけが顔にのぞかせることのできる表情をサミュエルズにむけた——《おまえが馬鹿なのは、おたがい知ってる——でもわたしはおまえの仲間たちの目の前でそう口にして、おまえをとことん辱めてやるぞ》と語っている表情だ。

「もちろん、ずっとじゃない。コーベンの講演がはじまる前にはトイレへ行った。そのあとレストランでも一回行った。でもあんたなら、わたしが膀胱を空にするのにかかった一分半のあいだにフリントシティへとって返してピータースン少年を殺し、すかさずキャップシティに帰ったはずだと話して、陪審に信じこませるんだろう？　どうだろうね、陪審に信じてもらえそうか？」

サミュエルズはラルフに目をむけた。ラルフは肩をすくめた。

「とりあえず、現時点では質問は以上だ」サミュエルズはいった。「ミスター・メイトランドはこのあと郡拘置所に身柄を移されて、そこで月曜日の罪状認否手続まで勾留される」

テリーは力なく肩を落とした。

「つまりきみは、このまま突き進むつもりなのかね？」ハウイー・ゴールドはサミュエルズにいった。「ああ、本気なんだね」

ラルフはここでもサミュエルズが爆発するものと思ったが、今回この地区首席検事はラルフを驚かせた。テリーが疲れきった顔を見せているのにも負けないほど疲れた声でこういったのだ。「勘弁してくれ、ハウイー。きみだって、これだけ証拠がそろっていれば、わたしにこれ以外の道がないことくらいわかるだろう？　これからDNA鑑定の結果が一致すれば、それで試合終了《ゲーム・オーヴァー》だ」

それからサミュエルズはふたたび身を乗りだして、テリーのスペースに侵略してきた。

「きみにはまだ注射針を避けられるチャンスがある。充分なチャンスとはいえないが、チャンスはチャンスだ。これまでの嘘っぱちは撤回して自白しろ。それがフレッドとアーリーンのピータースン夫妻のためになる――考えられるかぎり最悪の殺され方で大事な息子さんをうしなったご夫婦のためだ。すべてを正直に吐きだせば楽になるぞ」

サミュエルズの予想に反して、テリーは身をうしろへ引いたりしなかった。それどころか前に乗りだした。体をうしろへ引いたのは地区首席検事のほうだった――テーブルをはさんで反対にすわっているテリーが感染症をもっていて、自分にもうつるかもしれないと怯えているかのようだった。「そもそも自白するようなことはなにもない。わたしはフランク・ピータースンを殺してはいない。きみたちは逮捕する相手をまちがえている」

サミュエルズはため息をついて立ちあがった。「オーケイ、きみにはチャンスがあった。そしていまはどうかといえば……神にでもすがるがいいさ」

22

フリントシティ総合病院
病理診断・血清検査課

宛先：ラルフ・アンダースン刑事
ユネル・サブロ警部補

ウィリアム・サミュエルズ地区首席検事

送信者：ドクター・F・アッカーマン（病理診断課主任）

送信日：七月十二日

件名：死体検案書補遺／**親展・機密**

要請にしたがい私見を以下に述べる。

七月十一日にわたしがドクター・アルヴィン・バークランドを助手としておこなった検屍解剖の結果を記した死体検案書に記載した肛門の凌辱行為につき、それだけで被害者フランク・ピータースンの死因になったかどうかは不明だが、被害者の直接の死因が大量失血であったことに疑いの余地はない。

ピータースン少年の顔やのど、肩、胸、左体側、および胴体の残存部分からは歯形が検出されている。こうした外傷と殺害現場で撮影された写真を組みあわせた結果、犯行は以下の順番で遂行されたものと見られる。まずピータースン少年は仰向けの姿勢できわめて荒々しく地面に叩きつけられたのち、少なくとも六回、おそらくは十回以上も体のあちこちを噛みちぎられた。錯乱の蛮行といえるだろう。そののち被害者はうつぶせにさせられて肛門を凌辱された。この時点でピータースン少年が意識をうしなっていたことは確実である。犯人は肛門凌辱の最中か、あるいは直後に射精している。

わたしが本補遺に《**親展・機密**》と記したのは、本件のある種の側面が——仮に情報開示された場合——当地域にとどまらず全国規模でマスコミによってセンセーショナルな報道がなされかねないためである。ピータースン少年の遺体は部分的に欠損している——とりわけ目立つのは右の耳介《じかい》、右乳首、そして気管と食道の一部だった。犯人がこれらの肉体部位を——かなりの分量になるうなじの組織とあわせて——戦利品《トロフィー》としてもち帰った可能性もなくはない。これは最善だった場合を想定した仮説である。もうひとつ別の仮説として、犯人が上述の部位を食べた可能性が考えられよう。

みなさんは本事件捜査の責任者として、最適な行動をとられることと拝察する。しかしわたしは、前述の事実の数々とそこから導きだしたわたしの結論をマスコミには伏せておくことのみならず、有罪判決を確実なものとするために必要不可欠な情況にならないかぎり、いかなる裁判の場でも伏せておくことを、ここに強く進言する。こういった情報に接した場合のご両親の反応は当然ながら想像しうるものであり、それをあえて望む者がいるだろうか。わたしが職務範囲から踏みだしているとすれば謝罪したいが、今回の事件にかぎっては、この提言が必要だと感じるものである。わたしは医師であり、この郡の監察医だが、同時にひとりの母親でもある。

　この少年の尊厳を踏みにじって殺害した犯人を捕えることを――それも迅速に捕えることを――わたしからもみなさんにお願いしたい。みなさんの手で取り押さえなければ、この犯人がふたたび犯行におよぶことはまずまちがいないといえる。

フェリシティ・アッカーマン（医学博士）
フリントシティ総合病院・病理診断課主任
フリントシティ主任監察医

23

フリントシティ市警察署のメインルームは広い部屋だったが、テリー・メイトランドを待っていた四人の男たちだけで部屋がいっぱいになったように見えていた――いたのは州警察のふたりの警官と郡拘置所からやってきたふたりの刑務官で、全員が偉丈夫だったからだ。テリーはいまもまだ自分の身に起こったこと（起こりつつあること）から受けた衝撃もさめやらぬ状態だったが、これにはわずかながら愉快な気持ちになるのをこらえきれなかった。郡拘置所まではわずか四ブロック。筋骨逞しい男たちをずらりとそろえたこのチームは、テリーを一キロばかりも遠くまで運んでいくのにふさわしく思えた。

「両手を前に出して」刑務官のひとりがいった。

　両手を前にさしだすと、新しい手錠がかちりと両手首にかけられた。そのとたん、五歳で初めて幼稚園へ行く日に母親がつないでいた手を離した瞬間に匹敵する心細さを感じて、テリーは思わずハウイー・ゴールドに目をむけた。ハウイーは部屋の隅の無人のデスクの椅子にすわって携帯電話でだれかと話していたが、テリーの顔を見ると通話をおわらせ、急ぎ足で近づいてきた。

「被疑者の体に触れないようにしてください」テリーに手錠をかけた刑務官がハウイーにいった。

ハウイーは刑務官を無視してテリーの肩に腕をまわし、「大丈夫だ、心配ない」と耳打ちするなり――ハウイー自身もテリーなみに驚いていたが――テリーの頬にキスをした。

テリーはそのキスを受けとめ、四人の男たちに導かれるまま署の正面階段を降りていった。その先では、大当《ジャック》たり《ポット》を告げるスロットマシンのように警告灯を点滅させる州警察のパトカーのうしろに、郡拘置所のヴァンが待機していた。そればかりか多数の言葉も。そう、わけても言葉が待ちかまえていた――カメラのフラッシュが閃いてテレビの撮影用ライトのスイッチが入れられるなか、いくつもの質問が弾丸のようにテリーにむかって投げかけられた。

《すでに起訴されたんですか　あなたがやったのですか　あなたは無実ですか　自供しましたか　フランク・ピーターソンのご両親にひとことお願いします》

《大丈夫だ、心配ない》ハウイー・ゴールドはそういった。テリーもまたその言葉にしがみついた。

しかし、もちろんそんなことにはならなかった。

ごめんなさい

七月十四日～七月十五日

1

アレック・ペリーが愛車のエクスプローラーのダッシュボード上に常備している半球形の電池式警告灯は、いってみれば法律のグレーゾーンにある品だった。州警察を退職したいま、この手の品を車に装備するのは完全に合法的とはいいがたい。しかしその一方で、アレックはキャップシティ警察予備隊の一員なので、合法的といえなくもないかもしれない。いずれにしてもいまこの機会には、警告灯をダッシュボードで点灯しておくことが必要に思えた。警告灯の助けもあって、キャップシティからフリントシティまで記録的な速さで到着できたうえに、九時十五分にはバーナムコート一七番地の家のドアをノックすることもできた。この家の前にはマスコミの取材陣はあつまっていなかったが、道の先の家の前にはぎらぎらと目を射るテレビカメラ用の照明がともっていて、そこがメイトランド家だとわかった。ハウイー・ゴールド弁護士による臨時の記者会見という新鮮な肉があったとはいえ、マスコミの黒蠅連中すべてがそちらに引き寄せられたわけではなさそうだった。そしてアレックも、そんな事態を予想していたわけではなかった。

玄関ドアをあけたのは、砂色の髪をもった短軀ながらも逞しい体格の男だった。ひたいに皺を寄せ、口がほとんど存在しなくなるほど唇をきつく引き結んでいる。その口からはいまにも〝地獄へ失せろ〟的な言葉が飛びだしそうになっていた。男の背後に立っていたのは緑の目のブロンド女性だった。夫よりも七、八センチ身長があり、ノーメイクで目を泣き腫らしてもいたが、それでも美しかった。いまこの女性は泣いていなかったが、家のもっと奥で泣いている声がきこえた。子供の泣き声。メイトランド家の娘の片割れだろう、とアレックは見当をつけた。

「マッティングリーさんと奥さんですね？　アレック・ペリーです。弁護士のハウイー・ゴールドから電話がありませんでしたか？」

「ありました」女性がいった。「どうぞおはいりになって、ミスター・ペリー」

アレックは前へ進みかけた。すかさずマッティングリーが——身長ではアレックに二十センチも負けてはいたが一歩も譲らないかまえで——通り道をふさいだ。「その前にまず身分証明書を見せてもらえるかな？」

「もちろん」運転免許証を見せてもよかったが、アレックは警察予備隊の隊員証を見せることにした。といっても、最近引き受けている仕事の大半はボランティア・レベルのものだと夫妻にわざわざ教える義理はない——どんな仕事かといえば、ロックコンサートやロデオショー、熱狂のプロレス試合、はたまたコロシアムで年三回ひらかれるモンスタートラック・ジャムの栄誉ある警備員という仕事だ。パーキングメーター係の女性警官が病欠したときには、先端にチョークのついた長い棒をもってキャップシティのオフィス街を巡回したりもする。かつて州警察で四人の刑事からなるチームを率いていたことのある男にとっては屈辱的にも思えるが、アレックは気にしなかった——外に出て日ざしを浴びているのが性にあっているのだ。さらにいえば、アレックには聖書学者のような面もあった——いみじくも「ヤコブの手紙」の第四章六節にあるとおり、「神は、高ぶる者を退け／へりくだる者に恵みをお与えになる」ものなのだ。

「ありがとう」マッティングリーはそういうと同時に一歩わきへしりぞいて、握手の手をさしだした。「トム・マッティングリーだ」

アレックは力強い握手を予想しながら、その手をとった。期待は裏切られなかった。

「ふだんは人を疑ったりしないんだが——ここは治安のいい静かな住宅街なのでね——こうしてセーラとグレイスをうちの屋根の下で守っているんだから、注意に注意を重ねたほうがいいとジェイミーとも話していたんだ。いまでもTコーチに怒っている人たちが大勢いる。信じてほしいが、これはまだ序の口だよ。ひとたびコーチがなにをしたかという話が広まったら、もっとひどいことが起こるだろうね。きみが来て、あの姉妹をここから連れていってくれるとなって安心したよ」

ジェイミー・マッティングリーがきつく咎《とが》める視線を夫にむけた。「父親がなにをしようと——もしなにかしていればの話よ——子供たちにはなんの責任もないのに」それからアレックにむきなおって、「ふたりとももものすごく落ちこんでます。とりわけ妹のグレイスが。ふたりは実の父親が手錠をかけて引き立てられていくのを見たんです」

「ああ、いずれふたりがその理由を知ったらどうなることやら」トム・マッティングリーがいった。「どうせ知ることになるんだ。忌ま忌ましいインターネット、忌ま忌ましいフェイスブックだのクソくだらないツイッターのつぶやきだののせいで」頭を左右にふりながら、「ジェイミーのいうとおりだ。有罪と証明されるまでは無罪——ああ、それがアメリカの流儀だよ。しかし、公衆の面前であんなふうに逮捕されてしまうとね……」と、ため息をつく。「なにか飲むかな、ミスター・ペリー？　ジェイミーが試合の前にアイスティーをつくったんだが」

「ありがとうございます。ただ、それよりも娘さんたちを自宅へ送りとどけてあげたいので。お母さんがふたりを待ちわびていることでしょうし」しかもふたりの少女を自宅へ送り届けるのは、今夜のアレックのいちばん最初の仕事でしかない。ハウイーはマシンガンそっくりの早口でアレックに〝やるべき仕事リスト〟を指示するなり、ただちにテレビ用照明のまばゆい光のなかへ踏みだしていった。おまけにふたつめの仕事はキャップシティへとんぼ返りしなくてはこなせず、車を走らせながらあちこちに電話をかける必要も（さらには頼みごとをする必要も）あった。いちばん得意な仕事に復帰できるのはありがたいが——ミッドランド・ストリートで駐車違反車のタイヤにチョークでしるしをつける仕事よりはずっとましだ——目の前の仕事はちょっとばかり手を焼かされそうだった。

　ふたりの少女がいた部屋は、ふしの多い松材の壁に魚の剝製が何尾も跳ねているところを見るに、トム・マッティングリーの〝男の城〟めいたところだったらしい。大きな液晶テレビの画面ではスポンジ・ボブが海底都市ビキニタウンでふざけまわっていたが、音声はミュートされていた。アレックがここへ迎えにきた少女たちは、いまもまだゴールデン・ドラゴンズのTシャツと野球帽という姿のまま、肩を寄せあってソファにすわっていた。ふたりの顔には金と黒のフェイスペイントがほどこされていた。つい数時間前——さっきまで親しみにあふれていた世界がいきなり後ろ足で立ちあがって子供たちの一家に嚙みつき、穴をあけてしまう前――に、母親がふたりの顔に描いたのだろう。ただし妹の顔のフェイスペイントは、すでに涙であらかた洗い流されていた。

姉は部屋の入口にぬっと姿をあらわした見知らぬ男を目にとめると、めそめそ泣いている妹を抱き寄せた。アレックには子供はいなかったが、子供のことは大好きだったし、セーラ・メイトランドのこの本能的なしぐさには胸を刺されるような痛みを感じた。子供が子供を守ろうとしているとは……。

アレックは部屋のまんなかで足をとめ、両手を背中で組んだ。「セーラだね？　おじさんはハウイー・ゴールドさんの友人だ。きみなら弁護士のゴールドさんのことは知っているね？」

「うん。ね、父さんは無事なの？」セーラはやはり涙のせいでかすれた、蚊の鳴くような小声でいった。妹のグレイスは一度もアレックに目をむけてこなかった。姉セーラの肩に顔を完全に埋めてしまっていた。

「ああ、無事だよ。おじさんはお父さんにいわれて、きみたちをうちまで送り届けるためにきたんだ」

「父さんはうちに帰ってる？」

「帰ってない。でもお母さんは待ってるよ」

「ふたりで歩いて帰れるもん」セーラは小さな声でいった。「道のすぐ先だし。わたしがグレイシーの手を握ってればいいし」

姉の肩に押しつけられているグレイス・メイトランドの頭が、いやいやをするように左右に動いていた。

「夜はふたりだけで歩いてはだめよ」ジェイミー・マッティングリーがいった。

《今夜はなおさらだ》アレックは思った。いや、これからずっと夜は出歩けなくなる。夜にかぎらず昼間でも。

「さあ、お嬢さんたち」トムが無理に演技した陽気な声――そのせいでかえって不気味になった声――でいった。「玄関まで送っていこう」

玄関ポーチの明かりの下に出ると、ジェイミー・マッティングリーはこれまで以上に青ざめているように見えた。ほんの三時間で、サッカー・ママから癌《がん》患者に変わったかのようだった。

「こんな恐ろしいことって」ジェイミーはいった。「世界のすべてがひっくりかえったみたい。うちの娘がキャンプに行って留守だったのが不幸中のさいわいね。だいたい今夜試合を見にいったのも、セーラとうちのモーリーンが大親友だからというだけの理由だし」

友人の名前を耳にして、セーラ・メイトランドも泣きはじめた。姉の泣き声が妹の新たな涙の引金になった。アレックはマッティングリー夫妻に礼をいい、姉妹をエクスプローラーのもとへ導いた。ふたりは顔を伏せたまま、おとぎ話に出てくる子供たちのように手をつなぎ、のろのろと歩いていた。アレックはこれに先だって、いつもはがらくた置場になっている助手席を片づけていた――ふたりはその助手席に肩を寄せあってすわった。グレイスはまた姉の肩に顔を埋めていた。

アレックはふたりにシートベルトを締めさせる手間を省いた。歩道とメイトランド家の芝生をテレビカメラ用照明の光が丸く照らしているところまでは、たかだか三百メートル程度だった。家の前にクルーを残しているテレビ局は一局だけ。キャップシティにあるＡＢＣの系列局の所属で、中継車にそなわった衛星通信用のパラボラアンテナが落とす影のなかに四、五人のスタッフが立ち、発泡スチロールのコップからコーヒーを飲んでいた。アレックのエクスプローラーがメイトランド家のドライブウェイに乗りこんでいくのを見るなり、スタッフたちがいっせいに動きはじめた。

アレックはパワーウィンドウをさげ、精いっぱいの〝いますぐ足をとめろ、さもないと撃つぞ〟的な声でいった。「カメラは断わる！　この子たちをカメラで撮影するな！」

この言葉でスタッフたちは数秒ほど足をとめたが、効き目はその数秒しかつづかなかった。マスコミという黒蠅に撮影するなというのは、蚊の群れに人を刺すなというようなものだ。アレックはまだこんな風潮ではなかった時代のことを覚えていたが（紳士たる者、淑女のためにドアをあけたまま手で押さえていた時代だ）、そういう時代は過去になった。バーナムコートのこの家の前にひとりだけ残っていたリポーター――アレックにも漠然と見覚えがあるヒスパニックで、いつも蝶ネクタイを締めて週末の天気予報を担当している――は早くもマイクをつかみ、ベルトにつけているバッテリーの残量をチェックしていた。

メイトランド家の玄関ドアがひらいた。そこに母親の姿を見つけたセーラが車から降りようとした。

「ちょっと待ってくれ、セーラ」アレックはいいながら背中に手をまわした。自宅を出てくる前に一階バスルームからタオルを二枚手にとってきた。アレックは姉妹に一本ずつタオルを手わたした。

「これで目以外の顔をすっかり隠すんだ」アレックはにっこりと笑った。「ほら、映画に出てくるギャングみたいにね」

グレイスはぽかんとアレックを見ているだけだったが、姉のセーラは話を理解したらしく、片方のタオルを妹の頭にかぶせた。アレックがそのタオルでグレイスの鼻と口を覆ってやるあいだ、セーラは自分でタオルを顔に巻きつけていた。三人は外に降り立ち、中継車が投げかけてくる強烈な光のなかを急ぎ足で進んだ。姉妹はそれぞれのタオルを顔にしっかり押しつけていた。その姿はギャングには見えなかった——砂嵐にあった小柄な砂漠《ベド》の遊牧《ウィン》民のようだった。アレックにはそんな姉妹が、見たことがないほど悲しく、また救われない子供たちに思えた。

マーシー・メイトランドには顔を隠すタオルがなかった。そのため、カメラマンがレンズをむけたのはマーシーだった。

「ミセス・メイトランド！」蝶ネクタイ男が大声で名前を呼んだ。「ご主人が逮捕されたことに、ひとことコメントを頂戴できますか？　ご主人とは話をされましたか？」

アレックはカメラの前に進みでていくと（さらにカメラマンが邪魔をされないアングルを狙うと、その動きにあわせてすばやく動きながら）、蝶ネクタイ男に指を突きつけた。「芝生に一歩でも足を踏み入れるなよ、兄弟《エルマーノ》。でないとおまえは独房に叩きこまれ、隣の房にいるメイトランドに馬鹿げた質問をする羽目になるぞ」

蝶ネクタイ男はアレックに侮蔑の視線をむけた。「ぼくを兄弟《エルマーノ》呼ばわりするそっちは、はて、どなたかな？　こっちはこっちで仕事があるんだよ」

「それで、涙にくれている女性と幼いふたりの子供を追いかけまわしているわけか」アレックはいった。「たいした仕事もあったもんだ」

とはいえ、アレック自身のここでの仕事はもうおわりだ。ミセス・メイトランドはふたりの娘を引き寄せて、家のなかへ連れていった。これでふたりは安全だ——といっても、いま許される範囲で安全というだけだったし、ふたりの子供たちはこの先も当分は身の安全を実感できそうもなかった。

アレックが自分の車へ引き返していくと、蝶ネクタイ男はカメラマンに手ぶりで同行をうながしつつ、歩道を小走りについてきた。「あなたはだれなんです？　お名前は？」

「おれの名前はプディンティン」アレックは名前を覚えてくれない相手に返す定番の戯《ざ》れ言《ごと》を口にした。「たとえ重ねてきかれても、答えはおんなじプディンティン。ともあれ、ここにはテレビのネタはひとつもない。だからこの人たちをそっとしておいてくれ。いいな？　あの人たちはまったく関係ないんだから」

そう話すあいだも、自分が相手に理解されないロシア語で話しているも同然だということは意識していた。バーナムコートでもっか放映中のドラマの最新エピソードを見たい一心なのだろう、早くも隣人たちがそれぞれの家から芝生に出てきていた。

アレックはドライブウェイからバックで車を出すと、西へむけて走りはじめた。先ほどのカメラマンがナンバープレートを撮影していることは承知のうえだった。連中はいずれナンバーからアレックの名前を割りだし、アレックがだれの下で仕事をしているのかも把握するはずだ。ビッグニュースにはほど遠いが、夜十一時のニュース番組の視聴者にテレビ局がふるまうアイスクリームサンデーのてっぺんに飾るチェリーにするには充分だ。アレックはちらりと、いまのあの家のなかのようすに思いを馳せた。衝撃もさめやらず恐怖に震えた母親が、試合見物にそなえたフェイスペイントを顔にほどこしたままの娘たち——衝撃もさめやらず恐怖に震えているふたりの少女——を慰めようとしている光景を。

「あの男がやったのか？」ハウイー・ゴールドから電話をもらって、手短に基本的な事実を教えてもらったあとで、アレックはそうたずねた。答えは重要ではない——仕事はあくまでも仕事だ。しかしアレックは、いつでもその点を知っておきたかった。「おまえさんの考えは？」

「なにを考えればいいかもわからないよ」ハウイーは答えた。「しかし、セーラとグレイスを自宅に送り届けたあとで、きみが次にどう動けばいいかはわかっている」

ターンパイクの方向を示す最初の標識を確認すると、アレックはキャップシティのシェラトン・ホテルに電話をかけて、コンシエルジュを呼びだした。ここのコンシエルジュとは前にもいっしょに仕事をしたことがある。それどころかアレックには、大半のホテルのコンシエルジュと仕事をした経験があった。

2

ラルフ・アンダースン刑事は自分のオフィスでビル・サミュエルズ地区首席検事とすわっていた。ふたりともネクタイを引きさげて、シャツのカラーをゆるめていた。警察署の外を照らしていたテレビカメラ用の照明は十分前に消えた。ラルフのデスクの電話では四つのボタンがすべて点灯していたが、かかってくる電話はサンディ・マッギルが応対しており、午後十一時にゲリー・モールデンが出勤してきたら役目を代わることになっていた。いまのところサンディの仕事は——おなじことの繰り返しで退屈だが——しごく簡単だった。《はい、現在のところフリントシティ市警察はその件についてはノーコメントです。捜査が進行中ですので》と答えるだけだった。

そのあいだラルフは自分の携帯で仕事を進めていた。いま通話をおえて、携帯を上着のポケットにもどす。

「州警察のユネル・サブロは奥さんともども、義理の両親に顔を見せにいくために州北部へ旅行だそうだ。これまでにも二回延期していて、今回は逃げようがないし、逃げたら逃げたでそのあと一週間はベッドを追いだされてソファで寝ることになるらしい。ちなみにソファの寝心地は最悪だそうだ。あしたにはこっちへもどってくるし、もちろん罪状認否には立ち会うといってる」

「だとすると、代わりにだれかをシェラトンへ行かせないとな」サミュエルズはいった。「ジャック・ホスキンズが休暇中なのは、かえすがえすも残念だよ」

「いや、残念じゃないね」ラルフがそう答えると、サミュエルズは笑い声をあげた。

「これは見事に一本とられたな。なるほど、われらがジャックは州きってのお馬鹿刑事じゃないかもしれないが、いい線までいってるし。ともあれ、きみはキャップシティの刑事たちを全員知ってる。いまから電話をかけて、つかえる刑事を見つけてくれ」

ラルフは頭を左右にふった。「いや、サブロでなきゃだめだ。あの男は事件のことをよく知っているし、州警察側の連絡窓口役だぞ。いまは、向こうを刺戟して怒らせるのはまずい――今夜の首尾を思えばね。その首尾だが、おれたちの予想どおりにいったとはいえないな」

このラルフの発言は――今世紀最高とまではいえないが――本年最高の控えめな表現だろう。テリーが純粋に驚いていたことや罪の意識がまったく存在しないように見受けられたことのほうが、ありえないあのアリバイ話以上にラルフを動揺させていた。まさかとは思うが、テリーのなかには怪物がひそんでいて、少年を殺害したばかりか自身の行為の記憶をすべて消去してしまったということがありうるだろうか。しかもそのあと……どうした？　消去されたあとの空白を、キャップシティでひらかれた教師たちの会議に出席していたという、細部までつくりこまれた偽の記憶で埋めたのか？

「しかし、一刻も早く人員を送りこまないことには、あのゴールドという弁護士がつかっている男が動いて――」サミュエルズがいった。

「アレック・ペリー」

「そう、その男だ。その男がわれわれに先んじて、ホテルの防犯カメラの映像を入手してしまうかもしれない。もしもまだホテルに保存されていればの話だ」

「保存してあるに決まってる。あそこでは、すべての映像を三十日間は保存しておく決まりだからね」

「それを事実として知っている？」

「ああ」ラルフはいった。「ただしペリーには令状がない」

「なにをいうかと思えば。ペリーのような男が令状を必要とするとでも思うのか？」

正直にいえば、ラルフはそんなことを思っていなかった。アレック・ペリーは州警察で二十年以上も刑事として仕事をしていた。それだけの歳月のあいだには、多方面に多くの伝手《つて》をつくりもしただろうし、成功をおさめた優秀な刑事弁護士のハウイー・ゴールドの下で働いているとなれば、伝手を最新の状態にたもっておくことも欠かしてはいないだろう。

「衆人環視のなかであの男を逮捕するというきみのアイ

デアが、いまでは失敗だったようにも思えるね」サミュエルズはいった。

ラルフは思わずサミュエルズをにらみつけた。「あんただって、その案に賛成したじゃないか」

「とはいえ、諸手《もろて》をあげて賛同したわけではないよ」サミュエルズはいった。「こうしてみんなが家に帰って、あとには気のおけない者だけが残ったことだし、真実をちゃんと見ようじゃないか。わたしの発言がきみの痛いところを突いたのではないかね？」

「ああ、たしかに」ラルフはいった。「いまもまだ胸が痛い。気のおけない者同士だからいわせてもらえば、あんたは賛成したどころじゃない。あんたは今年の秋に選挙を控えた身だ。となれば、大事件がらみで派手な逮捕劇をくりひろげれば、それで勝算が減るようなことはまずないといえる」

「そんなことは考えもしなかった」サミュエルズはいった。

「けっこう。そんなことは考えず、ただ流れに身をまかせただけだ。でもね、あの男を野球場で逮捕した理由がおれの息子がらみの事情だけだと思っているのなら、もういっぺん現場の写真を見なおすべきだし、ドクター・フェリシティ・アッカーマンの付記のことも考えたほうがいい。この手の犯人は決して一回ではやめないんだ」

サミュエルズの頬が紅潮しはじめた。「わたしがそんなことも考えなかったというのか？ よしてくれ、ラルフ。だいたい記録に残る形であの男をクソったれな人喰い人種呼ばわりしたのは、このわたしだぞ」

ラルフは手のひらで頬をさすった。ざらざらした感触だった。「だれがなにをいった、だれがなにをした……そんなことでいい争っても意味がない。ここで忘れちゃならないのは、ホテルの防犯カメラの映像をだれが先に入手するかは、じっさい問題ではないということだね。ペリーが先に入手したとしても、そいつを腋の下にはさんだまま逃げていくなんてできっこない。それにデータを消去することだってできないさ」

「たしかに」サミュエルズはいった。「いずれにしても決定的な証拠にはならないさ。もしかしたら、テリー・メイトランドに似た人物が映っている映像もなかにはあるかもしれないが――」

「そのとおり。ほんの数回、ちらりと映っているだけの人影がテリーだと証明するのは、またちがうレベルの問題だな。そのうえ、こちらの目撃証人たちや指紋といった証拠を敵にまわしていれば、なおさらむずかしくなる」ラルフはそういって立ちあがり、ドアをあけた。「もしかしたら、いまいちばん大事なのは防犯カメラの映像ではないかもしれないな。電話をかける必要がある。いや、本当ならもっと早くかけておくべきだったんだが」

受付エリアに出ていくラルフのあとから、サミュエルズもやってきた。サンディ・マッギルは電話中だった。ラルフはサンディに近づいて、刃物でのどを切るジェスチャーをして見せた。サンディは電話を切って、期待のまなざしをラルフにむけてきた。

「エヴェレット・ラウンドヒル」ラルフはいった。「ハイスクールの英語科主任だ。いまの居場所を突きとめて、電話口に呼びだしてほしい」

「居場所を突きとめるのは手間でもなんでもないわ——だって、もうここに番号をメモしてあるし」サンディはいった。「この人からはもう二回も電話がかかって、捜査の責任者と話がしたいっていわれてる。だからわたしは、ひらたくいえば順番待ちの列にならぶようにと答えてる」そういって《**あなたの外出中の電話メモ**》と書かれた用紙をひらひらとふった。「あしたのために、あなたのデスクに置いておくつもりだった。あしたが日曜日なのは知ってるけど、あなたならあしたは出勤してくるはずだって、まわりの人にそう話してたところよ」

サミュエルズは隣に立っている男には目をむけず、もっぱら床をにらみながら、ひどくゆっくりとした口調でこういった。「ラウンドヒルが自分から電話をかけてきた。二回もか。どうにも気にくわないな。ああ、まったくもって気にくわない」

3

ラルフ・アンダースンが帰宅したのは土曜日の夜、十一時十五分前だった。ガレージドアのリモコンのボタンを押し、車をガレージに入れて、またボタンを押した。ドアは従順にレールの上をがたごと滑って元どおりに閉まった——この世界にも、まだ正気で正常なままのものがひとつはあるということか。Aボタンを押す——リモコンのBボックスに〈デュラセル〉の新しい乾電池がはいっていれば——ガレージのCドアは開閉できる。

　ラルフはエンジンを切ったあとも暗い車内にすわったまま、結婚指輪でハンドルをこつこつリズミカルに叩きながら、かつてティーンエイジャーだった騒がしい時代の戯れ歌を思い出していた。《ひげ剃って髪切って……ばっちり決まる！　歌うは女郎屋……カルテット！》

　ドアがあいて、部屋着姿の妻ジャネットが出てきた。キッチンからこぼれる光で、この前の誕生日にラルフがジョークで贈った兎のスリッパを履いているのが見えた。本当のプレゼントは夫婦ふたりだけでのキーウェストへの旅行だった。ふたりとも旅行を大いに楽しみはしたが、その旅行もいまでは——あらゆる休暇旅行の例に洩れず——頭のなかでぼやけた記憶の名残でしかなくなっている。それこそ、口のなかで溶けた綿菓子の後味ほどの実体さえそなえていないものに。ジョークグッズのスリッパはあとあとまで残る品物だった——ディスカウントストアで買い求めたピンクのスリッパには、愚かしげな小さい目と笑いを誘うひらひらした耳がついていた。そのスリッパを履いている妻の姿を見ているうちに目がしくしくと痛んできた。フィギス公園の林間の空地に足を踏み入れた瞬間——バットマンとスーパーマンに憧れるような少年が血まみれの肉の残骸になり果てているのを目にしたあの瞬間——からいままでに、二十歳も老けこんだように思えた。

　ラルフは車を降りると、妻を力いっぱいハグし、無精ひげが浮いている頬を妻のなめらかな頬に押しつけた。最初のうちはなにもいわず、外へあふれでようとしている涙をひたすらこらえることに集中していた。

「ハニー」ジャネットはいった。「ハニー、あの男をつかまえたのね。あの男をつかまえた——それなのに、困ったことでも？」

「そういったことはないと思う」ラルフは答えた。「いや、困ったことだらけかもしれないな。いきなり逮捕ではなく、まずは事情聴取をしてみるべきだった。でも……忌ま忌ましいことに……おれはぜったいの自信をもっていたんだよ」

「さあ、なかにはいって」ジャネットはいった。「いまお茶を淹《い》れるから、すっかり話してちょうだい」

「紅茶を飲めば目を覚ましていられそうだな」

ジャネットは体を引くと、五十歳になったいまも二十五歳当時と変わらぬ愛らしい黒い瞳でラルフを見つめ、「どっちにしても寝るんでしょう？」とたずねた。ラルフが答えないと、「捜査終了ね」といい添えた。

デレクがミシガン州のサマーキャンプに行っているため、家にいるのは夫婦だけだった。ジャネットがキッチンのテレビで十一時のニュースを見るかとたずねたが、ラルフは頭を左右にふった。いまいちばん歓迎できないのは、フリントシティ・モンスターがいかにして追いつめられたかという十分間の報道だった。ジャネットは紅茶にあわせるレーズントーストも用意した。ラルフはキッチンテーブルの椅子にすわり、両手に目を落としたまま、いきさつを残らず話していった。英語教師のエヴェレット・ラウンドヒルの一件は最後にとっておいた。

「ラウンドヒルは、おれたち全員に激しく怒っていたよ」ラルフはいった。「しかし、怒りの集中砲火を浴びたのは、返事の電話をかけたおれだ」

「じゃ、ラウンドヒルはテリーの話が真実だと裏づける話をしたの？」

「ああ、一語残らず真実だとね。ラウンドヒルはテリーとほかのふたりの教師——クエイドとグラント——をハイスクールで車に乗せた。予定どおり、火曜日の朝十時に。一行がキャップシティのシェラトンに到着したのは午前十一時四十五分。ちょうど会議の参加証を受け取って、昼食の席につくには都合のいい時間だった。ラウンドヒルは、昼食後の一時間ばかりはテリーの姿を目にしていなかったが、そのあいだはクエイドといっしょだったようだ、と話してる。いずれにしても、四人は午後三時にまた合流した。そのおなじ時刻の南へ百十キロ離れたところでは、ミセス・スタンホープがフランク・ピータースンの自転車を——およびフランク少年を——汚れた白いヴァンに乗せているテリーを目撃しているんだ」

「クエイドから話はきいたの？」

「もちろん。ここへ帰ってくる途中でね。ラウンドヒルは怒髪天をつく勢いで、州司法長官による全面的捜査を要求するとまで息巻いていたが、クエイドは怒ってはいなかった——ただ、信じられない、衝撃で茫然としているとはいっていた。ホテルでの昼食のあと、テリーといつしょに〈第二版《セカンド・エディション》〉という古本屋を冷やかしにいってから、ホテルにもどってコーベンの講演をきいたと話してる」

「もうひとりのグラントという男の人はどう？」

「いや、女だ――デビー・グラント。まだ連絡がついていない。夫の話だと、女友だちとどこかへ出かけているらしい。で、そういう外出のときには携帯の電源を切っているそうだ。あしたの朝また連絡をとってみるが、いざ連絡がとれたら、ラウンドヒルとクエイドのふたりと一致する話をきかされるだろうね」ラルフはトーストを小さくかじると、すぐ皿にもどした。「おれの責任だよ。スタンホープとモリスというふたりの証人が目撃したのはテリーにまちがいないと話したあと、事前に木曜の夜にでもテリーを呼んで事情をきいておけば、おれたちの捜査に問題があることも事前にわかっただろうし、こんなふうにテレビやインターネットに情報があふれることもなかったはずだ」

「でも、そのときにはもう、見つかった指紋がテリー・メイトランドのものだと確認できていたんでしょう？」

「ああ」

「ヴァン車内の指紋、ヴァンのイグニションキーの指紋、それに川べりに乗り捨ててあった車から見つかった指紋、それに……あれにつかわれた木の枝からも……」

「ああ」

「それに目撃者はほかにもいた。〈ショーティーズ・パブ〉の裏にいた男やその友人。それにタクシー運転手。それからストリップクラブの用心棒。みんなテリーを知っている人たちだった」

「まあね。警察がテリーを逮捕したことで、〈紳士《ジェントルメン》の社交場《ブリーズ》〉の客からさらに目撃者が出てくるはずだよ――それも、あんな店でなにをしていたのか、いちいち妻に釈明する必要のない独身連中だね。それでも、やっぱりもっと待っているべきだった。もしかしたら、ハイスクールに電話で事件当日のテリーの動きを確認しておけばよかったのかもしれない。ただ、いまは夏休み期間中だのなんだので、意味のあることに思えなかった。だから問い合せても、『あの人はここにいませんでした』といわれるだけなんじゃないかと思ってね」

「それにあなたには、聞きこみをしていることがテリー本人に伝わってしまうんじゃないかという懸念もあった」

そのときはそれが当然のことに思えていたが、いまとなっては愚かしかったとしか思えない。それどころではなく、杜撰《ずさん》そのものだった。

「おれもこれまでのキャリアでいくつも失敗をしてきた。でも、こんな失敗は初めてだ。なんというか、目が見えなくなっていたみたいだ」

ジャネットは激しくかぶりをふった。「あなたから、これからどうするつもりかをきかされたとき、わたしがなんといったかは覚えてる？」

「ああ」

《ぐずぐずせずに突き進みなさい。少しでも早く、あの男を少年たちから引き離さなくちゃだめ》

あのときジャネットはそういった。

いまふたりはキッチンテーブルをはさんですわり、おたがいを見つめあっていた。

「そんなことってありえない」やがてジャネットはいった。

ラルフは妻に指を突きつけた。「どうやらきみも、この問題の核心にたどりついたようだね」

ジャネットは考えこんでいる顔で紅茶のカップに口をつけ、カップのふちごしにラルフを見つめた。「人間だれでも自分に生き写しの人がひとりはいる、って昔からいわれてるでしょう？　たしかエドガー・アラン・ポーがそんなテーマで小説を書いてたと思う。そう、『ウィリアム・ウィルソン』という短篇ね」

「ポーが作品を書いていたのは指紋やＤＮＡの登場以前の時代だぞ。それに、ＤＮＡ鑑定の結果は出てない――保留中だ。しかし結果が出て、それがテリーのものだとなれば、おれはまあ問題ないな。しかし鑑定で別人のものだという結果でも出た日には、おれは箱づめされて、頭のおかしな連中のいるところへ送りこまれる。いや、その前に失業して誤認逮捕の罪で起訴されたりなんだりしたあとの話だが」

ジャネットは自分のトーストをいったん口に運んでから、また皿にもどした。「あなたのもとには、この街で採取したテリーの指紋がある。この街で採取したＤＮＡもあって、それもテリーのものだと判明するに決まってる。でもね、ラルフ……あっちの街からは指紋もＤＮＡも採取してないんでしょう？　キャップシティでの会議に出席していたのがだれであれ、その人物の指紋やDNAは採取してない。少年を殺したのがあくまでもテリー・メイトランドで、会議に出席していたのは〝生き写し〟だったとしたら？」

「テリー・メイトランドには生き別れになったばかりか、指紋もDNAも同一の一卵性双生児の兄弟がいたという話だったら、そんなことはありえないよ」

「わたしはそんな話はしてない。わたしがいっているのは、あなたの手もとには、キャップシティにいた男がテリーだという法科学的な証拠はひとつもないんじゃないか、っていうことよ。もしテリーがこっちの街にいたのなら、そして法科学的な証拠がそれを裏づけていたら、あっちの街にいたのは〝生き写し〟の別人ということになる。それ以外は、どう考えても筋が通らないわ」

ラルフにもその理屈はわかった。ジャネットが愛読しているミステリー小説なら――アガサ・クリスティーやレックス・スタウトやハーラン・コーベンらの作品なら――いまの問題が、ミス・マープルやネロ・ウルフやマイロン・ボライターといった探偵がすべての謎を解き明かす最終章のいちばん大きなテーマになるはずだ。岩盤のごとく揺るぎない事実がひとつだけある――ひとりの人間が同時に二カ所に存在することは不可能だ、という事実が。

しかし、もしこちらの街の目撃証人の証言を信用するのなら、自分たちはキャップシティでテリー・メイトランドといっしょにいたと話す教師たちのことも同等に信用してしかるべきではないか。どうすればあの教師たちを疑えるというのか？　ラウンドヒルとクエイドとグラントの三人はおなじ英語科で生徒を教えている。毎日テリーと会っている面々だ。そしておれは、三人の教師が少年レイプ殺人事件の共謀者だと信じるべきなのか？　あるいは、三人の教師は同僚の〝生き写し〟と二日も過ごしていながら、コピーがあまりにも完璧だったので、別人だと疑いもしなかった？　たとえ自分だけはそう信じこめたとして、ビル・サミュエルズがおなじことを説いて陪審を納得させられるか？　しかもテリーには、百戦錬磨の凄腕弁護士であるハウイー・ゴールドがついているのに？

「さあ、そろそろベッドに行きましょう。わたしの睡眠《アン》導入《ビエン》剤を一錠飲んだら、背中をマッサージしてあげる。

朝になれば見通しも明るく見えてくるはずよ」
「ほんとにそう思うかい？」ラルフはたずねた。

4

ジャネット・アンダースンが夫ラルフの背中をマッサージしているころ、フレッド・ピータースンとその長男のオリー（次男フランク亡きいまは、ひとり息子になっていた）は使用ずみの食器をあつめて、居間と書斎を元どおりに片づけていた。故人を偲ぶあつまりだったが、おわったときのありさまは大勢が参加した長時間のハウスパーティーと変わるところがなかった。

長男のオリーに、フレッドは驚かされていた。いつもは二度ばかりか三度いわなければ、コーヒーテーブルの下に落ちている自分の靴下さえ拾わないほど自分中心の典型的ティーンエイジャーなのに、きょう一日途切れなかった訪問客の最後のひとりを母アーリーンが午後十時に送りだしてからは、文句ひとつついわずにてきぱき働いて父母を助けていた。友人たちや隣人たちのあつまりは午後七時前後には落ち着きはじめていて、フレッドは内心で八時にはすっかりおわるものと期待していた——それも当然で、フランキーはいまはもう天国にいるという言葉にいちいちうなずくのにも倦んでいたのだ。しかし、そこへフランキー殺害の容疑でテリーことテレンス・メイトランドが逮捕されたという第一報が飛びこんできて、この忌むべき知らせが人々に再度エネルギーを注いでしまった。二度めの盛りあがりは——悲痛ではあったが——パーティーそっくりの雰囲気になった。フレッドは以下の三つの趣旨の言葉をくりかえし何度もきかされた。（A）信じられない。（B）Tコーチはまったく正常にしか見えなかった。（C）マカリスター刑務所の注射針でさえ、あんな男にはもったいない。

オリーは居間からキッチンへグラスや積み重ねた皿を運んでは、以前のフレッドだったら予想もしなかったようなてきぱきした無駄のない身ごなしで食洗機に入れていた。食洗機を食器でいっぱいにすると、オリーはスイッチを入れて動かし、そのあいだに汚れた皿を洗ってシンクに積みあげ、次に食洗機に入れるための準備をしていた。フレッドは書斎に置いたままになっていた皿を運び、裏庭のピクニックテーブルの上にも汚れものがあるのを目にとめた。タバコを吸いたい客が裏庭に出ていったのだ。ようやくすべてがおわるまで、訪ねてきた客は五、六十人になっただろう。隣近所の人たちは全員顔を見せていたし、街のほかの地域からも篤志家たちがやってきていた。いうまでもないことだが、聖アンソニー教会のブリクストン神父も多くの取り巻き（むしろグルーピーだ、とフレッドは思った）を引き連れてきていた。客たちは次から次とやってきた——悔やみを述べる人々と物見高い人々が川のように流れこんできた。

　フレッドもオリーもそれぞれの物思いとそれぞれの悲しみに包まれたまま、無言で片づけ仕事を進めていた。何時間もぶっつづけで慰めの言葉をきかされたことで——公平を期していっておけば、見も知らぬ人々の言葉にもそれぞれの真心が感じられた——父子はもう慰めあうこともできなくなっていた。奇妙なことかもしれない、寂しいことかもしれない。文学好きなら皮肉《アイロニー》とでも呼ぶのかもしれない。ただしフレッドはそんなことも考えられないほど疲れ、深い悲しみに沈んでいた。

　そのあいだ殺された少年の母親は、人前に出るときに身につけるとっておきの絹のワンピースを着てソファにすわっていた。きっちり膝をそろえ、寒さを感じているかのように両手で肉づきのいい反対の二の腕をつかんでいた。今宵の最後の客——隣家のミセス・ギブスンで、予想どおり最後の最後までぐずぐず居座っていた——がようやく引きあげていって以来、ひとことも口をきいていなかった。

《ようやく帰ってくれるわけね——あの人、いろんなゴシップのありったけを仕入れたんだから》

　アーリーン・ピータースンは夫にそういいながら玄関ドアの錠をおろし、そのままドアにもたれかかった。

　ブリクストン神父の前任者が結婚式をとりおこなったとき、新婦アーリーン・ケリーは白いレースのドレスをまとったスレンダーな女性だった。そののちオリーを産んだときにも、まだスレンダーで美しかったが、それももう十七年前になる。フランクを産んでから体に肉がつきはじめ、いまでは肥満の一歩手前にまで迫っていた……しかし、フレッドの目に妻はあいかわらず美しく見えた。そんなフレッドも、前回の健康診断のおりにかかりつけ医のドクター・コノリーからさずかったアドバイスを実行するだけの勇気を出せずにいた。

《フレッド、ビルのてっぺんから転落したり、トラックの前へうっかり飛び出したりしなければ、あなたはこの先五十年は生きられます。でも、奥さんのほうは二型糖尿病をおもちですし、二十キロほど減量する必要があります。奥さんの力になってあげてください。なんといってもおふたりには、この先まだまだ長生きするよすががあるのですから》

しかし、フランキーがただ死んだのではなく殺されたことで、これまで生きるよすがと思えていたものがすべて馬鹿らしく無意味なものとしか思えなくなった。いまはオリーひとりが、フレッドの頭のなかで無二の重要な位置を占めていた。悲嘆のなかにあっても、フレッドはこれから数週間から数カ月にわたって、自分とアーリーンが長男オリーとの接し方に注意を払わなくてはいけないとわかっていた。悲しみ嘆いているのはオリーもおなじだった。フランキーことフランクリン・ヴィクター・ピータースンの死を悼む部族的な儀式のあとかたづけのうち、オリーは自分の担当分の（いや、じっさいにはそれ以上の）仕事をこなしていたが、あしたからはオリーがひとりの少年にもどれるようにしてやる義務がある。それなりに時間はかかるかもしれないが、いずれはそこにたどり着くはずだ。

《今度オリーの靴下がコーヒーテーブルの下にあったら、盛大に祝ってやろう》フレッドはそう自分に約束した。《それに、口に出すべき言葉を思いついたら、すぐにこの気味のわるい不自然な沈黙を破ってやらなくては》

しかし言葉はひとつも思いつかなかったし、オリーがホースをつかんで掃除機を引きずりながら、夢遊病者めいた足どりですぐ横を通りすぎていくあいだも、フレッドは——自分の考えがどれほど見当はずれかも知らないまま——こう思った。ともあれ、事態はどん底で、これ以上悪化しようがないことが不幸中のさいわいだ、と。

フレッドは居間の入口に立って、オリーがここでもいままで見せなかった奇妙なほどの効率のよさを発揮して灰色のカーペットに掃除機をかけはじめるようすをながめた。オリーは掃除機のノズルをカーペットに押しつけては反対側に引き寄せ、大きく均一な動かし方で掃除を進めていた。ナビスコの〈オレオ〉や〈リッツ〉といったクラッカーの小さなくずが、最初から存在していなかったかのように消えうせていくのを見ているうちに、フレッドはようやく口にするべき言葉を思いついた。

「居間はわたしが掃除機をかけよう」

「いや、ぼくがやるよ」オリーはいった。その目は赤く充血して腫れていた。オリーとフランクは、六歳離れた兄弟だったにしては驚くほど親密だった。いや、それほど驚くことではないのかもしれない。もしかしたら六歳の差は、兄弟のライバル心を最低限に抑えておくために最適だったのかもしれなかった。オリーをフランクの第二の父親のような存在にするために。

「わかってる」フレッドはいった。「それでも仕事は平等に分けようじゃないか」

「オーケイ。ただ、『フランキーならそう望んだはずだ』という言葉は禁句にしてよ。そんなことをいわれたら、この掃除機のホースで父さんの首を締めあげずにいられなくなるからさ」

フレッドは口もとをほころばせた。火曜日に警官が自宅玄関に姿を見せてからも笑みをのぞかせたことはあったかもしれないが、心からの笑みはこれが初めてだった。

「よし、話はそれで決まりだ」

オリーはカーペットの掃除をおえて、掃除機を父親のもとに運んできた。フレッドが掃除機を引いて居間に行き、カーペット掃除をはじめると、ソファにいたアーリーンが立ちあがり、背後も見ないままキッチンへむかった。フレッドとオリーはすばやく目を見交わした。オリーが肩をすくめ、フレッドも返事代わりに肩をすくめて、掃除機をかける仕事を再開した。人々が悲嘆のなかにある自分たち一家に手をさしのべたことはわかっていたし、フレッドはそれをありがたいと思っていた。しかし——いやはや、なんともはや——弔問客たちがここまで部屋を汚していくとは。アイルランド流のにぎやかな酒盛りがてらの通夜なら、こんなものではすまなかったと考えて心の慰めにするしかなかった。とはいえフレッドはオリーの誕生をきっかけに断酒し、それ以来ピータースン家はアルコール類のない家になっていた。

キッチンから、いまいちばん予想していなかった声がきこえてきた——笑い声だった。

フレッドとオリーはまた目を見交わした。オリーが急ぎ足でキッチンにはいっていくと、最初のうちこそごく自然で楽しげだった母親の笑い声が、どんどんヒステリックに音量をあげはじめていた。フレッドは掃除機のスイッチを足で押して電源を切ると、オリーにつづいてキッチンへいった。

アーリーン・ピータースンはシンクを背にして立ち、かなり立派に突きだした腹を文字どおりかかえて、それこそ悲鳴と大差のない声で笑いつづけていた。顔は高熱に苦しめられているかのように真っ赤で、左右の頬をつぎつぎに涙が伝い落ちていた。

「母さん？」オリーがたずねた。「いったいどうしたの？」

居間と書斎にあった汚れた食器類は片づいていたが、キッチンにはまだやるべき仕事がどっさり残っていた。シンクの左右両側にはカウンターがあり、キッチンの奥まったところにはピータースン家の面々がふだんの夕食をとるのにつかっているテーブルがあった。そういった箇所のいたるところに、中身が中途半端に残っているキャセロールやタッパーウェアの容器、それにアルミフォイルに包んである残り物が置いてあった。レンジの上には食べかけのチキンや、固まりかけた茶色い汚泥のようなものがあふれそうな舟形のグレイヴィソース入れが放置されていた。

「残り物だけで一カ月は食べていけそうね！」アーリーンは笑いの下から言葉を押しだした。体をふたつに折って咳きこみ、またまっすぐに体を起こす。いまでは頬が紫色になっていた。赤毛——いま目の前に立っている長男ともう地中に眠っている次男の双方にアーリーンが受け継がせた赤毛——は、クリップで一時的におとなしくさせてあったが、クリップがはずれたいまは鬱血《うっけつ》した顔のまわりの全方向に突っ立って、ちぢれ毛がつくる光輪《コロナ》のようなありさまになっていた。「悲しい知らせはフランキーが死んだこと！　でも、こっちはうれしい知らせ！　だって……これでしばらく買物へいかなくてもいいんだもの……ずっとずうっと先までね！」

そういうとアーリーンは遠吠えめいた声をあげはじめた。ピータースン家のキッチンではなく、精神科の療養施設にこそふさわしい声だった。フレッドは自分の両足に動けと命じた——妻のもとまで歩いていって抱きしめろ、と。しかし最初のうち、両足は命令に従わなかった。最初に動いたのはオリーだった。しかしオリーがたどりつくよりも先に、アーリーンはチキンをつかんで投げつけた。オリーはあわてて頭を下げてかわした。ローストチキンはくるくると回転して、詰め物をまき散らしながら飛んでいき、〝ぐわっ・ぴしゃ〟という恐ろしい音とともに壁に衝突した。おかげで時計の下の壁紙に、丸い脂の染みができてしまった。

「母さん、やめて。頼むからやめて」

オリーは母親の両肩をつかんで抱き寄せようとしたが、アーリーンのほうは息子の両手の下をくぐってすり抜け、カウンターの片方に駆け寄ると、あいかわらず笑い声と遠吠えを交互にあげながら左右の手でラザニヤが盛られた銘々皿をつかみあげ――ブリクストン神父の取り巻きのひとりがもってきた料理だった――自分の頭にラザニヤをぶちまけた。冷めたパスタが髪や肩に垂れ落ちた。つづいてアーリーンは、空《から》になった二枚の皿を居間に投げこんだ。

「フランキーが死んで、うちにはくだらないイタリア料理がどっさり残ってる！」

フレッドはようやく動きはじめたが、アーリーンはフレッドの手からもするりと逃れた。目まぐるしい鬼ごっこ遊びをしていて過度に昂奮してしまった少女のように笑いつづけていた。そのまま、マシュマロのデザートが詰まったタッパーウェア容器をつかんで、頭の上へもちあげようとしたが――足のあいだに落としてしまった。笑い声がとまった。片手が大きな左の乳房をぎゅっとつかんだ。反対の手が乳房の上の胸を押さえた。それからアーリーンはまだ涙にうるんでいる目を大きく見ひらいて夫を見つめた。

《あの目だ》フレッドは思った。《わたしが恋に落ちたのはまさにあの目だった》

「母さん？　母さん、どうかしたの？」

「なんでもない」アーリーンはそういってから、すぐにいいなおした。「いえ……心臓みたい」体をかがめてチキンやマシュマロのデザートを見おろす。頭からラザニヤがこぼれ落ちた。「わたしったら、こんなに汚しちゃって」

アーリーンの口から長く尾を引くような叫び声があがり、それがざらついた喘《あえ》ぎ声に変わった。フレッドがあわてて体を抱いて支えようとしたが、あいにくアーリーンの体が重すぎて、両腕のあいだからずるりと抜け落ちてしまった。アーリーンが横向きに倒れる寸前、フレッドは妻の頬が早くも血の気をうしないかけていることを見てとった。

　オリーが悲鳴をあげて、アーリーンの横に膝をついた。「母さん！　母さん！」ここで顔をあげて父親を見つめる。「なんだか息をしてないみたいだよ！」

　フレッドは息子を横へ押しのけた。「911に電話だ」

フレッドはオリーがその指示に従ったかどうかも確かめずに、片手を妻の太い首にあてがって脈をさぐった。脈はあるにはあった——しかし、かなり不規則で乱れていた——とく・とく、とく・とくとく、とく・とく・とく。フレッドは妻の体に馬乗りになって、右手でつかんだ左手首を妻の胸にあてがうと、一定のリズムで手を押しつけはじめた。やり方はこれでいいのか？　これでも心肺蘇生法《CPR》といえるのか？　判断はできなかったが、アーリーンの目がひらいたのを見て、フレッド自身の心臓が胸郭のなかでびくんと躍りあがった。よかった、気がついた、目を覚ましてくれた。

《本当は心臓発作じゃなかったんだ。極度の過労状態だった、それだけだ。ただの気絶だ。いわゆる失神というやつか。でも、ふたりで力をあわせて、おまえにダイエットをしてもらおうとしているんだし、今度の誕生日プレゼントは健康管理機能のあるスマートウォッチにするつもりで——》

「すごく汚しちゃった」アーリーンがささやいた。「ごめんなさい」

「しゃべるんじゃない」

　オリーはキッチンの壁にかかった電話をつかっていた。ほとんど叫ぶような大声で早口に事情を伝えている。それからこの家の住所。急いでくれと相手に頼んでいた。

「居間をまた掃除してもらわなくちゃね」アーリーンはいった。「ごめんなさい、フレッド。ほんとにほんとにごめんなさい」

　もうしゃべらなくていい、気分がよくなるまでじっと横になっていろ——フレッドがそう口にするよりも先に、アーリーンがまた例のざらついた喘ぎ声をあげながら息を吸いこんだ。吸いこんだ空気を吐きだすと同時に、目玉がぎょろりと上へむかって回転した。充血した白目部分だけが剥きだしになったせいで、妻の顔がホラー映画のデスマスクそのものに変わった。あとあとフレッドはこの顔を記憶から消し去ろうと苦労させられた。その苦労が報われることはなかった。

「父さん？　救急車がこっちにむかってる。母さんは大丈夫そう？」

フレッドは答えなかった。中途半端にしか覚えていない心肺蘇生法《CPR》を重ねて妻にほどこすことに精いっぱいだったからだ——ちゃんと講習を受けておくのだったとほぞを嚙む。どうしてそれだけの時間をひねりだせなかったのか。やっておけばよかったと悔やむことは数多い。わずか一週間でもカレンダーを逆もどりさせてくれるなら、いまのフレッドは不滅の魂すら差しだしてもいいくらいだった。

押しては力を抜く。押しては力を抜く。

《おまえはまた元気になる》フレッドは妻にそう心で語りかけた。《元気になるに決まってるじゃないか。人生最後の言葉が〝ごめんなさい《ソーリー》〟だなんて、そんな馬鹿な話があってたまるか。そんなこと、このおれが許さない》

押しては力を抜く。押しては力を抜く。

5

グレイスから今夜はいっしょに寝たいといわれ、マーシー・メイトランドは次女を喜んでベッドに迎えいれた。そのあと長女のセーラにもいっしょに寝たいかと話をもちかけてみたが、セーラは頭を左右にふった。

「わかった」マーシーはいった。「でも気持ちが変わったら、いつでもここへいらっしゃい」

それから一時間が過ぎ、さらにもう一時間が過ぎていった。マーシーの生涯最悪の土曜日が生涯最悪の日曜日に変わった。マーシーはテリーに思いを馳せた——本当ならいまごろはテリーが隣にいたはずだった——すぐに寝入ってしまうテリーが（ドラゴンズの出場見込みがなくなったいま、近づくシティリーグの決勝戦にまつわる夢を見ていたかもしれない）。しかし、いまテリーは拘置所の監房にいる。あの人も寝つけないでいるのだろうか？　そう、寝られないに決まっている。

この先しばらくは苦労の多い日々がつづくことはわかっていたが、ハウイーが問題を解決してくれるはずだ。前にテリーが、ポップワーナー・フットボールでいっしょにコーチをしているハウイーは南西部きっての優秀な弁護士だし、いずれは州の最高裁判所にすわる人物になるだろうと話してくれた。テリーに鉄壁のアリバイがあることを思えば、ハウイーが弁護で失敗することは考えられない。そんなふうに考えれば眠りにつけそうな心の平和を得られたが、そのたびにラルフ・アンダースン刑事のことが思い出されて目が冴えてしまった。これまで友人だとばかり思っていたラルフが、キリストの弟子のユダにも匹敵する裏切り者だったとは。この騒動がおわったら、フリントシティ市警察を誤認逮捕と名誉毀損、およびハウイーが思いつくありったけの罪状で訴えるつもりだった。ハウイーが訴訟というスマート爆弾を落とすときには、ラルフ・アンダースンが爆心地《グラウンドゼロ》に立っているように確実を期そう。私人としてのラルフを訴えることができるだろうか？　身ぐるみ剥がしてやれるだろうか？　可能であってほしい。ラルフ本人だけではなく、その妻や息子――テリーが指導に力を注いだ少年――までもが、靴も履かずにぼろをまとい、ほどこしを求める鉢を手にした姿で路頭に迷ってしまえばいい。いや、これだけ進歩した社会、文明が開化しているとされている社会ではそんな事態が現実になるとは思えないが、マーシーの心の目にはそんな境遇になった三人の姿――フリントシティの路上で物乞いをしている三人の姿――がくっきり見えた。そんな三人が見えるたびに、マーシーは激しい怒りと満足感とで体を震わせながら、ぱっちりと目を覚ました。

ナイトスタンドの時計が午前二時十五分を示したころ、長女のセーラが寝室の戸口に姿を見せた。パジャマ代わりに着ているＮＢＡのオクラホマシティ・サンダーのチームＴシャツがかなり大きいため、セーラの体で見えていたのは足だけだった。

「母さん？　まだ起きてる？」

「ええ」

「母さんとグレイシーがいるベッドで寝てもいい？」

マーシーはシーツを跳ね上げて、体を横へずらした。セーラがベッドへあがってきた。マーシーがハグしてうなじにキスをすると、セーラは泣きはじめた。

「しいいっ、グレイシーが目を覚ましちゃうでしょ」

「我慢できないんだもん。やめようって思っても手錠のことを思い出しちゃって。ごめんなさい」

「だったら静かにね。声を出さないで泣くこと」

マーシーが抱きとめているうちに、セーラは泣き声をなんとか抑えこんだ。そのあとセーラが静かになって五分ほど経過すると、マーシーは長女が眠りこんだものと考えた。ふたりの娘に左右からはさまれて、自分もようやく眠れそうな気になってきた。そのタイミングを狙ったかのようにセーラが寝返りをうって、マーシーを見あげた。暗闇のなかで涙に濡れた目が光っていた。

「父さんは刑務所に行ったりしないよね、母さん？」

「ええ」マーシーは答えた。「だって父さんはなにもしてないんだし」

「でも、無実の人だって刑務所に入れられることがあるって。何年も何年も刑務所に入れられたあとで、ほんとは無実だったとわかることもあるって。そういう人たちは刑務所から出てこられるんだけど、そのときにはすごく年寄りになっちゃってるんだもの」

「父さんがそんな目にあうはずはないのよ。父さんが逮捕される理由になった出来事があったとき、父さんはキャップシティに行っていて——」

「父さんがどんな理由で逮捕されたかは知ってる」セーラはそういって、目もとをぬぐった。「わたしだって馬鹿じゃないもん」

「うん、馬鹿じゃないことは母さんも知ってる」

セーラは落ちつかなげに身じろぎした。「あんなことをするのには、なにか理由があるはずよね」

「警察の人はそう思ってるかもしれない。でも、あの人たちの考えはまちがってる。父さんがあのときどこにいたかを弁護士のゴールドさんが説明すれば、警察も父さんを釈放するしかなくなるわ」

「じゃ、よかった」長い間。「でも、これがおわるまでは夏休みのコミュニティキャンプに行きたくないな。グレイシーも行かないほうがいいと思う」

「無理に行かなくたっていい。それに秋になるころには、いまのことはみんな思い出になっているはずだもの」

「悲しい思い出にね」セーラはそういって洟《はな》をすすりあげた。

「そのとおり。さあ、もう寝なさい」

セーラは眠った。左右から伝わる娘たちのぬくもりに、マーシーも眠りに落ちていった。しかし、眠って見たのは悪夢だった。夢ではテリーがあのふたりの警察官に引き立てられていき、観客たちがそのようすを見つめ、バイビル・パテルが叫び、ギャヴィン・フリックが信じられない思いもあらわに目を見ひらいていた。

6

日付の変わる真夜中まで、郡拘置所はまるで給餌時間の動物園のような騒がしさだった——大声で歌いまくる酔いどれ、わめきちらす酔漢、それぞれの監房の鉄格子ぎわに立って大声での会話をつづける酔っ払いたち。素手での殴りあいを思わせる物音もきこえた。ここはすべてが独房なので、鉄格子の隙間を利用してふたりの収監者が殴りあうのならともかく、それ以外にどうすれば素手で殴りあえるものか、テリーには見当もつかなかった。通路のいちばん奥のほうでは、ひとりの男が限界まで張りあげた声で、「ヨハネによる福音書」の第三章十六節の一部だけをくりかえし叫んでいた。

「神は世を愛された！　神は世を愛された！　神はこの**クソったれな世のすべてを愛しやがった！**」

あたりには小便と大便と消毒剤、得体の知れないソースがかかった夕食のパスタなどのにおいが混じりあった悪臭が立ちこめていた。

《初めての牢屋暮らしか》テリーは思った。《四十年生きてきて、初めてここへ来たわけだ——ムショ、牢獄、監獄、石壁ホテルへ。考えさせられるな》

できることなら怒りを、それも正当な怒りを感じたかった。そういった怒りの感情は太陽がふたたび姿をあらわし、世界がふたたびピントのあった姿をとりもどす昼であれば湧きあがってくるのだろうが、日曜日の午前三時——叫喚と高歌の声が静まって、いびきと屁とおりおりのうめき声に変わったこの時刻——に感じられるのは恥の感覚だけだった。まるで、本当になにかしでかしたみたいではないか。ただし、警察が主張しているような所業を本当にやっていた場合には、その手の気分はいっさい感じないだろうと思えた。自分が子供にあのような忌まわしい行為をやれるほど病的かつ邪悪な人間だったら、罠にかかったけだものなみの苦しまぎれの悪知恵のほかはなにも感じず、逃げるためなら口八丁手八丁に訴えたくなるに決まっている。いや、はたしてそれは真実だろうか？　そのたぐいの人間の考えや感情を、自分が知っているはずがあるか？　外宇宙からやってきたエイリアンの考えを推測するようなものじゃないか。

ハウイー・ゴールドが自分をここから出してくれることには、一点の疑いも抱いていなかった。夜の闇がもっとも深くなっているいま、自身の全人生がほんの数分のあいだに変化してしまったことを、いまなお精神が理解しようと奮闘しているいまですら、そのことに疑いはこれっぽっちもなかった。自分はいずれ謝罪の言葉とともに釈放される――あしたは無理でも罪状認否のときには。それが無理なら、その次の段階で――おそらくキャップシティでの大陪審の審問会だ。その一方でテリーは、次に学校の生徒たちの前に出たとき、彼らの目になにを見ることになるかがわかっていたし、青少年スポーツのコーチとしてのキャリアも先を断たれたこともわかっていた。関係各所の理事会はテリーがみずから身を引くことこそ名誉のふるまいとみなし、そうしない場合にはなんやかや口実を見つけるだろう。というのも、この先テリーは二度とふたたび完全に無実とはみなされないからだ――ウェストサイドの隣人たちの目からはもちろん、フリントシティ全体からも。フランク・ピータースン少年殺しの容疑で逮捕された男という汚名は、一生つきまとう。この先いつまでも、人々から〝火のないところに煙は立たぬ〟といわれる男でありつづけるのだ。

自分ひとりなら、この事態にもなんとか対処できたかもしれない。審判の判定が不公平だと選手の少年たちが泣きごとをいったとき、自分はどういう言葉を返した？《文句はすっかり飲みこんでポジションにもどれ。試合をつづけろ》だ。しかし、いま文句をすっかり飲みこまなくてはならないのは自分ひとりではないし、試合をつづけるのも自分だけではない。妻のマーシーも烙印を捺《お》される。仕事先でも食料品の店でも、ほかの人たちから目引き袖引き、こそこそ囁かれることになる。友人からの電話もふっつりなくなる。ジェイミー・マッティングリーだけは例外かもしれないが……いや、それも怪しい。

そればかりか娘たちもいる。セーラとグレイスは意地悪いゴシップや、あの年ごろの子供たちならではの徹底的な仲間はずれの標的になるだろう。分別のあるマーシーならこの一件が落ち着くまでは娘たちを近くに引き寄せておくだろうし、そうすれば、しつこくつきまとうマスコミの取材陣を遠ざけておく効果はあるだろうが、秋になってテリーの身のあかしが立ったあとでも、ふたりはまわりの注目を浴びつづけそうだ。たとえば……《あそこにいる女の子を見てみな。あの子のお父さんは、男の子を殺してお尻の穴に木の枝をぶっ刺した罪で逮捕されたんだぞ》という具合。

簡易ベッドに横たわっている。闇を見あげている。牢屋にこもる悪臭を鼻に感じながら。こんなことを考えながら。《引っ越すほかはない。タルサかキャップシティあたり。いっそ思いきってテキサス州に出てもいいかも。たとえ少年たちの野球やフットボールやバスケットボールの練習場所に少しでも近づくことを禁止されようと、仕事にはありつけるはずだ。経歴証明書はまっとうな内容なので、雇う側は断われば差別訴訟を起こされるんじゃないかと怯えるはずだ》

ただし逮捕歴は——および逮捕理由は——牢屋の悪臭なみに一家につきまとうだろう。とりわけふたりの娘たちに。フェイスブックだけでも、ふたりを狩り立てて特定するのに充分だろう。《この姉妹の父親は、殺人をおかしてまんまと逃げのびた男だぞ》という具合。

そんなふうに考えるのはやめ、少しは睡眠をとっておかなくては。他人が——はっきりいえばラルフ・アンダースンが——恐ろしい手ちがいをしでかしたからといって、自分自身を恥じるような考えは捨てなくては。こんな真夜中には人は悪いほうへ悪いほうへと考えてしまいがちだ。おまけにいまの立場では——独房に入れられ、シャツの背中に矯正局《デパートメント・オブ・コレクション》の頭文字の《DOC》がはいった、ぶかぶかの褐色の制服を着せられて独房に閉じこめられている立場では——内心の恐怖がパレードのフロートほどにも大きく膨らむのもしかたがない。朝になれば、情勢も明るく思えてくるだろう。それだけは確実だ。

そのとおり。

それでも……なお……恥の感覚は残った。

テリーは目もとを手で覆った。

7

日曜日の朝六時半、ハウイー・ゴールドはベッドから起きあがった。こんな時間にできる仕事があったわけでもなく、早起きが好きだったわけでもなかった。六十代初めの男たちの例に洩れず、ハウイーの場合も個人積立退職年金の残高に比例するように前立腺が肥大し、性的野心が萎《しぼ》むのにあわせて膀胱も縮んできたかのようだった。ひとたび目が覚めると、頭脳のギアがパーキングから前進《ドライブ》に切り替わり、もう二度寝は不可能になった。

妻エレインは夢を見ているにまかせたまま——それが楽しい夢であることをハウイーは祈った——裸足のままキッチンへ行ってコーヒーを淹れ、携帯電話をチェックした。ゆうべ床につく前にサイレントモードに切り替えてカウンターに置いたのだった。見ると、調査員のアレック・ペリーからテキストメッセージがはいっていた。受信は午前一時十二分。

ハウイーがコーヒーを飲みながらレーズンブランを食べているところに、エレインがバスローブのベルトを締め、あくびをしながらキッチンへやってきた。「あら、どうした風の吹きまわし、弱虫小僧くん？」

「いずれわかるさ。それまでのあいだ、スクランブルエッグでも食べているか？」

「おやおや、わが夫より朝食の申し出とは」エレインは自分のカップにコーヒーを注いだ。「きょうはヴァレンタインデーでもないし、わたしの誕生日でもない。とすると、なにやら魂胆ありと疑うべきかしら？」

「時間をつぶしてるだけだ。アレックからテキストメッセージが来ていたんだが、七時になるまで電話できないんでね」

「吉報？　それとも悲報？」

「見当もつかん。卵はどうする？」

「いただくわ。二個、目玉焼きで。スクランブルせずに」

「わたしが決まって黄身を壊してしまうことくらい知ってるだろうに」

「でも、すわって見ているだけで批評の言葉は控える。あと、トーストは全粒粉パンにして」

奇跡というべきか、片方の黄身しか壊さずにすんだ。目玉焼きの皿を前に置くと、エレインはいった。「テリー・メイトランドが本当にあの子を殺したのだとすれば、この世界はすっかり正気をなくしたということね」

「いや、世界はとっくに正気をなくしてる」ハウイーは応じた。「でもテリーはやってないぞ。テリーには鉄壁のアリバイがあるんだ——それもスーパーマンの胸のSの字ほどにも強力《ストロング》なアリバイがね」

「だったら、どうして警察はテリーを逮捕したの？」

「なぜなら警察も、スーパーマンの胸のSの字ほどにも強力《ストロング》な証拠を握ったと思いこんでいるからだ」

エレインはこの言葉に考えこんだ。「なにをもってしても止められない力と、なにをもってしても動かせない物体のぶつかりあいってこと？」

「現実にはそんなものはないよ、スイートハート」

そういって腕時計を見ると、七時五分前。これなら誤差の範囲内だ。ハウイーはアレックの携帯に電話をかけた。

懇意の調査員は三回めの呼出音で電話に出た。「ずいぶん早起きだな。こっちはひげ剃り中だ。五分後にかけなおしてくれるか？　七時ぴったりに。つまりは、おれが最初に頼んだとおりの時間で」

「断わる」ハウイーはいった。「その代わり、そっちが電話を押しあてる方の顔からシェービングクリームを拭いとるまで待とう——それで手を打たないか？」

「人づかいの荒いボスだな」アレックはいった。まだ早朝だったうえに、大多数の男たちが自分の思考以外には頭を空っぽにして進めることを好む作業を邪魔されたにもかかわらず、愛想のいい声だった。その声の響きにハウイーは希望をいだいた。希望をいだく材料はすでにたくさんあったが、ひとつでも増えるのはいつでも大歓迎だ。

「で、吉報かな？　それとも悲報？」

「ちょっとだけ待ってくれるか。電話がクソな泡まみれになっちまった」

ちょっとどころか五秒も待たされたが、アレックは電話にもどってきた。「吉報だよ、ボス。おれたちにとっては吉報、地区首席検事にとっては悲報だ。とびっきりの悲報だよ」

「防犯カメラの映像は見られたのか？　映像はどのくら

いあった？　カメラの台数は？」

「防犯カメラ映像は見たし、カメラはたくさんあった」

アレックはいったん言葉を切った。そのあとまた話しはじめたときには、この調査員が微笑んでいることをハウイーは察しとった——声に笑みがのぞいていた。「でも、もっといいものがあったぞ。もっとずっといいものがね」

8

ジャネット・アンダースンが七時十五分に目を覚ますと、ベッドの夫の側はすでに無人になっていた。キッチンには淹れたてのコーヒーの香りがただよっていたが、夫のラルフの姿はなかった。窓から外をのぞくと、裏庭のピクニックテーブルを前にしてすわっているラルフが見えた。いまもまだストライプのパジャマのままで、この前の父の日に息子のデレクがプレゼントしてくれたジョークグッズのカップからコーヒーを飲んでいた。片側側面に青い大きな文字で《**あなたにはわたしがコーヒーを飲みおえるまでの黙秘権があります**》と書いてある。ジャネットは自分のカップにコーヒーを注いで外の夫のもとに近づき、頬にキスをした。きょうも暑くなりそうだったが、少なくとも早朝のいまは涼しく、あたりは静かで過ごしやすかった。

「少しは仕事を忘れていられないの？」ジャネットはたずねた。

「これにかぎっては、おれたちのだれも忘れてなんかいられないよ」ラルフは答えた。「ここしばらくのあいだはね」

「きょうは日曜日」ジャネットはいった。「安息日よ。あなたに必要なのは休息。先週ニューヨークタイムズ紙の健康欄で読んだけど、あなたはそろそろ心臓発作の国に足を踏み入れてるらしいわ」

「それはまた気分の明るくなる話だな」

ジャネットはため息をついた。「あなたのリストの一番はなに？」

「ひとりだけ話をきいていないデボラ・グラントという教師の話を確認することだ。まあ、念のためというだけだな。この女性教師もテリーがキャップシティへ行っていた事実を裏書きするだけだと予想はついてるが、ラウンドヒルやクエイドというふたりの男性教師がテリーについて見逃していたことに気づいていた可能性もないではない。ほら、女のほうが観察力にすぐれているからね」

　ジャネットには夫のこの意見が怪しく思えたし、性差別的ではないかとさえ思ったが、いまはその点を指摘するタイミングではなかった。そこで、いったん議論をゆうべの時点に引きもどした。「テリーはこの街にいた。テリーはあれをやった。いまのあなたに必要なのは、あっちの街の法科学的証拠よ。といっても、ＤＮＡは手に入れられっこない。でも指紋はどう？」

「テリーとクエイドが宿泊した客室の指紋をとろうと思えばできなくもない。だけどふたりのチェックアウトは水曜の朝で、そのあとスタッフが部屋を掃除しているうえに、別の客が泊まっている。それもひとりではおさまらないだろうな」

「完全に無理じゃないのよね？　たしかに良心的なホテルのメイドさんもいる——でもたいていの人は、ベッドをメイクして、コーヒーテーブルに残ってるグラスの輪染みや汚れを拭きとるだけでよしとしがち。調べた結果、クエイド先生の指紋は見つかったのにテリー・メイトランドの指紋がひとつも出てこなかったら？」

　ジャネットの頰が少女探偵のように紅潮しているのがラルフには好ましく思えたし、その昂奮ぶりに水を差さなくてはならないのが心苦しかった。「それだけでは、なんの証明にもならないよ。ハウイー・ゴールドなら陪審にむかって、指紋の不在だけでは人に有罪判決をくだせないと話すだろうし、その意見は正しいな」

　ジャネットは考えをめぐらせた。「わかった。それでもあなたは客室から指紋を採取するべきだと思うし、できるだけ多くの指紋から身元を特定するべきだと思う。どう、できる？」

「ああ。名案だな」少なくとも、それでまたひとつ念を押すことができる。「とりあえずどの客室かを割りだしたら、シェラトン・ホテルに連絡して、いまその部屋にいる宿泊客を別の部屋に移動させてもらおう。これがメディアでどう報じられるかを思えば、ホテル側だって協力するはずだよ。そうしたら客室じゅう隈なく粉をかけて指紋採取だ。ただし、おれの本当の狙いは、例の会議のあいだの防犯カメラ映像だな。サブロ警部補がきょうじゅうにもどってこなければ——警部補は州警察のこの事件の捜査担当だ——おれがキャップシティまでひとっ走り行ってこよう。ゴールド弁護士の子飼いの調査員に数時間の遅れをとることになるが、これればかりはしょうがないな」

ジャネットは夫の手に手を重ねた。「お願いだから、おりおりに足をとめて、きょうという一日があることを感謝してほしいの。あしたになるまで、あなたにはきょうという日しかないのよ」

ラルフは妻に微笑みかけ、その手を一回強く握ってから離した。「テリーがつかった車の件が頭を離れなくてね。ピーターソン少年を拉致するのにつかった車と、この街を出ていくのにつかった車だ」

「エコノラインのヴァンとスバルね」

「まあね。ただしスバルのほうはそれほど気にならない。あれは市営駐車場から盗まれた、ただの盗難車だ。おなじような盗難事件は二〇一二年ごろからこっち、ずいぶんたくさん発生している。新しく登場したキーレス・イグニションは自動車泥棒と相性がいいんだ。たとえばきみが車をどこかへ駐めて、そのあと片づけなくちゃいけない用事のことを考えたり、夕食になにを食べようかと思案したりしていたとする——そのときみの目に、イグニションからぶらさがっているキーははいっていない。だから電子キーをうっかり車内に忘れてしまうのも珍しくない。イヤホンをしていたり、携帯でおしゃべりをしたりしていれば、車がキー忘れの警告音を出しても耳にはいらないことも多い。例のスバルのオーナー——バーバラ・ニアリング——は八時に出勤するにあたって、カップホルダーに電子キーを、ダッシュボードに駐車場チケットを残したままだった。午後五時に勤めをおえてもどったときには、車は消え失せていた」

「駐車場の係員は、スバルを盗んでいった人物を覚えていなかったの？」

「ああ。それも驚くようなことじゃない。五階まである大きな立体駐車場だし、人の出入りはひっきりなしだ。出口にカメラがあるにはあるが、映像は四十八時間で消去されることになっている。ただしヴァンのほうはというと……」

「ヴァンがどうしたの？」

「あのヴァンは、副業に大工や便利屋をやっているカール・ジェリスンという男の車だった。住所はニューヨーク州スプイテンキル——ポキプシーとニューパルツにはさまれた小さな街だよ。ジェリスンは忘れずにキーをもっていったが、リアバンパーの裏に磁石つきの小さな箱をくっつけてスペアキーを入れていた。ビル・サミュエルズの仮説だと、ヴァンを盗んだ犯人はニューヨーク州中部からキャップシティかダブロウか、あるいはここフリントシティまでまっすぐ車を走らせてきて、スペアキーを挿したままヴァンを乗り捨てたのだろうってことだった。で、テリーがこの盗まれたヴァンを見つけて盗みに盗みを重ね、どこかに隠していた。おおかた街はずれの納屋か小屋あたりにね。二〇〇八年に景気がひどいことになってからこっち、廃屋になった農場はいくらでもある。テリーはキーを挿したままのヴァンを〈ショーティーズ・パブ〉裏の駐車場に乗り捨てた。おそらく、だれかが三度めにヴァンを盗むものと期待したんだろうな——それほど突飛な期待でもないぞ」

「ただし、だれも盗まなかった、と」ジャネットはいった。「つまり、あなたはヴァンを押収車駐車場に確保していて、キーも手もとにあるわけね。キーにはテリー・メイトランドの指紋がついていた、と」

ラルフはうなずいた。「それどころか、指紋ならトン単位であつまってる。ヴァンは十年前の型で、ここ五年は一回も掃除されていなかったようだからね——それ以前だって怪しいもんだ。除外できる指紋もあった。所有者のカール・ジェリスンと妻、息子、およびジェリスンの使用人だった男ふたりだ。木曜日の午後には、その面々の指紋がそろったよ——ニューヨーク州警察の助力でね。ありがたい。ほかの州……というか大半の州は、まだ返事待ちのままだ。もちろん、テリー・メイトランドとフランク・ピータースンの指紋も採取ずみだ。助手席ドアの内側からは、ピータースン少年の指紋が四つ見つかった。そのあたりは表面がすべすべでね。鋳造されたての一セント硬貨なみにはっきりとした指紋だった。おれはフィギス公園の駐車場でついた指紋じゃないかと見てる。テリーが少年を助手席から引きずりおろそうとして、少年がそれに抵抗したときに」

ジャネットは顔をしかめた。

「ヴァンからはほかの指紋も見つかっていて、そっちはいまもまだ返事待ちだ——先週の水曜日以来、全国の警察に照会中だ。当たりを引き当てるかもしれないし、なにも出てこないかもしれない。そのなかには、スプイテンキルで最初にヴァンを盗んだ自動車泥棒の指紋もあると見ている。それ以外の指紋はジェリスンの友人たちかもしれないし、自動車泥棒が途中で拾ったヒッチハイカーの指紋かもしれない。ただし、いちばん最近になってつけられた指紋は——ピータースン少年以外では——テリーのものだ。最初の自動車泥棒はどうでもいいが、そいつがヴァンをどこで乗り捨てたかは知りたい」ラルフは言葉を切って、いい添えた。「だけど、まるっきり筋が通ってないだろう？」

「指紋を拭き取らなかったことが？」

「それだけじゃない。そもそも、どうしてヴァンとスバルを盗んだのか、ということだ。悪事のさなかですら目をむけてくる者がいれば顔を見せていながら、なんでわざわざ車を盗んだりした？」

ジャネットは話をききながら、しだいに不安が膨らんでくるのを感じていた。妻としては、ラルフが言外にうながしている質問を口にするわけにはいかなかった——そんなふうに疑いが残っていたのなら、いったいなぜあんな挙に出たのか？　どうしてあれほど性急に動いたのか？　そう、たしかに自分は夫の背中をあと押しした。だから、いまのトラブルにも少しは責任があるだろう。しかし、あのときにはすべての情報を与えられてはいなかったのだ。

《けちくさい言い訳だ……でも、いまはこれが精いっぱい》ジャネットはそう思って……また顔をしかめた。

そんなジャネットの内心を読みとったかのように（結婚生活が二十五年近くつづいたいまでは、本当に心を読めるのかもしれない）、ラルフはいった。「そうはいっても、買物をあとから後悔するのとはわけがちがう——そんなふうにとらないでくれ。この件をビル・サミュエルズと話しあったんだ。あいつは、そもそも筋を通す必要はないといってる。テリーがあんなやり方をとったのは、あいつが正気じゃなくなったからだ、とね。あれをやりたいという衝動——あれをせずにはいられない衝動といってもいいが、乞われても法廷ではそんな言い方をしないからな——がどんどん膨らんできた。これまでにも、おなじような事件があったんだよ。ビルはこういってる。『ああ、たしかにテリーにはそれなりの計画があったし、その計画どおりに実行した部分もあった。でもね、この前の火曜日にチェーンが切れた自転車を押していたフランク・ピーターズンを見たとたん、計画のすべてが窓から外へ逃げていったんだ。頭のてっぺんが吹きとんで、ジキル博士がハイド氏に変わったんだ』

「すっかり狂気にのみこまれた性的サディスト」ジャネットはつぶやいた。「テリー・メイトランド。Tコーチ」

「きいたときには筋が通っているように思えたし、いまも筋が通っているように思えるね」ラルフは挑みかかるような口調でいった。

《それはそうかもしれない》ジャネットにはそういいかえすこともできた。《でも、あとのことはどうなの？　犯行をおえて我に返ったときのテリーについては？　あなたとビルはそのことも考えた？　おわったあとでも、指紋を拭いもせず、顔を人目にさらしつづけていたのはなぜなのか考えた？》

「ヴァンの運転席の下から見つかったものがある」ラルフはいった。

「ほんとに？　なにがあったの？」

「紙きれだよ。どうやらテイクアウトメニューの一部らしい。なんの意味もないのかもしれないが、じっくり調べてみたくてね。証拠物件としてきっちり記録されているはずだ」ラルフは飲み残しのコーヒーを庭の芝生に捨てて立ちあがった。「ただし、それ以上に先週の火曜と水曜のシェラトン・ホテルの防犯カメラ映像を確かめておきたい。それから、テリーがほかの教師たちといっしょに夕食をとったと主張しているレストランに防犯カメラがあったら、どんな映像でも確かめておきたい」

「じゃ、防犯カメラ映像にテリーの顔がはっきり映っているものがあったら、スクリーンショットをわたしに送って」この言葉にラルフが眉をぴくんと吊りあげたのを見て、ジャネットはつづけた。「わたしもあなたに負けないくらい昔からテリーを知ってる。だからキャップシティにいたのがテリーじゃなかったら、すぐわかるもの」そういってにっこりと笑う。「だってほら、男よりも女のほうが観察力にすぐれているから。あなたがそういったでしょう？」

9

セーラとグレイスのメイトランド姉妹は朝食をほとんど食べなかった。マーシーはそのことよりも、むしろ姉妹がいつも手の届くところへ置いている携帯電話やタブレット端末を珍しく遠ざけたままにしている事実のほうが心配だった。さしもの警察も姉妹の電子機器類は押収しなかったが、セーラもグレイスもちらりと画面をのぞいただけで、あとは携帯のたぐいを寝室に置きっぱなしにしていた。姉妹がニュースサイトやSNSのおしゃべりになにを見たのかはわからないが、それ以上追いかけたいものではなかったらしい。マーシーも居間の窓からすばやく外を確かめ、歩道ぎわにテレビ局の中継車が二台とフリントシティ市警察のパトカーが一台駐まっているのを見てカーテンを閉めた。きょうという一日はどれだけ長くつづくのか？　それだけの時間をいったいどうすればいい？

ハウイー・ゴールドがマーシーに代わって、その疑問に答えを出してくれた。八時十五分過ぎに電話をかけてきたハウイーは驚くほど明るい声だった。

「きょうの午後はテリーに会いにいこう。いっしょにだ。普段だと面会は収監者から二十四時間前に要請を出して事前に承認をとりつける必要があるんだが、そいつを省略できたんだよ。ただし、わたしでも突破できなかったのが、非接触面会にかぎるという規則だ。テリーは重警備区画に勾留されていてね。つまり、しゃべるのはガラスごしということだ。だけど映画なんかで見るあれよりは、ずっとましだぞ。行けばわかる」

「わかった」息が切れるのを感じながらマーシーは答えた。「時間は？」

「午後一時半に迎えにいく。そのとき、テリーのいちばん上等なスーツとしゃれたダークタイを用意してくれ。罪状認否のためだ。ちょっとしたおいしい食べ物の差入れもできる。ナッツやフルーツ、キャンディなんかだ。中身が見える透明な袋に入れるのを忘れないように。わかったかい？」

「わかった。娘たちはどうすればいい？　ふたりを連れて――」

「いや。お嬢さんたちは家にいてもらう。郡拘置所は女の子むきの場所じゃない。マスコミの連中が強引になった場合にそなえて、世話をしてくれる人をさがしたほうがいいな。お嬢さんたちには心配はなにもないと話しておくように」

世話をしてくれる人が見つかるとは思えなかった。ゆうべのきょうでは、ジェイミー・マッティングリーに頼むのも気がひける。家の前にいるパトカーの警官たちにかけあえば、マスコミの取材陣が芝生に立ち入らないようにしてくれるだろう。ちがうか？

「心配はなにもないの？　本当に心配ない？」

「ああ、そう思う。ついさっき調査員のアレック・ペリーがキャップシティで特大のピニャータをかち割ったところ、ありとあらゆるお宝が転がりでてきた。これからそっちにリンクを送る。リンクの中身をお嬢さんがたにシェアするかどうかはまかせるが、うちの娘だったら、ああ、シェアするね」

五分後、マーシーは左右をセーラとグレイスにはさまれてソファにすわっていた。三人はセーラのミニタブレットを見ていた。テリーのデスクトップや夫婦のノートパソコンのほうが見やすかったはずだが、そちらは警察に押収されていた。結局、タブレットでも充分だったことがわかった。ほどなく三人は笑ったり叫んだりして大喜びし、おたがいにハイタッチをくりかえしていた。

《トンネルの出口に光が見えたどころじゃないわ》マーシーは思った。《すごく大きな虹が見えたも同然よ》

10

どん・どん・どん・どん。

最初マール・キャシディはその音を夢のなかできいていると思いこんでいた。見ていたのは悪夢で、里親家庭の養父がマールへのお仕置きの準備を着実に進めていた。養父は禿頭のクソ男で、キッチンテーブルを独特の流儀で叩いていた――最初は握り拳の関節だけで叩き、ついで拳全部を叩きつけながら、最終的に今夜のお仕置きにつながる準備段階の質問を繰りだしてきた。

《どこにいた？　いつも夕食の時間に間にあわずに遅刻するのなら、なんでそんな腕時計をわざわざ着けてる？　どうして母さんを手伝ったためしがない？　くだらない宿題をする気もないのに、どうしてわざわざ教科書をもって帰ってくる？》

母親が抗議してくるかもしれないが、毎回決まって無視された。母が父と息子のあいだに介入しようとしても押しのけられるだけだ。そして、それまでしだいに強い力をこめてテーブルを叩いていたげんこつがマールを殴りはじめるのだ。

どん・どん・どん。

マールは悪夢から目をそらすために瞼をひらき、ほんの一瞬だったが、この皮肉を楽しんだ。いまの自分はあの最低最悪の暴力男から二千四百キロ離れている。ようやく二千四百キロ離れたのに……それでも夜の夢ではすぐ近くだ。夜にしても、ひと晩ぐっすり休めるわけではない。実家を逃げだして以来、ゆっくり寝られたことはめったになかった。

どん・どん・どん。

音の主は警官だった。警棒で叩いている。それもしつこく。おまけに、ハンドルをまわすジェスチャーまで加えてきた――窓をあけろといっているのだ。

つかのま、マールには自分の居場所がわからなかった。しかし次の瞬間、フロントガラスごしの光景が目に飛びこんできて――一キロ半ばかりもつづくように見えている、ろくに車も見当たらない駐車場の先に、巨大な箱のような建物がそびえていた――そのとたん、すべてのピースがぴったりとはまりこんだ。エルパソ。ここはテキサス州エルパソだ。マールが走らせているビュイックはそろそろガス欠、まもなく財布も空《から》っ穴《けつ》だ。この〈ウォルマート・スーパーセンター〉の駐車場に車をとめたのは、数時間ばかり眠りたかったからだ。朝になれば、この先どう動けばいいかも思いつくだろう。そう思っていたが、いまになれば〝この先〟はもうなさそうな雰囲気だった。

どん・どん・どん。

マールはハンドルを回して窓をあけた。「おはようございます、おまわりさん。夜遅くまで車を走らせてて、ちょっと寝ようと思って、ここへ駐めたんですよ。ここで少しばかり眠るのもわるくないと思ったんです。それが勘ちがいだったなら謝ります」

「いやいや、それはまた立派な心がけだ」警官はいった。その顔に笑みがのぞき、そのときばかりはマールは希望を感じた。親愛の笑みだったからだ。「おなじことをする人は珍しくない。そうはいっても、十四歳にしか見えない者はめったにそんなことをしないがね」

「ぼくは十八ですよ。ただ年のわりに幼く見えるだけで」そういいながらも、マールは途方もない倦怠感をおぼえはじめた——それも、過去数週間の慢性的な睡眠不足とは関係のない疲労だった。

「なるほどね。それでまわりの人間はみんな、おれをトム・ハンクスとまちがえるわけだ。なかにはサインをくれってせがむやつもいる。さてと、運転免許証と車輛の登録証を見せてもらおう」

ここでも言いぬけようとした——死にかけた男の足が最後に一度だけ痙攣するような力ない言いわけだった。

「ジャケットのポケットにしまってたんですが、トイレに行っているあいだに盗まれてしまいました。〈マクドナルド〉にいたときです」

「なるほど、なるほど。わかった。で、どこから来たんだ？」

「フェニックスです」マールは説得力のかけらもない声で答えた。

「なるほどね。それじゃ、この上等な車にオクラホマ州のプレートがついている理由を説明してもらえるかな？」

マールは答えに詰まって黙ったままだった。

「さあ、車から出ろ。いまのおまえは大雨に打たれながらクソを垂れるちびの黄色い犬なみに物騒でもなんでもない姿だが、それでも両手はおれに見える場所に出しておけよ」

マールはそれほどの後悔も感じないまま、車から降り立った。よくここまで逃げてこられたものだと思った。いや、それどころではない——改めて考えれば、奇跡のような逃避行だったといえる。四月末に里親の家を出奔してから、つかまってもおかしくないことは十回ではきかなかったが、つかまらずにすんだ。いまこうして、つかまったわけだが……それがどうした？　だいたい、この先どこへ行くつもりだった？　どこへ行くあてもなかった。どこへ行ってもよかった。あの禿のクソ男から逃げられるものなら。

「坊主、名前は？」

「マール・キャシディ。マールはマーリンを縮めたものです」

朝の早い数人の買物客がマールと警官にちらりと目をむけたきり、〈ウォルマート〉という一日二十四時間営業のワンダーランドへむかって歩いていった。

「有名な魔術師とおんなじ名前ってことか、なるほどね。わかった。身分証のたぐいはもっているのか、マール？」

マールは尻ポケットに手を伸ばし、糸がほつれかけたバックスキンの財布を抜きだした。母から八歳の誕生日にもらったプレゼントだった。あのころは母ひとり子ひとりの暮らしで、世界はそれなりに筋の通ったものだった。札入れには五ドル札と二枚の一ドル札。マールは母親の数枚の写真をしまってあるカード類の収納ポケットから、顔写真つきのラミネート加工された会員カードをとりだした。

「ポキプシー青年召命委員会《ユース・ミニストリー》」警官がいった。「じゃ、ニューヨーク州から来たのか？」

「はい、そうです、サー」この〝サー〟という言葉は、早い時期に養父から叩きこまれたものだった。

「じゃ、ポキプシーから？」

「いいえ、ちがいます、サー。でも、その近くです。スプイテンキルという小さな街です。もともとは〝水が噴きだす湖〟という意味です。というか、母さんからそう教わりました」

「なるほどね、わかった。おもしろい話だ。日々新しいことを学んでるんだな。で、家出したのはどのくらい前だ？」

「そろそろ三カ月だと思います」

「車の運転はだれに教わった？」

「デイヴ伯父さんです。だいたい野原みたいなところで教わりました。これでもぼく、運転は上手です。マニュアル車でもオートマ車でも関係ありません。デイヴ伯父さんは心臓発作で死にました」

警官はマールの言葉に考えをめぐらせながら、ラミネート加工されたカードを片手の親指に叩きつけていた。〝どん・どん・どん〟ではなく〝かち・かち・かち〟だった。ひっくるめていえば、マールは警官に好意をいだいていた。

「運転が上手か。なるほどね。はるばるニューヨークから、きゅっと締まったケツ穴みたいな埃だらけの国境の街までやってきたんだから、運転が上手に決まってる。マール、これまで何台の車を盗んだ？」

「三台。いえ、四台です。この車が四台めです。最初の一台だけはヴァンでした。うちの近所の路上で盗みました」

「四台ね」警官はいいながら、目の前に立っている薄汚れた少年をとっくりとながめた。「じゃ、南への逃避行をつづけるにあたって資金ぐりはどうやっていたんだ、マール？」

「ええと……？」

「どうやって食いつないでいた？　どこで寝てた？」

「たいていは、そのとき走らせていた車のなかで寝ました。それから盗みをしました」マールは顔を伏せた。「たいていは女の人のハンドバッグから。もちぬしに見つからないこともあります。見つかってしまったら……けっこう逃げ足は速いんです」

　涙が流れはじめた。警官のいう〝南への逃避行〟のあいだには、ずいぶん泣いたものだ――たいていは夜のあいだに。そういった涙が本心からの安堵をもたらすことはなかった。しかし、いまの涙はちがった。なぜ安堵を感じるのかはわからなかったが、あえて知りたいとも思わなかった。

「三カ月で車四台か」警官はいった。マールの青年召命《ユース・ミニ》委員会《ストリー》のカードで〝かち・かち・かち〟の音を出しつづけたまま。「なにから逃げようとしてたんだ、坊主？」

「養父からです。あのクソ野郎のところに送り返されたら、チャンスがありしだい、また家出してやります」

「なるほど、なるほどね、事情が見えてきた。で、本当は何歳なんだ？」

「十二です。でも、来月には十三歳になります」

「十二歳か。びっくりしゃっくり、クソをちびって尻もちだ。さあ、ついてこい、マール。おまえになにをしてやれるのかを調べようじゃないか」

　ハリスン・アヴェニューの警察署で児童福祉関係の職員を待つあいだ、マール・キャシディは写真を撮影され、シラミ除去剤で体を洗われ、指紋を採取された。採取された指紋はネット経由で全国の警察へ送られた。といっても、これは定例業務にすぎなかった。

11

ラルフがフリントシティのもっと小さな警察署に顔を出すと——まず教師のデボラ・グラントに電話をかけ、そのあとキャップシティまで行くためのパトカーを確保するつもりだった——ビル・サミュエルズ地区首席検事が待っていた。顔色がよくなかった。アルファルファ少年を思わせる癖毛さえ、力なく垂れていた。

「どうかしたか？」ラルフはたずねた。その真意はといえば、《また暗いニュースか？》だった。

「アレック・ペリーからテキストメッセージが来たよ。リンクを添えて」

サミュエルズはブリーフケースのバックルをはずして iPadを——もちろん大型のProを——とりだした。調査員ペリーからのメッセージには、《**T・メイトランドの訴追を、本気でこのままつづけるつもりか？　まずこのリンクをチェックしたまえ**》とあり、その下にリンクが添えてあった。ラルフはリンクをタップした。

画面に表示されたのはチャンネル81のウェブサイト《キャップシティ・パブリックアクセス・リソース！》だった。サイトタイトルの下に、市議会本会議、橋の再開のお知らせ、《みなさんの図書館と利用法》という講座、それに《キャップシティ動物園の新しい仲間たち》といった動画へのメニューがならんでいた。ラルフは目顔でサミュエルズに問いかけた。

「下へスクロールしてみろ」

その言葉に従うと、《ハーラン・コーベン氏、〈三州地域《トライ・ステイト・》英語教師協会《ティーチャーズ・オブ・イングリッシュ》〉大会にて特別講演》というタイトルが出てきた。野球のボールがぶつかっても頭皮に影響なく跳ね返せそうなほど髪を大きく膨らませて眼鏡をかけた女性の静止画に、再生アイコンが重ねられていた。女性は発言台を前にして立っていた。背景にはシェラトン・ホテルのロゴマークがあった。ラルフはこの動画をフルスクリーンモードで再生しはじめた。

「みなさん、こんにちは！　ようこそ！　わたしはジョゼフィン・マクダーモット——〈三州地域英語教師《トライ・ステイト・ティーチャーズ・オブ・》協会《イングリッシュ》〉の今年度の会長です。きょう、ここに来られたことを本当にうれしく思います。ようこそ、みなさん——わたしたち協会が年一回ひらく知性の集会へようこそ。もちろん、大人の飲み物を口にできる機会にも」このひとことが控えめなお義理の笑い声を引きだした。「今年の会議は、例年以上にたくさんの方々にご参加いただきました。それには、もちろんわたしというチャーミングな存在の力が大きかったと思いたいところですが——」ここでもお義理の笑い声。「やはりその理由は、まことにすばらしい方がゲスト講演者になっていただいたことだろうと思う次第です……」

「テリー・メイトランドの言葉もひとつは正しかったな。この前ふりの紹介がえんえんとつづくんだよ。この女はコーベンのほぼ全作品を一冊ずつ紹介していてね。九分半もしゃべりつづけて、ようやく話をしめくくるんだよ」

ラルフは動画の最下部にあるタイムスライダーを指で滑らせて先送りした。このときには、自分がなにを見ることになるのかがほぼわかっていた。見たくない気持ちがあり、見たい気持ちがあった。怖いもの見たさの気持ちは否定できなかった。

「ご来場のみなさん、本日のゲスト講演者を盛大な拍手でお迎えしましょう——ミスター・ハーラン・コーベンです！」

ステージ袖にあたる位置から禿頭の紳士が大股で進みでてきた。かなり背が高かったせいで、マクダーモット会長と握手をしたときには、大人の服を着た子供を迎えている大人の男のようにさえ見えた。チャンネル81はこのイベントにカメラ二台を派遣するだけのニュースバリューがあると見こんだらしく、画面はコーベンにスタンディングオベーションを送っている聴衆の映像に切り替わった。そしてステージにほど近いあたりに、三人の男とひとりの女が囲んでいるテーブルがあった。そのとたん、ラルフの胃は特急エレベーターになって急降下した。動画をタップして一時停止する。

「驚いたな」ラルフはいった。「あいつだ。テリー・メイトランド——いっしょにいるのはラウンドヒルとクエイドとグラントだな」

「われわれが握っている証拠を考えれば、どう考えてもそんなはずはないんだが……そこに映っているのはテリー・メイトランドに生き写しじゃないか」サミュエルズはいった。

「ビル……」つかのまラルフは言葉をつづけられなかった。頭が真っ白になるほど仰天していたのだ。「ビル、うちの息子はテリーにコーチしてもらっていたんだ。これはただの生き写しじゃない……テリー本人だよ」

「コーベンのスピーチはだいたい四十分。映像のほとんどは発言台を前にしたコーベン本人だが、おりおりに聴衆のショットがはさまってる。コーベンのウィットに富んだ言葉に笑ったり——コーベンがウィットに富んだ男ということは認めるよ——真剣に話をきいていたりするショットだ。そういった聴衆をとらえた映像の大半にメイトランドが——メイトランド本人だとすればの話だが——映ってる。ただし、柩の蓋に打ちこまれる釘となると五十六分だ。先送りするといい」

ラルフは早送りを念のために五十四分の箇所までにした。このころにはコーベンは聴衆からの質問に答えていた。

「わたしは自作で罰当たりな言葉をつかわないようにしています」コーベンはそう話していた。「しかし、小説のなかではそういった言葉をつかうのが最適だという局面があるのも事実です。たとえば、ハンマーをうっかり親指に叩きつけてしまった男性は、めったに『おやおや、痛いでございます』とはいいませんよね」聴衆から笑い声。「さて、あとひとつふたつの質問に答えるだけの時間があるようです。そちらの方、いかがです？」

映像はコーベンから次の質問者へ切り替わった。質問に立っていたのはテリー・メイトランドだった。それも顔のクローズアップだ。それを見たとたん、自分たちが相手にしているのは生き写しの他人だという見解——ジャネットからも示唆された見解——は雲散霧消《うんさんむしょう》していった。

「ミスターコーベン、いよいよ腰をすえて書くときには、あなたには犯人がわかっているんですか？　それとも、作者のあなたにとっても〝意外な犯人〟ということもありますか？」

映像はコーベンに切り替わった。コーベンはにこやかに微笑んで、「たいへん鋭い質問ですね」と答えた。

コーベンがおなじように鋭い答えを口にする前に、ラルフは質問をするためにテリーが立ちあがった時点にまで動画を巻き戻して一時停止させた。その静止画像をたつぷり二十秒ばかりにらみつけてから、ｉＰａｄをサミュエルズ地区首席検事に返す。

「一巻のおわりだ」サミュエルズはいった。「こっちの起訴事実があっけなく消えたわけだな」

「まだＤＮＡ鑑定の結果待ちだぞ」ラルフはいった……いや、そう話す自分の声を耳にしたというべきか。いまラルフは、自分の肉体から追いだされたような気分だった。レフェリーがストップをかける直前の試合中のボクサーたちも、こんな気分を感じているのだろう。「デボラ・グラントと話す必要もまだある。それをすませたら、ひとっ走りキャップシティまで行って昔ながらの刑事の仕事をこなしてくるさ。ケツをもちあげて、足でまわって話をきいてくる。ホテルのスタッフや、あの連中が夕食をとったという〈ファイアピット〉というレストランのスタッフからもだ」そのあとジャネットの言葉を思い出しながら、「同時に法科学的な証拠をあつめられるかどうか、そのあたりの展望も調べておきたいな」

「問題の日から一週間近くたっているうえに、場所が大規模なシティホテルとあっては、証拠が残っている可能性が低いことくらいはわかっているだろうね？」

「ああ」

「レストランだってそうだ。訪ねても営業中じゃないかもしれないし」そう話すサミュエルズは、自分よりも体の大きな子供に突き飛ばされて転び、歩道で膝小僧をすりむいたばかりの子供のような口調だった。ラルフは、この地区首席検事にあまり好感をもっていない自分に気づいた。この男のことが、ますます腰の引けた臆病者に思えてきた。

「ホテル近くのレストランなら、週末もブランチ客をあてにして店をあけてるかもしれないし」

サミュエルズはあいかわらずテリー・メイトランドの静止画に目をすえたまま、頭を左右にふっていた。「ＤＮＡ鑑定の結果が一致しても……なんだか、それも怪しく思えてきたが……きみくらいこの仕事を長くつづけていればわかるだろうが……陪審がＤＮＡや指紋だけを根拠に有罪評決をくだすことはめったにない。Ｏ・Ｊ・シンプソンの裁判はいちばんいい例だな」

「目撃証人たちが──」

「ハウイー・ゴールドの反対尋問で木端微塵《こっぱみじん》にされるさ。アーリーン・スタンホープ？　年寄りだし、目もあまりき飛ばされちまったんだ、と。ひとりの少年が殺害され、自分たちはかきあつめた全証拠を調べて犯人を逮捕した。そのテリー・メイトランドが百キロ以上も離れた街に姿をあらわしていたとなれば、その謎はきっちり精査して解明しなくてはならない。謎が解明されるまで、自分たちふたりのどちらも休むわけにいかなかった。

「よければ、いっしょにキャップシティまで行かないか?」

「あいにくそうもいかなくてね」サミュエルズは答えた。「別れた女房と子供たちをオコマ湖に連れていく予定だ。元女房がピクニックランチを用意してくる。いろいろあった末に良好な関係をつくりあげたところなんで、そいつを危険にさらすのは気が進まなくて」

「オーケイ」どのみちラルフは本気でサミュエルズを誘ったわけではない。できれば単身で仕事を進めたかった。以前は議論の余地もないほど明白に思えたのに、いまでは途方もないへまの集団発生としか思えなくなった事態の謎を、なんとか頭で理解したかった。

ラルフは立ちあがった。ビル・サミュエルズもiPadをブリーフケースにおさめてから、ラルフの隣に立った——この動画の衝撃で、おれたちは不動の事実から叩

よく見えない。『ミセス・スタンホープ、あなたが三年前に運転免許証を返納されたというのは本当ですか?』てな具合だ。ジューン・モリス? 道の反対側の森から血まみれの男が出てきたのを見ただけの子供だな。カールトン・スコウクロフトは酒を飲んでいたし、その友人も飲んでいた。クロード・ボルトンはドラッグ関係の前科もちだ。きみが見つけだしたなかでは、ウィロウ・レインウォーターが証人としてはベストだね。でも、ここでいいことをひとつ教えてあげよう。この州の人たちはアメリカ先住民のことをあまりよく思っていない。それほど信用していないんだ」

「そうはいっても、ここまで突き進んで、いまさら撤退できるものか」ラルフはいった。

「ああ、それが汚れた真実というやつだな」

ふたりはしばらく黙ったままだった。ラルフのオフィスのドアはあけはなたれていた。ドアの外は警察署のメインルームだが、いまはほぼ無人だった——日曜日の午前中、この南西部の小さな街の警察署ではいつものことだった。ラルフはサミュエルズにこういってやりたかった——この動画の衝撃で、おれたちは不動の事実から叩

た。「ラルフ、われわれはこの件で失業しそうだな。おまけにメイトランドが自由の身になれば、次は訴訟を起こすに決まってる。そのこともわかってるよな？」

「あんたはピクニックに行けばいい。サンドイッチでも食べてこい。こいつは完全におわったわけじゃないし」

　サミュエルズはラルフより先にオフィスから出ていった。その歩きぶりが――力なく肩を落とし、いかにもやる気なさそうにブリーフケースをだらりとぶらさげている姿が――ラルフの怒りの引金を引いた。「ビル？」

　サミュエルズがふりかえった。

「この街の子供が残虐にレイプされたんだ。レイプの前かあとかはともかく、少年は体を嚙まれて殺された。おれはいまでも、事件を解明しようと頭をひねってる。おれたちが失業するとか市当局が訴えられるとか、そんなことを被害者の遺族がクソな鼠《ねずみ》のクソほどにも気にかけると思ってるのか？」

　サミュエルズは無言のまま人けのない刑事部屋を横切って、早朝の日ざしのなかへと出ていった。ピクニックにはまたとない天候の一日になりそうだったが、ラルフは地区首席検事があまりピクニックを楽しめないだろうと思った。

12

　フレッドとオリーのピータースン父子がマーシー病院の救急救命室の待合室にたどりついたのは、土曜日の夜が日曜日の朝に変わる直前で、アーリーン・ピータースンを運ぶ救急車に遅れること、わずか三分以内だった。その時刻の広い待合室は、打撲傷を負って血を流している者や酒に酔って文句を垂れ流している者、泣きながら咳きこんでいる者などで足の踏み場もなかった。どこの救急救命室でも事情は変わらないだろうが、マーシー病院の場合も土曜日の夜は特段に忙しくなった。しかし日曜日の朝九時ともなると、待合室はほとんど無人になっていた。出血している手に間にあわせで巻きつけた繃帯を押さえている男。熱を出しているとおぼしき子供を膝に抱いている女――女も子供も、待合室の隅の天井近くに設置されているテレビでエルモの活躍を見まもっている。縮れっ毛のティーンエイジャーの少女がすわったまま大きく顔をのけぞらせて目を閉じ、両手を腹のあたりで組みあわせていた。

　そして父子もここにいた。ピータースン家の生き残り。父フレッドは朝六時ごろに目を閉じて眠りこんでいたが、オリーはただすわって、母親が吸いこまれていったエレベーターの扉をじっと見つめていた。居眠りでもしようものなら母親が死ぬにちがいないと思いこんだ。「あなたがたはこのように、一時《ひととき》も私と共に目を覚ましていられなかったのか」というのはイエスからペトロへの問いかけだ。じつに鋭い質問でありながら、答えられない質問である。

　九時十分すぎにエレベーターの扉がひらき、父子が病院到着の直後に言葉をかわした医師が姿をあらわした。医師は青い手術着をまとい、赤いハートマークが踊っている青いサージカルキャップをかぶっていた――キャップには汗染みができていた。見るからに疲れきった顔つきだったうえ、父子の姿を見ると――許されるものなら退却したがっているかのように――顔をそむけた。そんなふうに医師が無意識に顔をしかめたのを見て、オリーはその先をすべて察しとった。悲報の強烈な第一波が襲いかかってくるあいだくらい、父親をこのまま寝かせてやっていられればよかったとは思うものの、それはまちがいだろう。なんといっても父親は、オリーがこれまで生きていた歳月よりも長いあいだ母親を知っていて、愛していたのだから。

「はあっ！」オリーが肩を揺すると、父フレッドはそんな声とともに目を覚まし、背すじを伸ばした。「どうした？」

　ついでフレッドは医師に気がついた。医師はサージカルキャップをはずし、汗に濡れた茶色の髪をあらわにしていた。「ご主人と息子さんにはまことにお気の毒なのですが、ミセス・ピータースンはお亡くなりになりました。わたしたちも全力をつくしましたし、最初はお助けすることもできそうだと考えましたが……損傷が深刻すぎました。本当に本当にお気の毒さまです」

　フレッドは信じられない顔つきで医師を見つめていたかと思うと、叫び声を絞りだした。縮れっ毛の女の子が目を覚まして、フレッドを見つめた。熱っぽい顔の幼児がびくんと体をすくませた。

《お気の毒さまか》オリーは思った。《先週までは四人家族だったのに、いまじゃ父さんとぼくだけだ。それをすっかり表現する単語が〝お気の毒さま《ソーリー》〟——そういうこと。ずばりでぴったり、これ以外の言葉なんかない》
フレッドは両手で顔を覆い、声をあげて泣いていた。オリーは父の体に両腕をまわして抱きしめた。

13

昼食のあと——といっても、マーシーもふたりの娘たちも形ばかり料理をつついただけだった——マーシーは寝室へ行き、クロゼット内のテリーの領分を調べはじめた。こういったスペースは夫婦平等が原則だったが、テリーがつかっていたのはスペースの四分の一だけだった。テリーは英語教師であり、野球とフットボールのコーチであり、活動資金が必要になれば——資金はほぼ常時必要とされていたが——資金あつめの担当者になり、夫であり、父親でもあった。そしてそのすべての仕事を巧みにこなしてはいたが、収入をもたらしていたのは教師業だけで、そのため高級な服をふんだんに所持しているということもなかった。いちばんいい服はテリーの瞳の色を引き立たせる青いスーツだったが、少しでも紳士服を見る目があれば、イタリアの〈ブリオーニ〉の高級スーツでないことはわかる。じっさい量販店の〈メンズ・ウェアハウス〉で四年前に買った服だった。マーシーはため息をついて青いスーツをおろすと、白いシャツとダークブルーのネクタイを添えた。その三点をスーツバッグに入れているときに、ドアベルが鳴った。

訪ねてきたのはハウイー・ゴールドだった。マーシーがいまバッグに詰めたものよりも、ずっと上等な服を着ていた。ハウイーはふたりの娘たちを手早くハグし、マーシーには頬を触れあわせるドライキスをした。

「父さんを家に連れてきてくれるの？」グレイスがたずねた。

「きょうは無理だけど、もうすぐだよ」ハウイーはスーツバッグを受け取りながら答えた。「マーシー、靴は用意したかい？」

「いけない」マーシーはいった。「わたしったら本当に間抜けね」

黒い靴はまともだったが、磨く必要があった。しかし、いま磨いている時間はない。マーシーは靴をバッグにいれると居間へ引き返した。

「オーケイ。用意できたわ」

「よし、元気よく歩いて、コヨーテどもには目もくれないように。お嬢ちゃんたちは、お母さんが帰ってくるまで玄関の鍵はかけたままにしておき、知らない番号から電話がかかってきても決して出ないようにね。わかったかい？」

「わたしたちなら大丈夫」セーラはいったが、その顔はとても大丈夫には見えなかったし、妹のグレイスもおなじだった。まだティーンにも達していない少女が一夜にして痩せたりするのだろうか、とマーシーは思った。そんなことがあるものか。

「さあ、出発だ」ハウイーはすっかり昂奮して、元気いっぱいの状態だった。

ふたりは家から外に出た。ハウイーはスーツバッグを、マーシーは靴を入れたバッグを手にしていた。リポーターたちが、またしても芝生のぎりぎりにまで押し寄せてきた。

《ミセス・メイトランド、ご主人と話をしましたか？　警察からどんな話をきかされたのですか？　ミスター・ゴールド、テリー・メイトランドは逮捕を受けて、なんらかの意見を表明しましたか？　あなたは保釈を申請するおつもりですか？》

「いまの時点で話すことはなにもありません」ハウイーは石のように無表情のままそれだけ答えると、マーシーをエスコートして、ぎらぎらとまぶしいテレビカメラ用ライトの光のなかを（こんなにも日ざしの強い七月の晴れた日なのだから、こんなライトは必要ないはずだとマーシーは思った）愛車のエスカレードにむかった。

ドライブウェイの終端でハウイーはパワーウィンドウをさげて外に顔を出し、警備に立っているふたりの警官の片割れに声をかけた。

「メイトランド家の娘さんふたりが家に残ってる。きみたちには、娘さんたちが迷惑をこうむることのないよう目を光らせている義務がある。わかってるね？」

どちらの警官もなにも答えず、ハウイーを見ただけだった——ふたりの顔には、ただの無表情とも敵意とも解釈できる表情がのぞいていた。マーシーにはどちらとも判断できなかったが、後者のように思えた。

例の動画——神と、チャンネル81に祝福を——を見たあとで感じた喜びと安堵はいまもなおマーシーのなかに残っていたが、それでも自宅の前にはテレビの中継車やマイクをふりまわすリポーター族が居座っていた。それに、テリーはまだ勾留されたままだ——〝郡拘置所《カントリー》にね〟そうハウイーはいったが、なんとも恐ろしい言いまわしだ。昔の物悲しいカントリー&ウェスタンの歌の一節のようでさえある。赤の他人たちがメイトランド家の住まいを漁りまわり、勝手にいろいろな品物をもちだした。しかし、ふたりの警官の無表情な顔と話しかけられても無反応だったことが、テレビカメラ用ライトや大声で投げかけられる質問以上にマーシーの不安をかきたてた。自分たち一家は巨大な機械に飲みこまれてしまった。ハウイーは、自分たちが無傷で外に出られると話していた。しかし、それはまだ現実になっていない。

そう、まだ現実になっていないのだ。

14

マーシーは眠たそうな目をした女性刑務官に手早く体を叩かれて身体検査をされたのち、おなじ刑務官から、ハンドバッグの中身を出してプラスティックの籠に入れ、金属探知機を通り抜けろと指示された。刑務官はさらにマーシーとハウイーの運転免許証を預かってチャックつきのビニール袋におさめると、ほかにも多くの免許証類がならんでいるホワイトボードに貼りつけた。

「スーツと靴もお願いします」刑務官はマーシーにいった。

マーシーはそのふたつの品を差しだした。

「あしたの朝、わたしがテリーを迎えにきたときには、そのスーツでござっぱりとした姿になっていることを期待するよ」ハウイーがそういって金属探知機を通り抜けようとした、警告ブザーが鳴った。

「じゃ、やつのお抱え執事にそう伝えておこう」金属探知機の先にいる刑務官がいった。「さて、まだポケットにしまっている品があったら、それを出してから通りなおしてくれ」

警報の原因はキーリングだと判明した。ハウイーはキーリングを女性刑務官に手わたすと、あらためて金属探知機を通り抜けた。

「ここには少なく見積もっても五千回は来ているんだが、いつも鍵のことを忘れるんだ」ハウイーはそうマーシーにいった。「フロイト的な原因があるにちがいないな」

マーシーは神経質な笑みをのぞかせただけで、なにもいわなかった。のどがからからに乾いていて、なにかいおうとすれば、しゃがれた声になってしまいそうだったからだ。

別の刑務官がふたりの先に立ってドアを通り抜け、さらにもうひとつのドアを通り抜けた。マーシーの耳が子供たちの笑い声と、多くの大人の会話によるざわめきをとらえた。マーシーたちは大量生産品の茶色いカーペットが敷いてある面会エリアを通り抜けた。子供たちが遊んでいた。褐色のジャンプスーツを着せられた収監者たちがそれぞれの妻やパートナーや母親と話をしていた。したたり落ちるような形の紫色の痣が顔の半分にあり、反対の半分に治りかけた傷がある大柄な男が、ドールハウス内の家具の模様替えをする娘を手伝っていた。

《これはみんな夢よ》マーシーは思った。《信じられないほど真に迫った夢。目覚めたときには隣にテリーがいて、わたしは〝あなたが逮捕された悪夢を見た〟とテリーに話し、それからふたりでそのことを笑いあうんだ》

ひとりの収監者がマーシーを指さしてきた。しかも、指さしていることを隠そうともしていなかった。収監者の隣に立っていた女が目を丸くして、別の女にささやきかけた。ふたりの先に立って歩いている刑務官は面会エリアの奥にあるドアをあけるはずのカードキーの操作に手こずっているようだったが、マーシーは刑務官がわざと時間を引き延ばしているのではないかという思いを拭えなかった。ようやく〝かちり〟という音とともにドアが解錠されて男性刑務官がふたりを先へ案内するまでに、面会エリアにいた全員がふたりをじろじろ見つめてきたように思えた。子供たちでさえ。

ドアをあけた先のホールには小部屋がならび、それぞれが曇りガラスのようなもので仕切られていた。そうした小部屋のひとつにテリーがすわっていた。サイズが大きすぎる褐色のジャンプスーツのなかで体が泳いでいるような夫をひと目見たとたん、マーシーは泣きはじめた。それから小部屋の面会者側に足を踏み入れ、仕切りごしに夫をまじまじと見つめた――よく見れば仕切りは普通のガラスではなく、分厚いアクリルガラスだった。マーシーが片手をもちあげ、指を広げてアクリルに押しあてると、夫も反対側から手をあててきた。アクリルには昔の電話の受話器にあったような小さな穴がつくる円があり、会話はそこを通じておこなうことになっていた。

「もう泣くのはおよし、ハニー。きみが泣きやまないと、こっちが泣きだしそうだ。さあ、すわってくれ」

　マーシーが腰をおろすと、ハウイーもベンチの隣に体を押しこめてきた。

「娘たちはどうしてる?」

「元気よ。あなたのことを心配しているけれど、きょうはずいぶん元気になった。あなたにとびっきり最高のニュースがあるの。公共放送のチャンネル81がミスター・コーベンのスピーチを撮影していたことは知ってた?」

　つかのま、テリーはぽかんと目を丸くしているばかりだった。それから声をあげて笑いはじめた。「ああ、知ってるもなにも、コーベンを紹介した会長の女性がそんな話をしていたよ。ただ会長の話があまりにも長すぎて、右から左へきき流したも同然だった。ええい、クソが《ホーリー・シット》」

「ああ、それこそ正しき〝クソ〟の使用例だな」ハウイーが笑顔で答えた。

　テリーは、ひたいがアクリル板にくっつくほど身を乗りだした。目は真剣な光にきらきら輝いていた。「マーシー……ハウイー……スピーチ後の質疑応答コーナーでコーベンに質問したんだ。見込みのない賭けなのはわかっているが、質問の声がどこかに録音されているかもしれない。録音があれば、音声分析だかなんだかをすれば声が一致するはずだ!」

　マーシーとハウイーは目を見かわして笑いはじめた。重警備区画の面会エリアでは、笑い声はめったにきこえない。短い通路の突きあたりに警備で立っていた刑務官が顔をあげて眉を寄せた。

「どうした?　変なことをいったか?」

「テリー、その質問をしているあなたがビデオに録画されているの」マーシーはいった。「どういうことかわかる？　あなたの姿が映像に残っているということ！」

　つかのまテリーは、妻がなにを話しているのかも理解できない顔になっていた。ついでテリーは両の拳をふりあげ、こめかみのすぐ横でふり動かしはじめた。自分がコーチをしているチームが得点をあげたり、見事な守備のプレイを披露したりしたときにテリーが決まって見せる勝利のポーズ。マーシーはなにも考えないまま両手をもちあげて、夫のしぐさを真似ていた。

「まちがいないんだな？　百パーセント確かなんだな？　いや、あんまり話がうますぎて嘘じゃないかと思ったからさ」

「本当だよ」ハウイーがにやりと笑った。「もっとはっきりいうと、講演会の映像全体できみの姿が五、六回は記録されてる。映像がコーベンから、笑ったり拍手したりしている聴衆の映像に切り替わったときなどにね。質問に立ったきみの姿は、いってみればケーキのアイシング、バナナスプリットのてっぺんのホイップクリームだ」

「じゃ、捜査も裁判もおわるんだな？　あしたには自由の身になって歩いて帰れるとか？」

「あんまり先走るのは控えようじゃないか」歯を見せていたハウイーの笑いが薄れ、凄みさえ感じさせる笑みに変わった。「あしたはまだ罪状認否だ。向こうは山ほど法科学的証拠を握っていて、自信満々だ——」

「どうして自信なんてもてるの？」マーシーがいきなり大声を出した。「テリーが事件のときあっちにいたのは確実なのに、どうして自信なんかもてるの？　ビデオ映像が証明してるのに！」

　ハウイーは《やめろ》の合図に片手をかかげて、マーシーを黙らせた。「その矛盾についての心配はあとまわしにしよう。ただし、いまの段階でこれだけはいえる——こっちが押さえた証拠があれば、むこうが押さえた証拠は踏みつぶせる。あっさり踏みつぶせる。しかし、いまはある種の機械が動きはじめてしまっている段階でね」

「機械ね」マーシーはいった。「ええ、その機械のことなら知ってる。そうよね、テリー？」

　テリーはうなずいた。「カフカの小説の世界に迷いこんだみたいだよ。いや、『一九八四年』かな。しかも、きみと娘たちまでこの世界に引きこんでしまって」

「こらこら」ハウイーがいった。「きみはだれも引きこんでない。引きこんだのはあいつらだ。これで万事解決するとも。ハウイーおじさんの約束だ。おまけにハウイーおじさんは、約束をかならず守る。テリー、きみはあしたの朝九時にホートン判事の前に出て、罪状認否をする予定だ。奥さんがもってきて、いま収監者の所持品クロゼットに保管されてるスーツがあるから、あしたのきみはまっとうな姿になるはずだ。わたしはわたしでビル・サミュエルズ地区首席検事と会って、きみの保釈についての話をする――ビルが会合に同意してくれれば今夜のうちに、同意がなければあしたの午前中だな。ビルは保釈に渋い顔をするだろうし、GPS装置を体につけての自宅拘禁を主張してくると思うが、保釈は勝ち取れると思うよ。そのころにはマスコミがチャンネル81の動画を発見し、検察側の主張に大穴があることが広く知れわたるからだ。保釈保証金を借りるにあたっては自宅を担保にする必要があるだろうが、足首に装着されるGPS装置を切ってはずし、そのまま山奥に逃げるつもりでないかぎり、リスクは大したことないはずだ」

「どこにも逃げたりするものか」テリーはむっつりといった。頬に血色がもどりはじめていた。「南北戦争のときのなんとかという将軍がいった言葉があるだろう？『たとえ夏いっぱいかかるとしても、この線で最後まで戦い抜くつもりだ』という文句が」

「オーケイ。で、次の戦闘は？」マーシーがたずねた。

「サミュエルズ地区首席検事には、大陪審からの正式起訴状をとりつけようなんて考えはやめたほうがいい、とわたしからいっておくつもりだ。わたしの意見が勝つだろうね。そうなれば、きみは釈放されて自由の身だ」

《そうなるだろうか？》マーシーは内心で首をかしげた。《わたし、わ、わたしたちは自由になれるのか？　検察側がテリーの指紋を証拠におさえていると主張し、テリーが少年を拉致する現場を見ていた目撃者や、そのあとフィギス公園から血まみれの姿で出てくるテリーを見た目撃者をおさえていると主張しても？　真の殺人者がつかまらなければ、わたしたちはいつまでも完全な自由の身にはなれないのでは？》

「マーシー」テリーが笑みをむけていた。「落ち着けよ。わたしがいつも選手にどういっているかは、きみだって知ってるだろう――一度にワンベースずつ進め、だ」

「きみにきいておきたいことがある」ハウイーはいった。「念のためという以上の意味はないんだが」

「ああ、なんなりと」

「検察はありとあらゆる法科学的な証拠を押さえていると主張している。ただし、ＤＮＡ鑑定だけはまだ結果待ちの段階で――」

「結果が出たって、一致しているはずはない」テリーはいった。「そんなことになりっこないんだ」

「指紋についても、知らされないうちならそう答えただろうな」

「だれかがテリーを罠にかけたのかも」マーシーが唐突に切りだした。「病的な疑心暗鬼にとらわれてるようにきこえるのはわかってるけど、でも……」そういって肩をすくめる。

「でも……どうして？」ハウイーはたずねた。「きみたちのどちらでも、これだけの手間をかけて偽装工作をするような人物の心当たりはあるかな？」

傷だらけのアクリルガラスで左右に隔てられているメイトランド夫妻はともに考えこみ、ともにかぶりをふった。

「わたしにも心当たりはないよ」ハウイーはいった。「現実がロバート・ラドラムの小説を模倣することはめったにないといっていい。それでも、当局側はそれなりに強力な証拠を手もとにそろえているからこそ、あのような拙速な逮捕に打って出たのだろうな――まあ、いまはその逮捕を悔やんでいるにちがいないが。わたしが案じているのはね、きみを機械から救いだせたとしても、機械の影のほうはあとあとまで残るのではないか、ということだ」

「ゆうべ、ずっと考えていたのも、まさにそのことだよ」テリーがいった。

「わたしはまだ考えてる」マーシーはいった。

ハウイーは両手を組んで身を乗りだした。「向こうがもっている証拠に対抗できるだけの物的証拠がこちらにもあればありがたいんだが。チャンネル81が撮影した動画は上等だよ。それにきみの同僚教師たちが加われば、こちらの必要は充分に満たせるだろうな。しかし、わたしは貪欲でね。さらなる材料が欲しい」

「キャップシティでも利用客がもっとも多いホテルのひとつから物的証拠があつめられる？　四日もたっている

のに？」マーシーはいった——自分がつい先ほどのビル・サミュエルズの発言をおうむ返しにくりかえしているとも知らずに。「そんな見込みはないに決まってる」

テリーは左右の眉を寄せて宙の一点をにらみつけていた。「いや、まったくないとはいい切れないな」

「テリー？」ハウイーがたずねた。「なにを考えてるのかね？」

テリーはふたりの顔を見ながらにんまりと笑った。

「なにかあるかもしれない。ほんとうに、なにかあるかもしれないんだ」

15

たしかにレストラン〈ファイアピット〉はブランチ営業で店をあけていたので、ラルフ・アンダースンはまずこの店を訪れた。殺人事件当日の夜に働いていたスタッフのうちふたりが、この日も勤務していた。レストランの女主人と、かろうじてビールを合法的に買える年齢としか見えないクルーカットのウェイターである。女主人は役に立たなかった（「あの晩はお客さんが大勢詰めかけていたんですよ、刑事さん」とのこと）。ウェイターのほうは大人数の教師のグループ客に給仕したことを漠然と記憶していたが、昨年のフリントシティ・ハイスクールの年鑑アルバムからとってきたテリー・メイトランドの写真を見せても答えは曖昧だった。いわく、写真の男に似た顔だちの男を見た〝ような〟記憶がないではないが、同一人物だとはとても断言できない。さらにウェイターは、その男がくだんの教師グループと同席していたかどうかもはっきり覚えていない、と話した。

「それをいえば、ついさっき〈ホットウィング・プラター〉を出したバーカウンターの客がその男だったとしてもおかしくないですね」

そう、つまりはそういうこと。

最初のうち、シェラトン・ホテルでのラルフの運も似たりよったりだった。火曜日の夜にテリー・メイトランドとウィリアム・クエイドが六四四号室に宿泊した事実は裏づけがとれたし、ホテルの支配人からは請求書を見せてもらえた。しかし、そこにあったのはクエイドのサインだった。クエイドは支払いにマスターカードをつかっていた。さらに支配人は、メイトランドとクエイドのチェックアウト以降も六四四号室には連日、宿泊客があったこと、および客室は毎朝清掃されていることを告げてきた。

「さらに当ホテルでは、夕方に客室へおうかがいして寝やすいようにベッドをととのえるなどのターンダウン・サービスも提供しております」支配人は傷口に塩を擦りこむような言葉を口にした。「つまり、ほとんどの客室を、一日二回清掃しているわけです」

　ええ、防犯カメラの映像をごらんいただくのはまったくかまいませんよ、アンダースン刑事。ということでラルフは、一介の調査員のアレック・ペリーがすでに防犯カメラ映像を見せてもらっている件への苦情は封じて、映像に目を通した（ラルフはキャップシティ市警の警官ではないため、行動力のかなりの部分は外交官的な交渉術にかかっていた）。映像はフルカラーで、きわめて鮮明だった――キャップシティのシェラトンともなると、コンビニの〈ゾニーズ・ゴーマート〉にあるような年代物のカメラではなかった。映像ではテリーとよく似た男がロビーやギフトショップにいるところや、水曜日の朝にホテルのフィットネスルームで短時間のトレーニングをしているところ、ホテルの大宴会場の外にいるところやサイン会の行列にならんでいるところなどが確認できた。ロビーとギフトショップの映像では曖昧だったが、エクササイズ用品の利用申込書にサインをしている男と、作家のサインを待つ行列にならんでいた男が、かつてラルフの息子のコーチだった男であることに疑いの余地はほぼなかった。息子デレクにバントのやりかたを教え、その結果デレクの呼び名を〝空ぶりマン《ウィッファー》〟から〝一発決めろ〟に変えた男であることに。

　ラルフの頭のなかには、キャップシティからは物的証拠が見つかっていないし、見つかればそれが〝黄金のチケット〟だと話す妻の声がきこえていた。

《もしテリーがこっちの街にいたのなら――》ジャネットがそういったのは、テリーがフリントシティにいて例の殺人を実行していたら、という意味だ。《――あっちの街にいたのは〝生き写し〟の別人ということになる。それ以外は、どう考えても筋が通らないわ》

「なにひとつ筋が通らないさ」ラルフはモニター画面を

見つめながら低くつぶやいた。画面には、たしかにテリー・メイトランドそっくりの男の静止画像が表示されていた。英語科主任のラウンドヒルといっしょにサイン待ちの行列にならび、なにかに笑っているところをとらえた映像だった。

「なにかおっしゃいました？」ラルフに映像を見せているホテルの警備責任者がいった。

「いや、なんでもない」

「ほかの映像もお見せしましょうか？」

「いや、もうけっこうだ」とんだ無駄足だった。防犯カメラ映像なら疑問の余地がなくもないが、チャンネル81の映像がすっきり明快にしていた。なぜなら、質疑応答のシーンに映っているのはテリーだからだ。だれが見ても疑う余地はみじんもない。

しかしラルフの頭の片隅には、まだ疑いが残っていた。質問に立ったときのテリーのたたずまいは……まるでカメラが自分をとらえているのを知っているかのようで……あまりにも完璧だ。このすべてが、よくできたトリックだということはありうるだろうか？　驚異的だが、つきつめれば説明できる仕掛けによる妙技なのか？　ラルフにはどうすればそんなことが可能なのかもわからなかったが、それをいうならマジシャンのデイヴィッド・カッパーフィールドがどんなトリックで万里の長城を通り抜けたのかも皆目わからなかった。しかもラルフはあのマジックをテレビで見た。もし本当にあれがマジックのたぐいなら、テリー・メイトランドはただの殺人者ではなくなる。自分たちを笑い者にしている殺人者だ。

「刑事さん、ちょっとだけ注意しておきます」ホテルの警備責任者はいった。「ハーリー・ブライト――というのはここのボスですが――からメモがまわってきていまして、刑事さんがいまごらんになった映像は、すべてハワード・ゴールドという弁護士のために保存しておくことになっているそうです」

「そちらがこの映像をどうしようと、おれには関係ないね」ラルフはいった。「たとえアラスカのホラフキ村にいるサラ・ペイリンに郵送しようとどうしようとかまわん。もう引きあげて帰るよ」そうだ。それがいい。家へ帰って、ジャネットとふたりで裏庭にでも腰をすえ、ふたりでビールの六缶パックを空けよう――おれが四本、ジャネットが二本だ。まちがっても、このパラドックスがらみの頭がおかしくなりそうな考えごとに熱中しないよう気をつけなくては。

警備責任者はオフィスの出入口までラルフを送ってくれた。「ニュースでききましたよ。あなたがあの男の子を殺した犯人をつかまえたって」

「ニュースはいろんなことをいうからね。ともあれ時間を割いてくれたことに礼をいわせてくれ」

「ええ、警察に力をお貸しするのは、わたしどもにとっても喜ばしいことです」

《ほんとに力になってくれたらな》ラルフは思った。

ロビーを突きあたりまで歩いて足をとめ、回転ドアを押そうと腕を伸ばしたそのとき、ふっとある思いが頭に浮かんできた。せっかくここにいるのだから、あと一カ所、チェックするべきところがある。テリーの話では、コーベンの講演がおわってすぐにデビー・グラントが洗面所に立ったという。デビー・グラントはしばらく帰ってこなかった。そのあたりについてテリーは、《それでわたしはエヴェレットやビリーとニューススタンドへ行って、時間をつぶした》と話していた。《デビーがそこへやってきた》

テリーのいう〝ニューススタンド〟は、こういったホテルにつきもののギフトショップだったと判明した。カウンターの奥に白髪まじりでメイク過剰な女性が立ち、安物の宝飾品をならべなおしていた。ラルフは身分証を見せたのち、先週火曜日の午後もここで仕事をしていたかとたずねた。

「あのね、刑事さん」女性はいった。「病気でもないかぎり、わたしは毎日毎日ここで仕事をしてるの。本や雑誌が売れても余禄はまったくないけれど、こういった宝飾品は売上に応じた歩合があるのよ」

「では、この男を覚えていますか？　先週の火曜日の講演会のあと、英語教師仲間といっしょにこちらの店に来たんですが」そういってラルフはテリーの写真を見せた。

「ええ、もちろん覚えてる。フリント郡についての本のことをたずねてきたから。あの本についての問いあわせなんて前例があるかどうかもわかりゃしない。わたしが仕入れた本じゃないのよ。二〇一〇年にここで働きはじめたときには、もうここにあったの。棚からおろしておくべきだったのかもしれない。でも、代わりになにを置けばいいの？　人の目よりも高いところと低いところの商品は動かない。こういった店を切り盛りしていれば、すぐにわかることだけど。とりあえず棚の下のほうにあるのは安い本よ。いちばん上の段には写真集や上質な紙をつかった画集なんかがならんでる」

「それで、いま話題になっているのはどの本ですか、ミズ――」いいながらラルフは女性の名札に目をむけた。

「――ミズ・レヴェル？」

「あの本」ミズ・レヴェルは指さした。『図説・フリント郡とダワリー郡とカニング町の歴史』。まったく長ったらしい題名だこと、ねえ？」

うしろへ顔をむけると、土産物のカップや皿がならぶラックの隣に、読むものをおさめたラックが二本あることに気がついた。片方のラックには雑誌が、もうひとつにはペーパーバックとハードカバーがいっしょに押しこめられている。後者のラックの最上段に十冊ほどの大判の書籍がならんでいた。妻のジャネットなら〝コーヒーテーブル・ブックス〟と呼びそうな写真集や美術書だ。いずれも立ち読み客がページを汚したり、隅を折ったりしないようにシュリンクラップされていた。ラルフはラックに近づいて、最上段を見あげた。テリーはラルフよりも身長が七、八センチまさっているので、顔を上へむけなくても最上段が見えただろうし、爪先立ちをせずとも最上段の本が手にとれたはずだ。

ラルフは先ほど話題に出た本に手を伸ばしかけたところで考えを変え、ミズ・レヴェルにむきなおった。「あなたが覚えていることを話してください」

「っていうと……さっきの男の人のこと？　話すこともあんまりないけどね。講演会がおわったあとギフトショップにはずいぶんたくさんの客が来たけど、わたしのところには、お客さんがぽつぽつ来るだけだった。ま、あなたにも理由はわかるでしょうけど」

ラルフは頭を左右にふりながら、短気になるなと自分を戒めた。ここにはなにかがある。それはまちがいない。そしてその正体もわかっている気がした――いや、そうであればいいと願っていた。

「もちろん、みんな順番待ちの行列をはずれたくないからだし、だれもがコーベンさんの新刊をもっていたから、それを読んでいれば待ち時間もつぶせたというわけ。でも、三人連れの男性客がお店に来てくれた。おまけにそのうちのひとり――恰幅《かっぷく》のいい人――がリサ・ガードナーの新刊ハードカバーを買った。あとのふたりは立ち読みだけ。そのあとひとりの女性客が顔を見せて、お待たせ、もう大丈夫と三人にいって、全員で店を出ていった。たぶんサインをもらいにいったんでしょうね」

「でも、そのうちのひとり――背の高い男――は、フリント郡の歴史の本に興味を示した、と」

「ええ。でもあの人の目を引いたのは、題名のカニング町という部分みたい。たしか、かつてその町に家族が長いこと住んでいたとか、そういう話をしてなかった?」

「知りません」ラルフはいった。「あなたのお話で知りました」

「じゃ、あの人が自分で話してたのね。とにかくその人は歴史書を手にとった。でも値札を見て――七十九ドル九十九セント――棚にもどしたの」

やったぞ――ついに見つけた。「そのあと、あの本を見ていた客はいましたか? 本を棚からとって、ながめていた客は?」

「あの本を? 冗談もたいがいにして」

ラルフはラックに近づいて背伸びをすると、シュリンクパックされた本を手にとった。そのときには本を両側から左右の手のひらで押さえるようにした。表紙につかわれていたのは、大昔の葬列のようすをとらえたセピア色の写真だった。いずれもくたびれた帽子をかぶって拳銃をおさめたホルスターを腰につけた六人のカウボーイたちが、板づくりの柩をうら寂しい墓地へ運んでいくところだった。地面にあいている墓穴の頭側では、牧師(おなじように拳銃のホルスターを帯びている)が聖書を手にして柩を待っていた。

ミズ・レヴェルは目に見えてうれしそうな顔になった。「あら、その本を買ってもらえるの?」

「ええ」

「だったら本を預からせて。バーコードをスキャンするから」

「いや、そちらにおわたしするわけにはいかないな」ラルフはそう答え、シュリンクパックに貼ってあるバーコードのシールをミズ・レヴェルにむけて本をかかげた。ミズ・レヴェルがスキャンすると電子音が鳴った。

「税こみで八十四ドル十四セント。でも端数を切り捨てて、八十四ドルぴったりにしておくわ」

ラルフは慎重な手つきで本をカウンターに立たせて、

クレジットカードを手わたした。レシートを胸ポケットにしまいこむと、今回も手のひらだけをつかって本を聖杯のように捧げもった。

「あの男がこの本に手を触れたんですね」ラルフはいった——ミズ・レヴェルに確認するというよりも、むしろこの想定外の幸運を確かめるための言葉だった。「先ほど見ていただいた写真の男がこの本に手をふれた——まちがいありませんね？」

「ええ、本をラックから手にとって、表紙の写真はカニング町で撮影されたものだと話し、値段を見て棚にもどしてた。さっき話したとおり。で、その本は証拠物件だかなんだかになるの？」

「まだわかりません」ラルフはいいながら、表紙にあしらわれた大昔の葬式の参列者たちを見おろした。「でも、そのあたりも突きとめるつもりです」

16

フランク・ピータースンの遺体は木曜日の午後、ドネリ兄弟が経営している葬祭場へ引き渡された。アーリーン・ピータースンはこの手続をはじめ、あらゆる手配をすませていた——死亡公告、供花、金曜日の朝の追悼式、葬儀、墓地のわきでの儀式、友人たちや親戚たちがあつまる土曜夕方の会食。アーリーンが手配したに決まっている。どんなに調子のいいときでも、夫フレッドはこの種の社交関係の手配がからっきし苦手だったからだ。
《今度はわたしがやらなくては》息子のオリーとふたりで病院から帰ってきたあと、フレッドは自分にいいきかせた。《やるしかない。ほかにだれもいないんだから。ドネリ葬祭場のスタッフが手伝ってくれる。なんといっても、あの会社はこの手のことのプロだ》
ただし、最初の葬儀のほぼ直後に二度めの葬儀を出すとなったら、どうやって費用を工面したらいいのか？

保険でカバーされるのか？　知らなかった。その方面のあれこれも、すべてアーリーンが仕切っていたからだ。夫婦のあいだには取決めがあった――フレッドが稼ぎ、アーリーンが支払う。あとでアーリーンのデスクを調べて保険関係の書類をさがしておかなくては。それを思うだけでもフレッドは疲れた。

いま父と息子は居間にすわっていた。オリーがテレビのスイッチを入れた。サッカーの試合中継が流れていた。ふたりはしばらく画面を見ていたが、どちらも内心では試合になんの関心もなかった――父子はともにフットボールのほうが好きだった。やがてフレッドは意を決して立ちあがると、足を引きずって廊下に出ていき、アーリーンがつかっていた赤いアドレス帳をもって引き返してきた。Dのページをひらくと、たしかにドネリ葬祭場の項目があった。いつもは丁寧なアーリーンの手書きの文字が震えていた。当たり前だ。妻が葬祭場の番号をここに書きとめたのは、フランクが殺されたあとに決まっている。本来ならピータースン家の面々が埋葬の儀式のことをあれこれ心配するのは、まだまだ何年も先のことになるはずだった。そう、何年も何年も。

赤い革表紙が色褪せて傷だらけになっているアドレス帳を見ていると、これを手にしているアーリーンの姿を目にしたときの記憶がすべてよみがえってきた――昔は封筒の差出人を見ながら住所をこれに書き写していたし、もっと最近はインターネットを見ながら書きとめていた。フレッドは泣きはじめた。

「無理だ」フレッドはいった。「わたしには無理だ。フランキーのあと、こんなにすぐなんて無理だ」

テレビでは、アナウンサーが「**ゴール！**」と絶叫し、赤いユニフォームの選手たちがジャンプして、おたがいにつかみかかっていた。オリーがテレビの電源を切って、片手を差しだしてきた。

「ぼくがやるよ」

フレッドは真っ赤に充血して涙を流す目で息子を見あげた。

オリーはうなずいた。「いいんだよ、父さん。ほんとに。ぼくが全部やっておくから。父さんは二階にあがって、少し横になるといい」

わずか十七歳の息子にこんな重荷を丸投げするのはまちがっているとわかっていたが、フランクはいわれるがままに従った。近いうちに自分の分担の仕事はきちんと引き受けよう。しかし、いまばかりは昼寝をせずにいられなかった。本当に体の芯から疲れていた。

17

この日曜日、調査員のアレック・ペリーが家庭行事からようやく自由の身になれたのは午後三時半だった。キャップシティのシェラトン・ホテルに到着したときには午後五時をまわっていたが、夕方の太陽はそのときもまだ空に炎で穴を穿《うが》っていた。ホテルの正面玄関前ロータリーに車をとめ、係員に十ドルわたして、車を近場に駐めておいてくれと頼む。ニューススタンドへ行くと、ロレッタ・レヴェルはこのときも宝飾品をならべかえていた。アレックが店にいたのはごく短時間だった。そのあとホテルから外へ出ると、愛車のエクスプローラーにもたれてハウイー・ゴールドに電話をかけた。

「防犯カメラの映像についてはーーついでにテレビ局が撮影した映像についてもーーこっちがラルフ・アンダースンの先まわりをしたが、本についてはあの刑事に先まわりされたよ。しかも現物を買われた。一勝一敗の引き分けというところかな」

「くそ」ハウイーは罵りの言葉を吐いた。「だいたい、あの刑事がどこで本のことを知ったんだ？」

「知っていたわけじゃないみたいだ。おれの見立てだと、幸運と昔ながらの足をつかう警察流儀の捜査法とを組みあわせた結果だな。ニューススタンドで働いていた女がいうには、問題の男はコーベンの講演会があった日に店で本を手にとり、値札を見てーー八十ドル近かったーーまた棚にもどしたそうだ。ただその女店員は、店に来たのがテリー・メイトランドだとは気づいていない。あんまりニュースを見ないんだろうよ。で、店員はラルフ・アンダースンにこの件を話し、アンダースンが本の現物を買っていった。女の話だと、あの刑事は手のひらで本を両の側面からはさむように運んでたそうだ」

「おおかた、検出された指紋がテリーとは一致しない事態を期待してのことだろうよ」ハウイーはいった。「そうなれば、本に手を触れた人物がだれであれ、テリーではないことになると踏んでね。でも、そうは問屋がおろさない。その本を棚からとって手を触れた人間が、これまでに何人いるともわからないんだから」

「ニューススタンドを切りまわしている女は、その意見に異をとなえそうだよ。なんでもその本は、もう何カ月もラックの最上段にいすわっていたというんだから」

「それでも事情は変わらんさ」ハウイーの口調に憂慮の響きはなかったが、そのことでアレックはかえって自分たち両方が心配になった。たしかに些細なことかもしれないが、ゼロではない。最初は主張事実のなかの小さな傷だったが、それがいつしか美術館の絵にも負けないほど目立つものになった。いや、あくまでも傷かもしれないというだけだし、ハウイーならこの障害物もなんなく避けて通れるはずだ――陪審は、なにが存在しなかったかには、あまり頓着しない。

「あんたにも知っておいてほしかっただけだよ、ボス。あんたがおれに報酬を支払っているのはそのためだろう？」

「オーケイ、わたしもそのことを知ったわけだ。ところで、あしたの罪状認否の場には来てくれるね？」

「逃すものか」アレックは答えた。「サミュエルズと保釈の件で話しあったのかい？」

「ああ。話はあっという間におわったよ。保釈については全力をふりしぼっても最後まで抵抗してやる、といわれた。このとおりの言葉づかいで」

「あきれたね。あいつには電源オフのボタンがついてないのか？」

「いい質問だ」

「それでも保釈を勝ち取れそうか？」

「勝機は充分ある。なにごとも絶対確実とはいえないが、まずまちがいないと見てる」

「保釈を勝ちとれたら、テリー・メイトランドにはくれぐれもご近所の散歩はよせと伝えておくように。自宅防衛のため手近なところに拳銃を用意している人はたくさんいるし、いまのところテリーはフリントシティでもいちばん不人気な男だからね」

「保釈されたとしても自宅禁足の条件がつくし、自宅そのものが警察の監視下におかれるはずだ」ハウイーはため息をついた。「かえすがえすも例の本の件は残念だったな」

アレックは通話を切ると、大急ぎで車に引き返した。ドラマ〈ゲーム・オブ・スローンズ〉の放映時間までにポップコーンをつくれるよう、余裕をもって家に帰りついておきたかった。

18

ラルフ・アンダースンと州警察のユネル・サブロ警部補は、日曜日の夕方、フリントシティの北地区にあるビル・サミュエルズの私邸の書斎で顔をあわせていた。このあたりは、新興の大邸宅《マクマンション》を目指しながらも、その域に達しなかったレベルの大きな家屋敷がたちならぶ準高級住宅地だった。家の外ではサミュエルズのふたりの娘たちが裏庭のスプリンクラーの水をかわしながら追いかけっこに興じ、薄闇はゆっくりと翳って夜の闇に変わりつつあった。サミュエルズの前妻がきょうは家にとどまって客人の夕食をこしらえた。食事のあいだサミュエルズはずっと上機嫌で、ことあるごとに別れた妻の手を軽く叩いたり、ときにはごく短いあいだながら手を握ったりしていた。

《離婚している夫婦にしては、ずいぶん仲よしだな》ラルフは思った。ふたりにとってもいいことだ。

しかし夕食もおわり、前妻が娘たちの荷物をまとめているいま、サミュエルズ地区首席検事の上機嫌もあまり長つづきはしないだろう、とラルフは思った。

書斎のコーヒーテーブルの上に、『図説・フリント郡とダワリー郡とカニング町の歴史』が置いてあった。ジッパーつきのビニール袋におさめられていた――ラルフがキッチンの抽斗からビニール袋をとりだしてきて、慎重に本をおさめたのだ。表紙の葬列の写真はいささかぼやけて見えた。シュリンクパックに指紋検出用の粉末がまぶされていたからだ。本の表紙の背に近い部分に、指紋がひとつだけ浮かびあがっていた――親指の指紋だった。鋳造したての一セント硬貨に刻印された年号なみにくっきりしていた。

「裏表紙には、もっと鮮明な指紋が四つある」ラルフはいった。「重い本を手にもつときにはそうするだろう？　親指を表紙に押しあてて、残りの指を――若干広げ気味にして裏表紙側から支えるようにして。キャップシティですぐに指紋を採取してもよかったが、あいにく比較対照するためのテリーの指紋が手もとになくてね。そこでいったん署によって必要なものを用意してから、自宅でくらべてみた」

サミュエルズが両の眉を吊りあげた。「もしや証拠物件の箱から、あの男の指紋カードをもちだしたというのか？」

「まさか。コピーしただけだ」

「おれたちをあんまり焦《じ》らさないでくれ」ユネルがいった。

「焦らすつもりはない」ラルフは答えた。「指紋は一致した。この本についていたのは、テリー・メイトランドの指紋だった」

この言葉をきっかけに、夕食の席で別れた妻の隣にすわっていた〝陽気なサミュエルズ〟は消え失せた。いまここにいるのは〝天気はこれから大荒れまちがいなし氏〟だった。「コンピューターによる比較対照をしないうちは断定できないぞ」

「ビル。おれはコンピューターがまだ影も形もないころから、この仕事をしてるんだ」ラルフは答えながら、《それこそあんたがハイスクールの自習ホールで、なんとか女子のスカートをのぞこうとしていた時代からね》と考えた。「テリーの指紋にまちがいない。コンピューターに分析させても、その結論を裏書きするだけだ。さあ、これを見てくれ」

ラルフはスポーツジャケットの内ポケットから小さなカードの束を抜きだし、コーヒーテーブルに二列にならべていった。

「まずこっちが、ゆうべの逮捕手続のときに採取したテリーの指紋。そしてこっちが、本のシュリンクパックから採取した指紋だ。さあ、どう思うかをきかせてくれ」

サミュエルズとユネルはともに身を乗りだし、二列にならんだ指紋カードを左から順番に右まで見ていった。最初にすわりなおしたのはユネルだった。「同感だな」

「コンピューター分析をしないかぎり、わたしは同意できない」サミュエルズはいった。下あごを突きだしていたせいで、言葉が妙にぎこちなくきこえた。こんな場面でなければユーモラスに思えたかもしれない。ラルフはすぐには答えなかった。いまラルフはビル・

サミュエルズという男に好奇心をかきたてられ、これまでの評価――本気で反撃されたら、すかさず回れ右して逃げるタイプ――が見当ちがいであることに望みをかけた（ラルフは生来、望みをかける性格だった）。別れた妻はいまでもサミュエルズのことをそれなりに尊敬しているし――はた目にも明らかだ――まだ幼い娘たちも父親のことを心底愛しているようだったが、そうした証拠はひとりの男の一側面だけを語っているにすぎない。家庭での男の姿は、かならずしも職場での男の姿とおなじとはかぎらない。とりわけ問題の男が野心に燃えていたにもかかわらず、いきなり前方に障害物が出現して、自身の壮大な計画の蕾を摘みとられそうになった場合には。ラルフにとっては、こういったことが大問題だった。すこぶる巨大な問題だった。というのも、この事件についていえば、勝とうが負けようがサミュエルズと一蓮托生の身だったからだ。

「こんなこと、あるはずがない」サミュエルズは片手で癖毛を撫でつけようとしながらいった――しかし、今夜あの癖毛は突っ立っていなかった。お行儀よくしていた。「あの男が同時に離れた二カ所にいたなんて、そんなはずはないぞ」

「でも、そうとしか考えられないみたいだ」サブロがいった。「これまでは、キャップシティからは法科学的証拠がひとつも出ていなかった。でも、いまは証拠がある」

サミュエルズがつかのま顔を輝かせた。「ひょっとして、メイトランドは事件よりも前に、その本にわざと指紋を残していたのではないか？　アリバイを用意しておくために。偽装工作の一環として」

そんな発言をしたところを見ると、これまでフランク・ピータースン少年殺しは衝動をついにこらえきれなくなった男による計画性のない犯行だと主張していたことも、すっかり忘れてしまったらしい。

「それもありえないとはいいきれない」ラルフはいった。「しかし、これまでずいぶんたくさんの指紋を見てきたおれにいわせれば、これはどれも比較的新しい指紋だ。指紋は皮膚が細かく盛りあがってできる線――摩擦隆線――があつまって形成される。その細かなラインがくっきり鮮明なんだ。何週間、あるいは何カ月か前につけられた指紋だったら、こんなにくっきりしてないね」

かろうじてききとれる程度の低い声でユネルがいった。「くそ……これじゃ、手もちのカードが12で、ヒットしたら絵札に当たったようなもんだ」

「なんだって？」サミュエルズがさっと顔をふりむけた。

「ブラックジャックだよ」ラルフが説明した。「ユネルは、こんな証拠なら見つけずにすませられれば、そのほうがよかったといってる。次のカードをめくらないほうがよかった、と」

三人はこの点に考えをめぐらせた。ついで口をひらいたサミュエルズはまるで楽しげな思いをしているかのようだった――ただの時間つぶしの会話をしているだけの男そのままに。「仮定の質問をさせてくれ。たとえば……きみがシュリンクパックに検出粉をふりかけても、なにも出てこなかったとしたらどうなった？　あるいは……ぼやけていて、個人特定が不可能な指紋しかなかったとしたら？」

「いまよりもいい立場になることはないな」ユネルはいった。「そして、いまよりも困った立場になることもない、と」

サミュエルズはうなずいた。「その場合には――といっても、あくまでも仮定の話だが――ラルフはかなり高価な本を買っただけになる。だからといって、本を捨てたりはしない。なんの結果も出なかったが、それでよかったと考えて、本を書棚に飾るだろうね。もちろん、シュリンクパックを剝がして捨てたあとで」

ユネルはサミュエルズからラルフに目を移した。その表情はなにも語っていなかった。

「で、この指紋カードは？」ラルフはたずねた。「こいつはどうしたらいい？」

「カードってなんだ？」サミュエルズがたずねかえした。「わたしにはカードなど見えないぞ。きみはどうだ、ユネル？」

「見えているのか見えていないのかさえわからないよ」ユネルは答えた。

「もしや、証拠を隠滅する話をしているのか？」ラルフはいった。

「いやいや、まさか。すべて仮定の話だ」サミュエルズはまた頭へ手をやって、跳ねてもいない癖毛を撫でつけようとした。「でも、こうは考えられないかな、ラルフ。きみはまず警察署へ行ったが、比較対照は自宅でおこなった。その場には奥さんもいたのか？」

「ジャネットは読書会に行っていて留守だった」

「なるほど。だったら、どうかな。問題の本は正規の証拠品袋ではなく、死体袋にはいっていたようなものだ、と。正式に証拠物件として登録されたものではないな」

「現時点ではね」そう答えたものの、ラルフはいまやビル・サミュエルズの人格のほかの側面に考えをむけるのではなく、自分自身の人格のほかの側面に考えをむけていた。

「わたしはただ、きみの頭のずっと奥のほうにも、おなじように仮説としての可能性が存在していたのかもしれないと思っただけだ」

　本当に存在していただろうか？　ラルフにはこの疑問に正直な答えを出せなかった。存在していたのなら、なぜ存在していたのか？　自分のキャリアに醜悪な汚点がつくのを防ごうとしたからではなかったか——事件の捜査が横滑りしていくどころか、完全に転覆するかもしれないという情況ゆえに。

「いいや」ラルフはいった。「証拠物件として正式に登録するし、開示対象にもする。なぜなら、ひとりの少年が死んでいるからだ。その事実の前には、おれたちがどうなろうと、ちっぽけな問題にすぎない」

「同感だ」ユネルがいった。

「ああ、当たり前じゃないか」サミュエルズはいった。「ユネル・サブロ警部補どのにとっては、どちらに転んでも将来は安泰だ」

「将来の話のついでだが」ラルフはいった。「テリー・メイトランドの将来はどうなる？　もし、あれが本当におれたちの誤認逮捕だったら？」

「そんなことはないとも」サミュエルズはいった。「あれは誤認逮捕ではないと証拠が語っている」

　その発言で、きょうの会合はおわった。ラルフはいったん署にもどり、『図説・フリント郡とダワリー郡とカニング町の歴史』を正式に証拠として記録し、増えつづける関連書類のなかに保管した。手もとから本を追い払うことができて気分が晴れた。

　自分の車に乗りこもうとして署の裏手へまわりこんでいったとき、携帯が鳴った。画面に表示されていたのは妻のジャネットの写真だった。電話に出たラルフは、妻の声の響きに不安をかきたてられた。

「ハニー？　泣いていたのかい？」

「デレクから電話があったの。キャンプから」

　ラルフの心臓のギアが一気に跳ねあがった。「あいつは無事なのか？」

「ええ、無事。たぶん無事だと思う。でも、何人かのお友だちからテリーの件でメールをもらったらしくて、それですっかりうろたえてた。こんなのはなにかのまちがいだ、Tコーチはそんなことをする人じゃないって、そういってた」

「ああ、そうか。それだけか」ラルフは空いている手で車のキーをさぐりながら、ふたたび歩きはじめた。

「いいえ、話はそれだけじゃないの」ジャネットは語調を強めていた。「いまはどこ？」

「署だ。そっちへ帰ろうとしていたところだよ」

「だったら、帰る前に郡拘置所へ寄れる？　あの人と話をしてもらえる？」

「テリーと？　ああ、向こうがOKといってくれたら話はできると思う。でも、どうして？」

「ほんの一分でいいから、いま、すべての証拠を忘れてちょうだい。どっち側の証拠かに関係なく、すべての証拠を。そのうえで、わたしがひとつだけ質問をするから、自分の心のままに正直な答えをきかせてほしい。答えてもらえる？」

「オーケイ……」そう答えたラルフの耳に、州間高速道路を走っていくセミトレーラーの単調なエンジン音が遠くから届いていた。もっと近くからきこえるのは、ラルフ自身が長年仕事をしてきた煉瓦づくりの建物の側面に沿って生えた雑草の茂みから響く蟋蟀《こおろぎ》の鳴き声という、いかにも夏らしい平和な音。そしてラルフには、ジャネットの質問が事前にわかっていた。

「あなたはテリー・メイトランドがあの少年を殺したと思ってる？」

　ラルフは、ウィロウ・レインウォーターが運転するタクシーに乗ってダブロウまで行った男がウィロウを名前で呼ばず、他人行儀に〝マーム〟と呼びかけたことを思い出した——ウィロウの名前を知っていたはずなのに。ラルフはまた〈ショーティーズ・パブ〉の裏の駐車場に白いヴァンを駐めた男が、応急診療所《ドク・イン・ザ・ボックス》への行先をたずねたことを思い出した——テリー・メイトランドは生まれてからずっとフリントシティに住んでいるにもかかわらず。少年が拉致された時刻であれ殺害された時刻であれ、テリーが自分たちといっしょにいたと誓って話すつもりの教師たちのことも思った。それから、テリーが作家ハーラン・コーベンの講演会でただ質問の声をあげたのではなくわざわざ立ちあがったというのが出来すぎた話だ、とも思った——自分の姿を映像と音声で確実に記録させておきたかったみたいではないか。さらにいえば、あの本についていた指紋も……あまりにも完璧すぎはしないか？

「ラルフ？　まだそこにいる？」

「わからない」ラルフは答えた。「もしハウイーのように、おれもテリーといっしょに子供たちのチームのコーチをやっていれば、あるいは……しかし現実には、おれはデレクを指導しているテリーを見ていただけだ。だから、きみの質問への答えは——心のまま正直に答えるなら、おれにはわからない——それに尽きる」

「だったら拘置所へ行って」ジャネットは答えた。「まっすぐ目を見つめながら、あの人にたずねて」

「サミュエルズに知られたら、また大目玉を食らいそうだ」ラルフはいった。

「ビル・サミュエルズなんかどうでもいい。どうでもよくないのは、わたしたちの息子よ。あなたもおなじ気持ちのはず。あの子のためだと思って、ラルフ。デレクのためだと」

19

結局アーリーン・ピータースンは葬儀保険に加入していたことがわかって、その面での問題はなくなった。オリーがアーリーンの小さなデスクをさがして、いちばん下の抽斗から関係書類を見つけたのだ——書類は《**住宅ローン関係**》というファイルと（その中身によればローンはほぼ完済していた）、《**家電等の保証書**》というファイルにはさまれていた。オリーは葬祭場へ電話をかけた。電話に出たのはいかにもプロの弔問者という雰囲気の物静かな語り口の男で——ドネリ兄弟のひとりなのかもしれないし、ちがうのかもしれない——オリーに礼を述べてから、「お母さまはすでにこちらへお越しです」といった。まるで母アーリーンがひとりで――それこそUber《ウーバー》でタクシーを呼んで――葬祭場へたどりついたかのような口ぶりだ。プロ弔問者はつづけて、新聞に出す死亡公告の記入用紙は必要かとたずねてきた。オリーは断わった。未記入の当の用紙がデスクに二枚置いてあるのを、ちょうど見ていたところだった。母親は――悲嘆のなかにあっても几帳面だった母親は――フランクの死亡公告用にこの用紙をもらってくると、記入ミスをした場合にそなえてコピーを作成しておいたのだろう。だから、用紙の件は問題なかった。では明日にでも、息子さんのあなたさまがこちらへいらして、葬儀および埋葬式の打ち合わせをなさいますか？　オリーは自分は行かないと思うと答えた。そういった手配は父のやるべき仕事だと思います――オリーはそう答えた。

母アーリーンの葬儀費用の支払いという問題がいちおうの解決を見たので、オリーは母親のデスクに頭をつけて、ひとしきり泣いた。涙が涸れると、死亡公告用の書類の片方に記入した。記入にあたっては、すべてを活字体で書いた。手書きの文字がからっきし下手だったからだ。気の重い仕事をひとつおわらせたので、オリーはキッチンへ行き、惨状をながめわたした。リノリウムの床に落ちたパスタ、時計の下に落ちているチキンの死骸。カウンターを埋めつくしているタッパーウェアや蓋つきの皿の数々。この光景にオリーは、大人数の親戚による会食のあとなどに母親がよく口にしていた文句を思い出した――《ここで豚の群れがお食事したのね》という言葉を。オリーはシンクの下からヘフティ製のごみ袋をとりだすと、片端から放りこみはじめた――真っ先に袋に捨てたのはチキンの死骸だった――ことのほか不気味に思えたからだ。そのあとは床の掃除。ひとたび、あらゆるところがぴかぴかになると（これも母親の口癖だった）、オリーは自分が空腹であることに気がついた。あまり褒められないことに思えたが、事実は事実だ。人間は基本的には動物なんだ――オリーはそう気づいた。たとえ母と弟が死んだ直後でも、人は食べ物を腹に入れなくてはならないし、入れたものがあればクソとして出さなくてはならない。肉体の要求だ。冷蔵庫をあけると、上から下まで、右から左まで、ここでもキャセロール料理とタッパーウェア、ハムやサラミやチーズの盛りあわせの皿などがぎっしりと詰まっていた。オリーは、表面が雪原のようなマッシュポテトに覆われたシェパーズパイを選び、百八十度にセットしたオーヴンに突っこんだ。オリーがカウンターにもたれ、自分の頭のなかを訪ねた他人めいた気分になりながらシェパーズパイが温まるのを待っているところへ、ふらりと父フレッドがやってきた。フレッドの髪は惨憺《さんたん》たるありさまだった。《どこもかしこも、ぺとぺとのべったべた》アーリーン・ピータースンがいれば、そういっただろう。父にはひげ剃りも必要だった。目は腫れぼったく、焦点があっていなかった。

「母さんの薬を一錠もらって飲んだんだが、そのせいで寝過ごしてしまったな」フレッドはいった。

「いいんだよ、気にしないで」

「キッチンを掃除してくれたんだな。手伝えなくてわるかった」

「だから気にしないでって」

「母さん……葬式……」フレッドは言葉をどうつづければいいかがわからなかったらしい。ついで父親のズボンのチャックがあいたままになっていることに気がつくなり、まだ明確な形にならない憐憫《れんびん》の情がオリーの胸を満たした。それでも泣きたい気持ちにはならなかった。泣きすぎて、さしあたりいまばかりは涙が尽きているようだ。これも、いいことのひとつだ。

《こんなときだからこそ、幸せを数えあげていかなくちゃ》オリーは思った。

「準備のことなら心配ないよ」オリーは父親にいった。「母さんは葬儀保険にはいってた——父さんもね。その母さんは……あそこに着いたって。ほら、あそこ。あの……会場にね」怖くて〝葬祭場〟という言葉は口に出せなかった——その言葉が父親をさらに遠くへ押しやってしまいそうに思えたからだ。そうなれば、自分自身をもまた遠くへ押しやってしまう。

「そうか。それはよかった」フレッドは腰をおろすと、片手の掌底をひたいにあてがった。「わたしがやるべきだった。わたしの仕事なんだから。わたしにはその責任がある。こんなに長く寝るつもりじゃなかったんだが」

「父さんはあした会場へ行ってよ。柩を選ぶだのなんだのがあるから」

「場所はどこだ？」

「ドネリ兄弟のところ。フランクのときとおなじ」

「アーリーンが死んだとはね」フレッドが驚嘆もあらわにいった。「どう考えればいいかもわからん」

「そうだね」オリーはいったが、現実には母の死以外のことはなにも考えられなかった。死の瀬戸際にあっても、母がなお謝りつづけようとしていたことを。「葬祭場の人は、父さんに決めてほしいことがいくつかあると話してた。ちゃんと打ち合わせをしてこられる？」

「もちろん。あしたには、もっときちんとした人間になっているはずさ。なんだか、いい匂いがするな」

「シェパーズパイ」

「母さんの手づくりかい？　それとも、だれかがもってきたのかな？」

「わかんない」

「とにかく、うまそうなにおいだ」

それからふたりはキッチンテーブルを囲んで食事をした。オリーはふたりがつかった皿をシンクに置いた。食洗機がいっぱいになっていたからだ。ふたりは居間へ行った。スポーツ専門のＥＳＰＮ局では野球の時間だった。フィラデルフィア・フィリーズ対ニューヨーク・メッツ。ふたりは黙りこくったまま画面に目をむけ、どちらもそれぞれの流儀ではあったが、自分たちの生活にぽっかりとあいた穴にうっかり落ちないように、穴の周囲を探険していた。ややしばらくしてオリーは家の裏へ出ていき、夜空の星々を見あげた。降るような星空だった。隕石や人工衛星も見えたし、ちらほらと飛行機も見えていた。オリーは母親がもう死んでしまい、こういった景色を見ることが二度とないことに思いを馳せた。このたぐいの例に洩れず、これもまた不条理きわまることだった。家のなかにもどると、野球の試合は同点のまま九回にもつれこんでおり、父フレッドは椅子にすわったまま眠りこんでいた。オリーは父フレッドの頭のてっぺんにキスをした。父は身じろぎひとつしなかった。

20

郡拘置所へ行く途中で、ラルフ・アンダースン刑事のもとにテキストメッセージが届いた。州警察コンピューター法科学研究所のキンダーマンからの連絡だった。ラルフはすぐ車を路肩に寄せてとめ、折り返しの電話をかけた。キンダーマンは最初の呼出音で出てきた。

「きみたちは日曜の夜にも休まずに仕事をしてるのかい？」ラルフはたずねた。

「あたり前だろ、ぼくたちは根っからのおたくなんだから」そう話すキンダーマンの背後からは、ヘヴィメタル・バンドの爆音がきこえてきた。「それにぼくは前から、吉報はあとまわしでもいいけど、悲報はすぐ伝えるべきだと思ってたね。テリー・メイトランドのハードディスクの隠しファイルの検索は完全におわってはいないし、ロリペド族はこの手のテクニックに長けてるのも事実だけど、ざっと見たところメイトランドはクリーンだな。児童ポルノはひとつもないどころか、普通のポルノも皆無だ。デスクトップPCにもノートPCにも、iPadにもないし、携帯にもない。これで見るかぎり、清廉潔白氏《ミスター・ホワイトハット》だな」

「ネット履歴は？」

「ずいぶん残ってはいたが、全部が予想どおりだよ。アマゾンみたいな通販サイト、ハフィントン・ポストのようなニュースサイト、半ダースほどのスポーツ専門サイト。どうやら大リーグ各チームの戦績を継続的にチェックしていたようだし、フロリダのタンパベイ・レイズのファンらしい。ま、これだけでもおつむのどこかがいかれてる証拠だ。またネットフリックスでは〈オザークへようこそ〉を、iTunesでは〈ジ・アメリカンズ〉を見ている。ちなみに後者はぼくも楽しんでる」

「調べをつづけてくれ」

「ああ、そのために給料をもらってる身だからね」

ラルフは郡拘置所の裏手にある《**公用車限定**》のスペースに車を駐めると、グラブコンパートメントから《公務中》と書かれたカードをとりだしてダッシュボードに置いた。ひとりの刑務官——名札によれば名前は《**L・キーン**》——がラルフを待っていて、面会室のひとつまで案内してくれた。「これは例外的な措置ですよ、刑事さん。もうじき十時になるっていう時刻なのに」

「時間のことはわかってるよ。それにおれだって、ここには暇つぶしの遊び目的で来ているわけじゃない」

「サミュエルズ地区首席検事は、あなたがここへ来ているのをご存じなんですか？」

「きみの立場では、そんな心配は無用だよ、キーン刑務官」

ラルフはテーブルの片側にある椅子に腰かけて待ちははじめた。はたしてテリーは面会要請に応じて姿を見せるだろうか？　テリーのコンピューター類にはポルノはなかったし、自宅にポルノが隠されていることもなかった。とはいえキンダーマンの指摘どおり、ロリペド族は狡猾《こうかつ》なまでに悪知恵がはたらくものだ。

《といっても、あれだけ素顔をさらしていたテリーにどれほど悪知恵があったというのか？　あれだけの指紋をあとに残していたのに？》

サミュエルズならどういうかもわかっていた——テリーは前後の見境をなくしていた、だ。かつては（いまではそれがもう大昔に思えるが）ラルフもそれですべて説明できると思っていたのだが。

キーンがテリーを面会室に通した。テリーは郡拘置所の褐色の制服を着て、ビニール製の安物のサンダルを履いていていた。両手は前にまわされて、手錠をかけられている。

「手錠をはずしてくれ、刑務官」

キーンはかぶりをふった。「規則ですので」

「責任はおれがとる」

キーンはユーモアのかけらもない笑みを浮かべた。

「そうはいきませんよ、刑事さん。ここはわたしの縄張りだ。もしあの男がテーブルを飛び越えて、刑事さんの首でも絞めた日には、わたしの責任になる。でも、こういうのはどうです？　手錠の鎖をボルトに固定するのは省略する。それでどうでしょう？」

これを耳にしてテリーはうっすら微笑んだ。《ほらな、おれがなにを相手にしなくちゃならないかがわかるだろう？》といいたげに。

ラルフはため息をついた。「さあ、ふたりきりにしてくれ、キーン刑務官。いろいろありがとう」

キーンは面会室から出ていったが、マジックミラーの反対側から監視するつもりかもしれなかった。そればかりか会話を盗み聞きもするだろう。そしてこの面会の件は、サミュエルズに報告される——それをよけて通る道はどこにもない。

ラルフはテリーに目をむけた。「頼むから、そこに突っ立っていないで椅子にすわってくれ。頼む」

テリーはすわると、テーブルの上で手を組み合わせた。

手錠の鎖がじゃらじゃらと鳴った。「わたしがきみと会ったと知ったら、ハウイー・ゴールドはいい顔をしないだろうな」そういっているあいだも、テリーの顔には笑みがたたえられたままだった。

「いい顔をしないのはサミュエルズもおなじだ。だから、おあいこだな」

「なんの用で来た？」

「答えがききたくてね。もしおまえが無実なら、どうして半ダースもの目撃証人が口をそろえて、まちがいなくおまえを目撃したと話してる？　少年の肛門を凌辱するのにつかわれた木の枝や、少年を拉致するのにつかったヴァンのいたるところに、どうしておまえの指紋が残っていた？」

テリーはかぶりをふった。笑みは消えていた。「わたしもきみに負けず劣らず困惑しているよ。いまはただ、事件当時キャップシティにいたと証明できる立場にあることで、神その人と神の子、およびあらゆる聖人に感謝したいね。証明できなかったらどうなっていたことか。いや、わたしもきみも答えは知っている。夏がおわるころには、マカリスター刑務所の死刑囚舎房の住人になっていたはずで、二年後あたりに注射針であの世へまっしぐらというところか。いや、執行はもっと早まるかも。裁判所はどこもトップにいたるまで右傾化しているし、わたしが上訴したところで、きみの相棒のサミュエルズは、子供がつくった砂の城をブルドーザーで叩き壊すようにわたしの主張を打ち砕くだろうからね」

とっさにラルフの口から出かかったのは、《やつはおれの相棒なんかじゃない》という言葉だった。ただし、じっさいに口から出たのは、「おれは例のヴァンに興味がある。ニューヨーク州のナンバープレートをつけた車にね」という言葉だった。

「その点では力になってやれないな。最後にニューヨークに行ったのはハネムーンのときで、かれこれ十六年も前だ」

今度はラルフが微笑む番だった。「それは知らなかった。ただし、おまえが最近ニューヨークへ行っていなかったことは知っていた。警察はおまえの過去半年間の行動履歴をチェックした。旅行といえるのは四月のオハイオ行きだけだったな」

「ああ、デイトンへ行った。娘ふたりが春休みだったからね。わたしは父に会いにいきたかったし、娘らも行きたいといった。マーシーもだ」

「お父さんがデイトンで暮らしてるのか?」

「最近の父がやっていることを〝暮らし〟と呼べるのならね。話せば長くなるし、事件とはなんの関係もない。不気味な白いヴァンはいっさい関係ないし、それどころかうちの一家の車も関係ない。一家でサウスウェスト航空をつかったんだ。犯人の男がフランク・ピータースンをかどわかすのにつかった白いヴァンの車内から、警察がどれだけわたしの指紋を見つけだそうと、とにかくわたしはそんな車を盗んではいない。見たことさえない。信じてもらえるとは思っていないが、それが真実だよ」

「だれも、おまえがニューヨークで白いヴァンを盗んだと考えちゃいない」ラルフは答えた。「ビル・サミュエルズの仮説はこうだ――だれであれ、最初に白いヴァンを盗んだ犯人が、この街の近隣のどこかでイグニションキーを挿したままで乗り捨てた。そのあとおまえがその車を盗みなおして、どこかに隠した――そのうえで、準備がととのうのを待った。おまえが……あんなことをする準備がね」

「ずいぶん周到な計画だな――いざ犯行におよんだときには、いたるところで顔を見せていた男にしては」

「サミュエルズは陪審にその点を説明するにあたって、おまえが殺人熱に浮かされた状態だったと話す予定だ。陪審は信じるだろうね」

「教師仲間のエヴェレットやビリーやデビーが証言したあとでも、陪審はそんな話を信じるだろうか? それにハウイーから、ハーラン・コーベンの講演会の録画を見せられたあとでも信じるかな?」

ラルフはその領域に足を踏みいれまいとした。さしあたり、いまの段階では。「フランク・ピータースンのことは前から知っていたのか?」

テリーは乾いた笑い声をあげた。「そいつは、警察できかれても答えるなとハウイーからいわれている質問のひとつだ」

「つまり答える気がないと?」

「そういうわけじゃない、答えるよ。顔をあわせれば〝やあ〟と声をかける程度には知っていたよ。ウェストサイドに住んでいるたいていの子供の顔は知ってるからね。顔を知っているだけというレベルで知っていただけで、ちゃんと知ってはいなかった――いってる意味はわかるな？　あの子はまだ小学生だ。だからどのスポーツのチームにも所属してない。しかし、あの赤毛はいやでも目につく。赤信号なみだ。あの子だけじゃなく、あの子の兄さんも赤毛だ。その兄さんのオリーをリトルリーグで指導したよ。ただしオリーは十三歳になってもシティリーグには進まなかった。外野でのプレーはわるくなかったし、打者としてもそこそこ打った。ただ本人が興味をなくしてしまってね。なかには、そういう子もいるんだ」

「だったら、前々からフランキーに目をつけていたようなことはなかった？」

「なかった。そもそも子供に性的な興味をいだく人間じゃないぞ、わたしは」

「じゃ、自転車を押しながら食料品店の〈ジェラルズ〉の駐車場を歩いているフランクを見かけたときにも、『やったぞ、チャンス到来だ！』とひとりごとをいったりはしなかった？」

テリーは無言のまま、ラルフに侮蔑の目をむけてきた。そんな目で見られることには耐えきれなかったが、ラルフは目をそらさなかった。ややあってテリーは手錠をかけられた両手をもちあげ、マジックミラーの鏡になった面にむかって振り動かし、声をかけた。「話はおわったぞ」

「いや、まだおわってない」ラルフはいった。「あとひとつだけ、ぜひとも答えてほしい質問がある。答えるときには、おれの目をまっすぐに見て答えてほしい。おまえはフランク・ピータースンを殺したのか？」

テリーの視線は一瞬も揺らがなかった。「殺してない」

キーン刑務官があらわれてテリーを連れていった。ラルフはその場にすわったまま、キーン刑務官が引き返してきて自分を連れだし、面会室と自由な外界とのあいだを隔てている三枚の鍵のかかった扉を通してくれるのを待っていた。とにもかくにも、ジャネットからたずねろといわれた質問の答えは得られた。視線を一瞬たりとも揺らがせずにテリーが口にしたのは《殺してない》という答えだった。

ラルフはその言葉を信じたかった。

しかし、信じることができなかった。

罪状認否

七月十六日

1

「だめだ」ハウイー・ゴールドはいった。「だめ、だめ、だめだね」

「あの男自身の身を守るためだ」ラルフ・アンダースンはいった。「あんたならわかってくれるはず――」

「わたしが見ているのは新聞の一面に掲載される写真だ。わたしが見ているのは、あらゆるテレビ局のニュース番組のトップコーナーで流れる映像だ。そこに出るのは、わが依頼人がスーツの上に抗弾ベストを着て地区裁判所へはいっていく姿だ。いいかえれば、裁判がはじまりもしないうちから有罪に見える姿だ。手錠だけでも印象が充分わるくなるというのに」

　郡拘置所の面会室には、いま総勢で七人の男たちがいた。おもちゃ類はカラフルなプラスティックの箱におさめられてきれいに片づけられ、椅子は上下さかさまにされてテーブルの上に置いてある。テリー・メイトランドは弁護士のハウイー・ゴールドとならんで立っていた。ふたりと向かいあっているのは、郡警察署長のリチャード・ドゥーリン、ラルフ・アンダースン刑事、ヴァーノン・ギルストラップ郡地区検事の三人だ。首席検事のサミュエルズはひと足先に郡の地区裁判所に行っていて、ここにいる面々の到着を待っている。ドゥーリン署長はあいかわらず無言のまま、抗弾ベストをもった手を前に伸ばしているだけだ。ベストには人を責め立てているような鮮やかな黄色でＦＣＤＣの文字がはいっている――フリント郡矯正局《フリントカウンテイ・デパートメント・オブ・コレクション》の略称だ。三本ついているマジックテープ式のストラップ――左右の腕にとめるものが二本、腰にまわして固定するものが一本――は、いずれもだらりと垂れ落ちたままになっていた。

　ふたりの刑務官（うっかり〝看守〟と呼ぶと訂正される）がロビーに通じるドアの前に、逞しい腕を組んで立っていた。このうちひとりは、先ほどテリーがつかい捨ての剃刀でひげを剃るのを監視していた。もうひとりは、マーシーが拘置所へ差し入れたスーツとシャツのポケットをあらため、青いネクタイの裏の縫い目も抜かりなく調べていた。

ギルストラップ地区検事はテリーに目をむけた。「さて、どうする？　銃で撃たれる危険をあえて引き受けるのか？　そっちを選んでも、わたしはかまわない。そうすれば、おまえが注射針を刺されるまで繰りだしてくる何回もの上訴に応じる経費を、州政府が節約できるからね」

「不適切な発言だな」ハウイーがいった。

ベテラン検事のギルストラップは――次の選挙でビル・サミュエルズが落選した場合には退職して、（たっぷり年金をもらえる）引退生活にはいろうという肚《はら》づもりでいると見て、まずまちがいない――にやりと笑っただけだった。

「おい、ミッチェル」テリーはいった。テリーのひげ剃りを監視し、一枚刃の〈ビック〉の剃刀でテリーがのどを切り裂いたりしないように目を光らせていた刑務官は、ぴくりと眉を吊りあげはしたものの、組んだ腕をほどきはしなかった。「外は暑いのか？」

「ここに来たときは摂氏二十八度を超えていたよ」ミッチェルは答えた。「ラジオの天気予報じゃ、正午ごろには三十七度にもなるって話だった」

「じゃ、ベストはやめよう」テリーはそう署長にいい、ふいににこやかな笑みを浮かべた。その笑みがテリーを若返らせた。「汗がしみたシャツ姿でホートン判事の前に出たくないな。リトルリーグで、判事のお孫さんをコーチしているしね」

ギルストラップはこの言葉になにやら警戒の表情をのぞかせ、チェックのジャケットから手帳をとりだして、なにやらメモを書きつけはじめた。

「さあ、そろそろ出発しよう」ハウイーがいい、テリーの腕をとった。

ラルフの携帯電話が鳴った。ラルフはベルトの左側から携帯を抜きとり（ベルトの右側には官給品の拳銃をおさめたホルスターがついていた）、画面に目をむけた。「ちょっと待った、待った、待ってくれ。その前にこの電話を受ける必要があるんだ」

「まったく、勘弁してくれよ」ハウイーがいった。「いったいなんのつもりだ？　罪状認否手続か、それともちんけな見世物か？」

ラルフはハウイーの言葉も耳に入れずに面会室の反対側、スナック類や炭酸飲料などの自動販売機がならぶ一角へ歩いていった。《**利用は面会者のみ**》という掲示の下で足をとめて短く話してから、電話相手の声に耳をかたむける。それから通話をおわらせると、一同のもとへ引き返してきた。「オーケイ。出発しよう」

ミッチェル刑務官がハウイーとテリーのあいだに割りこみ、テリーの両手首に手錠をかけた。「きつくないか？」

テリーはかぶりをふった。

「よし、歩くぞ」

ハウイーがスーツの上着を脱いで、テリーの手錠にかぶせた。ふたりの刑務官がテリーを面会室から連れて出ていった。先頭に立ったギルストラップは軍楽隊の指揮者のように気どって歩いていた。

ハウイーは歩きながらラルフのすぐ横の位置を確保すると、低い声でいった。「きみたちからすれば、へいまの集団発生だぞ」ラルフがなにも答えないと、言葉をこうつづける。「それならそれでけっこう。好きなだけ貝みたいに口をつぐんでいればいい。しかし、いまから大陪審のあいだのどこかで、われわれは話しあいの席をもつ必要がある——わたしときみ、サミュエルズの三人で。そっちが許せば調査員のアレック・ペリーを同席させてもいい。きょうはまだ事件の詳細な事実は外に出ないだろうが、いずれはかならず外に出る。そうなったら、きみたちはローカル局のニュースだけを心配すればいい立場じゃなくなる。CNN、FOX、MSNBC、インターネットのブログ——だれもかれもがいっせいに当地へ押し寄せて、この不可解な事件をしゃぶりつくすぞ。O・J・シンプソン裁判と〈エクソシスト〉を足したような騒ぎになりそうだ」

そのとおりだ。しかもハウイーはそうした騒ぎを起こすために、あらゆる手をつくすような気がした。取材陣をうまく誘導して〝同時に離れた二カ所に存在していたかのような男〟という問題に関心の焦点をあわせるように仕向けられれば、それだけで〝レイプされて殺されたばかりか、肉体の一部を食べられたかもしれない少年〟の話題に注目があつまる心配はなくなる。

「きみがいまなにを考えているのかはわかるよ、ラルフ。しかし、この場でのわたしはきみの敵じゃない。もちろん、とにかくテリーを有罪にしたい一心で、それ以外のことはどうでもいいなら話は別だ。でも、きみはそうじゃないと信じている。そんなふうに考えているのはサミュエルズのほうだ。きみじゃない。きみだって、本当はなにがあったのかを知りたいんだろう?」

ラルフはなにも答えなかった。

ロビーではテリーの妻のマーシー・メイトランドが待っていた。臨月の大きなお腹をかかえているベッツィ・リギンズと州警察のユネル・サブロに左右をはさまれているせいで、体が妙に小さく見えていた。夫を目にしたマーシーが思わず前に走りだすと、ベッツィがあわてて引きもどそうとした。しかしマーシーは、女性警官の手をあっさりふり払った。ユネルはただその場に立って見ていただけだった。マーシーには夫の顔をのぞきこんで頬にキスをする時間こそあったが、すぐにミッチェル刑務官が両肩をつかんで、マーシーの体を警察署長のほうへとやさしく、しかし決然とした手つきで押しもどした。署長はまだ抗弾ベストを手にしていた——先ほど着用を拒まれたあとは、どうすればいいのかわからないかのようだった。

「頼みますよ、ミセス・メイトランド」ミッチェル刑務官はいった。「規則で禁じられていますのでね」

「テリー、愛してる」マーシーは、刑務官たちによって引き立てられていく夫に声をかけた。「娘たちもあなたを愛してるって」

「きみたち三人に二倍の愛をお返しするぞ」テリーはいった。「娘たちにはなにも心配ないと伝えてくれ」

ついでテリーは屋外へ——朝の暑い日ざしのなかへ足を踏みだした。たちまち二十もの質問の銃弾がいっせいに襲いかかってきた。まだロビーにいたラルフの耳には、渾然一体となった多くの声が厳しい質問どころか罵声の嵐にさえ思えた。

ハウイーの粘り強さには、ラルフも一目おかざるをえなかった。というのも、ハウイーはまだあきらめずに話しかけてきたからだ。

「きみは優秀な刑事のひとりだ。賄賂《わいろ》を受けとることもなく、証拠を葬り去ることもせず、いつもまっすぐな道を歩んでる」

《だけどおれはゆうべ、ひとつの証拠を葬り去りそうになったんだぞ》ラルフは思った。《あと一歩で実行するところだった。もしユネルが同席していなかったら……

あの場がおれとサミュエルズだけだったら……》

ハウイーは懇願せんばかりの顔つきだった。「こんな事件はきみだって初めてのはずだぞ。ああ、だれもが経験したことのないような事件だ。おまけに、いまではもう少年ひとりの話ではすまなくなっている。少年の母親も死んだからね」

きょうの朝はテレビの電源を入れていなかったラルフは思わず足をとめて、ハウイーをまじまじと見つめた。「いまなんといった？」

ハウイーはうなずいた。「きのうのことだ。死因は心臓発作。これで被害者はふたりになった。だから教えてくれ——真相を知りたくないのか？　この謎を解き明かしたくはないのか？」

ラルフはもう自分の胸ひとつにしまっておけなくなった。「もうわかっているんだよ。わかっているからこそ、この情報は特別に無料で教えてやる。いまさっきかかってきた電話、あれはドクター・ボーガンからだった——フリントシティ総合病院の病理診断・血清検査課の責任者だよ。まだすべての検体のＤＮＡ鑑定はおわっていないし、すっかりおわるのは二週間ばかり先になりそうだが、少年の足の裏側にかかっていた精液の鑑定をひと足先にすませてくれてね。土曜日の夜に綿棒で採取した頬の内側のＤＮＡと一致した。あんたの依頼人はフランク・ピータースン少年を殺し、肛門を蹂躙し、体の肉を食いちぎった。おまけにそんな行為に昂奮を抑えきれず、死体に精液をぶっかけたんだぞ」

ラルフはそれだけいうと、一時的とはいえ歩くことも話すこともできなくなっているハウイー・ゴールドをその場に残し、速足でその場を離れた。これは好都合だった。なぜなら、中核部分の矛盾点はそのまま残っていたからだ。ＤＮＡは嘘をつかない。しかし、テリーの同僚教師たちも嘘をついていないことに疑いはなかった。それにくわえて、ギフトショップの本から検出された指紋があり、チャンネル81撮影の動画があった。

ラルフ・アンダースンはいま、〝ふたつの心をもつ男〟だった。二通りの現実がダブって見えていることで、ラルフは正気をうしないかけていた。

2

二〇一五年以前には、フリント郡裁判所はフリント郡拘置所の隣という便利な場所にあった。罪状認否におもむく収監者たちは、校外学習へ出かけていくとうのたった子供たちよろしく、石を積みあげたようなゴシック風建築のひとつから隣のおなじような建物へ行くだけですんだ。ところがいま拘置所の隣では市民センターが建設中であり、収監者たちを六ブロック先の新裁判所まで運ぶ必要があった。新裁判所は九階建てのガラスの箱めいた建物で、冗談好きの市民から早くも〝鶏小屋〟という俗称がたてまつられていた。

拘置所前の歩道ぎわに、裁判所への移動のための車が待機していた——警告灯を閃かせている二台のパトカー、ボディが青いマイクロバス、それにハウイーの輝くような黒のＳＵＶ。このＳＵＶのすぐ隣にダークスーツと、さらに暗いレンズのサングラスをかけて、いかにも専属運転手然として立っていたのが調査員のアレック・ペリーだった。道路の反対側では警察が設置したバリケードの先にリポーターやカメラをもった撮影クルーがあつまっていたほか、少人数ながら野次馬の群れもいた。手製のプラカードをもっている野次馬もいた。《**子供殺しを死刑に**》というプラカードがあった。《**メイトランド、おまえは地獄の炎で焼かれちまえ**》というものもあった。マーシーは拘置所玄関の階段のいちばん上で足をとめ、うろたえた顔でプラカードを見つめた。

郡拘置所の刑務官たちは、正面階段を降りきったところで足をとめた。彼らの仕事はここでおわりだった。ドゥーリン署長とギルストラップ地区検事——厳密な意味では、きょう午前中の法的儀式の責任者である男たち——がテリーを二台のパトカーのうち前に駐まっているほうへ連れていった。ラルフはユネル・サブロともども、二台めのパトカーを目指した。ハウイーはマーシーの手をとって、自身のエスカレードへと導いていった。

「顔はずっと伏せていたまえ。カメラマンたちには頭のてっぺんだけを見せるようにするんだ」

「でも、あのプラカード……ハウイー、あのプラカードったら……」

「気にしちゃいけない。とにかく歩きつづけるんだ」

　暑さのせいもあって、青いバスの窓はあけられていた。バスの車内にいる収監者たちの大半は〝週末の戦士たち〟で、いずれももっと軽微な罪状で逮捕されて罪状認否にむかうところだったが、その連中がテリーの姿を目にとめた。たちまち収監者たちは窓に張られた金網に顔を押しつけて、野次りはじめた。

「よお、ホモ野郎！」

「穴がきつくてマラがひん曲がったか？」

「おまえは注射針まっしぐらだぞ、メイトランド」

「ガキのちんこを嚙み切る前にちゅぱちゅぱしたんだろ？」

　アレックはエスカレードの反対側へまわって助手席のドアをあけようとしたが、ハウイーはかぶりをふって手ぶりで引き返すように伝え、歩道に面した側の後部座席ドアを指さした。道路の反対側にあつまっているマスコミの群れから、マーシーを少しでも遠ざけておきたかったからだ。マーシーはずっと下を向いていて髪の毛で顔が隠れていた。しかしアレックが手で押さえているドアへマーシーを導くあいだ、ハウイーの耳は――あたりが騒然としていたにもかかわらず――この女性のむせび泣きの声をききとっていた。

「ミセス・メイトランド」やたらに声の大きなリポーターが警察のバリケードの先から質問を投げかけてきた。「ご主人はなにをするつもりかをあなたに話したんですか？　きいていたのなら、なぜ止めなかったんですか？」

「顔をあげるな、反応しちゃいけない」ハウイーはいった。声にはいっさい耳を貸すなといえればよかったが、そればかりは無理だ。「なにもかも想定内だ。さあ、早く乗りたまえ。すぐ出発だ」

　アレックは車に乗りこむマーシーに手を貸しながら、ハウイーに小声で話しかけた。「最高じゃないか？　市警察の半分は休暇中。フリント郡の恐れ知らずの警察署長ときたら、〈エルクスクラブ〉のバーベキュー大会あたりでの群集整理が精いっぱいときてる」

「とにかく運転席に乗ってくれ」ハウイーはいった。「わたしは後部座席にマーシーといっしょにすわるから」

　アレックが運転席にすわってドアがすべて閉まると、群集やバス車内から浴びせかけられる声の洪水はきこえなくなった。エスカレードの前方では、まるで葬式の車列のようにのろのろとしたスピードでパトカーと青いバスが発進していった。アレックもその列につづいた。ハウイーが見ていると、リポーターたちは炎暑をものともせずに歩道を全力で走っていた。テリーの到着を〝鶏小屋〟の前で待ちかまえていたい一心でのことだ。裁判所前にはテレビの中継車がもう何台も駐まっていることだろう——草原で草を食《は》むマストドンの群れよろしく、鼻づらと尻尾を接するようにして。

「みんながテリーを憎んでる」マーシーがいった。目もとのわずかなメーキャップ——もっぱら目の下の隈を隠すためだった——が涙で流れてしまい、洗い熊っぽい雰囲気を顔に与えていた。「あの人はこの街のためになることしかしていなかったのに、みんな憎まれてるなんて」

「いずれ大陪審が正式起訴を却下すれば、風向きは一気に変わるとも」ハウイーはいった。「ああ、変わる。わたしにはわかってるし、サミュエルズだって知ってるはずだ」

「断言できる?」

「ああ、できる。たしかに、〝合理的な疑い〟をひとつ見つけるのもやっとだという事件もあるよ。でもテリーの場合は、検察の主張そのものが〝合理的な疑い〟でできている、といっても過言じゃない。大陪審が正式起訴するはずがないんだ」

「知りたいのはそういうことじゃないの。世間の人たちは本当に考えを変えると思ってる?」

「ああ、変えるとも」

リアビューミラーに目をむけると、運転中のアレックがこの言葉に顔をしかめるのが見えた。しかし、嘘が必要になるときもないではないし、いまはそういった場面だった。フランク・ピータースン殺害の真犯人が見つかるまで——いずれは見つかると仮定しての話——フリントシティの人々はテリー・メイトランドが司法制度を相手に博奕《ばくち》をうって、まんまと殺人の罪から逃げたと思い、その考えに沿ってテリーに接するはずだ。しかし、いまハウイーにできるのは、これからの罪状認否に精神を集中させることだけだった。

3

日々の平凡な雑事をあつかっているかぎり――夕食のメニューを決めるとか、ジャネットと食料品の買い出しに行くとか、キャンプに行っている息子デレクからの夕方の電話を受けるとか（とはいえ息子のホームシックも薄らぎ、電話は減っていた）――多少の波こそあっても、ラルフは大丈夫だった。しかし注意がテリーに集中したときには――いまがそんな場面だったが――超越意識とでも呼べそうなものが頭にはいりこんできた。それはラルフの精神が自分自身に、〝すべては以前とおなじで、なにも変わっていない……上は上で下は下のまま……だから、いま鼻の下に汗をかいているのは、夏の暑い盛りにエアコンがろくに効かない車に乗っているせいでしかない〟と請《う》けあっているかのようだった。どんな一日でも大事に過ごす必要がある。人生はあまりにも短いからだ。精神のフィルターが消えれば、全体を見わたす視点も消える。森林が見えず、木しか見えなくなる。最悪の場合には木さえ見えなくなる。幹しか目にはいらなくなるのだ。

ささやかな車列がフリント郡地方裁判所前に到着すると、ラルフは自分が運転する車を郡警察署長のドゥーリンの車のすぐうしろにぴったりとつけ、直射日光がリアバンパーに反射しているポイントひとつひとつを目にとめていった――全部で四カ所あった。郡拘置所前にいたリポーターたちはすでに裁判所前にたどりつき、郡拘置所前に倍する群集と合流していた。いま取材陣は正面階段を左右からはさむ芝生の上で、場所を確保するべく押しあいへしあいしていた。テレビのリポーターたちが着ているポロシャツにはさまざまな局のロゴが見てとれたし、みな腋の下に黒っぽい汗じみをつくっていた。キャップシティにあるチャンネル7の愛らしいブロンドのアンカーは、髪がもつれあい、ショーガール風メーキャップに何本もの汗の溝を刻んだ顔で現場にやってきていた。

裁判所前にも警察がバリケードを設置していたが、押しあいへしあいする群集の引き潮と満ち潮に押されて、早くも斜めにかたむいているものもあった。一ダースばかりの警官——半分は市警察、残り半分は郡警察——が正面階段とその前の歩道を無人にたもとうとして精いっぱいの努力をしていた。ラルフの見たところ、十二人ではとても手が足りなかった。しかし、夏場はいつも警察は人手不足になる。

　リポーターたちは芝生の特等席を確保したい一心で押しあい、詫びひとついわずに、野次馬たちを肘で荒っぽく押し退《の》けていた。チャンネル7のブロンドのアンカーは最前列のスペースをとろうとして、地元では有名な笑顔をふりまこうとしたが、急ごしらえのプラカードにひっぱたかれて痛い思いをしていた。プラカードには下手くそな注射器のイラストが描かれて、その下に《**メイトランドさん、お注射の時間です**》というメッセージが書いてあった。アンカーづきのカメラマンがプラカードをもった男をうしろへ押しやり、その拍子に高齢の女性に肩をぶつけて突き飛ばしていた。別の女性が突き飛ばされた女性の体を支え、さらに手にしていたハンドバッグでカメラマンの頭をしたたかに殴った。その赤いハンドバッグがワニ革であることにラルフは気がついた（いまのラルフは、そういったことに気づかざるをえない状態だった）。

「あのハゲタカどもは、どうしてこんなにすぐ来られるんだ？」ユネルが感歎しきりの声を出した。「まったく、だれかが明かりをつけたときのゴキブリよりも速く走れるんだな」

　ラルフは無言でかぶりをふり、つのる不安とともに群集を見つめていた。全体をひとつとして見ようと努めても、いまの超警戒モードでは不可能だった。郡警察署長のドゥーリンがパトカーから降りて（サムブラウンベルトのすぐ上で茶色い制服のシャツの裾がはみだして、隙間にピンクの贅肉が畝《うね》になってのぞいていた）、テリーが降りられるように後部ドアをあけると、そのタイミングにあわせて大声があがりはじめた。

「注射！　注射！」

　まわりの人々も声をあわせて、フットボールの試合のファンのようにシュプレヒコールの声をあげはじめた。

「**注射！　注射！　注射！**」

　テリーが群集に目をむけた。きれいに櫛でととのえた前髪がひと房だけ垂れ落ちて、左の眉にかかっていた（ラルフはそのひと房の髪の本数さえ数えられそうな気分だった）。テリーの顔には困惑まじりの苦悩の表情がのぞいていた。

《知りあいの顔が見えたからだ》ラルフは思った。《教えた生徒の親の顔が見えているんだ。コーチした子供たちの親の顔。シーズンがおわったあとのバーベキュー・パーティーで自宅に招いた人たちの顔。そんな人たちがいまこぞって、テリーに〝死ね〟とエールを送っている……》

バリケードのひとつが車道にむかって倒れこみ、横にわたされていたポールがはずれて滑っていった。人々が歩道にあふれだしていった。マイクや手帳を手にしたリポーターたちもいたが、残りはいますぐにでもテリー・メイトランドを手近な街灯に吊るして縛り首にしそうな地元の人々だった。群集整理にあたっている警官のうちふたりがあわてて駆け寄り、はみだした人々を——これつぽっちも手加減せずに——押しもどしはじめた。別の警官がバリケードを元の場所へもどしたが、そのせいでほかの場所からも群集が歩道へとあふれだした。ラルフが見たところ、ざっと二十台以上もの携帯電話が写真や動画を撮影していたようだった。

「さあ、行くぞ」ラルフはユネル、サブロに声をかけた。「とにかくあの連中が歩道を埋めつくしてしまう前に、テリーを建物のなかに連れていくんだ」

ふたりはパトカーを降り、急いで裁判所正面の階段に近づいていった。ユネルは手まねで、ドゥーリンとギルストラップのふたりに先へ進めとうながしていた。ここまで来るとラルフにも、裁判所のドアのすぐ内側に立っているビル・サミュエルズが見えるようになってきた。驚きに茫然とした顔を見せている……しかし、どうして？　どうしてあの首席検事にこれが予想できなかったのか？　どうして郡警察のドゥーリン署長にこれが予想できなかったのか？　いや、ラルフ自身にも責任がないとはいえない——どうして自分はテリーを裏口へ——裁判所スタッフの大半がつかう裏口へ——連れていこうと主張しなかったのか？

「みんな、下がって、て、てくれ！」ラルフは大声でいった。「ひ、ひ、必要な手続なんだ！　だから、そ、その手続を進めさ、させ、させてくれ！」

ギルストラップ検事とドゥーリン郡警察署長はテリーの左右を固めて腕をとり、そのまま階段のほうへ進みはじめた。ラルフには（このときにも）細部に目をやる時間があり、ギルストラップが着ている悪趣味なチェックのジャケットを意識にとどめていた。あのジャケットは妻が選んだものなのか？　それが事実なら、妻は内心でギルストラップを憎んでいることになる。マイクロバスに乗せられている収監者たち――ぐんぐん気温が高まる酷暑のなか、花形被告人の罪状認否がおわるまでバスに閉じこめられ、しとどに汗をかきながらの待機を強いられる連中――もまた声をあげはじめた。群集があげる《注射、注射》のシュプレヒコールに参加する者もいれば、犬やコヨーテの遠吠えめいた声をはりあげては、ひらいた窓の金網を拳でがんがん殴っている者もいた。

ラルフはエスカレードのほうへむきなおり、手のひらをかかげて《止まれ》の合図を送った。テリーが裁判所の建物にはいっていって群集が落ち着くまで、ハウイーとアレック・ペリーにはマーシーを車内にとめおいたままにしてほしかった。しかし、合図は無駄におわった。後部座席の道路側のドアがあいて、マーシーが外へ出てきたのだ――ハウイー・ゴールドがつかまえようとしたが、マーシーは片方の肩をさげて手をかわしていた。先ほど郡拘置所のロビーでベッツィ・リギンズの手から逃れたとき同様にやすやすと。夫に追いつこうとして走っていく姿を目で追ったラルフは、マーシーが履いているロウヒールの靴や剃刀でつくったとおぼしきふくらはぎの傷に目をとめた。無駄毛の手入れをするとき手が震えていたのだろう――ラルフは思った。マーシーがテリーを名前で呼ぶと、マスコミのカメラがいっせいに向きを変えた。カメラは全部で五台。どのレンズも濁った目のようだった。だれかがマーシーに本を投げつけた。ラルフには題名こそ読めなかったが、緑色のカバーには見覚えがあった。ハーパー・リーの『さあ、見張りを立てよ』だ。妻が読書会の課題で読んでいた。カバーが剝がれ、片側の折り返し部分がひらひらと揺れ動いていた。ついで本がマーシーの肩にあたって跳ね返った。しかしマーシーには気づいたようすもなかった。

「マーシー！」ラルフはそう叫びながら、階段の上の持ち場を離れた。「マーシー、こっちへ来るんだ！」

マーシーはあたりを見まわした。ラルフの姿をさがしていたのかもしれないし、そうではなかったのかもしれない。そんなマーシーは夢に出てくる女のように見えた。

妻の名前をききつけたのだろう、テリーが足をとめた。ドゥーリン署長はそのままテリーを階段のほうへ歩かせようとしたが、テリーは抵抗した。

ラルフに先んじて、ハウイーがマーシーのもとにたどりついて腕をとると同時に、自動車整備工のつなぎを着た大柄な男がバリケードのひとつを蹴り倒してマーシーに駆け寄ってきた。「おい、腐れまんこ、亭主の悪事を隠す手伝いをしたんだろ？　え、どうなんだ？」

ハウイーは六十歳だったが、いまも引き締まった体をしていた。おまけに引っ込み思案でもなかった。ラルフが見ている前でこの弁護士は膝を曲げて体を落とすなり、大柄な男の右脇腹に片方の肩から体当たりして、男を横へ突き飛ばした。

「手伝おう」ラルフはいった。

「マーシーの面倒ならわたしが見る」ハウイーはいった。薄れかけた髪の毛のラインにいたるまで顔すべてが紅潮していた。ハウイーはマーシーの腰に手をまわした。「こっちにはきみの助けは必要ない。きみは早くテリーを裁判所へ連れていけ。いますぐ！　まったく、いったいなにを考えてる？　まるで見世物小屋だ！」

ラルフはとっさに《こいつは郡警察署長が仕切ってる見世物だ、おれには関係ない》といいかえそうとしたが、自分も一部を仕切っていたのは事実だった。それにサミュエルズは？　あの男はこれを予見していたのでは？　それどころか、この事態を望んでいたとしても不思議はない。こうなれば、ニュース番組で大々的に報道されるのは確実だからだ。

ラルフがふりかえると、ちょうどカウボーイシャツを着た男が群集整理にあたっていた警官のひとりの横をすり抜け、歩道をいっさんに走って横切っていくところだった。男はたっぷり口のなかに溜めていた唾をテリーの顔に吐きかけた。男がこの場から逃げていく前に、ラルフはすかさず片足を伸ばして男の足をひっかけた。男は手足を広げて道路に倒れこんだ。ラルフの目には男のジーンズのタグに書いてある《**リーバイス・ブーツカット**》という文字が読みとれた。さらにジーンズの右尻ポケットの生地が、嗅ぎタバコの〈スコール〉の缶のかたちに色抜けしていることもわかった。ラルフは群集整理の警官のひとりに指をつきつけた。「その男に手錠をかけてパトカーに閉じこめておけ」

「お、おれたちのパトカーは、う、裏にあるんだ」警官はいった。郡警察のひとりだったが、ラルフの息子と大差のない年齢に見えた。

「だったらマイクロバスに閉じこめておけ！」

「じゃ、ここの連中はほったらかして——」

ラルフはそのあとの言葉をきいていなかった。驚くべき光景に目を奪われたからだ。ドゥーリンとギルストラップが注意を見物人たちにむけているあいだに、テリーがカウボーイシャツの男に手を貸して立たせてやっていたのだ。ついでテリーは〈カウボーイシャツ男〉の耳になにかささやきかけた。ラルフの両耳は全宇宙の音をもとらえるほど鋭くなっていたが、テリーの言葉はききとれなかった。〈カウボーイシャツ男〉はうなずくと、片方の肩をすくめて頰の傷をこすりながら、その場を離れていった。このちょっとした短い場面を、のちのちラルフはもっと広い舞台のなかで思い出すことになる。いっこうに眠りが訪れぬ長い夜など、このことに深く思いをめぐらせることになる。吐きかけられた唾がまだ頰をつたい落ちていながら、テリーが手錠をかけられた手で唾を吐きかけた男を助け起こしていた場面。まるでクソったれな聖書の一場面のようだった。

見物人たちは大群集のレベルにまで膨れあがり、いよいよ暴徒の域に達しようとしていた。警官たちは人の群れを必死で押しもどそうとしていたが、なかには裁判所の正面玄関に通じている花崗岩の階段を二十段ばかり駆けあがっていく者も出てきた。裁判所からふたりの廷吏《ていり》——ひとりは恰幅のいい男で、もうひとりは細身の女だった——が出てきて、階段をあがってきた野次馬を追い払おうとしていた。なかにはその場を立ち去る者もいたが、ほかの者がたちまちその場所を埋めてしまった。

なんとも度しがたいことに、ギルストラップ検事とドゥーリン署長は口論していた。ギルストラップは警察がこの場の秩序をとりもどすまで、テリーをパトカーにもどしておくことを主張し、ドゥーリンはテリーをいますぐ裁判所内部に連れていくべきだと論じていた。ラルフには署長が正しいとわかっていた。

「いいかげんにしろ」ラルフはふたりにいった。「ユネルとおれが先に立って歩くぞ」

「銃を抜いておけ」ギルストラップは息を切らせていた。「銃を見せれば、あの連中も引き下がるはずだ」

もちろんこの場で銃を抜くのは規則違反にとどまらず、きわめつけの愚行でもあり、ドゥーリンもラルフもそのことを知っていた。ついで郡警察署長と地区検事のふたりは、やはりテリーの腕を左右からつかんだまま前へ進みはじめた。少なくとも階段のあがり口に近いあたりの歩道に人影はなかった。ラルフの目は、コンクリートに混じっている小さな雲母《うんも》のきらめきを見てとった。《このあと建物のなかにはいれば、あのきらめきが残像として見えてくるんだ》ラルフは思った。《そう、まるで小さな星座みたいに、目の前に残像がぶらさがって見えてくるんだろうよ》

狂騒状態になっている収監者たちが、あいかわらず外の野次馬集団と声をあわせて《注射、注射》と死刑を求めるシュプレヒコールをあげながら、車内で左右に跳びはねているのにあわせて、青いマイクロバスの車体がぐらぐら揺れはじめた。これまでは傷ひとつなかったカマロの車体にふたりの男が——ひとりはボンネットに、もうひとりはルーフに——よじのぼって踊りはじめ、車の盗難アラームが鳴りわたりはじめた。ラルフには、この群集の光景を撮影しているマスコミのカメラが見えていた。いまの光景の映像が六時のニュースで放映されたら、州の人々の目にこの街の住人たちがどんなふうに見えるかも予想できた——ハイエナそっくりに見えるはずだ。ひとりひとりが色鮮やかな浮き彫りのように、くっきりと浮かびあがってみえた。だれもがグロテスクだった。チャンネル7所属のブロンドのアンカーが、またも注射器のイラストのプラカードで殴られて地面に膝をつく場面も、そのあとアンカーが立ち直ったところも、自分の頭を指でさぐり、指先を濡らした血の雫を見つめて、信じられないといいたげに愛らしい顔を歪める場面も見えていた。両手にタトゥーがあって頭に黄色いバンダナを巻きつけた男が見えた——男の顔は、手術でも治せなかったらしき昔の火傷の痕でほとんど覆われていた。《油の火でやられたんだな》ラルフは思った。《酒に酔ったままポークチョップをつくろうとしたのかも》この騒ぎをキャップシティで開催される〝ロ・デッ・オ〟ショーだと勘ちがいしているのか、カウボーイハットをやたらにふりまわしている男が見えた。ハウイーが先に立ってマーシーを階段のほうへ案内していくところも、ふたりが強風に逆らっているかのように顔を伏せて歩いているところも見えていたし、ひとりの女が身を乗りだすようにしてマーシーに侮辱の意味で指を突き立てているのも見えていた。新聞配達用のキャンバスバッグを肩から下げ、うだるような暑さにもかかわらず海軍の水兵が厳寒期にかぶる毛糸編みの縁なし帽子をかぶっている男も見えた。恰幅のいい廷吏が背後からいきなり押されて、ぶざまに階段を転げ落ちかけ、肩幅の広い黒人女性がすかさず廷吏のベルトをつかんで助けたところが見えた。恋人らしき若い女を肩車した十代の少年が見えた——少女は両手をさかんにふりたてながら声をあげて笑い、ブラジャーの片方のストラップが肘までずり落ちていた。ストラップは鮮やかな黄色だった。口唇口蓋裂の若者が、フランク・ピータースンの笑顔をプリントしたTシャツを着ているのが見えた。シャツは《**被害者を忘れるな**》と主張していた。ふりたてられている何枚ものプラカードが見えた。大きくひらいて叫び声をあげている多くの口が見えた。どの口にも真っ白な歯がならび、赤いサテンの縁どりがなされていた。だれかが鳴らしている自転車用クラクションの音が——〝ふが・ふが・ふが〟という音が——きこえた。両腕をいっぱいに伸ばして人々を押しとどめようとしているユネル・サブロに目をむける——ユネルは《ひどいことになったな》と語る表情を顔にのぞかせていた。

ドゥーリンとギルストラップがテリーをあいだにはさんだまま、ようやく階段のあがり口にたどりついた。ハウイーとマーシーがそこに合流した。ハウイーがなにかを大声でギルストラップに伝え、また別のことをドゥーリンにも大声で話した。シュプレヒコールのせいでハウイーの言葉はラルフにはききとれなかったが、一同はそれをきっかけにまた歩きだした。マーシーが夫のほうに手を伸ばした。ドゥーリンがマーシーを押し返した。テリーとその付添一同が急勾配の階段をあがりはじめると、だれかが「死ね、メイトランド、死ね！」と叫びだし、たちまち群集が声をあわせていっせいにおなじことを叫びはじめた。

ラルフの目はふたたび、新聞配達用のキャンバスバッグを下げた男に引き寄せられた。バッグにある《**フリントシティ・コール紙のご購読を**》という赤い文字は戸外で雨ざらしにされていたかのように色褪せていた。早くも気温が摂氏三十度になりかけている夏の午前中に、毛糸の縁なし帽子をかぶっている男。その男はいまバッグに手を入れている男になった。ラルフはいきなり、ミセス・スタンホープの事情聴取を思い出した——テリーともども白いヴァンに乗りこむフランク・ピータースンを目撃した女性だ。事情聴取でラルフは、《見かけたのはフランク・ピータースンだとはっきりいえますか？》とたずねた。《ええ、もちろん》ミセス・スタンホープは答えた。《あれはフランクでした。ご存じでしょうけど、ピータースンさんのおたくには男の子がふたりいるの。どっちも赤毛よ》

　そしていま、あの毛糸の縁なし帽子のへりから外へはみでているのは赤毛ではないだろうか？

《お兄さんはね、前はうちに新聞を配達してくれていたのよ》ミセス・スタンホープはそういっていた。

　毛糸の縁なし帽子をかぶった男の手がバッグから出てきた。その手が握っていたのは新聞ではなかった。

　ラルフはありったけの空気を吸いこみながら自分のグロックを抜きだした。「銃だ！　**銃だ！**」

　縁なし帽子の男——オリー・ピータースン——のまわりの人々が悲鳴をあげ、蜘蛛の子を散らすように逃げていった。ギルストラップ地区検事はテリーの片腕をつかんでいたが、昔風の銃身の長いコルトを目にしたとたんテリーの腕をはなし、ひきがえるのようにしゃがみこんであとずさった。郡警察署長のドゥーリンもテリーの腕を離したが、自分の銃を抜くためだった……いや、抜こうとしたというべきか。ホルスターの安全ストラップがかかっていて、銃はホルスターにおさまったままだった。

　ラルフには射線が確保できなかった。チャンネル7のブロンドのアンカーが、頭への打撃のせいでまだ意識が朦朧としていたのか、オリーのほぼ真正面に立ったままだったのだ。アンカーの左頬を血の雫が流れ落ちていった。

「伏せろ、伏せるんだ！」ユネルがアンカー女に叫びかけた。すでに地面に片膝をつく姿勢をとって右手でグロックをかまえ、左手で安定させている。

　テリーが妻マーシーの前腕をつかんで——手錠の鎖の長さが許すぎりぎりの行動だった——自分から遠ざけると同時に、オリーはブロンドのアンカーの肩ごしにテリーを狙って引金を引いた。アンカーは悲鳴をあげ、銃声できこえなくなったにちがいない耳をとっさに片手で覆っていた。はなたれた弾丸はテリーの側頭部に溝を抉《えぐ》りこんだ。髪の毛が巻きあげられ、マーシーが途方もない苦労をしてアイロンをかけたスーツの肩に、鮮血が滝となって降りそそいだ。

「弟だけじゃ飽きたらず、よくも母さんまで殺したな！」オリーはそう怒鳴って、ふたたび発砲した。今回の弾丸は、道をはさんで反対側に駐まっていたカマロに命中した。この車の上で踊っていたふたりの若者は、命あっての物種とばかりに悲鳴をあげて飛び降りた。

　ユネルは階段を駆けあがると、ブロンドのアンカーの肩をつかんで引き倒し、その体の上に馬乗りになった。

「ラルフ、ラルフ、撃つんだ！」ユネルが叫んだ。

　ようやくラルフも射線を確保できた。しかし引金を引く瞬間、逃げまどっている野次馬のひとりに体当たりされた。おかげで弾丸はオリーを外して、カメラマンが肩にかついでいたビデオカメラに命中した。カメラが砕けた。カメラマンはカメラを落とし、両手で顔を覆ってあとずさった。指の隙間から鮮血があふれでていた。

「人でなし！」オリーはわめいた。「人殺し！」

　オリーが三発めを撃った。テリーがうめき声とともに、後方の歩道に押しもどされた。ついで、手錠のかかった両手をあごの高さにかかげた。まるで、唐突になにかを真剣に考える必要に迫られたかのように。マーシーはあたふたとテリーに駆けよって両腕を夫の腰にまわした。ドゥーリンはいまもまだ、グリップにストラップがかかったままの拳銃を引き抜こうと悪戦苦闘していた。ギルストラップは例の悪趣味なチェックのジャケットの左右に割れている裾をひらひらさせながら、走って逃げていた。ラルフは慎重に狙いをつけて、ふたたび発砲した。今回はだれかに体当たりされることもなかった。オリーのひたいがハンマーを叩きつけられたかのように、内側へ一気に陥没した。ついで九ミリの弾丸が脳を炸裂させると、オリーの左右の眼球が——アニメーションの驚きの表現そのままに——眼窩《がんか》から飛びだしてきた。膝の蝶《ちょう》番《つがい》がはずれた。オリーは新聞配達用のバッグの上に倒れこんだ。リボルバーがその指から滑って離れ、二、三段落ちてから、その場にとまった。

《これでもう階段をあがっても大丈夫だ》ラルフは狙撃手の姿勢をたもったまま思った。《もう問題はない、危険は去った》しかし、マーシーの悲鳴じみた叫び声——

「だれかこの人を助けて！　お願い、だれかこの人を助けてちょうだい！」——がラルフに、一同が階段をあがる理由はもうなくなったと告げていた。きょうは理由がなくなったが、それだけではない——もしかしたら永遠に。

4

オリー・ピータースンが最初にはなった弾丸は、テリー・メイトランドの側頭部をかすって溝をつくったにとどまった。出血こそ多かったが表面だけの浅い傷で、それだけならテリーに傷痕と語り草になる逸話を残すにとどまっていただろう。しかし三発めの弾丸は、スーツのジャケットの左胸部分を貫通した。この銃創からの血が広がるにつれ、下に着ていたシャツが紫色に変わってきた。

《こいつが抗弾ベストの着用を拒否しなかったら、弾丸は阻まれていたはずなのに》ラルフは思った。

テリーは歩道に横たわっていた。両目はあいていた。唇が動いていた。ハウイーがその横にしゃがみこもうとしていた。ラルフは腕を強くふって弁護士を押し退けた。ハウイーは尻もちをついて仰向《おおむ》けに倒れた。マーシーは夫の体にしがみついて、「傷は浅いわ、テリー、大丈夫、しっかりして」と、とめどなくしゃべりつづけていた。ラルフは柔らかい弾力のある乳房のふくらみを掌底で押して、マーシーをその場から押しのけた。テリー・メイトランドにはまだ意識がある。しかし、時間の余裕はもうほとんどない。

ラルフの体に影が落ちた。見あげると、忌ま忌ましいテレビ局のひとつから派遣されてきた忌ま忌ましいカメラマンのひとりだった。ユネル・サブロがカメラマンの腰のあたりをつかみ、体をぶんまわして遠ざけた。カメラマンはふらふらよろけ、足をもつれさせて倒れた。倒れながらも、カメラを壊さないように上へかかげていた。

「テリー」ラルフはいった。見ていると、自分のひたいから汗の雫がテリーの顔へ落ち、頭の銃創から流れてきた血と混じりあった。「テリー、おまえはもうすぐ死ぬ。おれの言葉がわかるか？　やつはおまえを撃った。見事に命中しちまった。おまえはもうすぐ死ぬんだ」

「いや！」マーシーが金切り声をあげた。「いや、死んじゃだめ！　娘たちには父親が必要よ！　だめ、死んじゃだめ！」

　マーシーはテリーに近づこうとしていた。今回マーシーを引きもどしたのは——血色をなくした深刻な表情の——アレック・ペリーだった。ハウイーは膝だちになっていたが、もうラルフの邪魔をしようとはしなかった。

「どこを……撃たれた？」

「胸だ、テリー。心臓か、その真上を撃たれた。だからおまえは〝臨終の供述〟を残す必要がある。わかるな？　自分がフランク・ピータースンを殺したと、おれに自供するんだ。真実を打ち明けて心を安らかにする最後のチャンスだぞ」

　テリーが微笑むと、左右の口角から血が細い筋になってあふれてきた。「でも、わたしは殺してないんだよ」そう語った声は小さく、ささやき声よりも多少大きいだけだったが、それでも完璧にききとれた。「わたしは殺してない。だから教えてくれ、ラルフ。きみはどうやって心の曇りを晴らす？」

　テリーは目を閉じたが……すぐにいかにも苦労しながら瞼をひらいた。わずか一、二秒にかぎっては、その目になにかの光が宿っていた。ついで、そのなにかが消えた。ラルフはテリーの口の前に指をかざした。なにも感じられなかった。

　ラルフはマーシー・メイトランドに顔をめぐらせた。容易ではなかった。いま頭が一トンもの重さになったように感じられたからだ。「お気の毒です。ご主人はお亡くなりになりました」

　郡警察署長のドゥーリンが痛ましげな声で、「せめて抗弾ベストを着ていてくれたら……」といい、かぶりをふった。

　いましがた夫に先立たれた女になったマーシーは、信じられない思いもあらわな目でドゥーリンを見つめた。しかし飛びかかっていった相手はラルフ・アンダースンだった——アレック・ペリーの左手に残ったのはちぎれたブラウスの布切れだけだった。

「なにもかもあなたのせいよ！　あなたが人前でテリーを逮捕なんかしなければ、ここにこうやって人があつまってくることもなかった！　ええ、あなたがテリーを撃ったも同然よ！」

ラルフはマーシーが顔の左側を爪で引っ掻くにまかせてから、おもむろに手首をつかんだ。この人に血を流させてやろう――おれがこの事態を招いたかもしれないのだから。いや、〝かもしれない〟は余計かもしれない。

「マーシー、撃ったのはフランク・ピータースンの兄だ。あいつなら、おれたちがテリーをどこで逮捕しようと関係なく、きょうここに来ていたはずだよ」

アレック・ペリーとハウイー・ゴールドが手を貸してマーシーを立たせた。そうしながらふたりは、マーシーの夫の遺体をうっかり踏まないように気をつけていた。ハウイーがいった。「それは本当かもしれないがね、アンダースン刑事、被害者の兄を何千何万もの人間がとりまくような事態にはなっていなかったかもしれないぞ。だったら、フランクの兄は痛む親指なみに目立っていたはずだ」

アレックは冷ややかな侮蔑ともいうべき表情でラルフを見ていただけだった。ラルフはユネルに顔をむけた。しかしユネルは顔をそむけ、しくしくと泣いているチャンネル7のブロンドのアンカーを助け起こしていた。

「そうはいっても、〝臨終の供述〟はとれたんでしょう？」マーシーはそういい、両手のひらをラルフに見せつけた。手のひらは夫の血で真っ赤に染まっていた。「夫の言葉をきいたんでしょう？」

ラルフが無言でいると、マーシーは顔をそむけ、ビル・サミュエルズの姿を目にとめた。この地区首席検事はようやく裁判所から外に出てきて、いまはふたりの廷吏にはさまれて立っていた。

「うちの人は殺してないって話してた！」マーシーはサミュエルズにむかって金切り声をあげた。「自分は無実だといったのよ！　みんながきいてたんだから、この人でなし！　夫はいまにも死にそうになりながらいったの**――自分は無実だ、とね**」

サミュエルズはなにも答えず、くるりと体の向きを変えて建物内にもどっていった。

いくつものサイレン。カマロの盗難アラーム。銃撃戦がおわったのを見て、この場に引き返してくる人々のさざめき。死体を見たい一心で。死体の写真を撮って、自分のフェイスブックに載せたがっている人たち。マスコミの取材陣やカメラからテリーの手錠を隠そうとしてハウィーが手にかけてやった上着が、いまは筋状の泥汚れや血の染みにまみれて道路に落ちていた。ラルフはその上着を拾ってテリーの顔にかぶせた。その行為が、マーシーから痛ましさのきわみのような悲嘆の咆哮《ほうこう》を引きだした。ついでラルフは裁判所前の階段に近づくと、腰をおろし、両膝のあいだに頭《こうべ》を垂れた。

足跡とマスクメロン

七月十八日～七月二十日

1

ラルフはフリント郡の地区首席検事に抱いているもっとも暗い疑惑——首席検事は内心、正義の怒りに燃える群集が裁判所前にあつまるような事態を望んでいたのかもしれないという疑惑——をジャネットには打ち明けていなかった。そのため水曜の夜、アンダースン家の玄関先に姿を見せたビル・サミュエルズを、ジャネットは家に通した。しかし同時に、自分はあまり歓迎しない旨をはっきり客人に申しわたしもした。

「あの人は裏にいるわ」ジャネットは顔をそむけて、居間へともどっていった。居間ではアレックス・トレベックが今夜の〈ジェパディ！〉参加者たちの解答能力を試験しつづけていた。「行き方はわかってるはずよ」

今夜はジーンズとスニーカー、それに無地のグレイのTシャツといういでたちのサミュエルズは玄関先にしばし立ちすくんで考えをめぐらせてから、ジャネットのあとについてきた。テレビの前には二脚の安楽椅子が置いてあった。頻繁に人がすわった跡のある大きなほうの椅子は無人だった。サミュエルズは二脚にはさまれたテーブルからリモコンをとりあげ、無音《ミュート》ボタンを押した。それでもジャネットはテレビに目をむけていた。画面ではいま参加者たちが〈文学作品の悪役たち〉というジャンルの問題をどんどん解いているところだった。いま画面に出ている答えは《この女性はアリスの首を欲しがりました》というものだった。

「簡単だな」サミュエルズはいった。「正解は赤の女王だ。あいつはどんなようすだい、ジャネット？」

「あら、どんなようすだと思う？」

「このような次第になったことを、きわめて遺憾に思うよ」

「息子は父親が停職処分になったことを知ってた」ジャネットはあいかわらずテレビに目をむけたままいった。「インターネットに出てるから。もちろんその話にもずいぶん動揺してた。でも、自分がいちばん好きだったコーチが裁判所の前で射殺されたことでも動揺してたわ。あの子は家に帰りたがってた。でもわたしは二、三日はようすを見て、自分が心変わりをしないかどうか確かめるといいといったの。あの子には真実を告げたくなかった――父親にはまだ息子に会う心の準備ができてない、なんていえなかった」

「停職処分じゃないぞ。公務休暇になっただけだ。有休だよ。銃撃事件があった場合には必須なんだ」

「あなたにとってはト・メイ・トォ、わたしにとってはト・マァ・トォ」ジャネットは茶化した。テレビの画面に表示されている答えは《この看護師は邪悪でした》というものだった。「あの人は、最長で六カ月の休みをとれるといってるけど――ただし、義務とされている精神鑑定を受ければという話だってね」

「鑑定を受けない理由があるのか？」

「あの人、警察を辞めることを考えてるの」

サミュエルズは手を頭のてっぺんにもちあげた。しかし例の癖毛は今夜のところ――少なくともこれまでは――お行儀よくしていたので、サミュエルズは手を下へもどした。「あいつが辞めるなら、いっしょに新事業をはじめてもいいな。この街には優秀な洗車業者が必要だからね」

今度はジャネットがサミュエルズを見つめる番だった。

「どういう意味、それ？」

「次の選挙には出馬しないことに決めた」

ジャネットはこの言葉に、短刀のような薄い笑みで応じた――たとえ実の母親でも、その笑みを浮かべたら実の娘だとはわからないかもしれない。「〝平均的市民《ジョニー・Q・パブリック》〟から撃たれる前に退場しようというわけ？」

「そういいたければ、それでいいさ」

「じゃ、そういわせてもらう」ジャネットは答えた。「さあ、ミスター〝いまはまだ〟検事さん、裏へ行くといい。共同事業の申し出も、どうぞご遠慮なく。でも、すばやく頭をさげて危険をかわす準備だけはしておいたほうがいいわ」

2

ラルフは片手にビールをもち、かたわらに発泡スチロールのクーラーボックスを置いてローンチェアにすわっていた。キッチンから裏手へ出るスクリーンドアが閉まる音をきくと、ふりかえってサミュエルズに目をむけたものの、すぐに注意を裏のフェンスのすぐ先にある榎《えのき》にむけた。

「あっちに五十雀《ごじゅうから》がいたぞ」ラルフはいいながら指さした。「もうずいぶん長いあいだ、一羽も見ていなかったな」

二脚めの椅子はなかったので、サミュエルズはピクニックテーブル前のベンチに腰をおろした。以前にも、ここにこうしてすわったことがあったが、もっと楽しい場面でのことだった。サミュエルズは木に目をむけた。

「わたしには見えないな」

「ほら、あそこだ」ラルフがそういうそばから、小さな鳥が翼を広げて飛び立った。

「雀じゃないか」

「そろそろ視力検査をしてもらったほうがいいぞ」ラルフはクーラーボックスに手を伸ばし、テキサスのビール〈シャイナー〉をサミュエルズに手わたした。

「ジャネットからきいたが、辞職を考えてるんだってな」

ラルフは肩をすくめた。

「精神鑑定が心配ならいっておくが、きみなら見事な成績でパスするに決まってる。だいたい、きみはやるべきことをやっただけだ」

「そのことじゃない。あのカメラマンのことでさえない。あの男のことは知ってるか？　カメラに銃弾が命中して――おれが最初に撃った一発だ――ばらばらになった破片が四方八方に飛び散った。そのうちひとつがカメラマンの片目を直撃したんだよ」

サミュエルズはその件も知っていたが、なにもいわずにビールに口をつけた――といっても、〈シャイナー〉はきらいなビールだった。

「あの男、片目をうしなうことになりそうだ」ラルフはいった。「オクラホマシティのディーン・マッギー眼科専門クリニックの医者たちが懸命に努力しているが……ああ、失明することになりそうだよ。どうかな、片目だけでもカメラマンの仕事をつづけられるかな？　なんとかなるか？　それとも望みなしか？」

「ラルフ、あのときき みが発砲すると同時に、だれかが体当たりしたじゃないか。それに、ほら……あのカメラマンがビデオカメラを顔の前にかかげていなければ、いまごろあの男は死んでいたかもしれない。だとすれば、これは不幸中のさいわいだ」

「ああ、クソったれなさいわいがいくつあっても関係ない。テリーの奥さんに謝罪の電話をかけた。で、こういわれたよ。『まずは一千万ドルの賠償金を求めてフリントシティ市警察を訴えてやる。その裁判に勝ったら、次の相手はあなたよ』で、電話を切られた」

「そんなことになるものか。オリー・ピータースンは銃をもっていて、きみは自分の職務を遂行していたんだ」

「あのカメラマンだって自分の職務を遂行していただけだ」

「それは話がちがう。向こうは仕事を選べたんだから」

「ちがうな、ビル」ラルフは椅子にすわったまま体をめぐらせた。「あの男には仕事があった。それから、あれは五十雀にまちがいない」

「ラルフ、これからする話をちゃんときいてくれ。テリー・メイトランドがフランク・ピータースンを殺し、フランクの兄のオリーがメイトランドを殺した。たいていの人は、これを〝開拓地の正義《フロンティア・ジャスティス》〟だと考えるだろうな。それも当然だ。ここオクラホマ州が開拓の最前線だった時代はそれほど昔じゃない」

「テリーは、自分は少年を殺していないといっていた。それがあいつの〝臨終の供述〟だ」

サミュエルズは立ちあがって、うろうろ歩きはじめた。

「だいたい女房がすぐ横にひざまずいて、目玉が涙で溶けそうなほど泣いているなかで、メイトランドにほかになにがいえた？　もしやこんなことをいうとでも？『ああ、そう、そのとおり。おれはあのガキのケツを掘ったし、あのガキの肉を噛みちぎった――いや、順番はちがったかもしれないが――そのあとガキにたっぷり精液をぶっかけたさ』とでも？」

「臨終にあたってテリーが口にした言葉を裏づける証拠はどっさりある」

サミュエルズがいつのまにか忍び寄り、すぐ近くからラルフを見おろしていた。「その精液からテリーのＤＮＡが検出された。いいか、ＤＮＡはすべてにまさるんだ。あの男の子を殺したのはテリーだ。残りのあれこれの工作にどんな手をつかったのかはわからないが、とにかく犯人はテリーだよ」

「ここに来たのはおれを説得するためか？　それとも自分を説得したかった？」

「わたしには説得など必要ではない。ここに来たのは、例の白いエコノラインのヴァンを最初に盗んだ人間が判明したと伝えるためさ」

「いまの時点で、それがわかったからといって事情が変わるか？」ラルフはたずねた。しかしサミュエルズのほうは、刑事の目にわずかながらも関心の光がともるのを目にした。「この新情報がいまの大混乱に光を投げかけるかといえば、答えはノーだ。しかし、興味を惹かれる話ではある。ききたいか？　ききたくないか？」

「ききたいさ」

「あのヴァンを盗んだのは十二歳の少年だった」

「十二歳だと？　おれをかつごうというのか？」

「まさか。おまけにその少年はもう数カ月も各地を転々としていたんだぞ。そしてエルパソに行きついたところで、ひとりの警官が盗難車のビュイックで寝ている少年を〈ウォルマート〉の駐車場で発見した。少年が盗んだ車は合計で四台だが、ヴァンは最初に盗んだ車だ。少年はヴァンを運転してオハイオ州まで行き、そこで乗り捨てたあと、別の車を盗んで乗り換えた。われわれの見立てどおり、イグニションキーは残したままだった」

　これを口にしたときのサミュエルズは、いくぶん誇らしげだった。誇らしげになるのも当然、とラルフは思った。ふたりで考えたいくつもの仮説のうち、ひとつだけは正しかったとわかったのだから。

「しかし、その白いヴァンがどうやってここフリントシティまで来たのかはまだわからないわけだ」ラルフはたずねた。しかし、なにかが頭の片隅をつついていた。ごく小さな事実が。

「わからない」サミュエルズはいった。「たしかに未解決の謎ではあるが、もう解決の必要もないな。ただ、きみが知っておきたがると思ってね」

「ああ、承知した」

サミュエルズはビールをたっぷりひと口飲むと、缶をピクニックテーブルに置いた。「次の選挙には出馬しないことに決めたよ」

「ほんとに？」

「ああ。この椅子はろくでなし、怠け者のリッチモンドに譲る。そのうえで、やつがデスクにたどりついた事件の八割を不起訴にすると決定したら、人々がどんなふうに思うかを見てやろう。さっききみの奥さんと話したんだが、決してあふれんばかりの同情をわたしに寄せてくれたとはいえなかったね」

「ビル、おれが今度の件はすべておまえの責任だと女房に話していたと思ってるのなら、そいつは勘ちがいだぞ。おまえの悪口なんぞ、ひとっこともいってない。おれがそんな口を叩けた義理か？　クソったれな野球の試合の最中にテリーを逮捕しようといいだしたのは、このおれだ。金曜日に内務監査部の調査担当者と話すときには、そのことをはっきり話すつもりだ」

「きみならそうすると思ってるさ」

「しかし、前にも話したかもしれないが、あんたも反対しておれに翻意を迫ったりはしなかった」

「それは、われわれがテリーの有罪を確信していたからだ。わたしはいまでも有罪だと確信している――〝臨終の供述〟があろうとなかろうと関係ない。テリーのアリバイをチェックしなかったのにも理由があった――テリーのことは街じゅうの人々が知ってる、だから警察が捜査していることを、だれかが本人に教えるかもしれないという懸念があったからで――」

「ついでに、アリバイなんぞ意味がないと考えたからだ。いやはや、それがどれほど見当はずれだったことか――」

「ああ、そうだ、そのとおり、おまえのいいたいことはクソなほどわかった。さらにわれわれの考えでは、テリーはすこぶる危険な存在――とりわけ少年たちにとって危険な存在――であり、そのテリーが先週土曜日の夜は少年たちにとりかこまれていたんだ」

「裁判所に行ったときには、せめてテリーを裏口にまで連れていくべきだったな」ラルフはいった。「おれはそう強く主張するべきだったんだよ」

サミュエルズは激しくかぶりをふった――それこそ後頭部の癖毛が頭から離れて、目につくまでになったほどだった。「その件で自分を責めるなよ。郡拘置所から裁判所へ被告人を運ぶのは郡警察の仕事だ。いいか、市警察の仕事じゃない」

「ドゥーリンなら話をきいたはずだ」ラルフは中身を飲みきった缶をクーラーボックスにもどし、まっすぐサミュエルズを見つめた。「あんたが話せば、ドゥーリンはききいれたはずだよ。自分でもそのことはわかってるんだろう？」

「ダムからあふれた水。橋の下を流れた水。いや、どんな言いまわしだろうとかまわない。もう全部おわったことだ。厳密にいうなら、この事件はいまも捜査中なんだろうが――」

「厳密にいうならＯＢＩ――〝捜査一時休止中《オープン・バット・インアクティヴ》〟だな。たとえマーシー・メイトランドが、自分の夫は警察の過失で死亡したと主張して、警察署を相手どった民事訴訟を起こしたとしても、ＯＢＩであることには変わりない。いっておけば訴訟で勝つのはマーシーだ」

「マーシーはそんな訴訟を起こすと話してるのか？」

「わからん。あいにくマーシーに話しかけるだけの勇気さえ、まだ掻きあつめられなくてね。ハウイーにたずねれば、マーシーの意向を教えてもらえるかもな」

「だったらハウイーに話してもいい。〝荒海を静めるに油を流しこむ〟というやつだ」

「おやおや、今夜の検事の先生は名言格言の泉だな」

サミュエルズは自分の缶ビールを手にとったが、わずかに顔をしかめてテーブルにもどした。キッチンの窓に目をむけると、自分たちのようすを見ているジャネット・アンダースンが見えた。ただ立っている姿だけで、顔の表情は読めなかった。「昔、わたしの母は〈運命《フェイト》〉の信奉者だった」

「おれもおなじだよ」ラルフがむっつりといった。「運命はあると信じていたが、テリーにあんなことがあったあとでは、そうも信じられなくなった。あのときピータースンの兄は、どこからともなく出現したとしか思えなかった。どこからともなくだ」

サミュエルズはうっすらと微笑んだ。「いやいや、そういう普通の運命の話じゃない。〈運命《フェイト》〉は、幽霊や畑のミステリーサークルだのＵＦＯだの、そのたぐいの話が満載されてたダイジェストサイズの雑誌の名前だ。子供のころ、母がよく記事を読みきかせてくれた。なかでも、わたしが夢中になった記事がある。『砂漠の足跡』

という題名だった。記事にあつかわれていたのはモハーヴェ砂漠へハネムーンに出かけた新婚夫婦だった。キャンプ旅行だな。ともあれ、ある晩ふたりはハコヤナギの林にキャンプのテントを張った。翌朝、新妻が目を覚ますと夫の姿がなかった。木立から出て砂漠の入口に立った妻は足跡を見つけた。妻は夫の名前を呼んだ。しかし、返事はなかった」

ラルフはホラー映画の効果音めいた声をあげた——おぉぉぉぉぉぉぉぉぉぉぉぉ。

「妻は足跡をたどって最初の砂丘を越え、ふたつめの砂丘も越えた。足跡はどんどん新しいものになった。妻は足跡をたどって三つめの砂丘も越えて……」

「そして四つめの砂丘を越えて……五つめの砂丘も！」ラルフはおどろおどろしい声でいった。「そして妻はい、い、い、まもなお砂漠を歩きつづけてい、い、いるのです！　ビル、あんたのキャンプファイアの怪談をさえぎるのは本意じゃない。でも、こっちはそろそろパイをひと切れ食べてシャワーを浴びて、ベッドにもぐりこみたいね」

「いや、話をきいてくれ。新妻が歩いたのは三つめの砂丘までだった。夫の足跡は、三つめの砂丘を半分くだったところで消えていた。そこで、ふっつり消えていて……そのまわりは行けども行けども、なにもない砂漠がつづくばかり。妻が夫と会うことは二度となかった」

「そんな話が本当にあったと信じてるのか？」

「いや、法螺話《ほらばなし》もいいところだと思ってる。しかし、信じるかどうかは重要じゃない。この話は比喩なんだ」サミュエルズは癖毛を撫でつけようとした。しかし、癖毛は撫でつけられることを拒んだ。「われわれはテリーの足跡を追っていた。それがわれわれの仕事だからだ。いや、こっちの言葉がよければいいなおすが、われわれの職務だからだ。そして追っていた足跡は月曜日の朝で途切れた。そこに謎があるか？　答えはイエス。いつだって、どこかしらに答えの出ない謎があるものでは？　それこそ驚くような新情報がすとんと膝に落ちてこないかぎり、未解決の謎は残る。ときにはそういうことが起こる。だからこそ、世間の人々はいまもまだ、忽然と消えた労働運動指導者のジミー・ホッファの身になにがあったのかと想像をたくましくしているわけだ。だからこそ世間の人々は、メアリーセレスト号の乗員になにがあったのかと、いまなお想像をめぐらせているわけだ。だからこそ、世間の人々はジョン・F・ケネディの暗殺がオズワルドの単独犯行だったのかどうかと首をひねっているわけだ。ときには足跡がいきなり途切れ、残されたわれわれはそれを受け入れるしかないこともあるんだよ」

「ひとつだけ大きなちがいがある」ラルフはいった。「足跡にまつわるさっきの話に出てきた女なら、夫がいまもなおどこかで生きていると信じることもできる。それこそ若い花嫁じゃなくなって年寄り女になるまで、ずっとそう信じていることもできる。しかしマーシーの場合、夫の足跡をたどって終点まで歩いたら、テリーがそこにいたんだ——死体になって歩道に転がって。きょうの新聞の死亡記事によれば、あしたにはマーシーはテリーを埋葬するらしい。葬儀に参列するのはマーシーとふたりの娘さんだけだろうな。といっても、墓地のフェンスの外側には五十人ばかりのハゲタカめいたマスコミ連中があつまって、大声で質問したり、ばしばし写真を撮ったりするんだろうが」

サミュエルズはため息をついた。「話はおわりだ。もう引きあげる。車泥棒の少年の話はもうきかせた——ちなみに少年の名前はマーリン・キャシディ。それに、きみがそれ以外の話をききたがっていないこともわかったからな」

「いやいや、待ってくれ。少しでいいから、すわってくれ」ラルフはいった。「そっちはおれに話をひとつきかせた。今度はおれが話をきかせる番だ。でも、超常現象の雑誌に載ってる話じゃない。おれ自身が経験したことだ。嘘はひとつもない」

サミュエルズはベンチに腰かけなおした。

「おれがまだ小さかったころの話だ」ラルフはいった。「十歳か十一歳——フランク・ピータースンとだいたいおなじ年齢だな。そのころ、おふくろがよく農産物の産地直売所でマスクメロンをお土産に買ってきた。当時のおれの大好物だったからね。こってりとしたあの甘味ときたら、メロンと名前がついちゃいても、西瓜《ウォーターメロン》なんか逆立ちしたってかなわない。それで、ある日のこと、母が三つか四つのマスクメロンのはいった網の袋をぶらさげてきた。おれは母にいますぐひと切れ食べてもいいかとたずねた。『もちろん』母は答えた。『だけど種の部分をシンクに掻き落とすのを忘れないようにね』。でも、そんなことをいう必要はなかった。そのころまでには、マスクメロンを切る場数をそれなりに踏んでいたからだ。ここまでの話は飲みこめたな？」

「ああ、まあね。包丁で指を切ったとか、そういう話になるんだろう？」

「はずれだ。しかし、母はおれが指を切ったと思いこんだ。おれが悲鳴をあげたからだ——それこそ隣のうちにきこえてもおかしくない悲鳴を。母が駆けつけてくると、おれは無言で、まっぷたつに切ったカウンターの上のマスクメロンを指さした。中身はぎっしり詰まった蛆虫と蝿だった。蛆虫も蝿も積み重なるようにして、びっしり密集していやがった。母は〈レイド〉の殺虫スプレーをもってきて、カウンター全体に薬を撒きまくった。そのあと台所用タオルをもってきて、ふたつに切ったマスクメロンを包み、裏の生ごみバケツに捨てた。それ以来おれはもうマスクメロンを食べることはおろか、スライスを見るのも耐えられなくなった。これが、おれなりのテリー・メイトランドの比喩だよ、ビル。マスクメロンは見た目にはまったく問題がなかった。ぶよぶよしてもいなかった。皮の模様にも疵《きず》ひとつなかった。蛆虫だの蝿だのが内部にはいりこめたはずはない。しかし、なぜか侵入していたんだ」

「おまえのメロンなんか知ったことか」サミュエルズはいった。「おまえの比喩も知ったことか。もう帰るよ。警察を辞める前に考えなおせ、ラルフ、いいな？　奥さんには、〝平均的市民《ジョニー・Q・パブリック》〟から撃たれる前に退場しようとしているんだろうといわれたし、そのとおりかもしれない。しかしきみは、有権者たちと向きあわなくてもいい立場だ。きみが向かいあうのは、三人の元警察官からなる申しわけ程度の内務監査部と、倒産寸前の個人診療所の収入を少しでも補うための役所のはした金を手に入れたい一心の精神分析医だ。それだけじゃない。きみが辞めれば、世間の人たちはわれわれがこの事件の捜査にしくじったと思いこむぞ」

ラルフはまじまじとサミュエルズを見つめ、笑いはじめた。腹の奥底から何度もこみあげてくる、下品きわまる心からの馬鹿笑いだった。「そうはいっても、しくじったのは事実じゃないか？　まだわからないのか、ビル？　おれたちはしくじった。徹底的に。おれたちはマスクメロンを買った。いかにも旨そうに見えたからだ。でも、街の全員が見まもっている前でふたつに切ったら、蛆虫がいっぱいに詰まってた。はいりこめるはずのない虫が、それでもはいりこんでいたんだ」

サミュエルズは足を引きずってキッチンに通じるドアに近づいた。スクリーンドアをあけたところでいったん足をとめ、さっと身をひるがえした。後頭部の癖毛が楽しげに左右に揺れた。サミュエルズは裏の榎を指さした。

「あれはまちがいなく雀だぞ、この野郎」

3

真夜中をわずかにまわったころ（ピータースン家唯一の生き残りが、ウィキペディアの助けを借りて絞首刑用輪縄のつくりかたを学んでいたころ）、マーシー・メイトランドは長女の寝室からあがった悲鳴に驚いて目を覚ました。最初はグレイスだった――母親ならだれの声かはわかる。しかし、そのあとセーラの悲鳴がくわわって恐ろしい二声ハーモニーをつくりだした。ふたりの娘が、両親の寝室から出て寝るようになって初めての夜だった。出たといっても、姉妹はまだおなじベッドで寝ていた。この先しばらく、ふたりはそうやって寝るのだろうとマーシーは思っていた。いいことだった。

よくないのは、娘たちの悲鳴だ。

マーシーには、セーラの寝室まで廊下を走った記憶がなかった。覚えているのは自分のベッドから出たことと、セーラの寝室のひらいたドアのすぐ内側に立ち、娘たちの姿をただ見つめていたことだ。窓からふんだんに流れこむ七月の満月の光のなかでベッドに上体を起こし、おたがいの体にしがみついている姉妹の姿を。

「なにがあったの？」マーシーはそうたずねながら、侵入者の姿をさがして周囲に目を走らせた。最初は、侵入してきた男（そう、侵入者は男に決まっている）が部屋の隅にうずくまっていると思った。しかし、男と見えたものは脱ぎ捨てられたジャンパーやTシャツやスニーカーのつくる山にすぎないとわかった。

「この子！」セーラが泣きながらいった。「妹！　グレイスがいったの、知らない男の人がいるって！　この子のせいですごく怖かった！」

マーシーはベッドに腰かけると、セーラの腕から妹のグレイスを引き剝がして自分の両腕で抱きしめた。そのときもまだ部屋に視線をめぐらせていた。不審者はクロゼットにいるのでは？　いてもおかしくない。アコーディオンドアが閉まっている。わたしが近づく足音をききつけて身を隠したにちがいない。それともベッドの下？子供時代に感じた恐怖のすべてが洪水の勢いで甦ってきて、マーシーはいまにもベッドの下から手が伸びでてきて足首をつかまれるにちがいないと思いこんだ。反対の手にはナイフが握られているはずだ、と。

「グレイス？　グレイシー？　どんな人を見たの？　いまはどこにいるの？」

グレイスは激しく泣きじゃくって答えられる状態ではなかったが、それでも窓を指さした。

マーシーは——一歩足を前に出すたびに、いまにも膝が崩れそうになるのを感じながら——窓に近づいた。警官たちはいまもこの家を監視しているのだろうか？　ハウイーからきいたところでは、しばらくは警官が定期的に巡回するという話だったが、それはつまり、警官が常時ここにいるわけではない、ということだ。それにセーラの寝室の窓は——というか、一家の寝室の窓はすべて——裏庭か、隣家のグンダースン家とのあいだの側庭に面している。そしてグンダースン家は休暇旅行中だ。

窓は施錠されていた。庭に人影はない——草の一本一本が月明かりにくっきり影を落としているように見えていた。

マーシーはベッドに引き返して腰をおろし、くしゃくしゃに乱れて汗に濡れているグレイスの髪を撫で、長女に話しかけた。「セーラ？　あなたはなにかを見た？」

「わたしは……」セーラは考えこんだ。またグレイスを抱きしめていた——グレイスは姉の肩に顔を埋め、しゃくりあげて泣いていた。「なんにも見てない。ほんのちょっとのあいだだけ、なにか見たって思いこんだけど、それってグレイスが『男の人、男の人』って悲鳴をあげてたせいね。でも、だれもいなかった」それから妹にむかって、「だれもいないのよ、グレイシー。本当にね」

「わるい夢を見たのかもしれないわね」マーシーはグレイスに声をかけながら思った。《これが最初の悪夢になるんだ……これからたくさん見るはずの悪夢の》

「あいつ、あそこにいたんだもん」グレイスはささやいた。

「だったら、その男の人はふわふわ浮かんでたことになるわね」セーラはいった。つい数分前に眠りから恐怖で飛び起きた子供にしては、驚くほど落ち着き払った口調だった。「だって、この部屋は家の二階にあるんだもの」

「そんなの関係ない。見たんだから。髪の毛は短くて黒くて、つんつん立ってた。顔はごろごろした塊みたいで……〈プレイ・ドー〉の粘土みたいだった。それでね、目の代わりに藁があったの」

「悪夢を見たのね」セーラはこともなげにいった——この話題をあっさりとおわらせるかのように。

「さあ、ふたりとも」マーシーは、長女とおなじようにこともなげな口調を出したいと思いながらいった。「今夜は母さんといっしょに朝まで寝てもいいのよ」

ふたりは抵抗ひとつせずマーシーについてきた。マーシーの左右にひとりずつ寝かしつけてもらうと、十歳のグレイスは五分後には寝入っていた。

「母さん？」セーラがささやいた。

「なあに？」

「父さんのお葬式が怖い」

「怖いのは母さんもおなじ」

「お葬式に行きたくない。グレイシーもそういってる」

「じゃ、三人ともおなじ気持ちの仲間だ。でも、出席しなくちゃね。勇気をもたなくちゃ。あなたたちのお父さんもそれを望んでるはず」

「父さんのことがたまらなく恋しくて、もうほかのことなんか、なにも考えられない」

マーシーは、やさしく脈搏《みゃくう》っているセーラのこめかみにキスをした。「さあ、おやすみなさい、ハニー」

セーラはやがて寝入った。マーシーはふたりの娘にはさまれたまま眠れずに天井を見あげ、目を覚ましたと錯覚するほど真に迫った悪夢のなかで、窓にむきなおったグレイスのことを思った。

《それでね、目の代わりに藁があったの》

4

午前三時をすこしまわったころ（ちょうどフレッド・ピータースンが居間からもちだしたオットマンを左手に

下げ、右の肩に輪縄をかけた姿で重い足を引きずって裏庭へ出たころ)、ジャネット・アンダースンはトイレに行きたくて目を覚ました。ベッドの半分は無人だった。小用をすませて階下へ降りたジャネットは、〝父さん熊《パパ・ベア》〟の安楽椅子にすわって、なにも映っていないテレビの画面をただ見つめている夫ラルフの姿を目にした。妻としての目でラルフを観察したジャネットは、フランク・ピータースンの死体が発見されてから夫が痩せたことに気がついた。

ジャネットはラルフの肩にそっと手をかけた。

ラルフはふりかえらないまま、いった。「ビル・サミュエルズの言葉が、どうにもこうにも頭にひっかかっててね」

「どんな言葉が?」

「問題はそこだ……なにがひっかかってるのかがわからない。言葉が舌先まで出かかっているのに、そこから出てこないような感じなんだ」

「ヴァンを最初に盗んだ男の子のことじゃない?」

ふたりでベッドに横になって明かりを消す前に、ラルフはサミュエルズとの会話の内容をジャネットに話してきかせていた。話のどこかに意味があったからではない。わずか十二歳の少年が盗んだ車をつぎつぎに乗り継いで、ニューヨーク州の中部からついにはテキサス州エルパソまで到着したという話が驚異的に思えたからだ。雑誌の〈運命《フェイト》〉に載るような驚異の話ではないかもしれないが、それにしてもずいぶん途方もない話ではある。

《その子は養父をよっぽど憎んでいたのね》ジャネットはそういって明かりを消した。

「その子供に関係することにちがいないとは思うよ」ラルフはいった。「それからヴァンの車内には紙切れがあった。その紙切れのことを調べるつもりだったのに、多忙にまぎれてすっかり失念してしまった。たしか、この話はきかせてなかったな」

ジャネットは微笑んで、ラルフの髪をくしゃくしゃっとした。髪は――パジャマの下の体が痩せたように――春ごろより頼りなくなっていた。「あら、ちゃんと話してくれてたけど。たしか、テイクアウト用メニューの一部じゃないかと思う、とまで教えてくれたわ」

「実物も証拠保管箱のなかにあるはずなんだ」

「その話もしてたわ、ハニー」

「あした署へ行って、中身をちょっと見てきてもいいかも。そうすれば、ビルの言葉のなにが頭に引っかかっているのかを解明する助けになるかもしれないし」

「いい考えだと思う。むっつり考えこんでいるだけでなく、なにか行動を起こすべきときだもの。そうだ、例のエドガー・アラン・ポーの短篇を再読したわ。語り手は、寄宿学校にいた学生時代には学校のボス的存在だった、と語ってる。でもそこに、同姓同名のもうひとりの少年が登場するの」

ラルフはジャネットの手をとって、ぼんやりとキスをした。「そこまでの話なら信じられなくもない。ウィリアム・ウィルソンという名前は、決してジョー・スミスのようなありふれた名前じゃないが、だからといって、ズビグニュー・ブルゼジンスキイみたいな珍奇な名前でもないからね」

「ええ。でも語り手は、ふたりの生年月日が同一であることを発見する。ふたりはいつも似たような服で出歩く。なによりも困ったのは、そもそも姿形が似ていたこと。まわりの人たちはしじゅうふたりをとりちがえていた。よくある話かしら？」

「そうだね」

「それで、その後の人生においてもウィリアム・ウィルソンAはウィリアム・ウィルソンBとたびたび顔をあわせた。顔をあわせるたびに、Aにとっては残念な結末になる。Aは犯罪者生活を送るようになり、Bのせいだと責める。ここまでの話はわかった？」

「夜中の三時十五分すぎだということを考えれば、おれの頭はそこそこいい仕事をしているみたいだ」

「で、結末ではウィリアム・ウィルソンAがウィリアム・ウィルソンBを剣で刺す。でもその場面を鏡で見たAは、自分で自分を刺したことを悟るの」

「なぜなら、そもそもBなど最初から存在しなかったからだ——ということだな？」

「でもBはたしかに存在していた。Bを目撃した人は、A以外にも大勢いたの。でも最後に、ウィリアム・ウィルソンAは幻覚を見て自殺未遂をする。自分がふたりいることに耐えられなくなったから」

ジャネットはてっきり鼻で笑われるものと思っていたが、ラルフはうなずいてこういった。「オーケイ、それなりに理屈は通ってる。いや、心理学的に見てもすばらしいと思うよ。なんといっても……ええと、いつごろだ？　十九世紀なかばの作品だったっけ？」

「ええ、そのあたりに書かれた作品よ。カレッジで〈アメリカン・ゴシック〉という講義をとったとき、課題でポーの作品をいろいろ読まされたの。そのひとつが、この作品だった。で、教授はこんな話をしていた――人々はポーが超自然現象にまつわる幻想小説を書いたと考えているが、これは誤解であって、ポーが本当に書いていたのは異常心理学にまつわるリアリズム小説だった、とね」

「とはいえ、あくまでも指紋とDNA以前の時代の話だよ」ラルフは微笑みながらいった。「さあ、ベッドへ行こう。いまなら眠れそうだ」

しかしジャネットはラルフを引きとめた。「わたしの夫であるあなたに、きいておきたいことがあるの。ひょっとしたらもう夜の夜中で、ふたりきりだからかもしれない。あなたがわたしを笑っても、だれにも知られないからかもしれない。でも、お願いだから笑わないで。笑われたら悲しくなるから」

「笑うもんか」

「でも、笑うかもしれない」

「笑わないよ」

「あなたはビル・サミュエルズからきかされた、いきなり途切れてしまう足跡の話を教えてくれた。それからあなた自身の体験談として、なぜかマスクメロンにはいりこんでいた蛆虫の話もきかせてくれた。でも、あなたたちの話はどっちも比喩だった。ポーの小説が〝分裂した自我〟の比喩であったように……というか、カレッジの教授はそう話してたけど。でも、もしそういった話から比喩部分をとっぱらったら、あとにはなにが残る？」

「わからん」

「説明できない謎よ」ジャネットはいった。「だから、あなたにたずねたいのはごく単純な質問。テリーがふたりいたという謎を解く唯一の答えが超自然的なものだったらどうする？」

ラルフは笑わなかった。笑いたい気分はかけらもなかった。笑うには夜が更けすぎている。いや、笑うには朝が早すぎる。理由はともあれ、笑うのは無理だった。

「おれは超自然なんてものは信じない。幽霊も天使も実在を信じないし、イエス・キリストが神だって話も信じない。たしかに教会へは行くが、それは教会が落ち着いていて、自分の声に耳をかたむけられる場所だからだ。同時に、周囲から期待されている行動だからだ。おまえが教会に行くのもおなじ理由からだと思ってる。あるいはデレクの場合も」

「わたしは神の実在を信じたいわ」ジャネットはいった。「それは、人間がただ消えるだけだと信じたくないから。たしかに、そう考えたほうがバランスがとれる——人間はだれしも暗闇から出てくるのだから、暗闇へ帰ると考えるのは筋が通ってる。でも、星々のことや大宇宙が永遠だということは信じてる。大宇宙こそ偉大な〝高次の世界〟よ。そして、現世という〝低次の世界〟にあっても、一握の砂には砂粒の数を超える宇宙が存在していると信じてる。なぜなら、永遠は双方向のものだから。頭で意識している考えのひとつひとつの裏には、数十もの考えが列をなして隠れているとも信じてる。それがどんなものかは知らなくても、意識や無意識も信じてる。アーサー・コナン・ドイルがシャーロック・ホームズにいわせたこの言葉も信じてる——『不可能なものをすべて除外したあと、そこに残ったものがどれほど突拍子がなくても、それこそが真実だ』という言葉ね」

「その作家は、妖精の実在も信じていたのではなかったか？」ラルフはたずねた。

ジャネットはため息をついた。「二階へあがって、ふたりで楽しまない？　そうすれば眠りにつけるかもしれないわ」

ラルフはおとなしく寝室へいった。しかし愛を交わしているあいだも（といっても思考のすべてがかき消されてしまうクライマックスの瞬間だけは例外）、気がつくとラルフはコナン・ドイルの警句を思い出していた。気のきいた文句だ。論理的でもある。しかし、その名句を《自然の範囲のものをすべて除去すれば、あとに残るのは超自然的なものだけだ》と改変することはできるだろうか。いや、できない。自然界のルールを少しでも逸脱するものは信じられなかった——刑事としてのみならず、ひとりの人間としても。フランク・ピータースンを殺したのはひとりの人間だ——コミックブックから出てきた幽霊などではない。となると——どれほど突拍子もないものであれ——なにが残る？　残るのはたったひとつ。フランク・ピータースンを殺害したのは、いまは故人となったテリー・メイトランドだ。

5

この水曜日の夜、最初に空にのぼってきた七月の月は、巨大な南国のフルーツなみに大きく膨らんだ橙色《だいだいいろ》の月だった。日付が変わって木曜日の未明——フレッド・ピータースンが、いくたびともわからない日曜日の昼下がりにフットボールの試合中継を見ながら足を載せたオットマンの上に立っていたころ——には、月は冷たい銀貨となって高く中天に昇りつめていた。

フレッドは輪縄を首にかけて引っぱると——ウィキペディアのエントリーの詳細な説明（ご丁寧にイラストまで添えられていた）に従って——あごの先端の真下に結び目がくるよう調節した。縄の反対の端は榎の大枝に結びつけてあった。ラルフ・アンダースンの裏庭フェンスの先にも榎があったが、こちらの木のほうがフリントシティの植物相の年長の代表格だった。この木が発芽したのは、アメリカ軍の爆撃機が積荷を広島に落としたころだった（ちなみに、一瞬で体が蒸発する運命をまぬがれるほど遠く離れたところからこの出来事を目撃した日本人は、原爆の爆発が超自然的なものとしか思えなかっただろう）。

フレッドの足もとで、オットマンが不安定にぐらぐら揺れた。蟋蟀《こおろぎ》の声が耳をつき、汗に濡れた頬に夜風を感じた——暑かった一日のあとでは夜風が涼しかったが、次の一日をフレッドが見ることはなさそうだった。フレッドが、フリントシティのピータースン家をおわらせて計算式を完成させようと思い立った動機のひとつは、フランクとアーリーンとオリーの三人が、いまならまだそう遠くまで行っていないかもしれないという希望だった。いまなら三人に追いつけるかもしれない。しかし動機の大半を占めていたのは、午前中におこなわれる妻と息子の葬儀のために葬祭場へ——ドネリ兄弟の経営する葬祭場へ——行きたくないという嫌悪感だった。おなじ葬祭場で、午後には家族三人が死ぬ原因となった男の葬儀がおこなわれるからだ。

フレッドはこれで見納めとばかり、あたりに視線を一巡させながら、自分は本当にこれを望んでいるのかと自問した。出てきた答えはイエス。そこでフレッドはオットマンを遠くへ蹴り飛ばした。てっきり首の骨が折れる〝ぽきん〟という音が頭の奥のほうできこえ、次の瞬間には目の前に光のトンネルがひらけるものだと思いこんでいた――トンネルの出口には家族が立っていて、フレッドを第二の人生に、いまよりもすばらしく、罪のない少年たちがレイプされて殺されることのない人生に手招きしてくれるものとばかり思っていた。

〝ぽきん〟という音はきこえなかった。ウィキペディアのエントリーには、体重九十三キロの男が首の骨を折るにはどれだけの勢いで落下することが必要かが書いてあったのに、うっかり読み飛ばしたか忘れたかしてしまったようだ。かくしてフレッドはあっさりとは死ねず、首をぐいぐい絞めあげられはじめた。気管が押しひしがれて眼球が眼窩から飛びだしかけると、けたたましい警報ベルの騒音と目を射るようにまぶしい内面の警告ライトのなか、それまで眠りかけていた生存本能が目を覚ました。わずか三秒で肉体が頭脳を押しのけ、死にたい気持ちは生き延びたいという荒々しい欲望に変じた。

フレッドは両手をもちあげて首をさぐり、指先でロープをとらえた。渾身の力でロープを引く。ロープがゆるみ、息を吸うことができた――といっても、ごくわずかな空気にとどまった。輪縄がきつく締まっていることに変わりはなく、結び目が腫れた腺のようにぐりぐりと首の側面に食いこんでいたからだ。片手で縄をつかんだまま、ロープを縛りつけた大枝へと反対の手を伸ばす。指先が枝の下側をかすり、樹皮の小片がいくつか剝がれて髪に落ちてきたが、それだけにおわった。

フレッドは中年男であり、引き締まった体形とは無縁だった。運動といえば、もっぱら最愛のダラス・カウボーイズのフットボール試合を見ているさなか、ビールをもう一本飲むために冷蔵庫とのあいだを往復することに限定されていた。しかしハイスクール時代でさえ、体育の授業では懸垂《けんすい》五回がやっとだった。ロープをつかんでいる片手が滑ったのを感じて、反対の手であわててロープをつかみなおし、ようやく半回分の空気をとりこめる程度には輪をゆるめたが、自分の体をさらに高くもちあげることはできなかった。両足は芝生から二十センチばかり離れた中空を、むなしく前後に揺れていた。片足のスリッパが脱げて落ち、残った片方もつづいて落ちた。フレッドは助けを呼ぼうとしたが、出てきたのはしゃがれた喘ぎだけで……そもそも夜明け前のこんな時間に、だれが起きていて声をききつけてくれるのか？　隣に住んでいる穿鑿屋《せんさく》のばあさんのミセス・ギブスンか？　あのばあさんなら、いまごろロザリオを握りしめてベッドでぐっすり眠りこけ、ブリクストン神父の夢でも見ているのだろう。

手が滑った。枝がきしんだ。呼吸がとまった。頭部に閉じこめられた血液が脈搏って、いまにも脳を破裂させようとしているのが感じとれた。喘ぎが耳をつくと、フランクは思った。《こんなはずじゃなかった》

フレッドは腕をふりまわしてロープをさがした。湖に落ちて溺れた男が、水面にむかって腕を必死に伸ばすのに似ていた。目の前に黒く大きな胞子がいくつも出現してきた。胞子は膨らんで弾け、奇怪な形の黒い茸に変わった。しかし茸が成長して視界を埋めつくすよりも前に、ひとりの男がパティオに立っているのが月明かりで見えた。男はフレッドが二度とステーキを焼くことのないバーベキューグリルに片手をかけていた——自分の所有物であるかのように。いや、それは人間ですらなかったかもしれない。容貌は粗削りだった——目の見えない彫刻家が拳骨でパンチして形づくったかのようだった。そして目は藁だった。

6

ジューン・ギブスンは、心臓発作を起こす直前のアーリーン・ピータースンが自分で頭にかぶったラザニヤをつくった本人であり、このときは寝てなどいなかった。ブリクストン神父のことを考えてもいなかった。いまこのとき、ミセス・ギブスンは激しい苦しみのなかにあった。この前、座骨神経痛に攻撃されてからもう三年。それっきり二度と再会しなければいいと思っていたが、ここへ来て再発した。この邪悪な招かれざる客は、いきなり踏みこんできて居座ってしまった。隣家のピータースン家でひらかれた葬儀後の会食から帰ってきたときには、左膝の裏に予感めいた違和感があっただけだった。しかし、これが前兆であることを心得ていたミセス・ギブスンは、主治医のドクター・リッチランドに強力な鎮痛剤のオキシコドンを処方してくれと頼みこんだ。ドクターは不承不承ながら処方箋を書いた。この薬もわずかな役に立っただけだった。激痛は背中のくぼみから足首にまで駆けくだっていき、棘だらけの万力になって絞めつけてきた。座骨神経痛のいちばん始末に困る点は――少なくともミセス・ギブスンの場合には――横になっても痛みが軽減するどころか、かえって増すことだった。そこでミセス・ギブスンはパジャマとローブという姿で居間にすわって、〝セクシーな腹筋〟をつくるための商品を宣伝するテレビの通販番組を見たり、息子が母の日にプレゼントしてくれたiPhoneでソリティアをプレーしたりしていた。

腰はめっきり弱まり、目はずいぶん衰えていたが、通販チャンネルが映っているテレビの音はミュートしてあり、耳には不具合はいっさいなかった。だから、隣家からの銃声ははっきりききとれた。すかさずミセス・ギブスンは、左半身全体をくりかえし駆けくだっていく痛みの電撃のことなどこれっぽっちも考えずに弾かれたように立ちあがった。

《ああ、大変。きっとフレッド・ピータースンが銃で自分を撃ったにちがいないわ》

ミセス・ギブスンは杖をつかみあげると、腰を曲げた魔女じみた姿勢でよたよた歩いて裏口へむかった。ポーチに出ると、銀色の無慈悲な月の投げる光のなかで、フレッド・ピータースンが自宅裏庭の芝生に力なく横たわっているのが見えた。先ほどの音は銃声ではなかった。フレッドの首にはロープが巻きついていた。ロープはそこから曲がりくねって伸び、木から折れて落ちている大枝につながっていた。ロープはこの枝に縛りつけてあったらしい。

ミセス・ギブスンは杖を落として――杖があっても足を引っぱる役にしか立たなかった――裏のポーチの階段を横歩きで降りきり、二軒の裏庭をへだてる三十メートル弱の距離を、よろめきながらの速足で歩ききった。座骨神経は核爆発を起こして、痩せこけた臀部から左の足の裏までの肉をざくざく切り裂くような激痛を送りこみ、そのたびにミセス・ギブスンは悲鳴をあげていたが、本人は気づいてもいなかった。

ミセス・ギブスンはフレッド・ピータースンのかたわらに膝をつき、紫色に膨らんだ顔や突きでている舌、首のたるんだ肉に半分埋もれたように食いこんでいるロープをながめた。それからロープの下に指をねじこませると、またもや激痛に叫び声をあげながらロープを力いっぱい引いた。このときあげた叫び声については、ミセス・ギブスン本人もしっかり意識していた。疳高く、長く尾を引く遠吠えじみた叫び声。通りをはさんで反対側の家々で明かりがともったが、ミセス・ギブスンは見ていなかった。ああ、ありがたや神さまイエスさまマリアさま——ロープをようやくゆるめることができた。ミセス・ギブスンはフレッドが咳きこみながら空気を吸うのを待った。

　ところがフレッドは息をしなかった。

　社会に出て最初に働きはじめた段階で、ミセス・ギブスンはフリントシティ・ファーストナショナル銀行の窓口係だった。六十二歳でその職を定年で退いたのちは、訪問介護士の正規資格取得のための講座に通った——そして七十四歳で辞めるまで、介護職の収入で年金を補っていた。そういった講座のひとつの必修項目が蘇生法だった。いまミセス・ギブスンはフレッド・ピータースンのかなりの巨体のわきにひざまずき、頭をもちあげて傾ける姿勢をとらせると、鼻をつまみ、口を力ずくでこじあけ、みずからの唇をフレッドの唇に押しつけた。

　そうやって空気を吹きこむのも十回めになって、そろそろふっと気が遠のくのを感じていたとき、お向かいのミスター・ジャガーがミセス・ギブスンのところにやってきて、骨ばった肩を手で叩いた。「その人は死んでるのかい？」

「わたしが助けられれば死なないの」ミセス・ギブスンはそう答え、着ていたローブのポケットをつかんだ。携帯電話の四角い輪郭が感じとれた。ミセス・ギブスンはポケットから携帯をとりだし、ふりかえって確かめもせずに後方へ投げた。「911に緊急通報して。もしわたしが気絶したら、これを替わってちょうだい」

　しかし、ミセス・ギブスンは気絶しなかった。十五回めに息を吹きこんだとき——いよいよ本当に気絶しかけたとき——フレッド・ピータースンが大きな水っぽい音をたてて、自力で一回だけ息を吸いこんだ。つづいて二回め。ミセス・ギブスンはフレッドの瞼がひらくのを待った。しかし瞼がひらかないと、ミセス・ギブスンは指で片側の瞼を押しあげた。見えたのは白目だけだった――白目といっても白くはなく、毛細血管が破裂したせいで真っ赤になっていた。

　フレッド・ピーターズンは三回めの呼吸をしたが、それっきり呼吸しなかった。ミセス・ギブスンは自分なりに精いっぱいの胸部圧迫術をつづけた。はたして役に立っているのかどうかはわからなかったが、害になっているはずはないという感触があった。腰から足にかけての痛みが軽減していた。ショックの作用で座骨神経痛が肉体から叩きだされてしまうようなことがあるのだろうか？　そんなことがあるわけはない。考えるだけでも馬鹿げている。これはアドレナリンの作用だ。アドレナリンの供給が尽きれば、これまで以上の苦しみが襲ってくるのだろう。

　夜明け前の闇のなかにサイレンの音が浮きあがって響き、次第に接近してきた。

　ミセス・ギブスンはフレッド・ピーターズンののどに力ずくで空気を吹きこむ作業を再開したが（二〇〇四年に夫が他界して以来、男性とこれほど親密に接触するのは初めてだった）、気絶して灰色の世界に落ちそうになるたびに中断した。ミスター・ジャガーは交替を申し出ることはなかったし、ミセス・ギブスンも交替を頼まなかった。救急車が来るまでは、自分とフレッド・ピーターズンだけにすべてがかかっている。

　ミセス・ギブスンが作業を中断すると、フレッドが例の大きな水っぽい音をたてて息をすることもあった。息をしないこともあった。ミセス・ギブスンはほとんど気づいていなかったが、いつしか救急車の明滅する赤いライトが二軒の隣接した庭を切り裂きはじめ、フレッドが首を吊ろうとした榎の枝が折れてぎざぎざになった部分を、ストロボ状のライトが照らしていた。救急救命士のひとりがそっと立たせてくれたが、ミセス・ギブスンはほとんど痛みを感じなかった。驚きだった。この奇跡もかりそめかもしれないが、それでもありがたく受け入れるつもりだった。

「あとはわれわれが引き継ぎます、奥さん《ミサス》」救急救命士はいった。「すばらしいお仕事ぶりでした」

「ああ、ほんとに見事だった」ミスター・ジャガーがいった。「あんたはこいつを助けたんだ、ジューン。ああ、このかわいそうな男の命を救ったんだ！」

ミセス・ギブスンは自分のあごから生ぬるい唾──自分とフレッドの唾が入り交じっていた──をぬぐいながら答えた。「ええ、そうかも。でも、もしかしたら助けないほうがよかったのかもしれなくてよ」

7

木曜日の朝八時、ラルフ・アンダースンは自宅裏庭の芝を刈っていた。やるべき仕事がひとつもない一日が目の前に伸びているいま、時間の利用法として考えついたのは芝刈りだけだった。とはいえ、頭の利用法はまた別の話だった。ラルフの頭はいま、ハムスターの回し車のように際限なく回りつづけていた──フランク・ピータースンの無残に凌辱された死体、目撃証人たち、動画の記録、DNA、そして裁判所前の群集。いちばんよく思い返すのは最後の光景だった。なぜかはわからないが、あの場で見かけた若い女の肩からずり落ちていたブラジャーのストラップのことが、執拗に頭に浮かんできた──ボーイフレンドに肩車してもらった女が両の拳を宙に突きあげているあいだ、さかんに上下に揺れていた鮮やかな黄色いリボンのようなストラップ。

携帯電話が着信を知らせる木琴のメロディを、あやうくききのがすところだった。ラルフは芝刈機のスイッチを切り、スニーカーと剝きだしの足首が切り落とした芝まみれになった姿で立ったまま電話をうけた。「アンダースンだ」

「トロイ・ラメイジだ、ボス」

テリー・メイトイランドを実際に逮捕したふたりの警官の片割れだ。あの逮捕劇がずいぶん昔に思えた。決まり文句ではないが、前世の出来事のようだった。

「どうかしたのか、トロイ？」

「いまベッツィ・リギンズと病院に来てる」

ラルフは微笑んだ。ここしばらく微笑んだことが絶えてなかったせいだろう、笑みが顔に違和感をもたらしていた。「ベッツィにいよいよ赤ん坊が生まれるんだな」

「いや、そっちはまだだ。あんたが休暇中で、ジャック・ホスキンズがいまもまだオコマ湖で釣りを満喫中なので、署長はベッツィに病院へ行けと頼んでね。で、ベッツィの付添として、おれに声がかかったわけで」

「なにがあった？」

「数時間前にフレッド・ピータースンが救急車でかつぎこまれた。自宅の裏庭で首つり自殺をしようとして、ロープを結んだ木の枝が折れたんだ。隣家のミセス・ギブスンという女性がマウス・トゥ・マウス式の人工呼吸術をほどこして、なんとか命だけは助けた。この女性は病院にフレッド・ピータースンのようすを見にくる予定で、署長は女性に声明を出してほしがってる。こういった場合の定例なんだろうが、しょせんはあとの祭りみたいに思えるな。だって、ほら、あの憐れな男にはこの世から退場する理由もどっさりあったわけだし」

「フレッド・ピータースンの容態は？」

「医者たちの話だと、もう脳が最低限しか機能していないらしい。意識をとりもどす可能性は百分の一だそうだ。ベッツィがボスにも知らせたほうがいいといっていてね」

　つかのまラルフは、朝食に食べたシリアルが腹から逆流してくるものと思いこみ、右に顔をそむけた。かたわらの〈ローンボーイ〉の芝刈機に反吐をぶちまけないための用心だった。

「ボス？　きこえてるかい？」

　ラルフは牛乳とシリアルの〈ライスチェックス〉が混ざりあった酸っぱいどろどろしたものを無理やり飲みくだした。「ああ、きこえてる。いまベッツィはどこに？」

「ミセス・ギブスンという例の女性といっしょに、ピータースンの病室にいる。ベッツィがおれに電話をかけてこいといったのは、集中治療室《ICU》が携帯電話の禁止ゾーンだからだ。医者たちはベッツィとミセス・ギブスンが話せるような部屋を提供するといったが、ミセス・ギブスンはピータースンがいるところで刑事の質問に答えたいといってね。まるで、あの男にも会話がきこえるといわんばかりに。ま、感じのいいご婦人だよ。でも、腰がかなり痛むみたいでね——歩き方を見ればわかる。でも、それならどうして病院に来ているのかな。こいつはドラマの〈グッド・ドクター〉とはわけがちがう。奇跡の回復劇なんか起こりっこないんだから」

　ラルフには理由がわかるような気がした。ミセス・ギブスンというその女性は、アーリーン・ピータースンとレシピをやりとりしていても不思議はないし、オリーとフランキーの成長を見まもっていたのかもしれない。フリントシティが珍しく雪嵐に見舞われたあとは、フレッド・ピータースンがギブスン家のドライブウェイの雪かきをしたとも考えられる。だから悲しみと敬意から病院を訪ねたのだろうし、罪の意識に駆られてもいたかもしれない。なぜならフレッド・ピータースンをあっさりと死なせず、本人に代わって呼吸をうけもつ機械のある病室から永遠に出られない運命を課してしまった当人だからだ。

過去八日間の恐怖が大波になってラルフに襲いかかってきた。殺人者は少年を殺しただけでは飽きたらず、ピータースン家の全員の命を奪っていった。いわば完全な根だやし作戦だ。

《いや、〝殺人者〟じゃない。そんなふうに匿名にする必要はないぞ。テリーだ。殺人者、すなわちテリー。レーダーには、ほかにだれひとり浮かんでいない》

「ボスが知っておきたがると思ったんだ」ラメイジはくりかえした。「それに、ほら、明るい面だってなくはない。ベッツィが病院にいるあいだに産気づくかもしれないし。そうなれば、旦那があわてて病院までかみさんを連れていく手間も省けるってものだ」

「ベッツィに家へ帰れと伝えてくれ」ラルフはいった。

「了解。それから……ラルフ？　裁判所ではあんなことになって残念だった。とんだクソイベントになっちまって」

「そいつはいいえて妙だ」ラルフはいった。「電話をありがとう」

それからラルフは芝刈りを再開した。古くなって不安定になった〈ローンボーイ〉のあとをゆっくりと歩き（いよいよ近くの〈ホームデポ〉に行って新しい芝刈機を買うしかないようだ――ありあまるほどの時間があるいま、この雑務を延期する理由はもうなかった）、もうすぐ芝を刈りおえるというとき、携帯がまたしても木琴の音でブギを奏ではじめた。ベッツィかと思った。ベッツィではなかったが、かけてきた人物はフリントシティ総合病院にいた。

「ＤＮＡ鑑定の結果はまだ全部出ていないんだ」ドクター・エドワード・ボーガンはいった。「しかし、被害者の少年の肛門を凌辱するのにつかった木の枝の鑑定結果が出た。付着していた血液と、犯人の手が残した皮膚の細片だよ。ほら、犯人が木の枝を握って……その……あれしたときに——」

「それは知ってる」ラルフはいった。「だから焦らさないで結果を教えてくれ」

「焦らすも焦らさないもないよ、刑事さん。枝から採取した検体はメイトランドの頬の内側の検体と一致した」

「ありがとう、ドクター・ボーガン。いまの結果をゲラー署長と州警のサブロ警部補に伝えておいてくれ。おれはいま公務休暇中で、ひょっとしたらこの夏いっぱいは休むかもしれない」

「馬鹿馬鹿しい」

「これも規則だ。ゲラー署長が、うちのだれをユネル・サブロと組ませる肚なのかはわからない——ジャック・ホスキンズは休暇旅行中だし、ベッツィ・リギンズは臨月で、いつ最初の子供が生まれてもおかしくない状態だよ。しかし、だれかを見つけるだろうよ。ま、考えてみればメイトランドが死んでしまったいま、捜査するべき事件がないわけだ。おれたちは残った穴を埋めているにすぎん」

「その残った穴が重要なんだよ」ボーガンはいった。「メイトランドの細君がひょっとしたら民事訴訟を起こすかもしれない。そこへDNA鑑定の結果を弁護士に伝えれば、細君も考えを変えるかもしれないしね。いわせてもらえば、そのような訴訟は不届き千万だよ。亭主はあの少年を、およそ考えられないほど残酷な手口で殺したんだ。それなのに細君が亭主のそうした……性癖に気づいてなかったのなら、不注意もはなはだしい。性的サディストなら、かならず事前の徴候を発するものだ。いつもかならず。あえていわせてもらえば、きみは公務休暇じゃなくて勲章をもらうべきだと思うよ」

「そういってもらえるとありがたいな」

「わたしの心の声というだけだ。鑑定を待っている検体はまだたくさんある。大量にだ。結果がこちらに報告されたら、そのつどきみに教えるとしようか？」

「そうしてほしい」ラルフは答えた。ゲラー署長はホスキンズを早めに旅行先から呼びもどすかもしれない。しかし、あの男は素面《しらふ》のときでさえ場所ふさぎ以上の役には立たず、おまけに昨今では素面でいることのほうが珍しいときている。

ラルフは電話を切ると、最後に残っていた芝も刈りおえた。それから〈ローンボーイ〉をガレージにしまった。芝刈機のボディをきれいに拭きながら、ラルフはまたちがうポーの短篇を思い起こしていた。地下納骨堂《カタコンベ》を利用した広壮なワイン蔵の煉瓦の壁に、ひとりの男が閉じこめられてしまう顚末を描いた物語だ。本で読んだことはなかったが、映画は見たことがあった。

《一生のお願いだ、モントレゾオル！》煉瓦の壁に閉じこめられかけていた男は叫ぶ。埋葬を実行していた男はおなじ言葉を返す。《ああ、これぞわが一生の願いだ》

この事件にあてはめれば、煉瓦の壁に閉じこめられている男はテリー・メイトランド。ただし煉瓦はＤＮＡであり、テリーはすでに死んでいる。たしかに矛盾する証拠が存在するのは事実であり、気がかりでもある。しかしこちらの手もとにはフリントシティで採取したＤＮＡがあり、キャップシティのものはない。ニューススタンドの本についていた指紋の件があるが、指紋は植えつけることができる。テレビの推理ドラマが見せているほど簡単ではないが、決して不可能ではない。

《だったら目撃証人たちのことはどうなんだ、ラルフ？あの英語教師たちは、何年も前からテリーとは知りあいだったんだぞ》

《教師たちのことは気にしないでもいい。ＤＮＡのことを考えるんだ。絶対確実な証拠を》

ラルフが見た映画では、モントレゾオルはうっかり黒猫を犠牲者といっしょに閉じこめてしまい、それが理由で破滅する。物悲しい猫の声がワイン蔵への訪問者に異変を知らせたのだ。この猫も比喩なのだろう。殺人者自身の良心の声の比喩。ただし、葉巻がただの煙だという場合も、猫が文字どおり猫だという場合もある。臨終のときのテリーの目や〝臨終の供述〟をくりかえし思い出しても意味はない。ビル・サミュエルズも話していたように、あのときは妻のマーシーがかたわらに膝をついてすわり、死にゆく夫の手をとっていたという事情があった。

ラルフは作業台に腰かけた。さして広くもない裏庭の芝刈りをしたにすぎない男としては、なんだか妙に疲れていた。最終的に発砲にいたるまでの最後の数分間の出来事のイメージが、どうしても頭から消えてくれなかった。車の防犯アラーム。自分の傷からの出血に気づいたブロンドのアンカー女が見せた、愛らしさのかけらもないほくそ笑み——おおかた小さな傷だろうが、視聴率をあげる役に立つと踏んだ笑みだ。両手にタトゥーを入れていて顔に火傷の痕のある男。口唇口蓋裂の若者。歩道のコンクリートに埋めこまれた雲母がつくっている複雑な星座に反射していた日ざし。上下にゆらゆら揺れていた、若い女の黄色いブラのストラップ。いちばん強く思い出すのはそれだ。どこかへラルフを導こうとしているようにも思えたが、ブラのストラップがブラのストラップでしかない場合もある。

「それに、ひとりの男が同時に二カ所に存在することは不可能だ」ラルフは低い声でつぶやいた。

「ラルフ？　ひとりごとをいってるの？」

その声にラルフはびくっとして顔をあげた。裏口にジャネットが立っていた。

「そのようだ——まわりにだれもいないし」

「わたしがいるけど」ジャネットはいった。「大丈夫？」

「そうともいえないな」ラルフはそう答え、フレッド・ピーターソンのことを話した。ジャネットは目に見えてわかるほど肩を落とした。

「ひどい話。それじゃ、あの一家はおしまいね。フレッドが回復しなければ」

「フレッドが回復しようとしまいと、ピーターソン家はおわりだよ」ラルフは立ちあがった。「もうちょっとしたら警察署に行って、例のちょっとした紙切れを調べてこようと思う。メニューだかなんだかわからないが」

「行く前にシャワーを浴びて。いまのあなたは、オイルと芝そのもののにおいをさせてるもの」

ラルフは微笑み、ジャネットにむかって敬礼した。

「イエス・サー」

ジャネットは爪先立ちになってラルフの頬にキスをした。「ラルフ？　あなたなら今回のことも切り抜けられる。乗り越えられる。わたしを信じて」

8

これまで経験していなかったため、公務休暇についてラルフが知らないことはたくさんあった。そのひとつが、休暇中でも警察署への立入りが許されているのかどうかということだった。そんなことが頭にあったものだから、ラルフは署へ行くのを午後のなかばまで待った。署の日々の搏動がいちばんゆるやかになる時間帯だからだ。署に着いたときには、メインのいちばん大きな部屋にいたのはステファニー・グールドと、通信指令デスクを前にすわってピープル誌を読んでいたサンディ・マッギルだけだった。ステファニーはまだ私服姿のまま、市議会からいずれ交換するという約束ばかりきかされている旧式パソコンの一台で報告書の記入欄を埋めていた。ゲラー署長のオフィスにはだれもいなかった。

「あら、刑事さん」ステファニーが顔をあげて声をかけてきた。「きょうはなんの用事で来たの？　有給休暇中だときいてたけど」

「手もち無沙汰になりたくないんでね」

「だったら力になれるかも」ステファニーはそういって、コンピューターの横のファイルの山をぽんと叩いた。

「それはまた別の機会にしたいね」

「あんなことになって残念ね。みんながそう思ってる」

「ありがとう」

ラルフは通信指令デスクに近づき、サンディに証拠品保管室の鍵を出してくれと頼んだ。

サンディは読んでいた雑誌からろくに目もあげず、ためらいもせずに鍵をわたしてきた。証拠品保管室のドアの横のフックに、クリップボードとボールペンが吊ってあった。ラルフは入室記録を省いてしまおうかとも思ったが、先へ進んで氏名と日付と現在時刻を記入した――《1530》と。実際には、記入を省く選択肢はなかった――ステファニー・グールドとサンディ・マッギルのふたりは、ラルフがここへ来たことも来た理由もすでに知っている。なにを調べにきたのかと質問されたら正直に話すつもりだった。なんといっても、いまの自分は公務休暇中であって停職中ではないのだ。

保管室はクロゼットと大差ない狭さで、息づまるような蒸し暑さだった。天井の蛍光灯がちかちかと点滅した。旧式のPCだけではなく、この蛍光灯も交換が必要だ。フリントシティ当局は連邦からの補助金の助けも借りて、市警察が必要な武器をそろえられるように手を尽くしている。それならどうして、基本的な設備の部分が崩れかかっているのだろうか。

ラルフが最初に警察へやってきた時分にフランク・ピーターースン殺害事件が起こっていれば、テリー・メイトランド関係の証拠物件の箱が四箱……いや、六箱あったとしてもおかしくなかった。しかし、コンピューター時代には驚異の圧縮術がある。いまここにある箱はふたつきりで、あとはヴァンの後部荷室に置いてあった工具箱があるだけだった。工具箱の中身は、標準的なレンチとハンマーとドライバーのセットだった。中身の工具類からも箱そのものからも、テリーの指紋はひとつも見つからなかった。そこからラルフは、この工具箱は最初にヴァンが盗まれたときすでに車内にあり、そのあと自分の目的のためにヴァンを盗んだテリーは、一度も工具箱とその中身を調べなかったのだろうと推測した。

証拠品保管箱の片方には《**メイトランド自宅**》と書いてあり、もうひとつには《**ヴァン／スバル**》と記されていた。ラルフの目あては後者だった。箱に封をしているテープを切る。テリーが死亡したいま、封を切ってはいけない理由はひとつもない。

手早く中身を調べるだけで、見覚えのある紙切れをおさめたビニールの証拠品袋が見つかった。紙は青く、おおまかに三角形をしていた。いちばん上には黒い太字で《**TOMMY AND TUP**》とある。《**TUP**》につづいていたはずの文字はわからなかった。上の隅には、皮から湯気のあがっているパイを描いた小さなイラスト。このイラストははっきりとは覚えていなかったが、紙切れをテイクアウトメニューの一部だと考えた理由はそのあたりにあったにちがいない。きょうの夜明け前に話をしたとき、ジャネットがなにかいっていなかっただろうか？　《頭で意識している考えのひとつひとつの裏には、数十もの考えが列をなして隠れているとも信じてる》だ。それが真実だとすれば、くだんの黄色いブラジャーのストラップの裏になにが隠れているかを知ることができるなら、それなりの金を出してもいい。裏になにかが潜んでいることは確実だからだ。

もうひとつ、ほぼ確実に思えることがあった。この紙切れがヴァンの床に行き着くにいたった経緯である。ヴァンが駐めてあった地域一帯のすべての車輌のフロントガラスのワイパーに、だれかがテイクアウトのメニューをはさんでいったのだ。運転手は——ヴァンをニューヨークで盗んだ少年かもしれないし、少年が乗り捨てたあとでヴァンを盗んだ人間かもしれないが――ワイパーをもちあげずにチラシを引き抜いたので、隅がちぎれて三角形の部分だけが残った。そのときには気づかなかったにしろ、車を走らせはじめれば気づかなかったはずはない。運転手は窓からワイパーに手を伸ばして紙切れを引き抜き、そのまま吹き飛ばして捨てたりせず、ヴァンの床に落とした。泥棒ではあっても、ゴミをやたらに散らかす性格ではなかったのか。あるいはパトカーがうしろを走っていて、どんな些細なことでも警官の注意を引きつけかねない行動は避けたかったのか。いや、窓から投げ捨てようとしたが、気まぐれな風に吹きもどされて車内に落ちたとも考えられる。ラルフは交通事故の捜査にもたずさわったことがあったが、ひときわ悲惨だった事故はタバコの吸殻が原因だった。

ラルフは尻ポケットから手帳を引き抜くと――公務休暇中だろうとなかろうと手帳をもちあるくのは第二の天性のようなものだった――白紙のページに《**TOMMY AND TUP**》と書き写すと、《**ヴァン／スバル**》の箱を元の棚にもどし、証拠物件保管室をあとにして（退室時刻の記帳もサボらずにすませた）、ドアを施錠した。鍵をサンディに返却したラルフは、ページをひらいた手帳を差しだした。サンディはジェニファー・アニストンの最新恋愛事情について書かれた雑誌記事から目をあげて、手帳に視線をむけた。

「これに心当たりはあるかい？」

「ぜんぜん」

それっきりサンディはまた雑誌に目をもどした。ラルフはステファニー・グールド巡査に近づいた。ステファニーはあいかわらず紙の書類の中身をデータベースかなにかに入力しながら、キーの打ちミスをするたびに小声で毒づいていた――ちなみに打ちミスは珍しくないようだった。ステファニーはちらりとラルフの手帳に目をむけた。

「〝タップ〟というのは、セックスを意味する昔のイギリスの俗語だったかな。たとえば……〝ゆうべはガールフレンドの子をタップしたぜ〟みたいにつかったんだと思う。でも、それ以外には思いつかない。重要なこと？」

「それもわからない」

「だったらググってみたら？」

自分の時代遅れのパソコンが起動するのを待っている

あいだ、ラルフは配偶者というデータベースに照会してみようと思いたった。ジャネットは最初の呼出音で出たし、ラルフの質問には考える時間も必要としなかったようだ。

「たぶん、〝トミーとタペンス〟のことね。アガサ・クリスティーがエルキュール・ポワロものやミス・マープルものの合間に書いていた、キュートな夫婦探偵よ。もしそれが正解だったら、そのレストランはイギリス出身の夫婦が経営している店で、名物料理はジャガイモやキャベツなどの野菜と肉を炒めたり煮たりしたバブル＆スクィークあたりね」

「バブル……なんだって？」

「いいの、忘れて」

「なんの意味もないかもしれないけどね」ラルフはくりかえした。しかし、なにか意味があるかもしれない。吉と出るか凶と出るかはともかく、このちっぽけなクソを追いかけて確かめる。クソを追いかけることこそ――シャーロック・ホームズには申しわけないが――たいていの探偵仕事の要点だ。

「でも、興味があるな。家に帰ってくる前に連絡をちょうだい。ああ、そうそう、オレンジジュースが切れてるんだった」

「じゃ、〈ジェラルズ〉に寄って帰るよ」ラルフはそういって電話を切った。

それからグーグルにアクセスし、検索語のボックスに《**トミーとタペンス**》と入力し、さらに《**レストラン**》の一語を追加した。署のコンピューターは古かったが、Ｗｉ－Ｆｉは新しくて高速だった。わずか数秒後には、さがしもとめていた情報が手にはいった。店の名は〈トミーとタペンス・パブ＆カフェ〉、場所はオハイオ州デイトンのノースウッズ・ブールヴァード。

デイトン。デイトンになにがあったか？　今回の痛ましい事件が起こる前に、その地名がどこかで出たことがなかったか？　もしそうなら、どこで出てきた？　ラルフは椅子の背もたれに体をあずけて目を閉じた。例のブラジャーのストラップがなにとの関係を示唆しているのかはあいかわらず不明だったが、デイトンの件は思い出せた。テリー・メイトランドとの事実上最後になった会話だ。あのときラルフとテリーはヴァンのことを話していた。テリーは、ハネムーンで妻と行って以来ニューヨークへは行っていないと話し、最近旅行で訪れたのはオハイオ州だけだったといった。はっきりいえばデイトンだ。

《娘ふたりが春休みだったからね。わたしは父に会いにいきたかったし……》テリーはそういい、ラルフが父親はデイトン住まいかとたずねると、こう答えた。《最近の父がやっていることを〝暮らし〟と呼べるのならね》

ラルフは州警察のユネル・サブロに電話をかけた。

「やあ、ユネ、おれだ」

「おう、ラルフか。どんな調子だ、引退生活ってやつは？」

「最高だね。うちの芝生を見せてやりたいよ。そういえば、あのいけ好かないリポーター女の見事なボディを守った功績で表彰されるそうじゃないか」

「ああ、そういう話だ。いいことを教えてやろう——人生ってやつは、貧乏なメキシコ人農家のせがれにずいぶんよくしてくれてるぞ」

「おや、前はたしか父親はテキサス州アマリロでは最大の自動車ディーラー店を経営していたと話してなかったかい？」

「ああ、そう話したこともあったかもしれないな。しかし真実と伝説の二者択一を迫られたらね、わが友《エセ》、伝説のほうを正面に押しだすべきだ。映画〈リバティ・バランスを射った男〉でのジョン・フォードの知恵の言葉だよ。さて、きょうはどんな用事だ？」

「サミュエルズから、最初にあのヴァンを盗んだ少年の話をきいたか？」

「ああ。ちょっとした物語だな。少年の名前はマーリン。知ってたか？　そんな名前をもっているところを見ると、その少年もちょっとした魔法つかいで、だからこそはるばるエルパソまで行きつけたのかもしれない」

「エルパソに問いあわせできるかな？　少年の逃避行がエルパソでおわったことは知ってるが、サミュエルズからは少年が例のヴァンをオハイオで乗り捨てたと知らされた。おれが知りたいのは、少年がヴァンを乗り捨てたのがオハイオ州デイトンのノースウッズ・ブールヴァードにある〈トミーとタペンス・パブ&カフェ〉の近くだったかどうか、だ」

「きいてみることはできそうだ」

「サミュエルズからは、その魔法つかいのマーリンくんがずいぶんな長旅をつづけていたときいてる。知りたいのは、マーリンがヴァンを乗り捨てたのがいつだったかだ。四月だったということはあるだろうか？」

「そのあたりもきいてみよう。よければ、理由も教えてもらえるか？」

「テリー・メイトランドは四月にオハイオ州デイトンに行ってるんだ。父親を訪ねてる」

「ほんとに？」ユネルは完全に話に釣りこまれた声になっていた。「ひとりで？」

「家族旅行だよ」ラルフはいった。「いっておけば往復とも飛行機をつかってる」

「だったら、それだけのことだ」

「そうかもしれない。しかしこの件はいまなおわが意識に働きかけ、特段の魅惑の力をおよぼしているのだよ」

「刑事さん、いまの言葉を説明してくれるかな。なにせ、おらは貧乏なメキシコ人農夫のせがれなんでね」

　ラルフはため息をついた。

「とりあえず、当たれるところに当たってみよう」

「助かるよ、ユネ」

　ラルフが電話を切っているところに、ゲラー署長が外出からもどってきた。手にはジムバッグをさげており、シャワーを浴びてさっぱりしたところのように見えた。ラルフは軽く手をふって挨拶したが、返ってきたのは渋い顔だった。

「きみはここへ顔を出してはいけない立場だぞ、アンダースン刑事」

　ほう。これであの疑問には答えが出た。

「家へ帰れ。芝刈りでもなんでもするといい」

「それはもうすませました」ラルフは椅子から腰をあげながら答えた。「次は地下室の大掃除をやる予定です」

「そりゃいい。とりかかったほうがいいぞ」ゲラーは署長室の手前で足をとめた。「ラルフ……こんなことになって残念だ。ああ、心から残念に思ってる」

《だれもかれも異口同音におなじことをいいやがる》ラルフはそんなふうに思いながら、午後の熱気のなかへ出ていった。

9

ユネル・サブロからの電話は、その日の夜の九時十五分過ぎにかかってきた。ジャネットはシャワー中だった。ラルフは話のすべてを書きとめた。情報量はとぼしかったが、中身は興味深かった。そのあとラルフはベッドにはいって、テリーが裁判所の正面階段のあがり口で射殺されて以来、初めて本当の眠りへ落ちていくことができた。夢から目覚めたのは金曜日の午前四時——夢で見ていたのは、ボーイフレンドに肩車をしてもらい、両手の拳をさかんに空へむけて突きあげていたティーンエイジャーの少女だった。ベッドで上体を起こして背すじを伸ばしたものの、まだ覚醒というよりは睡眠に近い状態だったラルフは、恐怖に駆られた顔つきの妻が隣で体を起こして両肩をつかんでくるまで、自分がなにかを叫んでいたことに気づかなかった。

「なんなの、ラルフ？　どうかした？」

「ストラップの色だ！」

「なんの話をしてるの？」ジャネットはラルフを揺さぶった。「夢を見てたの？　悪夢？」

《頭で意識している考えのひとつひとつの裏には、数十もの考えが列をなして隠れているとも信じてる》ジャネットが口にした言葉だ。そして、いま見ていた夢もその言葉に関係してはいたが、夢の内容は早くも薄れて消えかけていた。数多くの考えのひとつ。

「つかんだ」ラルフはいった。「夢でつかんだぞ」

「なにをつかんだの？　テリーに関係したこと？」

「若い女のことだ。あの女のブラのストラップは黄色だった。ただ、ストラップ以外にも黄色いものがあったんだ。夢のなかで、それがなんだったのかを思い出したんだが、いまはもう……」ラルフは両足をベッドから振りだして床につけると、パジャマ代わりのぶかぶかのトランクスから出ている両の膝をつかんだ。「消えちまった」

「また思い出すわよ。さあ、横になって。おかげで寿命が縮んじゃったじゃない」

「わるかった」ラルフはまた体を横たえた。

「眠れそう？」

「わからない」

「サブロ警部補は電話でなにを伝えてきたの？」

「あれ、話さなかったっけ？」ラルフは話さなかったことを知りつつたずねた。

「ええ、話してもらってない。わたしも無理じいしたくなかったし。だって、あなたの顔に〝ただいま考え中〟の表情が貼りついてたもの」

「朝になったら話すよ」

「あなたに叩き起こされて目がぱっちり冴えてしまったんだもの、いま話してもらってもおなじ」

「といっても、話すことはあんまりないんだよ。ユネルは、逮捕担当の巡査を通じて、少年の行方を突きとめた——巡査本人が少年に好意をいだいて、それで興味もあったんだろうな、そのあとのようすも確かめていてね。マール・キャシディというその少年は、ひところエルパソの児童養護制度のもとで暮らしていた。いずれは自動車泥棒の罪で、少年裁判所の審問会のようなものに出る必要に迫られる。しかし、いまのところどこの裁判所になるかは決まっていない。いちばんありそうなのはニューヨーク州ダッチェス郡だが、そちらの関係者がなんとしてもマールを手もとに引き寄せようと躍起《やっき》になっている事実はないし、マール本人もそっちへもどりたいと躍起になってはいない。それゆえ、いまのところマールは法律の世界の〝どこでもない場所〟にとどまっていて、しかもユネルによれば、本人もその状態が気にいってるらしい。少年の言いぶんによれば、養父から頻繁に暴力をふるわれていたようだ。実の母親は見て見ぬふり。典型的といえる児童虐待だな」

「かわいそうな子。家出も当たり前ね。この先どうなるの？」

「まあ、いずれは送還されることになる。司法制度という車輪はのろのろとしか動かないが、その働きぶりは徹底している。裁判所からは執行猶予つきの判決がおりるだろうね。あるいは、児童養護施設にいるあいだに刑期をすませられるような手だてを考えてくれるかもしれない。故郷の街の警察には、少年の自宅がどんな状態かという警告が発せられる。だけど、いずれはすべてがふりだしにもどる。児童虐待者は一時停止《ポーズ》ボタンを押すことはあれ停止《ストップ》ボタンを押すことはめったにないんだ」

ラルフは両手を後頭部で組み、テリーのことを思った

——以前には暴力的な傾向をいっさいうかがわせず、それこそアンパイアを小突くことすらしなかったテリーを。

「マール少年は、たしかにデイトンにいたんだ」ラルフはいった。「そのころマールは、盗んだヴァンのことを不安に思いはじめていた。そこで車を公共駐車場に入れた——無料だったし、係員はいないし、なにより数ブロック先に〈マクドナルド〉の黄金のアーチが見えたからだ。〈トミーとタペンス〉というカフェの前を通った記憶はないが、背中に〝トミーなんとか〟と書いたシャツを着た若い男のことは覚えていた。男は青い紙の束をもっていて、道端に駐まっていた車のフロントガラスのワイパーをもちあげては、そこにちらしをはさんでいた。男はマール少年に気がついて、駐車場にある全部の車のワイパーにメニューのちらしをはさんでくれたら一ドルやる、と話しかけた。マールは断わり、〈マクドナルド〉へ行ってランチをすませた。もどってきたとき、ちらし配りの男はいなかったが、駐車場のすべての車やトラックのワイパーにメニューがはさんであった。少年は臆病になっていて、これを凶事の前兆だと受けとった——どうしてそう思ったのか、理由はわからなかった。ともあれ、マール少年はそろそろ車を乗り換える潮時だと思ったわけだ」

「臆病でなかったら、その男の子はもっと早くつかまっていたでしょうね」ジャネットはいった。

「そのとおり。とにかく少年は駐車場をぶらぶら歩いて、ロックされていない車を物色した。あけっぱなしの車があんなにあるなんて驚いた——マール少年はユネルにそう話した」

「でも、あなたにとっては意外ではないんでしょう」

ラルフは微笑んだ。「たいていの人は無用心だからね。五台めか六台めに見つけたロックされていない車のサンバイザーの裏に、スペアキーが隠してあった。じつに好都合な車だった——毎日毎日、数千台単位で道を走っている地味な黒のトヨタだ。そしてわれらが少年魔法つかいはトヨタで道路へ乗りだしていく前に、ヴァンのキーをイグニションにもどした。ユネルには、だれかがヴァンを盗めばいいと思ったと話してる。なぜかといえば——言葉をそのまま引用すれば——〝追ってくる警官《マッポ》の目をごまかせる〟からだそうだ。しょせんは律儀にウィンカーを出して車を走らせている一介の家出少年なのに、まるで六つの州で指名手配されている殺人犯みたいな言いぐさだよ」

「その子がそんな言葉を？」ジャネットは愉快に思っている口調だった。

「まあね。そうそう、マール少年がヴァンにいったんもどったのは、車内からもちだす品があったからだ。つぶした段ボール箱の束だよ。運転席に敷いて腰をおろせば、じっさいよりも背を高く見せられるわけだ」

「なんだか、その子のことが好きになってきたわ。デレクだったら、そんなことは思いつかないだろうし」

《おれたち夫婦がそんなことを思いつく理由をあの子に与えなかったからだよ》ラルフは思った。

「ヴァンを乗り捨てたときには、フロントガラスのワイパーにはさんであったメニューをそのままにしていったの？」

「ユネルがたずねたところ、少年はちらしにはなんの用もない、だからそのままにしたと答えたそうだ」

「だとすると、メニューちらしを破りとった人物は――最終的に車内の床に落ちることになる三角形の紙切れをそのままにした人物は――デイトンの駐車場から白いヴァンを盗んだ人物ね」

「そうだと断言してもいいだろうな。さて、ここからの話こそ、おれの顔に〝いま考え中〟の表情がくっついていた理由だ。少年はこの出来事が四月だったと思う、と話してる。こればかりは眉唾だと考えてる――日付をきっちり追いかけておくのは、少年にとってそれほど重要じゃなかったはずだと思うからだ。それでも少年は、季節が春だったのはまちがいないとユネルに話した――木々の葉がすっかり出ていて、まだ本格的な暑さではなかった、とね。だから四月だったとしてもおかしくない。それに四月には、テリーが父親を訪ねてデイトンに行っていたからね」

「ただし、そのときテリーは家族といっしょで、往路も復路も飛行機だった」

「ああ、知ってる。これだけなら偶然と呼ぶこともできなくはない。ただ、おなじヴァンがここフリントシティにやってきたとなると、一台のフォードのエコノラインのヴァンがらみでふたつの偶然が起こったという話になって、おれには信じられなくなる。ユネルは、ひょっとしたらテリーに共犯者がいたのかもしれないと考えてる」

「テリーと瓜ふたつの共犯者?」ジャネットは片眉をぴくんと吊りあげた。「もしかしたら、ウィリアム・ウィルソンという名前の双子の兄弟とか?」

「ああ、わかってる。馬鹿らしい考えだよ。しかし、これがどれだけ不気味な話かはわかるか? テリーはデイトンにいて、ヴァンもデイトンにある。テリーがフリントシティの自宅に帰ってくると、ヴァンもフリントシティに姿をあらわす。こういう現象をあらわす言葉があったはずなんだが、思い出せなくてね」

「あなたがさがしてる単語は〝共時現象《コンフルエンス》〟じゃない?」

「マーシー・メイトランドと話したいな」ラルフはいった。「メイトランド一家のデイトン旅行について話をききたい。マーシーが覚えていることすべてをききたい。ただし、あの人はおれなんかとは話したくないだろうし、だからといってこっちには強引に話をさせる手段はひとつもない」

「でも、かけあってみるつもり?」

「ああ、もちろんそのつもりだ」

「もう眠れそう?」

「たぶん。愛してる」

「わたしも愛してる」

そしてラルフがうとうとしかけたとき、いきなりジャネットが耳もとで話しかけてきた。語調が強くて耳ざわりですらある声は、びっくりさせて答えを引きだすためだった。「ブラのストラップでなかったら、いったいなんだったの?」

つかのま、ラルフの目に《CANT》という語がくっきりと見えた。ただし文字は青緑色で、黄色ではなかった。なにかがある。ラルフが手を伸ばしてつかもうとしても、答えはするりと逃げてしまった。

「だめだ」ラルフはいった。

「いまのところはね」ジャネットは答えた。「でも、きっとあなたは答えをつかむ。わたしにはわかるの」

ふたりは眠りについた。目を覚ますと朝の八時で、あらゆる鳥たちが囀《さえず》っていた。

10

この金曜日の朝十時、セーラとグレイスの姉妹はアルバム《ハード・デイズ・ナイト》にたどりつき、マーシーはこのままでは頭がおかしくなりそうに感じていた。

姉妹はガレージのテリーの作業場で、テリーのレコードプレイヤー――ネットオークションのｅＢａｙ《イーベイ》で無料《ただ》同然だったんだ、とテリーはマーシーに断言していた――と、几帳面にならべられたビートルズのアルバム・コレクションを見つけた。姉妹はアルバムとプレイヤーをグレイスの部屋へ運びこみ、《ミート・ザ・ビートルズ》から再生しはじめた。

「ふたりで最初から順番に全部きくの」セーラはそう母親に告げた。「父さんを思い出すため。だめじゃなければ」

マーシーはふたりに、だめではないと告げた。ふたりの青ざめた深刻な顔と泣き腫らして赤くなった目を見せられて、母親としてほかにどういえただろうか？　しかしマーシーは、ビートルズの曲にどれほど激しく胸打たれることになるかを知らなかった。もちろん、姉妹はビートルズの曲をよく知っていた。テリーがガレージにいるときには、いつでもレコードプレイヤーのターンテーブルがまわって、作業場はかつてアメリカのヒットチャートを独占したイギリスのロックバンドの音楽で満たされていた。テリーはリアルタイムでそうしたバンドの音楽をきくにはわずかに遅く生まれたが、それでもその種の音楽を愛していた。ザ・サーチャーズ、ザ・ゾンビーズ、デイヴ・クラーク・ファイヴ、キンクス、Ｔ・レックス、そして――もちろん――ビートルズ。流れていたのも、おおむねビートルズだった。

娘たちもそのあたりのバンドやバンドの曲が大好きだった。父親が愛していたからだ。しかし、ここにはあらゆるレベルの感情に訴えてくるものがあった――もちろん娘たちは知るよしもない。たとえば娘たちは、テリーの父親の車の後部座席で熱く抱きあっているときに〈アイ・コール・ユア・ネーム〉をきいたわけではない――あのときはテリーの唇がマーシーの首すじに押しつけられ、テリーの手がマーシーのセーターの内側にもぐりこんでいた。また姉妹は――ちょうどいま二階から流れている曲だが――〈キャント・バイ・ミー・ラヴ〉を、ふたりで最初に同棲したアパートメントでソファにならんですわり、手をつないできいたわけではない。テリーとマーシーはそのとき映画〈ハード・デイズ・ナイト〉を、くたびれたVHSのテープで見ていた。がらくた市で二十ドルで買ってきたテープだ。モノクロの映画のなかで〝最高の四人《ファブ・フォー》〟はまだ若く、めったやたらと走りまわっており、テリーはまだ知らなかったかもしれないが、マーシーは隣にすわる男といずれ結婚することがわかっていた。ふたりであの古いビデオを見ていたときには、ジョン・レノンはもう死んでいただろうか？　レノンは街路で射殺された――マーシーの夫とおなじように。

知らなかったし、覚えていなかった。いまわかっているのは、自分とセーラとグレイスの三人がそれぞれの尊厳をうしなわずに葬儀を切り抜けたこと、そして葬儀がすべておわったいま、自分の前にシングルマザー（なんという恐ろしい言葉だろうか）としての歳月がずっと伸びていること、そしてこの陽気な音楽をきいていると悲しみで頭がおかしくなりそうだということ、それだけだった。ハーモニーをつくるコーラスのたびに、ジョージ・ハリスンの切れのいいリフのたびに新たな傷が抉られた。冷めかけたコーヒーのカップを置いたままキッチンテーブルの前にすわっていたマーシーは、椅子から二回立ちあがった。二回立ちあがって階段のあがり口まで行き、息を吸いこんで、大声で叫ぼうとした――《もうやめて！　音楽を消して！》と。そして二回とも無言のまま、キッチンへ引き返した。娘たちも嘆き悲しんでいるのだから。

今回立ちあがったマーシーは、キッチンの調理用具の抽斗に近づき、最後まで引き抜いた。その奥にはなにもない……と思ったが、手がタバコのウィンストンの箱をさぐりあてた。箱には三本残っていた。いや――箱の奥に隠れていた一本を入れれば――四本だった。次女の五歳の誕生日からこっち、一本も吸っていなかった。グレイスのためのケーキの生地を捏《こ》ねているときに咳の発作が起こって、そのときその場でタバコには二度と手を出さないと誓ったのだ。ただし、最後に残っていた癌の国の兵隊たちをあっさり捨てるのではなく、調理用具の抽斗の奥にほうりこんだ——先見の明のあるマーシーのなかの暗い部分が、残ったタバコを必要とする日がいずれ来ると見こしていたように。
《五年も前のタバコよ。どうせ、すっかり黴《かび》くさくなってるはず。こんなものを吸ったら、ひどい咳で気をうしなうかもしれないし》
　けっこう。気をうしなうほうがましだ。
　マーシーは箱から一本抜きだした。早くも吸いたくてたまらなくなってきた。《喫煙者は一時停止《ポーズ》ボタンを押すことはあれ、停止《ストップ》ボタンを押すことはめったにない》ということか、と思う。〈アンド・アイ・ラヴ・ハー〉がおわって〈テル・ミー・ホワイ〉がはじまった（〝理由を《テル・ミー・》教えろ《ホワイ》〟——永遠の疑問だ）。娘ふたりがグレイスのベッドにすわり、なにも話さず、ひたすら音楽をきいている姿が想像できた。手をつないでいるかもしれない。父さんの聖餐《せいさん》を受けているふたり。父さんのアルバム……キャップシティにある専門店〈時計の針を逆にまわせ《ターン・バック・ザ・ハンズ・オブ・タイム》〉で買ったレコードもあれば、オンラインで買ったレコードもある。一枚残らず、ふたりの娘を抱きとめた手が抱きとめたレコードだ。

　マーシーは居間を横切って、本当に冷えこむ冬の夜にかぎって火を入れる小さなだるまストーブに近づくと、あえて目をそらしたまま、近くの棚にあるはずのダイアモンド印のマッチを手さぐりした。あえて目をそらしたのは、おなじ棚にいまはまだ正視できない写真がずらりと飾ってあるからだ。もしかしたら、あと数カ月は写真を見る勇気が出ないかもしれない。一年かかるかもしれない。感情がいちばん生々しい悲嘆の第一段階から回復するには、時間がどれだけかかるのだろうか？　医療情報サイトのウェブＭＤでも見ればそれなりに正確な答えも得られるかもしれないが、アクセスするのが怖くもあった。
　葬儀がおわると、とりあえずリポーターたちは引きあげていった。政界の最新スキャンダルの取材のため、キャップシティへ大急ぎでもどっていったのだ。裏口のポーチへ出ていく危険はおかせない。娘たちのひとりが窓からふと外を見ただけで、母親のかつての悪習がぶりかえしたのを目撃してしまいかねない。またガレージでも吸えない——娘たちがまた別のＬＰレコードをひとそろい部屋に運ぼうとしてやってくれば、煙のにおいを嗅ぎつけるだろう。

そこでマーシーは玄関のドアをあけた——目の前にラルフ・アンダースン刑事が立っていた。いままさにノックしようと拳をかかげた姿で。

11

マーシーが自分を見つめてくる恐怖の表情——目の前にいるのが怪物じみた存在か、例のテレビドラマのゾンビだと思いこんでいるかのような恐怖の表情——が、ラルフに胸を強く殴られたようなショックを与えた。ラルフにはマーシーの髪が乱れていることや、着ているローブ（マーシーにはサイズが大きすぎたので、テリーのものだったのかもしれない）の襟になにかの染みがついていること、わずかに曲がっている夕バコを指にはさんでいることなどを見てとる時間の余裕があった。気づいたことはほかにもあった。これまでのマーシーは美人だったが、いまでは早くも容色が衰えつつあった。なにも知らなければ、そんなことはありえないと思ったところだ。

「マーシー——」

「黙って。あなたにはここに来る資格はない。出ていって」マーシーは息切れしたような低い声でいった——だれかにパンチを食らったかのように。

「ぜひとも話をしたい。頼む、話をさせてくれ」

「あなたはわたしの夫を殺した。それ以外に話すことはないわ」

マーシーは玄関ドアを閉じようとしはじめた。ラルフは手でドアを押さえた。「おれはテリーを殺しちゃいないが、ひと役買ったことは事実だ。共犯者と呼びたければ呼ぶがいい。それに、あんなやり方でテリーを逮捕するべきじゃなかった。あれがどれくらい多くのレベルでまちがっていたかは見当もつかない。おれなりの理由はあったにしても、ひとつもまっとうな理由じゃなかった。おれは——」

「ドアから手を離して。いますぐに——でなければ、あなたを逮捕してもらうから」

「マーシー——」

「そんなふうに呼ばないで。あんな真似をしたあなたには、わたしを狎《な》れ狎れしくファーストネームで呼ぶ権利なんかない。わたしがいまここで本気の大声をあげてない理由はたったひとつ、二階で娘たちがいまは亡き父親が遺したレコードで音楽をきいてるからよ」

「お願いだ」ラルフは《おれに恥をかかせないでくれ》といいそうになったが、もちろんそんなことをいうのはまちがっている。頭をさげるくらいでは足りないからだ。「頼む、このとおりだ。どうか、おれと話をしてくれないか」

マーシーはタバコをもった手をもちあげて、抑揚を欠いた不気味な笑い声を洩らした。「玄関前にあつまっていた小さなシラミの群れがいなくなったから、ここに出てきて一服できるとばかり思ってた。でも出てきたら、でっかいシラミがいた。シラミ界きっての大ジラミ。これが最後の警告よ、夫の死を招いたミスター・シラミ。うちの……玄関先から……とっとと……消えやがれ」

「もし、きみの夫があんなことをしていなかったら？」

マーシーは目を見ひらいた。ドアにかかったマーシーの手の力が、ほんの一瞬だったが、わずかにゆるんだ。

「もし……ですって？　あきれた。あの人はあなたに、自分はやっていないと話したのよ！　あの言葉以外になにが必要？　大天使ガブリエルじきじきの対面配達電報がなくちゃだめ？」

「もしテリーのしわざでなければ、真犯人はまだ野放しのままだ。そしてそいつこそ、きみの家庭のみならずピータースン家までも破滅させた張本人だぞ」

マーシーはこの言葉につかのま考えをめぐらせ、こういった。「オリヴァー・ピータースンが死んだのは、あなたと下衆男のサミュエルズがサーカスなみの見世物を演じたからよ。それに、アンダースン刑事、オリヴァーを殺したのはあなたでしょう？　頭を撃ったのよね？　ええ、あなたは狙った男を仕留めた。いえ、訂正する――狙った男の子というべきね」

そういうとマーシーは、ラルフの顔の前でドアをばたりと閉じた。ラルフはノックしようと手をあげたが、考えなおしてドアに背をむけた。

12

玄関ドアの室内側ではマーシーが身を震わせて立ちすくんでいた。膝から力が抜けていくのを感じて、なんとかドア近くのベンチに近づいて腰をおろした。ブーツや泥がついた靴を脱ぐときに腰かけるためのベンチだ。二階ではビートルズの殺されたメンバーが、家へ帰ったらやりたいことのすべてについて歌っていた。マーシーは自分の指がはさんでいるタバコに目をむけた。タバコがここにある理由すらわからないような目つきだった。ついでタバコを半分に折って、着ているローブのポケットに滑りこませた（ちなみに、これは本当にテリーのローブだった）。

《あんな男でも、わたしがこのクソをまた吸いはじめるのを防いでくれたわけね》マーシーは思った。《だったら、お礼の葉書の一枚も送るべき？》

解体工事用のバールを手にしてマーシーの一家を襲い、この家が廃墟になるまでめったやたらとふりまわしたくせに、いままたこの家を訪ねてくるとは、どこまで無神経なのか。それもただの無神経ではなく、冷酷であけすけ、混じり気なしの無神経だ。ただし……。

《もしテリーのしわざでなければ、真犯人はまだ野放しのままだ》

そういわれても、いったいわたしがその件でどんな対応をすればいいというのか？　そもそも、悲嘆の第一段階からの回復に時間がどれだけかかるのかを知るために医療情報サイトのウェブMDにアクセスする気力さえないというのに。そもそも、わたしがなにかする道理があるだろうか？　警察は誤認逮捕をやらかした。しかもテリーのアリバイを調べ、そのアリバイがジブラルタルの要塞なみに難攻不落だと確かめてもなお、頑強にテリーの有罪を主張しつづけた。真犯人を見つける仕事は警察にさせればいい——あの連中にそんなことをするだけの根性があればの話だ。わたしの仕事は、とにかく正気をうしなわずに、きょうという一日を過ごすことに尽きる。そしていずれ——いまはとても考えられない将来のある時点で——自分の人生の次なるステップがどうなるのかを見きわめる。ここに、この家に住みつづけるべきだろうか？　住民の半分が、夫のテリーを殺害した男のことを〝神のみわざを代行した人物〟だと考えているような街で？　娘たちをミドルスクールやハイスクールという名前で知られている弱肉強食の世界へまたも突き落とせというのか？　履いているスニーカーが場ちがいだというだけの理由で笑いものになり、仲間はずれにされるようなところへ？

《ラルフ・アンダースンを門前払いにしたのは正解だった。あの男をこの家に入れてなるものか。たしかに、さっきの声には誠実さがのぞいていた――というか、わたしにはそう思える。でも、あんなことをされたあとで、どうすればあいつを家に通せるのか？》

《テリーのしわざでないなら、真犯人は……》

「黙って」マーシーは自分にささやいた。「いいから黙って、お願いだから黙って」

《……まだ外をうろついているわけだ》

そしてその犯人が、またおなじことをしたらどうなる？

13

ハウイーことハワード・ゴールドは、フリントシティの上流階級に属する人々の大多数から裕福な家庭に生まれたとか、なに不自由のない環境に生まれ育ったと思われていた。ハウイー自身は生きるために選り好みする余裕のなかった育ちを恥じてはいなかったが、前記のような人々の誤解をあえてただすこともなかった。真実をいうなら、ハウイーの父親は南西部の各地を妻とふたりの息子――ハウイーとエドワード――ともどもエアストリームのトレーラーハウスで移動しながら、農園で働いたり牧場で馬の世話をしたり、ときにはロデオショーに出たりしていた男だった。ハウイーは独力でカレッジを卒業し、そのあとは弟エドワードがおなじくカレッジを卒業するまで援助をつづけた。両親の老後の面倒を見て（父アンドルー・ゴールドは貯金とまったく無縁だった）、多くを与えもした。

ハウイーはロータリークラブ会員であり、ローリングヒルズ・カントリークラブの会員でもあった。重要な顧問先をフリントシティ最上のレストラン（二軒ある）のディナーでもてなし、十指にあまる団体に寄付をしてもいた。そのひとつが、エステル・バーガ記念公園にある野球などのグラウンドだ。ワイン選びではだれにもひけをとらず、毎年クリスマスに〈ハリー&デイヴィッド〉のサイトから選りすぐりの逸品を大口の顧問先にプレゼントしてもいた。それでも――この金曜日の午後のように――ひとり事務所のオフィスにいるときには、昔オクラホマ州ドイナカからネヴァダ州カタイナカへむかうあいだや帰りの旅のあいだ、ラジオから流れるクリント・ブラックのカントリーをきき、学校に行っていないあいだは母親の隣で勉強していたころの食べ物をいまも好んで食べていた。いずれは、ひとり楽しむ脂っこい料理にも胆嚢《たんのう》が理由でストップがかかるだろうとわかってはいたが、いまのところ警告音を耳にしないまま六十代前半にさしかかっているのだから、親ゆずりの体に感謝しなくては。電話が鳴ったとき、ハウイーはたっぷりとマヨネーズをかけた目玉焼きのサンドイッチと、いちばん好きな流儀に仕上げたフライドポテト――焦げ色がつくほどかりかりに揚げてケチャップをたっぷりまぶす――という食事の途中だった。デスクのへりにはアップルパイが待機中で、上に載ったアイスクリームが溶けかかっていた。

「ハワード・ゴールドだ」

「マーシーよ、ハウイー。きょうの午前中、ラルフ・アンダースンがうちに来たの」

ハウイーは眉を曇らせた。「あの刑事がきみのうちを訪ねた？　そんなことをする理由がないじゃないか。ラルフは公務休暇中だ。警官としての活動再開は、しばらく先になるはずだな――いや、それだって本人が第一線に復帰すると決めればだ。わたしからゲラー署長に電話をかけて、苦情のひとつも耳に押しこめてやろうか？」

「いいえ。あいつの鼻先でドアを閉めてやった」

「でかした！」

「でも、いい気分じゃなかった。刑事の言葉が頭にこびりついて離れなくて。ハウイー、本当のところを教えて。あなたはテリーがあの男の子を殺したと思う？」

「なにを馬鹿な。いったじゃないか。たしかにそう示す証拠はあるし、そのことはわたしもきみも知っている。しかし、その証拠を否定する証拠があまりにもたくさんある。裁判にかけられても、テリーは無罪放免になったはずだ。しかし、そんなことさえ忘れてもいい。そもそも、テリーはあんな大それたことのできる人間じゃなかった。それればかりか、〝臨終の供述〟だって残したんだ」

「でも世間の人は、あの人がわたしの前で罪を認めたくない一心で話しただけだ、というに決まってる。というか、もうそんな話になってるかもね」

《あのね……》ハウイーは思った。《あのときテリーがきみに気づいていたかどうかさえわからないよ》

「わたしはテリーが真実を口にしていたと思ってる」

「わたしも同感。それでテリーが真実を語っていたのなら、真犯人はまだ野放しのままよ。子供をひとり殺した犯人なら、遅かれ早かれ、またほかの子供を殺すんじゃないかしら」

「なるほど、ラルフ・アンダースン刑事からそう吹きこまれたんだね」ハウイーはいい、残っていたサンドイッチを遠くへ押しやった。食欲はもうなかった。「意外ではないよ。人に罪悪感をもたせるのは、昔からある警察のテクニックだ。しかし、そのテクニックをきみにつかうのはまちがっている。それだけでも処分に相当する。最低でも記録に残るような懲戒処分だ。だいたい、きみはご主人の葬式をすませたばかりなんだし」

「でも、あの人のいうとおりよ」

《ああ、そうかもしれない》ハウイーは思った。《そこから次の疑問が導きだされる――なぜラルフはそんなことをきみに話したのだと思う？》

「それだけじゃないの」マーシーはいった。「もし真犯人が見つからなければ、わたしは娘たちを連れて街を出なくてはならなくなる。わたしひとりだったら、ここそ噂されたり悪口をいわれたりすることにも耐えられるかもしれない。でも、娘たちにも我慢しろと強いるのはまちがってる。そうはいっても、行くあてとして思いつくのはミシガンの妹のところだけだけど、そんなことをしたら妹のデブラとその旦那さんのサムに不便を強いることになる。あの夫婦には子供がふたりいて、家も狭い。そうなると、わたしひとりで一からすべて出直しになるけれど、いまは疲れていて、とてもそんな気力が出ないの。なんだか……ハウイー……わたし、心が折れたみた

「わかるよ。そんなきみに、わたしはなにをすればいい？」

「アンダースン刑事に電話して。わたしが、今夜このうちに来てくれれば会ってもいいし、そちらが質問をするのもかまわないといっている、と伝えて。でも、あなたにも同席してほしい。あなただけではなく、あなたがつかっている調査員の人も――もちろん、その人の体が空いていて、来てもいいというのなら。手配してもらえる？」

「もちろん、それがきみの望みならね。調査員のアレックも来るだろうね。ただ、いっておきたいことがある。いやいや、警告する気はない。きみに心がまえをしてもらったほうがいいと思ってね。あんなことになってしまって、ラルフは恐ろしく気がとがめているはずだ。あの男が謝ったのは思うに――」

「あの人、〝頼む、このとおりだ〟っていって頭をさげてた」

それだけでも驚きだが、あの男の性格を思えばまったくの意外でもなさそうだ。

「ラルフも根はいいやつなんだ」ハウイーはいった。

「ひどい過ちをおかした根のいい人間というわけだな。しかしね、マーシー、あの刑事の立場は変わっていないよ――テリーをピータースン少年殺害の犯人だと立証すれば利益を得られる立場だ。そう立証できれば、警察官としてのキャリアに復帰できる。有罪とも無罪とも決定的に立証できない場合でも、やはりキャリアに復帰できるだろう。しかし、もし真犯人が出てきたら、ラルフはフリントシティ市警察の一員としての命を絶たれる。次の仕事はキャップシティのどこかの警備員あたりで、収入は半減する。おまけにこの予想には、このあとラルフを見舞うはずの訴訟は計算に入れてない」

「それはわかる。でも――」

「話はまだ先がある。ラルフがきみにむけようとしている質問は、どれもこれもテリーに関係しているはずだ。かまをかけているだけという可能性もないではないが、これまでとはちがうアングルでテリーを殺人事件に結びつける材料を握ったと考えているのかもしれない。さて、それでもわたしに会合をセッティングしてほしいか？」

しばらく沈黙がつづいたのち、マーシーは答えた。

「バーナムコートでわたしのいちばんの親友といえばジェイミー・マッティングリーよ。テリーが野球場で逮捕されたあとで、娘たちを預かってくれた人。なのにいまじゃ、わたしの電話には出てくれないし、フェイスブックでは友達解除された。わたしの親友が正式にわたしを友達解除したわけ」

「また、きみのところへもどってくるとも」

「ええ、真犯人がつかまればね。そうすれば、両手両膝で這いつくばって、わたしのところへ帰ってくるでしょうよ。旦那に押し切られたことでは、あの女を許してもいい――どうせそういう事情だったに決まってる――でも許せないかもしれない。でも、そういったことを決められるようになるのは、情況がよくなってから。よくなることがあれば。これが〝話を進めて会合をセッティングしてほしい〟という、わたしなりの答えよ。あなたには、その場でわたしを守ってほしい。ミスター・ペリーにも。わたしはね、アンダースンがうちに顔を出せるような図太い神経をもてた理由をぜひ知りたいの」

14

その日の午後四時、おんぼろのダッジのピックアップトラックががたがた音をたてて後方に土埃を高く舞いあげながら、フリントシティから二十五キロ弱南の農道を走っていた。トラックは羽根が壊れたままの風車の前を通り、以前あった窓がにらみつける目のようになり果てている住む人のないランチハウスの前を通り、とうの昔に廃業したきり、いまでは〝カウボーイ墓場〟と呼ばれる墓地の前を通り、側面に色褪せた文字で《**トランプ　メイク・アメリカ・グレート・アゲイン**》と書いてある巨岩の前を通った。トタン板でつくられた牛乳の輸送缶が荷台でごろごろ転がっては、左右の囲いにぶつかって音をたてた。運転席にすわっていたのはダギー・エルフマンという十七歳の少年だった。運転しながら、ダギーはしじゅう携帯電話をチェックしていた。七九号線にたどりつくと、携帯のアンテナバーが二本立って、ダギーはこれなら大丈夫だと判断した。交差点でトラックを駐め、車外へ降り立って背後を目で確かめる。なにも見えなかった。なにもいないに決まっている。それでもダギーは安堵した。ついで父親に電話をかける。父親のクラーク・エルフマンは呼出音二回で電話に出てきた。

「牛乳の輸送缶は納屋の外にあったか？」

「ああ、あったよ」ダギーは答えた。「二十ばかりは積んできたけど、どれも洗いなおす必要がある。腐って固まった牛乳みたいな悪臭が残っててね」

「馬具はどうだった？」

「ひとつも残ってなかった」

「まあ、そいつは今週の最高のニュースってわけでもないが、こちらも予想はしてたしな。で、なんの用で電話してきた？　いまはどこにいる？　声の響きからすると月の裏側あたりにいるみたいだな」

「七九号線のところ。あのね、父さん、だれかがあの納屋で寝泊まりしてたみたいだ」

「なんだって？　渡り労働者《ホーボー》とかヒッピーのたぐいか？」

「ちがうみたい。汚されてはいなかったよ——ビールの空き缶とか包装紙とか酒の空き瓶はなかったし、あたりでクソをした形跡もない。まあ四、五百メートルばかり先の茂みにまで歩いていったのでなければね。キャンプファイアのあともなかった」

「ああ、それはよかった」エルフマンはいった。「ここんとこ乾燥つづきだったからな。で、なにが見つかった？　いや、どうだっていいといえばどうだっていい。金目の物は残してないし、おんぼろ納屋は半分倒れかかってて、これっぽっちの値打ちもないしな」

ダギーはしじゅううしろをふりかえっていた。見たかぎりでは道路に人も車も見あたらないが、土埃がもう少し早くおさまってくれないかとは思った。

「見つかったのは、新品っぽいジーンズと新品っぽいジョッキー製の下着、それから衝撃吸収用のジェルインソールがはいってる高価《たか》いスニーカー。これも新品っぽかった。ただ、どれもなにかで汚れてた——ジーンズなんかが置いてあった干し草も」

「血か？」

「いや、血じゃない。正体はわかんないけど、干し草が黒く変色してた」

「オイル？　自動車オイルか？　そのたぐいのものだった？」

「いや、ちがう。それ自体は黒くなくて、それがついた干し草が黒くなってたんだ。でも、正体はわからない」

　しかしダギーは、ジーンズや下着のパンツについていた染みの外見に心当たりがあった。十四歳になった日以来、ダギーは一日に三回から四回はマスターベーションをしていて、射精時には古タオルで精液を受けとめていた。タオルは両親が家を留守にしているときを狙って裏の蛇口で洗っていたが、ときには洗い忘れることもあり、そういうときタオルはかなりごわごわになった。

　しかし、納屋ではそれが大量にあった――かなり大量だった。だいたい〈ウォルマート〉で買っても最低百四十ドルはする新品の高級スニーカー〈アディパワーズ〉に、わざわざ精液をぶっかける男がいるだろうか？　ダギーも時と場合がちがえば、このスニーカーを頂戴しようとしたかもしれない。しかし、妙なものがべったりついていては、その気になれなかった。その気になれなかった理由はもうひとつ、別のことに気がついてしまったからだった。

「まあ、それはほっといて、うちへ帰ってこい」エルフマンはいった。「牛乳の缶だけは積みこんできているわけだし」

「そうはいかないんだ」ダギーはいった。「警官にあの納屋まで来てもらう必要があるみたい。ジーンズにベルトが通したままでさ。ベルトについてるのが、馬の頭の形をした、ぴかぴか光る銀のバックルなんだよ」

「おれにはなんの心当たりもないがな、坊主、おまえにはなにかあるんだろうよ」

「ニュースでいってたんだよ。あのテリー・メイトランドって男がダブロウの駅で目撃されたとき、あんな形のバックルがついたベルトを締めてたってね。あいつが例の男の子を殺したあとでさ」

「そんな話をしてたのか？」

「してたよ、父さん」

「そりゃことだ。おれが電話をかけなおすから、おまえはそこの交差点のところで待ってろ。いや、警官たちは現地へ行きたがるだろうな。おれも行こう」

「だったら警察には、ぼくと〈ビドルズ〉で待ちあわせると伝えてよ」

「〈ビドルズ〉って……ダギー、あの店はそこからフリントシティに八キロも逆もどりしたところじゃないか」

「わかってる。でも、ここにはいたくないんだ」土埃はもうおさまっていたし、道路にはなにも見えなかった。しかし、ダギーの気分は落ち着かなかった。父親と電話で話をはじめてから、この幹線道路には一台の車も通っていない。しかしダギーは、まわりにほかの人間がいるところに身を置きたかった。

「どうかしたのか、坊主？」

「服を見つけたあの納屋にいたとき——牛乳の缶はもう見つけていて、父さんがあるかもしれないといってた馬具をさがしていたとき——妙な気分になりかけたんだ。なんだか、だれかに見張られているみたいな気分にね」

「なんだ、ちょっとびびっただけだろうが。あの男の子を殺した男はもう死んでるんだぞ」

「知ってる。でも警察には、ぼくが〈ビドルズ〉で待ちあわせをしたがってると伝えて。落ちあったら、そのあと納屋へ案内するよ。だけど、ここにひとりでいるのはいやなんだ」ダギーはそれだけいうと、父親が異論をとなえはじめないうちに電話を切った。

15

マーシー・メイトランドとの会合は、その夜八時からメイトランド家でひらかれることになった。ラルフはハウイー・ゴールドから電話で〝青信号だ〟と伝えられ、同時に会合には調査員のアレック・ペリーも同席する旨も教えられた。ラルフは、州警察のユネル・サブロの体が空いていたら同席させてもかまわないかとたずねた。

「それぱかりは、どんな事情でも許可できんな」というのがハウイーの答えだった。「サブロ警部補だろうとだれだろうと、それこそきみの美しい奥さんでもおなじだが、他人を連れてきたら会合そのものを取り消すからね」

ラルフは承諾した。承諾するほかなかった。そのあとしばらくは地下室を歩きまわっていた。といっても、おおむね荷物の箱をこっちからあっちへ運び、また元にもどすことをくりかえしていただけだ。そのあと早めの夕食をすませた。それでも約束までまだ二時間あるというころ、ラルフはテーブルを押して立ちあがった。

「病院へ行って、フレッド・ピータースンの見舞いをしてくるよ」

「どうして？」ジャネットはたずねた。

「見舞いにいくべきだという気持ちになっただけだ」

「そのほうがよければ、わたしもつきあうけど」

ラルフはかぶりをふった。「病院からまっすぐバーナムコートへ行くよ」

「このままだったら、あなたは疲れはてて燃えつきそう。うちの祖母だったら、〝はらわたが水になって流れそう〟とでもいうところね」

「心配ないさ」

ジャネットはそんな返事には騙されないと語る笑みを返してから、爪先立ちで夫にキスをした。「電話して。なにがあっても、かならず電話をしてね」

ラルフも微笑んだ。「それぱかりは無理だな。帰ったら、面とむかってぜんぶ話すよ」

16

病院のロビーに足を踏み入れると同時に、ラルフは警察署から姿を消していた刑事が病院から出てくるところに出くわした。その刑事、ジャック・ホスキンズはやせ形で若白髪をいただいた男で、目の下に隈があり、赤い毛細血管が浮いた鼻のもちぬしだった。このときもまだ釣り用の服装だった——いずれもたくさんのポケットがあるカーキ色のシャツにカーキ色のスラックス。それでも、警察バッジはクリップでベルトに留めてあった。

「ここでなにをしてるんだ、ジャック？　てっきりおまえは休暇中だと思ったぞ」

「三日早く呼びもどされたよ」ジャックはいった。「車で街に帰りついたのが、まだ一時間前だ。網もゴム長靴も釣り竿も釣り道具ボックスもトラックに積んだままだ。署長としては、少なくとも刑事をひとり、現場で働かせておきたい肚らしいな。ベッツィ・リギンズはいま五階に入院してる。お産だよ。きょうの午後遅くに陣痛がはじまってね。旦那のビリーと話をしたが、まだまだ先が長いと話してた。さも先の予定が見えているみたいにね。それで、おまえは……」劇的効果を狙って、わざと間を置いてからつづけた。「惨憺たるありさまだな、ラルフ」

ジャック・ホスキンズは満足感を隠そうともしなかった。これに先立つ一年前、ラルフとベッツィ・リギンズは昇給検討資格を得たジャックについて、通例の人事考課書への記入を求められた。年長とはいえ年の差が最小だったベッツィは、場にふさわしい文句を残らずならべていた。ラルフは記入欄にわずか二語しか書きこまずに、考課書をゲラー署長に提出した――《意見なし》。これでジャックの昇給が阻まれることこそなかったが、あくまでも意見は意見だった。ジャックが自身の考課書を見ることはないとされていたし、事実見なかったのかもしれない。しかしラルフが提出した書類にどう書かれていたかは、もちろんめぐりめぐって本人にも届いた。

「フレッド・ピータースンのようすを見にきたのか？」ラルフはたずねた。

「ああ、そのとおり」ジャックは下唇を突きだし、ひたいにかかっていた頼りない髪に息を吹きかけた。「病室にはどっさりモニターがあって、どのモニターのラインも鈍い動きしか見せてない。あれじゃ、目を覚ましそうもないな」

「ともあれ、よく帰ってきてくれた」

「ふざけんなよ、ラルフ。こっちは休暇がまだ三日残ってた。バスがよく釣れてたんだ。それなのに、魚のはらわたのにおいがついたシャツを着替えるひまもなかった。ゲラー署長と郡警察のドゥーリン署長の両方からお呼びがかかったせいだ。おかげで、カニングという黄塵地帯《ダストボウル》のちっぽけな町まで行く羽目になった。おまえの相棒のサブロ警部補もうあっちへ行ってるはずだ。おれのほうは、十時か十一時までは家へ帰れそうもないがな」

ラルフは《おれのせいじゃない》と口走りかけたが、時間つぶししか能がない役立たずのジャックからすれば、ラルフ以外に責められる相手がいるだろうか。昨年十一月に結婚したことを理由にベッツィを責める？

「で、カニングになにがある？」ラルフはたずねた。

「ジーンズとパンツとスニーカー。父親にいわれて牛乳の輸送缶を漁っていた若者が、途中で物置だか納屋だかで見つけたんだそうだ。馬の頭の形をしたベルトのバックルも見つかってる。もちろん、機動鑑識チームもすでに現地入りしているはずだ。だからおれが行っても、雄牛の乳首なみの無用の長物だが、署長は――」

「バックルには指紋がついているだろうな」ラルフはいった。「それに、ヴァンかスバルのタイヤ痕が残っている可能性もある――あるいは両方のタイヤ痕が」

「おいおい、魚に泳ぎ方の講釈を垂れるつもりか？」ジャックはいった。「こっちはおまえが制服警官だったころから刑事の身分証で仕事をしてるんだ」

その発言の行間にひそむ別の意味も、ラルフには察しとれた。《いずれおまえがサウスゲートのショッピングモールで警備員として再出発したあとも、やっぱりおれは刑事の身分証をもったままだろうよ》

ジャックは病院から引きあげた。ラルフはジャックがいなくなってほっとした。できることなら、自分も帰りたかった。いまの時点で浮上した新たな証拠は貴重なものにちがいない。この件でひと筋の明るい光があるとすれば、州警察のサブロがすでに現場に到着し、鑑識チームの指揮をとるだろうということだ。そうなればジャックが現場に到着する前に――ひょっとして、ジャックがなにかを台なしにしてしまう前に――鑑識の仕事の大部分がおわっていることだろう。じっさいラルフが知っているだけでも、ジャックが現場でその手の失態を演じたことが少なくとも二回はある。

ラルフはまず、分娩室前の待合室に足を運んだ。待合室は無人だった。してみると、この分野では不安で浮き足だった新人でしかないビリー・リギンズの予想よりも、出産の進行が速まったのか。ラルフはひとりのナースをつかまえて、ベッツィ・リギンズに安産を祈っているという見舞いの言葉を伝えてほしいと頼んだ。

「機会があれば伝えておきます」ナースはいった。「でも、いまのところベッツィは大忙しで手が離せないの。小さな紳士が早く外に出たがっちゃってて」

凌辱されて血まみれになったフランク・ピーターソンの死体のイメージが脳裡《のうり》をよぎっていき、ラルフは思った。《この世界がどんな場所かを知っていたら、その小さな紳士は必死になって外へ出まいとするだろうな》

ラルフはエレベーターで二フロア下に降りて集中治療室《ICU》へむかった。ピーターソン家のただひとりの生存者は三

○四号室に収容されていた。首にはどっさりと繃帯が巻かれ、頸椎カラーも装着されていた。人工呼吸器が喘鳴《ぜんめい》のような音をたてて、内部の小さなアコーディオン状の部品が開いては閉じることをくりかえしていた。男のベッドをとりまいている多くのモニターに表示されているラインは――ジャック・ホスキンズがいっていたとおり――鈍い動きしか見せていなかった。見舞いの花は見あたらなかったが（生花は集中治療室《ICU》エリアには持込禁止なのだろう、とラルフは察した）、マイラー樹脂製の色あざやかなお見舞いの風船がベッドの足もと側に紐でつながれ、天井近くに浮かんでいた。風船にはなにやら熱意あふれる声援が書いてあったが、ラルフは見たくなかった。フレッドに代わって呼吸という仕事をこなしている機械の喘鳴めいた音にしばし耳を傾ける。鈍い動きしか見せないモニター群のラインを見ていると、先ほどジャックが口にした《あれじゃ、目を覚ましそうもないな》という文句が思い出された。

　ベッド横の椅子に腰をおろしながら、ラルフはハイスクール時代のある記憶を思い起こしていた――いまでは環境研究と呼ばれているような科目が、まだ昔ながらの単純な地学に包含されていた時代の話だ。その日は環境汚染の学習だった。グリア先生がまず〈ポーランドスプリング〉のボトルを出してきて、中身の水をグラスに注いだ。ついで先生は生徒のひとり――それはそれは色っぽいミニスカート姿のミスティ・トレントンだった――を教壇近くに呼びだして、グラスの水をひと口飲むようにといった。ミスティはその言葉に従った。つづいてグリア先生はスポイトをとりだして、カーター製のインクのボトルに差しいれ、つづいて一滴のインクをグラスに落とした。インクの雫が何本もの濃紺の触手をあとに引きながらグラスの底めがけて沈んでいくさまを、生徒たちはうっとり見つめた。グリア先生がやさしくグラスを前後左右にふり動かすと、グラスの水はごく淡いブルーになった。《この水を飲めるかい？》グリア先生はミスティにたずねた。ミスティは力いっぱいかぶりをふった。その激しい勢いにヘアクリップがはずれ、ラルフをふくめて全員が笑い声をあげた。いまラルフは笑っていなかった。

　ほんの二週間足らず前まで、ピーターズン一家はなにひとつ欠けるもののない幸せな一家だった。そこへ、環境を汚染するインクが一滴落とされた。フランク・ピータースンの自転車のチェーンがインクの一滴だったともいえる。もしチェーンが切れなければ、フランクは無傷のまま家へ帰りつけたかもしれないし、テリー・メイトランドが食料品店の駐車場で待っていなければ、やはり無傷で――自転車を走らせずにただ押すだけで――帰宅できたかもしれない。テリーこそがインクの一滴だ。ピータースン家を最初に汚染し、そのあとで一家を完全に破滅させたのはテリーだ。テリー……あるいは、テリーの顔をかぶったなにものかだ。

《比喩部分をとっぱらったら》ジャネットはそう話していた。《あとにはなにが残る？　説明できない謎よ……超自然的なもの……》

《しかし、そんなことがあるわけはない。小説や映画の世界になら超自然的なものが存在するかもしれない。しかし、現実の世界にそんなものは存在しない》

　いかにも。現実世界にはそんなものはない――ジャック・ホスキンズのような酔いどれの無能男が昇給を得られる現実世界には。ほぼ五十年になる人生でラルフが体験してきたことすべてが、超自然的なものの実在を否定していた。そういったものが存在する可能性をも否定していた。それでもここにすわってフレッドを（あるいはフレッドの残骸というべきか）見ていると、フランク少年の死が波紋を広げる様相にはなにやら邪悪な雰囲気が感じられた。夫婦と兄弟だけの家族からひとりかふたりを奪うにとどまらず、全員まとめて消し去ったのだから。被害はピータースン家にとどまらなかった。疑う者はひとりもいないはずだが、マーシーとそのふたりの娘もこれから一生残る傷を負わされた。いや、傷というよりも、完治しない障害といったほうがいいかもしれない。

　残酷な犯罪のあとには決まって同様の付随的被害《コラテラル・ダメージ》が生じるものだと、自分にいいきかせることもできた――そもそもラルフ自身、くりかえしその実例を見てきたのではなかったか？　いかにも。見てきた。しかし今回のケースにかぎっては、なぜだかわが身に迫って感じられた。まるでこの人たちが標的として狙われたかのようだった。ラルフ自身はどうなのか？　自分も付随的被害《コラテラル・ダメージ》の一部なのでは？　ジャネットは？　さらにはデレクでさえそうなのでは？　いずれキャンプをおえて帰宅した息子は、それまで当たり前だと思っていた多くのもの――たとえば父親の仕事——がうしなわれる危険に晒されていると知ることになるのだから。

人工呼吸器が喘鳴めいた音をたてた。フレッド・ピータースンの胸がふくらんでは萎んだ。ときおりフレッドは、不気味なほど含み笑いに似ている野太い声を洩らしていた。まるでこのすべてが宇宙規模のジョークであり、面白さを理解するには昏睡状態におちいる必要があるといいたげに。

もう耐えられなかった。ラルフは病室をあとにした。エレベーター前にたどりつくころには、ほとんど走るような足どりになっていた。

17

ひとたび病院から外に出ると、ラルフは木陰のベンチにすわって警察署に電話をかけた。電話に出たのはサンディ・マッギルだった。カニング町の件でなにか話をきいているかとラルフがたずねると、しばしの間があった。ついで口をひらいたサンディは、困惑しきった口ぶりだった。「ラルフ、その件をあなたと話してはいけない決まりなの。ゲラー署長から具体的にそういう指示が出てる。ごめんなさい」

「気にするな」ラルフはいいながら立ちあがった。自分の影が長く伸びていた。縛り首にされた男の影。もちろん、連想はそこからフレッド・ピータースンに飛んだ。

「命令は命令だ」

「わかってもらえてよかった。ジャック・ホスキンズがこっちへもどってきて、現地へ行くことになってる」

「いいってことさ」ラルフは電話を切って短期駐車場へ歩きはじめ、なにも問題はないと自分にいいきかせた。ユネル・サブロなら、この先も情報を提供してくれるだろう。

おそらくは。

車のドアロックを解除して運転席に乗りこみ、エアコンのスイッチを入れた。いったん自宅に帰るには遅すぎるし、メイトランド家へむかうには早すぎる。となると、あとは自分に酔っているティーンエイジャーのように、車であてもなく街を走りまわるしかない。それも考えをめぐらせながら。テリーがタクシー運転手のウィロウ・レインウォーターを他人行儀にマームと呼んだ件について。生まれてからずっとフリントシティに住んでいたにもかかわらず、テリーが最寄りの応急診療所《ドク・イン・ザ・ボックス》への行き方をたずねた件について。テリーがホテルで教師仲間のビリー・クエイドと同室で、それがどんなに都合のいい話に思えるかという件について。テリーが作家のハーラン・コーベンに質問をするのにわざわざ立ちあがり、それもまたどんなに都合のいい話に思えるかという件について。グラスの水に一滴だけ落としたインクが、どんなふうに水を淡いブルーに変えるかについて。ふっつりと途切れた足跡について。外側からは問題なく見えたのに、マスクメロンの内側で蠢《うごめ》いていた蛆虫の大群について。そしてひとりの人間が超自然的現象の可能性について本当に考えはじめたら、その人間はもはや自分のことを完全に正気とは思えなくなるという件について。また、もしかしたら人の正気は歓迎できるものではないのかもしれないという件について。たとえるなら自分の鼓動に耳をすますようなものだ――そんな立場に身を置くほかないとなったら、その人はすでにトラブルにはまりこんでいるのかもしれない。

ラルフはカーラジオのスイッチを入れて、がんがんやかましい音楽をさがした。やがてアニマルズの〈ブーン・ブーン〉を流している局が見つかった。それからラルフは車をあてどなく走らせながら、バーナムコートのメイトランド家を訪問する時刻の到来を待った。やがて、その時刻になった。

18

ノックに応じて出てきたのは調査員のアレック・ペリーだった。ラルフはアレックにみちびかれるまま、居間を横切ってキッチンへ足を踏み入れた。二階からきこえていたのは、この家でもアニマルズ。このグループの最大のヒット曲だった。《この家は大勢の悲しい男たちの廃墟さ》エリック・バードンが悲しげに声を張りあげていた。《おれもそのひとりだとわかってる》

〝共時現象《コンフルエンス》〟――ジャネットがつかっていた言葉を思う。

マーシーとハウイー・ゴールドは、すでにキッチンテーブルを前にしてすわっていた。ふたりの前にはコーヒーがあった。アレックがすわっていた場所にもコーヒーのカップがある。しかし、ラルフにコーヒーをすすめる者はいなかった。

《おれはいま、敵軍の野営地に足を踏み入れてるんだ》ラルフは思いながら椅子に腰をおろした。

「会ってくれたことに礼をいわせてほしい」

マーシーはなにも答えずにカップをとりあげたが、しっかりした手つきとはいえなかった。

「わが依頼人にとって、この会合は苦痛でね」ハウイーがいった。「だから短時間で切りあげよう。きみはマーシーに話をしたいといったそうだが――」

「必要がある」マーシーが口をはさんだ。「わたしと話をする必要がある――その人はそういったの」

「了解。さて、アンダースン刑事、マーシーになにを話す必要があるんだ？　謝罪をしたいのなら、気がねなく謝罪するといい。しかし、謝罪の有無にかかわらず、わたしたちが法的手段の選択肢をいっさい放棄しないことは頭に入れておいてくれ」

これまでのいきさつはともあれ、ラルフはまだ謝罪する気がまえではなかった。ここにいる三人のだれひとり、フランク・ピータースンの尻に突き立っていた血まみれの木の枝を目にしていない。しかし、ラルフは見ていた。

「新情報が浮かびあがってきたんだ。それ自体で実質をそなえた情報とはいえないかもしれないが、なにかを示唆しているかもしれない。といっても、それがなにかはおれにもわからない。うちの妻は、それを〝共時現象《コンフルエンス》〟と呼んでいる」

「もうちょっと具体的に話してもらえないかな」ハウイーはいった。

「ピータースン少年の拉致につかわれたヴァンは、もともとフランク・ピータースンとほとんど年の差のない少年が盗んだ車だと判明した。名前はマーリン・キャシディ、通称マール。虐待をする養父から逃れるために家出した少年だ。マールはニューヨーク州から、最終的に逮捕されたテキサス州の南部にいたる逃避行のあいだ、車を何台も盗んでいる。そして四月に、問題のヴァンをオハイオ州デイトンで乗り捨てた。マーシー――ミセス・

メイトランド──あなたとご家族は四月にデイトンへ行ってるね？」

マーシーはコーヒーをまたひと口飲もうとしてカップをもちあげていたが、これをきいて音高く受け皿にもどした。「よして。まさか、それでテリーに罪を着せる気じゃないでしょうね。家族全員、往復ともに飛行機をつかったわ。テリーがお義父《とう》さんの顔を見にいったとき以外は家族四人で行動してた。話はそれだけ。さあ、そろそろお引きとり願いたいわ」

「ちょっと待った」ラルフはいった。「テリーが捜査線に浮かぶとほぼ同時に、それが家族旅行だったことや往路も復路も飛行機だったことはつかんでる。ただし……これがどれほど妙な話かはわかるかな？　きみたち一家がデイトンへ行ったときに、あのヴァンはおなじ街にあった……で、そのあとこっちの街に出現した。テリーはヴァンを盗むことはおろか、そもそも見たこともないと話してた。おれはその話を信じたい。あの忌ま忌ましい車のいたるところからテリーの指紋が見つかっちゃいるが、それでもテリーを信じたい。あと一歩で信じられるとも思ってる」

「怪しいものだな」ハウイーはいった。「われわれを騙そうとするのはやめたまえ」

「では、おれたちのもとにテリーがキャップシティにいたことを示す物的証拠もあると話したら、信じてもらえるかな？　いや、少しのあいだだけでも、おれを信頼してもらえるか？　ホテルのニューススタンドにならんでいた本からテリーの指紋が出たと話したら？　それだけじゃない、ピータースン少年が拉致されたのとほぼ同時刻に、テリーがその指紋を本に残したことを裏づける証言もあると話したら？」

「おいおい、冗談でいってるのか？」アレック・ペリーがいった。ショックを受けているような口調だった。

「いや、冗談じゃない」テリーばかりか事件そのものが死んだも同然になっているとはいっても、ラルフが『図説・フリント郡とダワリー郡とカニング町の歴史』のことをマーシーとその弁護士に話したと知ったら、ビル・サミュエルズ地区首席検事は烈火のごとく怒るだろう。しかしラルフには、なにかしらの答えすら得られぬまま、この会合をおわらせるつもりはなかった。

アレックが口笛を吹いた。「たまげたな」

「テリーがあの街にいたとわかったのね！」マーシーが声を張りあげた。左右の頰に燃えるような赤い斑点が浮かんでいた。「ええ、わかって当然よ！」

　しかしラルフは、いまそこに立ち入りたくはなかった。その領域では、もう多すぎるほどの時間を過ごしている。

「テリーがデイトン旅行の件を話してくれたのは、おれと最後に話をしたときだ。テリーは、お父さんに会いにいきたかったからだと話していたが、〝いきたかった〟という部分では顔を妙な具合にしかめていてね。おれがお父さんはデイトンで暮らしてるのかとたずねると、ラルフは『最近の父がやっていることを〝暮らし〟と呼べるのなら』と答えた。これはいったいなんのことかな？」

「なんのことかというと、お義父さんのピーター・メイトランドが高度アルツハイマー型認知症をわずらってるということ」マーシーはいった。「いまはハイスマン記憶機能ユニットという施設にはいってる。キンドレッド総合病院の一部門の」

「なるほど。だとするとテリーにとって、父親と会うのはつらかっただろうな」

「ええ、かなりね」マーシーは同意した。ほんのわずかに冷ややかさが薄れていた。自分のテクニックがすべてうしなわれたわけではないとわかり、ラルフは内心ほっとしていた。しかしいまは、容疑者とふたりきりで取調室にいるわけではない。ハウイーとアレック・ペリーのふたりが厳戒態勢で目を光らせ、マーシーが隠された地雷を踏みそうだと判断すれば、すかさず黙らせようとするだろう。「でも、テリーにとってつらかったのは、お義父さんがもうテリーがだれかもわからないからじゃない。もうずいぶん前から、いわゆる親子の関係はほとんどなくなっていたの」

「それはどうして？」

「刑事さん、その質問が事件とどんな関係があるのかね？」ハウイーがたずねた。

「わからない。関係ないかもしれない。でも、おれたちはいま法廷にいるわけじゃない。だから、よければマーシーにいまの質問に答えさせてもらえないかな？」

　ハウイーはマーシーに目をむけて肩をすくめた。《きみにまかせるよ》

「テリーは、ピーターとメリンダのメイトランド夫妻のひとりっ子よ」マーシーはいった。「ご存じだと思うけど、テリーはこのフリントシティで生まれ育って、オクラホマ州立大学へ通っていた四年間以外はずっとこの街に住んでたの」

「きみとはどこで出会った？」ラルフはたずねた。

「それはどうだっていい。とにかく、父親のピーター・メイトランドはチェリー石油会社で働いていた——まだこの地域が豊富な原油を産出していた時分の話よ。ピーターは秘書と恋に落ち、妻と離婚した。遺恨がどっさり残り、テリーは母親についた。テリーは……そんな子供のころから誠実さを大事に思っていたのね。だから、テリーには父親が裏切り者としか思えなかった——じっさい裏切り者だったわけだけど。自分を正当化する父親の言葉も事態を悪化させただけ。長い話をまとめれば、ピーターは秘書——名前はドロレス——と結婚して、本社への異動を会社に申し出たの」

「その本社がデイトンにあった？」

「ええ。さらにいえばピーターは共同監護の権利を手に入れようともしなかった。テリーが自分なりの決断をくだしたことを知っていたから。でも母親のメリンダは、テリーが定期的に父親に会いにいくべきだと主張した——男の子には自分の父親を知ることが必要だといってね。テリーは会いに通ったけれど、ただ母親を喜ばせるためでしかなかった。そのあともずっと、父親を逃げていった鼠としか見ていなかったのよ」

ハウイーはいった。「わたしの知っているテリーらしいな」

「メリンダは二〇〇六年に他界した。心臓発作。ピーターのふたりめの妻ドロレスは、その二年後に肺癌で死んだ。そのあともテリーは、お義母《かあ》さんの遺志を尊重して年に一、二回デイトンまで行き、父親とつかず離れずの関係をたもちつづけた。たぶんおなじ理由からね。そして二〇一一年——だったと思うけど——ピーターの物忘れがはじまったの。ベッドの下にしまうはずの靴をシャワールームに置くとか、冷蔵庫に車のキーを置くとか、そういう行動をとるようになった。存命中のピーターの近親者はテリーだけだから——いえ、〝だけだった〟から——ハイスマン記憶機能ユニットへの入所の手続いっさいはテリーがとることになった。それが二〇一四年のことよ」

「ああいう施設は高額な利用料をとられるぞ」アレック

が口をはさんだ。「だれが支払いを?」

「保険。ピーター・メイトランドはとても条件のいい保険に加入していたの。ドロレスの主張で。ピーターはずっとヘビースモーカーだったのね。だからドロレスは、夫が死ねば保険金をたんまり手に入れられると踏んでたんでしょうね。でも、結局ドロレスのほうが先立った。もしかしたらピーター・メイトランドの副流煙のせいかも」

「その口ぶりだとピーター・メイトランドはもう死んでいるみたいだな」ラルフはいった。「どうなんだ?」

「いえ、まだ生きてる」いったんそう答えてから、おそらく意図して夫の言葉のこだまを響かせた。「あれを生きていると呼べればの話。禁煙だってしたのよ。ハイスマンでは喫煙が許可されていないから」

「最後にデイトンへ行ったときには、向こうに何日滞在したのかな?」

「五日。あっちにいるあいだ、テリーはお義父さんのところへ三回行ってた」

「きみや娘さんたちはいっしょに行かなかった?」

「ええ、行かなかった。テリーがわたしたちを連れていきたがらなかったし、わたしも行きたくなかった。ピーターがセーラとグレイス相手にお祖父ちゃんらしくふるまえることもなかったし、そもそもグレイスには理解できなかったと思うの」

「テリーがお父さんの見舞いにいっているあいだ、きみたちはなにをしていた?」

マーシーが微笑んだ。「あなたって、テリーがお義父さんと長いこと過ごしていたみたいな言い方をするのね。でも、実際にはそうじゃなかった。面会は毎回短時間だった——せいぜい一、二時間よ。だから、旅行中はたいてい四人いっしょにいたわ。テリーがハイスマンに行っているあいだ、わたしたちはホテルに残って、娘たちは室内プールで泳いだりしてた。三人でデイトン美術館に行った日もあるし、わたしと娘たちだけでディズニー映画のマチネー上映を見にいったこともある。ホテル近くにシネコンがあったの。ほかにも二、三本の映画を見にいったけど、そのときは家族全員だった。家族四人で国立アメリカ空軍博物館にも行ったし、ブーンショフト・ミュージアム・オブ・ディスカバリーにも行った。ここは科学関係の博物館で、娘たちが大好きなの。ね、珍しくもない家族旅行よ、アンダースン刑事——テリーが数時間ばかり別行動で、息子としての義務を果たすことがあっただけで」

《そして、そのあいだにヴァンを盗んだのかも》ラルフは思った。

それもありえないとは断言できない――マーリン・キャシディとメイトランド家が同時にデイトンの街にいたことはほぼまちがいないのだから。しかし、あまりにもこじつけに過ぎる。百歩譲ってテリーがヴァンを盗んだとしても、そのあとヴァンをフリントシティまでどうやって運んだのかという疑問は残る。あるいは……そもそも、どうしてそんな手間をかけることがある？　盗める車なら、フリントシティの都市圏内にもどっさりあるではないか――バーバラ・ニアリングのスバルがいい例だ。

「何度かは外で食事をとったりもしたんじゃないかな？」ラルフはたずねた。

この質問にハウイーが身を乗りだしたが、さしあたりはなにもいわなかった。

「ルームサービスはずいぶん利用したわ。セーラとグレイスがお気に入りだから。でも、たしかに外食もした。ホテル内のレストランでの食事が外食ならね」

「たとえば、〈トミーとタペンス〉という店で食事をしなかった？」

「いいえ。そんな名前の店だったら忘れるわけがないもの。ある日の夜にはファミリーレストランの〈ＩＨＯＰ《アイホップ》〉へ行ったし、やっぱりチェーン店の〈クラッカー・バレル〉には二回行ってる。でも、どうして？」

「いや、理由は特にない」

「質問はおわり？」マーシーはいった。「もう飽きたし、あなたにもうんざり」

「一家でデイトンにいるあいだに、なにか普段とはちがう出来事がなかったかな？　どんなことでもいい。娘さんのひとりがごく短時間だけ迷子になったとか……テリーが旧友と会ったと話していたとか……あなた自身が旧友とひょっこり会ったとか……あるいは宅配便の配達――」

「それとも空飛ぶ円盤とか？」ハウイーが口をはさんだ。「トレンチコートの男が暗号化されたメッセージをもたらしたとか？　いっそラジオシティ・ミュージックホールのザ・ロケッツが、駐車場でラインダンスを披露していたとかかな？」

「あまり役に立つ発言じゃないな、弁護士の先生。信じてくれないかもしれないが、おれはこれでも事件解決の助けになりたくて、ここへ来てるんだよ」

「でも、なにもなかった」マーシーは立ちあがると、コーヒーカップをまとめはじめた。「テリーは父親の見舞いにいった。わたしたち家族は休暇旅行を楽しんだ。そして飛行機で家に帰った。でも、〈トミーなんとか〉という店には行ってないし、ヴァンを盗みもしなかった。さて、あなたにはそろそろお引き――」

「父さんが切り傷をつくってた」

四人はいっせいにドアへ顔をむけた。セーラ・メイトランドが立っていた。顔は青白くやつれ、ジーンズとテキサス・レンジャーズのTシャツを着た体はが、り、が、りだった。

「セーラ、ここでなにをしてるの？」マーシーはカップをカウンターに置くと、長女のもとに近づいた。「母さんたちのお話がおわるまで、あなたと妹は二階にいるようにいったでしょう？」

「グレイスはもう寝ちゃった」セーラはいった。「あの子、ゆうべも目の代わりに藁がついてる男が出てくる馬鹿な悪夢を見て目を覚ましてた。きょうは悪夢を見ないで眠れればいいのにね。もしまた目を覚ましたら、あの子にベナドリルを飲ませて、眠たくさせてあげて」

「今夜はきっと、ぐっすり寝てくれるわ。さあ、あなたも上へもどりなさい」

しかしセーラはその場を動こうとせず、じっとラルフを見つめていた。といっても母マーシーのような嫌悪と不信の目つきではなく、絞りこまれた好奇心というべき目つきであり、見られているラルフは落ち着かない気分になってきた。セーラの視線を受けとめてはいたが、目をそらさずにいることはむずかしかった。

「母さんからきいたわ――父さんはあなたのせいで殺されたんだって」セーラはいった。「それって本当？」

「本当じゃない」つづいてラルフの口からついに謝罪の文句が出てきた――しかも当人も驚いたことに、ほとんど努力も要さなかった。「でも、おれにも責任の一部はある。そのことでは、心の底から申しわけなく思ってる。おれは今回の過ちを、きっとこのあと死ぬまで心にかかえて生きていくだろうね」

「それもいいことかも」セーラはいった。「あなたにはそれがふさわしいのかもしれない」そういってから、母マーシーに顔をむける。「じゃ、これから二階にあがるね。でも夜中にグレイスが悲鳴をあげたら、わたしはあの子の部屋で寝るから」

「上へあがる前に、さっきの切り傷のことを教えてくれるかい？」ラルフはたずねた。

「父さんがお祖父ちゃんのお見舞いにいったときのことよ」セーラはいった。「傷ができたあと、ナースの人がすぐに手当てしてくれた。傷をヨードチンキで消毒して、バンドエイドを貼ってくれたって。でも、たいしたことなかった。父さんは傷が痛まないといってたし」

「さあ、二階へあがりなさい」マーシーがいった。

「わかった」四人はセーラが裸足をぺたぺたいわせながら階段へむかうのを見送った。階段のあがり口までたどりつくと、セーラはふりかえった。「〈トミーとタペンス〉っていうレストランは、泊まったホテルと道路をはさんで向かい側にあった。レンタカーで博物館へ行ったときに看板を見たの」

19

「切り傷のことを教えてくれ」ラルフはいった。

マーシーは腰に手をあてた。「どうして？　ご大層な話に仕立てあげたいから？　でも、大層な話なんかじゃないのよ」

「刑事さんがその質問をしているのは、ほかに手がかりがないからだよ」アレックはいった。「ただ、おれもちょっと興味がある」

「もし、きみがもう疲れていて——」ハウイーがいいかけた。

「いえ、それはかまわない。でも傷のことなんて、ほんとにちっぽけでご大層な話じゃないのよ。あれはテリーがお義父さんのいる施設を二回めに訪ねたときのことだったか……」マーシーは眉を寄せて顔を伏せた。「いや、最後のときね。翌日には飛行機で帰ってきたんだから。その日、お義父さんの部屋を出たところで、テリーはひとりの介護スタッフと鉢あわせした。テリーも介護スタッフもよそ見をして歩いていたせいだって、テリーはいってた。そのままだったら、どすんとぶつかって、たがいに謝ったらおわりになるはずだった。でも、ちょうど清掃スタッフが廊下のモップがけをすませたばかりで床が濡れていた。介護スタッフは足を滑らせ、あわててテリーの腕をつかんだものの、結局は床に倒れこんでしまった。テリーは介護スタッフが立ちあがるのに手を貸し、なんともないかと質問した。介護スタッフは大丈夫だと答えた。そのあと廊下を半分ばかり進んだところで、テリーは手首から出血していることに気がついた。足を滑らせた介護スタッフが、なんとかして体を支えようとしてテリーの腕をつかんだときに、爪の一本が食いこんでしまったみたい。セーラがいったように、ナースが傷を消毒してバンドエイドを貼った。話はこれで全部。どう、この話が事件解決の役に立ってくれそう？」

「いや」ラルフはいった。しかし、黄色いブラジャーのストラップとは事情がちがう。これは関係性——ジャネットの用語にしたがえば〝共時現象《コンフルエンス》〟——であり、どんな関係があるかは調べれば突きとめられそうだ。しかし、そのためにはユネル・サブロの助力がいる。ラルフは立ちあがった。「時間をとってくれて感謝しているよ、マーシー」

マーシーは冷ややかな笑みを返した。「狎れ狎れしくファーストネームで呼ばれるよりも、あなたにはミセス・メイトランドと呼んでほしい」

「ああ、わかった。ハワード、会合の手配では世話になったね」ラルフは片手を差しのべた。ひととき手はその場にぽつんと浮いたままだった。しかし結局、ハウイーは握手に応じた。

「家の外まで送っていこう」アレックがいった。

「いや、ひとりでも帰れる」

「それはそうだろうが、あんたを出迎えたのはおれだ。だから送りだす役もすれば、きれいにバランスがとれる」

ふたりは居間を横切り、短い廊下を歩いた。アレックがドアをあけた。外へ足を踏みだしたラルフは驚かされた——アレックも外へ出てきたからだ。

「さっきの切り傷の話はなんなんだ？」

ラルフは調査員の顔を目でさぐった。「なんの話か、おれにはわからないな」

「わかってるはずだ。いま顔色が変わったぞ」

「ちょっとした胃酸過多だよ。持病でね。おまけに、いまの会合が応《こた》えた。といっても、さっきの女の子の目つきのほうが、よっぽど応えたな。顕微鏡で調べられている虫の気持ちになったよ」

外に出たアレックがドアを閉めた。ラルフはもう階段を二段おりていたが、身長差のせいでふたりの男の目の高さはほぼおなじままだった。

「あんたに話しておきたいことがある」アレックはいった。

「きかせてくれ」ラルフは身がまえた。

「あの逮捕は大失敗だった。ならぶものなき大失態だ。まあ、おれにいわれなくてもわかってるだろうが」

「今夜はもうこれ以上侮辱されたい気分じゃない」ラルフはそういって背中をむけはじめた。

「話はまだおわりじゃない」

ラルフはふりかえると、顔を伏せて足をわずかにひらいた。闘士の姿勢だ。

「おれには子供がいない。妻のマリーの事情だ。だが、もしあんたの息子とおなじ年ごろの息子がいて、息子にとって重要な人物、息子が尊敬のまなざしをむけている人物がじっさいには変態性欲者で殺人者だという確固とした証拠があったとしたら、おれもおなじことをしたと思う――いや、それに輪をかけてひどいことをしたかも。なにがいいたいかというと、あんたにバランスのとれた見方ができなくなった事情はわかる、ということだ」

「ああ、わかった」ラルフはいった。「それでなにかが好転するわけでもないが、とにかく礼をいいたい」

「例の切り傷がらみの件がなんの話なのかを話す気になったら、電話を一本くれ。ひょっとしたら、おれたち全員がおなじ側に立っているかもしれないし」

「おやすみ、アレック」

「おやすみ、刑事さん。身辺に気をつけて」

20

ラルフが妻のジャネットに会合のようすを話してきか

せている途中で電話が鳴った。かけてきたのはユネル・サブロだった。

「あした話せるかな、ラルフ？　テリー・メイトランドが駅に行ったときに着ていた衣類を例の若者が見つけた納屋なんだが、どうも不気味なことがあってね。それも、ひとつにとどまらないんだ」

「いま話してくれないか」

「いや、おれはこれから家に帰る。疲れた。この件を考えてみたいし」

「オーケイ、あしただ。場所は？」

「どこか静かで人目につかないところがいい。おまえと話しているところを人に見られるわけにはいかないんだ。おまえは公務休暇中、おれは事件の捜査からはずされた。いや、じっさいにはもう事件はない。メイトランドが死んだいまとなったらね」

「見つかった衣類はどうなる？」

「法科学的鑑定のために、キャップシティへ送られる。ひととおり調べおわったら、フリント郡警察署に返送されるはずだ」

「ふざけてるのか？　その衣類はメイトランド関連の証拠物件とまとめておくべきだろうが。だいたい郡署長のディック・ドゥーリンは、マニュアルなしには手前《てめえ》の洟《はな》もかめない男だぞ」

「それは真実かもしれないが、カニング町は郡内にある——だから郡警察署の所轄だ。市警のゲラー署長が刑事をひとり現地に送りこんだときいたが、これは儀礼上のことでね」

「ジャック・ホスキンズだ」

「ああ、そんな名前だった。当人はまだこっちに到着してないし、いざたどりついたころには、だれもいないってことになりそうだ。ひょっとしたら道に迷っているのかも」

《あの男のことだ、どこかで寄り道して、二、三杯引っかけてると見たほうがいい》ラルフは思った。

ユネルがいった。「見つかった衣類は郡警察の証拠保管箱に行き着いたあと、二十二世紀になってもそのままだろうよ。だれも関心をむけずにね。みんな、犯人はメイトランドだった、そのメイトランドが死んだ、よし次に進むぞ——という気持ちだからな」

「おれはまだそんな気持ちになれないな」ラルフはそう

いい、ソファにすわっていたジャネットが両手で拳をつくって親指をぐいっと突きあげたのを見て笑みを誘われた。「あんたはどうだ？」

「もしそんな気持ちになっていたら、こうやって電話をかけたと思うか？　で、あしたはどこで待ちあわせる？」

「ダブロウの鉄道駅の近くに小さなコーヒーショップがある。〈オマリーズ・アイリッシュ・スプーン〉という店だ。見つけられるか？」

「大丈夫だ」

「十時では？」

「いいだろう。もし別件でそっちへ行けなくなったら電話を入れるから、予定を組みなおそう」

「証人の証言は全部手もとにあるよな？」ラルフはたずねた。

「ノートパソコンのなかにね」

「忘れずにもってきてほしい。おれの書類だのなんだのはみんな署にあって、いまのところ署は出入り禁止でね。あんたに話すことがたくさんある」

「こっちもおんなじだ」ユネルはいった。「おれたちが解決できる見込みはまだ残ってるかもしれない。ただ、見つけたものがおれたちの気にいるかどうかは見きわめがつかなくてね。こいつはかなり深い森だな」

《そうじゃない》ラルフはそう思いながら通話をおわらせた。《こいつはマスクメロンだ。しかもこの忌ま忌ましいメロンには、ぎっしり蛆虫が詰まってるぞ》

21

ジャック・ホスキンズはエルフマン家の納屋まで行く途中、〈紳士の社交場《ジェントルメン・プリーズ》〉に立ち寄って、ウォッカ・トニックを注文した。休暇旅行から早めに呼びもどされたのだから、これくらい飲んでもばちはあたるまい。一杯めはがぶ飲みし、二杯めはちびちび楽しんだ。ステージにはふたりのストリッパーがいた。どちらもまだちゃんと服を着ていたが（〈紳士《ジエントルメン》〉店内では、これはブラジャーとショーツの両方を身につけているという意味だ）、気だるげに体を押しつけあっており、その光景がジャックを半ダチ程度まで勃起させた。

勘定をすませようと財布をとりだすと、バーテンダーは手をふって払いのけた。「店のおごりです」

「じゃ、お言葉に甘えて」ジャックはバーカウンターにチップを残し、わずかにいい気分になりながら店を出た。車を出したジャックはグラブコンパートメントからミントタブレットをとりだして、二粒ばかり嚙み砕いた。ウォッカはにおわないという通説があるが、それは嘘っぱちだ。

牧場へ通じている道は警察の黄色いテープで封鎖されていた――といっても、市警察ではなく郡警察だった。ジャックはいったん外へ降り立ち、テープが結びつけてある杭を地面から引き抜いて封鎖箇所を車で通り抜けてから、杭をもどした。

《余計な手間をとらせやがって》ジャックは思った。すぐに崩れそうな建物――納屋と三棟の物置小屋――が寄りあつまっているところにたどりつき、もはやここにはだれもいないとわかると、ジャックの怒りはいよいよ高まった。署に無線連絡を試みた。やり場のない怒りをだれかと分かちあいたかった――たとえ相手がサンディ・マッギルだけだとしてもだ。サンディのことをジャックは、第一級の口やかましい腐れまんこだと思っていた。しかし、無線からは雑音しか返ってこなかった。そしていうまでもなく、この南クソダメ地区は携帯の圏外だ。

ジャックは胴の長い懐中電灯をつかむと、外へ降り立った。といっても、もっぱら足を伸ばすためだった。ここにはやるべき仕事などない。ただの骨折り損な仕事で、骨を折るのは自分だ。かなり強い風が吹いていた。この熱い吐息は、いざ山火事がはじまれば炎のいちばんの友だちになる。古い揚水ポンプのまわりにハコヤナギが木立をつくっていた。ハコヤナギの葉が風に踊り、がさがさと音をたて、地面では月の光が落とす枝葉の影が走りまわっていた。

衣類が発見された納屋の入口も、やはり黄色いテープで封鎖されていた。衣類そのものは袋に詰められて、いまごろキャップシティへむかっているだろう。それでもテリー・メイトランドが少年を殺害したあとでこの納屋に立ち寄ったと思うと、背すじがうそ寒くなった。

《ある意味じゃ……》ジャックは思った。《おれはやつの足どりをたどっているようなもんだ。やつは船着き場の桟橋のところで血まみれの服から着替え、そのあと

〈紳士の社交場《ジェントルメン・ブリーズ》〉へ行った。おっぱいバーを出てからダブロウへ行ったが、そのあと引き返してきたにちがいない……そう、ここへ》
　あいたままの納屋のドアは、大きくひらいた口にそっくりだった。あんなドアに近づきたくはなかった……どことも知れぬこんな辺鄙《へんぴ》な片田舎で、しかも自分ひとりでは。テリー・メイトランドはすでに死んでいるし、幽霊など存在するはずもないが、それでも納屋のドアに近づきたくなかった。だからこそ、のろのろと一歩ずつ足を前へ運んで自分を納屋へ近づかせていくと、やがて内部を懐中電灯で照らせるまでになった。
　納屋のいちばん奥に、何者かが立っていた。
　ジャックはひいっとかすかな悲鳴を洩らし、腰の武器に手をむけた——そこで拳銃を帯びていないことに気がついた。グロックは、乗っているトラックに常備してあるガードドール製の錠前つき金属ボックスにしまったままだ。懐中電灯が手から落ちた。身をかがめて拾いあげようとした拍子に、ウォッカが頭のなかでぐるぐるまわっているのが感じられた。酔っ払うほどではなかったが、頭をくらくらさせ、足もとを怪しくさせるには充分な量だった。
　ジャックは懐中電灯の光を納屋の奥へむけ……笑いだした。そこにはだれもいなかった。古い馬具の軛《くびき》——それも左右ふたつに割れかけているもの——が立てかけてあっただけだった。
《さあ、ここを引きあげる潮時だ。帰る途中も〈紳士《ジェントルメン》〉で一杯ひっかけてもいいか。そのあと家に帰ったら、一直線にベッド——》
　背後に何者かが立っていた。錯覚ではなかった。細長い影が見えた。そしてこれは……その何者かの呼気ではないのか？
《一秒後には、おれはやつにつかまっちまう。だから前へ倒れて体を転がして逃げなくては》
　しかし、体が動かなかった。凍りついていた。ここに到着して無人だとわかったあのとき、なんでUターンして引き返さなかった？　どうして金属ボックスから拳銃をとりだしてこなかった？　そもそも、どうして最初にトラックから降りたりした？　そしてジャックはふいに悟った——自分はこれからカニング町の未舗装路のはずれで死ぬのだ、と。

触れられたのはそのときだった。湯のはいったボトルのように熱い手が、ジャックのうなじを愛撫した。悲鳴をあげたかったが、声が出なかった。グロックをしまった金属ボックスの蓋なみに、胸ががっちり締めつけられた。いまにも反対の手が出現して、のどを絞めあげはじめるのだろう。

しかし、最初の手は引っこんでいった。といっても、指だけはその場に残っていた。指は左右に動いて——本当に軽く指先だけで触れながら——ジャックの肌に熱の軌跡を残していった。

身動きもできず、どれだけの時間そこに立っていたのかもわからなかった。二十秒でもおかしくなかった。二分でもおかしくなかった。風が吹きこんできて髪をかき乱し、先ほどの指のようにうなじを愛撫した。ハコヤナギの影が地面や雑草の上を、すばしこく逃げる魚のように動きまわっていた。例の人物——あるいはなんらかの存在——が背後に立ち、その影は細く長く伸びていた。軽く触れながら……愛撫しながら。

ついで、指先も影もともに消えていった。

ジャックは身をひるがえした。今回は悲鳴が出てきた——それも長く尾を引く、大きな悲鳴が。着ていたスポーツジャケットの背中の裾が風に煽られてはためき、ぱたぱたという音を立てたからだ。ジャックは目をひらいて、にらみつけ——。

そこにはなにもなかった。

二、三棟の廃屋と、だだっぴろい剝きだしの土の地面があるばかりだ。

そこにはだれもいなかった。だれかがいたこともないのだ。納屋にはだれもいない。あるのは壊れかけた軛だけだ。汗をかいたうなじに触れる指もない——あるのは風だけだ。大股で自分のトラックへ引き返すあいだ、ジャックは一度、二度、三度と背後をふりかえった。運転席に乗りこみ、風に吹かれた影がリアビューミラーをすばやく横切っていくと、思わず身をすくめてエンジンをかける。それから牧場に通じる道を時速八十キロで引き返した——昔の墓地の横や廃屋になったランチハウスの横を過ぎ、今回は一時停止せずに黄色いテープを突破した。ハンドルを切り、タイヤをきしませて七九号線に乗り入れ、フリントシティ方面へむかった。市境から市内にはいるころには、ジャックはすでに自分を説得し、廃屋となった納屋ではなにも起こらなかったと信じるようになっていた。うなじがずきずきと疼くが、これにもなんの意味もない。

そう、まったくなんの意味もない。

黄色

七月二十一日～七月二十二日

1

　土曜日の朝十時、〈オマリーズ・アイリッシュ・スプーン〉はほぼ無人といってもいいような状態だった。店の正面に近い席にはふたりの高齢者がすわり、かたわらのコーヒーテーブルにマグカップを置いてチェス盤をはさんでいた。ひとりきりのウェイトレスは、カウンター上で通販番組を流しているテレビをうっとりと見つめていた。もっかセール中の商品は、一種のゴルフクラブのようだった。

　ユネル・サブロは店のいちばん奥に近いテーブルについていた。色落ちしたジーンズと、立派な筋肉を見せびらかせるタイトなTシャツという服装だった（ラルフのほうは二〇〇七年あたりを境に立派な筋肉とは無縁の体になっていた）。ユネルもテレビに目をむけていたが、ラルフの姿を目にすると手をかかげて、さし招いた。

　ラルフが腰をおろすと、ユネルはいった。「ここのウエイトレスが、どうしてあの妙なゴルフクラブにあれだけ関心をもっているのかが謎だな」

「女はゴルフをしないというのか？　わが友《アミーゴ》、きみはどんな男性優越主義の社会に暮らしているんだね？」

「女がゴルフをするのは知ってる。でも、あそこで宣伝してるクラブは内側が中空だ。つまり十四番ホールでいきなり尿意に襲われても、あのなかに小便をすればいい。小さなエプロンもセットになっているから、大事なところにかぶせて隠せるってわけだ。その手の品物は、女じゃうまくつかえないぞ」

　ウェイトレスが注文をとるために近づいてきた。ラルフはスクランブルエッグとライ麦パンのトーストを注文した——笑いをこらえるには、ウェイトレスではなくメニューに目を貼りつけているしかなかった。きょうの午前中、笑いの衝動をこらえる羽目になるとは予想もしていなかったし、控えめで苦しげな含み笑いが洩れてしまった。笑いの引金になったのはエプロンにまつわる思いだった。

読心術の心得がなくても、ウェイトレスにはこの場の事情が読みとれた。「うん、たしかに笑える面もあるかもしれないね。でも、笑えない場合もあるよ。前立腺がグレープフルーツなみに膨らんだゴルフマニアのご亭主がいるのに、誕生日プレゼントの品をなにも思いつかなかったときとかね」

ラルフはユネルと目をあわせ、その一瞬でふたりは限界を越えた。ふたりは腹をかかえて、けたたましく馬鹿笑いをしはじめた。その騒がしさにチェスをしていたふたりの老人が、不愉快そうに周囲を見まわしていた。

「そちらさんは料理を注文する？」ウェイトレスはユネルにたずねた。「それともコーヒーを飲みながら、〝らくらく九番アイアン〟をネタにして笑うだけにする？」

ユネルはメキシコ料理のウエボスランチェロス——目玉焼きを載せたトルティヤのチリソースがけ——を注文した。ウェイトレスがさがっていくと、ユネルはいった。

「ここは、奇妙なものでいっぱいの奇妙な世界だな、わ《ェ》が《セ》友。そうは思わないか？」

「なにを話しあうためにここへ来たかを思えば、同意せざるをえないな。カニング町では、どんな奇妙なことがあったんだ？」

「どっさりとだ」

ユネルは革のショルダーバッグ持参だった——以前ラルフの前でジャック・ホスキンズが（せせら笑うように）〝男のハンドバッグ〟と呼んでいたようなバッグだ。ユネルはそのバッグから、ｉＰａｄミニがはいっているケースをとりだした。ケースは長いことあちこちを移動してきたと見えて、ずいぶんくたびれていた。これまでにもラルフは、この手のガジェットをつかう警官がしだいに増えていることに気づいていた。このままだと二〇二〇年には——それが無理でも二〇二五年には——タブレット類が昔ながらの警官用手帳を完全に駆逐してしまうだろう。まあ、世界は先へ進む。自分もいっしょに先へ進まなければ、とり残されてしまうだけだ。いろいろ考えあわせるうちに、誕生日には〝らくらく九番アイアン〟ではなく、あの手のガジェットをもらいたくなった。

ユネルが二、三のボタンをタップして、自分のメモ帳を呼びだした。「きのうの午後遅く、ダグラス・エルフマンという若者が捨てられている衣服を見つけた。若者は、馬の頭の形をしたバックルがニュースで見たものであることに気がついた。若者は父親に電話をかけ、父親がすぐ州警察に通報した。おれが捜査局のヴァンで現場に到着したのは六時十五分前ごろだ。ジーンズは……ああ、ブルージーンズはありふれた品物だった。しかしベルトのバックルは、すぐにあれだとわかった。自分の目で見るがいい」

ユネルがふたたびスクリーンをタップすると、バックルをアップでとらえた写真が画面いっぱいに表示された。ダブロウのヴォーゲル交通センターの防犯カメラ映像でテリーがつけていたバックルとおなじ品であることに、ラルフはいささかの疑いもいだかなかった。

ラルフはひとりごとであると同時に、ユネルにも話しかける口調でいった。「オーケイ。これで鎖の輪がまたひとつ増えた。テリーは〈ショーティーズ・パブ〉でヴァンを乗り捨ててスバルに乗り換えた。アイアン橋近くでスバルを乗り捨てて、きれいな服に着替え――」

「ジーンズはリーバイスの五〇一、下着はジョッキー製、白いスポーツソックス、および目の玉が飛びでるほど高価なスニーカー。そして派手なデザインのバックルがついたベルト」

「ああ、そうだな。血で汚れていない服に着替えたテリーは〈紳士の社交場《ジェントルメン・プリーズ》〉へ行き、そこからタクシーでダブロウまで行った。ただし駅に到着しても、列車には乗らなかった。どうして？」

「偽の手がかりをばらまこうとしていたのかもしれないな。そのとおりなら、街にとってかえしたのも最初から計画の一部だったということになる。あるいは……突拍子もない説を思いついた。ききたいか？」

「おれが思うに、テリーは逃亡するつもりだった」ユネルはいった。「列車でダラス－フォートワースまで行ったら、さらに遠くを目指す。目的地はメキシコだったかもしれないし、カリフォルニアだったかもしれない。だったらテリーはなぜ、ピータースン少年を殺害したあとになっても――自分を見た目撃者がいるとわかっているのに――フリントシティにとどまろうとしたのか？　考えられるのは、たったひとつ――」

「たったひとつ――？」

「例の大事な試合をほったらかしてフリントシティを去るのが耐えられなかったんじゃないか。自分のチームをコーチして、せめてあと一回は勝たせたかったのでは？

自チームを決勝に進ませるために」

「いかれているにもほどがある」ラルフはいった。

「そもそも最初に少年を殺したこと以上に、こっちの説がいかれているといえるか？」

ラルフは一本とられた気分だったが、ちょうど注文の料理が運ばれてきたので返答せずによくなった。ウェイトレスが下がっていくなり、ラルフはいった。「バックルに指紋は？」

ユネルはｉＰａｄの画面をスワイプして、おなじバックルのまたちがう写真をラルフに見せた。こちらの写真では、バックルの銀の輝きが指紋検出用の白い粉のせいで曇っていた。重なりあった指紋が見えた。ダンス練習用に足さばきを示した昔の図解に描かれていた足跡に似ていた。

「法科学捜査室のコンピューターにはテリー・メイトランドの指紋が保存されている」ユネルはいった。「プログラムはほぼ即座に一致するという鑑定結果を出した。ただし、ここからが最初の奇妙な点だ。バックルについていた指紋の線や渦巻は薄くて、ところどころ完全に途切れている箇所もある。それでも法廷で通用する程度には一致点があるわけだが、鑑定をおこなった技官は――数千件の鑑定をこなしてきたベテランだよ――高齢者の指紋のようだと話してた。八十歳くらい、あるいは九十歳の人の指紋みたいだ、とね。そこでおれは、テリーが急いでいたせいじゃないか、また服を着替えたら一刻も早く立ち去りたくて焦っていたせいじゃないかとたずねた。技官はそれも考えられなくはないといっていたが、本気でそう思っているわけじゃないことは、顔の表情からわかったよ」

「なるほどね」ラルフはそういって、スクランブルエッグを猛然と食べはじめた。自分の食欲が――先ほどゴルフクラブの裏わざ的利用法でいきなり起こした笑いの発作とおなじく――われながら、うれしい驚きだった。

「たしかに奇妙な話だ。しかし、おそらく実質的な意味はないな」

そして自分は、事件を調べる過程で次々立ちあらわれてくる奇妙な現象を、この先いつまで〝実質的ではない〟として退けつづけるのだろうか？

「指紋はあと一セットあった」ユネルはいった。「そっちもぼやけていたよ――それこそ、技官がいちいちＦＢ

Ｉの全国データベースに送ったりしないほど不明瞭だった。しかし、技官のもとにはヴァンの車内から採取されたばらの指紋がどっさりあったうえに、バックルからは最初に話した指紋がとれていたのでね……あとは自分の目で見て考えてくれ」

ユネルはｉＰａｄをラルフにわたした。二セットの指紋が表示されていた。片方には《**ヴァン車内　未詳**》とあり、もう一方には《**ベルトバックル　未詳**》という説明書きが添えてあった。両者は似通っていたが、完璧に同一ではなかった。このふたつがなんらかの証拠として法廷で通用するはずはなかった——ハウイー・ゴールドのようなブルドッグ級の弁護人が異議を申し立てるとなれば、なおさらだ。しかし、いまラルフは法廷にいるわけではなかったし、見たところどちらも同一の未詳がつけた指紋のように思えた。もしそうなら、昨夜のマーシー・メイトランドの話から立てた仮説と符合する。完璧に符合するわけではない。しかし、すべてを上司に——あるいは再選に血道をあげている地区首席検事に——報告する必要のない公務休暇中の刑事なら、この程度でも符合しているといっていい。

ユネルが自分のウエボスランチェロスを食べているあいだ、ラルフはゆうべのマーシーたちとの会合について話してきかせた——しかしある一点にかぎっては、あとまわしにして伏せた。

「すべては例のヴァンに関係しているんだ」ラルフは話しおえた。「鑑識は、最初にあのヴァンを盗んだ少年の指紋を車内から採取しているかもしれないが——」

「それはもう採取できている。エルパソの警察から、マーリン・キャシディの指紋を入手できた。コンピューター解析の技官が調べて、ヴァン車内にあったばらの指紋のいくつかがマーリンの指紋だとわかった。大半は工具箱についていた指紋だね。マーリンが金目の物めあてに工具箱を物色したにちがいない。そっちの指紋は明瞭だったし、こっちの指紋とはちがう」ユネルは画面をスワイプして、それぞれ《**ヴァン**》と《**ベルトバックル**》と説明が書いてある《**未詳**》のぼやけた指紋を表示させた。

ラルフは料理の皿を横へ押しのけて身を乗りだした。

「ふたつが一致しているのはわかるな？　デイトンでヴァンを盗んだのがテリーではなかったことは、もうわかってる。メイトランド家の四人は飛行機で帰っているからだ。しかし、ヴァンにあったぼやけた指紋とバックルのぼやけた指紋が本当に同一人物のものだったら……」

「つまりおまえも、テリーには共犯者がいたと考えるようになったのか？　ヴァンを運転してデイトンからフリントシティへ運んだ共犯者がいた、と」

「ちがいない」ラルフは答えた。「それ以外には説明がつかないからね」

「テリーにそっくりな共犯者か？」

「またそこへ逆もどりか」ラルフはそういって、ため息をついた。

「そしてバックルについていた二種類の指紋――」ユネルは話を進めた。「これはつまりテリー本人と生き写しの両者がともにおなじベルトを締め、おそらくおなじ服のひとそろいを身につけていたことを意味する。それなら筋が通るな？　生き別れになった双子の兄弟。ただし公的な記録によれば、テリー・メイトランドは双子ではなく、ひとりで生まれてる」

「それ以外になにかつかんだことは？　なんでもいい」

「ああ、ある。いよいよ本当に不気味な部分にたどりついたぞ」ユネルはそういって自分の椅子を引きずり、ラルフのすぐ隣にすわった。iPadに表示されていたのはジーンズとソックス、パンツ、そしてスニーカーをアップで撮影した写真だった。そのすべてが乱雑に積まれており、《1》とあるプラスティック製の鑑識標識板が横に置かれていた。「染みが見えるか？」

「ああ。こいつはいったいなんだ？」

「わからん」ユネルはいった。「鑑識連中にもわからなかった。ただ、ひとりの技官がザーメンに似てるといってた。おれも同感だな。写真ではあまりはっきりとは見えないが――」

「精液だって？　冗談はよせよ」

ウェイトレスがまたテーブルに近づいてきた。ラルフはiPadの画面側をテーブルに伏せた。

「おふたりさん、コーヒーのお代わりはいかが？」

ふたりともコーヒーをもらった。ウェイトレスが離れると、ラルフは画面の上で指を広げて画像を拡大した。

「ユネル、こいつはジーンズの股間から両足をすっかり汚して、裾の折り返し部分にまでかかってる……」

「パンツとソックスにもだ」ユネルはいった。「いうまでもなくスニーカーにもね――左右ともに、外側にも内側にもついてる。すっかり乾燥して、陶器の釉《うわぐすり》をきれいに彩っているひび模様みたいになってるよ。正体はわからないが、この妙な物質は中空になった九番アイアンを満たすくらいはあったかも」

ラルフは笑わず、往年の有名ポルノ男優を引きあいに出してこういった。「精液のはずがないぞ。たとえ絶頂期のジョン・ホームズでさえ――」

「わかる。それに精液なら、こんなことにはならない――」

ユネルは画面をスワイプした。新しく表示された写真は納屋の床を広角でとらえた写真だった。ここにも鑑識標識板があった――ざっくりと積まれた干し草の山の横にあり、番号は《2》だった。写真のいちばん左の奥、ずいぶん昔からここに放置されたまま、静かに崩れかけている干し草の梱《ベール》の横に、《3》の鑑識標識板が配置されていた。梱の干し草の大部分は黒く変色していた。さらに側面も黒くなっていた――腐蝕性の液体がそこを流れて床にまで落ちたかのように。

「おなじ物質か？」ラルフはたずねた。「まちがいないのか？」

「九十パーセントまではね。これだけじゃなく、納屋の屋根裏にも残ってた。もし精液だったら、一夜の放出量としてはギネス記録になってもおかしくないよな？」

「まさか」ラルフは低い声でいった。「精液以外のなにかだろう。ひとつには、精液で干し草が黒く変色するはずがない。筋が通らないんだ」

「その点は同感だよ。だが、いうまでもなく、おれは貧しいメキシコ人農家の小せがれにすぎないんでね」

「ただし、鑑識で分析中なんだな？」

「ああ。これでおまえにも、この事件がますます不気味になってくるというおれの言葉の意味がわかったんじゃないかな」

「ジャネットは〝説明不可能〟と呼んでいたよ」ラルフは咳払いをした。「じっさいにジャネットがつかった単語は〝超自然〟だが」

「妻のギャビーもおなじことをいっていたな」ユネルはいった。「女ならではの考え方なのか。それともメキシコ人ならではなのか」

ラルフは両眉を吊りあげた。

「ああ《シ》、シニョール」ユネルはスペイン語でいって笑った。「妻は母親を早くに亡くして、祖母《アブエラ》にだっこされて育ったんだ。お祖母さんはギャビーの頭にどっさり伝説を詰めこんだ。今回の事件の不可解な点を妻に話してきかせたら、メキシコの子取り鬼《ブギーマン》にまつわる話を教えてくれたよ。そいつはもともと結核で死にかけていた男で、砂漠に住む老賢者――隠者《エルミターノ》――がこの男にいった。病を治したければ、子供たちの血を飲み、子供たちの脂を胸と陰部に擦りこむほかはない、とね。そこでこのブギーマンはいわれたとおり実行し、いまでは永遠の命を得ている。伝説では、ブギーマンは言いつけを守らない子供の命しか奪わないとされている。いつも大きな黒い袋をもちあるき、餌食にする子供をそのなかに投げこむんだ。ギャビーが子供のころの話をきかせてくれたよ。七歳ごろ、兄が猩紅熱《しょうこうねつ》になって医者が往診にきたら、泣きわめく発作を起こしたんだそうだ」

「医者の往診用の黒いバッグが袋に見えたんだな」

ユネルはうなずいた。「ブギーマンの名前はなんといったかな。舌先まで出かかってるんだが、どうしても思い出せない。こういうのって、いらいらさせられるな」

「じゃ、おれたちがいま出会っているのはそれだというのか？　ブギーマンだと？」

「まさか。おれは貧しいメキシコ人農家のせがれかもしれないし、アマリロの自動車ディーラーの息子かもしれないが、どっちにしたって愚か者《アトンタード》じゃない。ひとりの人間がフランク・ピータースンを殺した――おまえやおれと変わらない、命に限りある人間。その人間がテリー・メイトランドであることはほぼ確実だ。本当はなにがあったのかを解明できなければ、すべての断片がおさまるべき場所へおさまらず、おれがまた朝まで熟睡できひと晩じゅうぐっすり眠れる日々はやってこない。なぜって、こいつが腹立たしいほど気になるからさ」ユネルは腕時計に目をむけた。「そろそろ行かないと。女房をキャップシティの手工芸品マーケットに連れていくって約束したんでね。まだ質問はあるかな？　あとひとつは質問があるはずだぞ――あともうひとつ、不可解なことがおまえの顔を真正面からにらみつけているんだから」

「納屋には車のタイヤ痕があったのか？」

「そいつはおれが想定していた質問じゃないが、実際にタイヤ痕はあった。ただし、役に立つものじゃない。痕跡はあったし、わずかなオイルも発見されたが、比較対照に利用できるほど明瞭な踏面《トレッド》の溝模様は採取できなかった。おれの推測では、メイトランドが少年を拉致するのにつかったヴァンのタイヤ痕だと思う。スバルのタイヤ痕だったら、もっと左右の幅が狭いはずだ」

「なるほどね。そうだ、おまえの魔法のガジェットには証人全員の事情聴取の記録が保管されてるんだろう？　帰る前に、おれがやったクロード・ボルトンの供述を見つけてもらいたい。〈紳士の社交場《ジェントルメン・ブリーズ》〉の用心棒だ。ただし、用心棒という言葉には異議をとなえていたがね」

ユネルはひとつのファイルを呼びだし、頭を左右にふると、ｉＰａｄをラルフに手わたした。「スクロールダウンしてくれ」

ラルフはその言葉にしたがい、目的の箇所をいったん通りすぎたあとで、ようやく画面中央にその部分を表示させた。「ああ、ここだ。ボルトンはこう話してる。『そうだ、もうひとつ思い出したぞ。たいしたことじゃない。でも、もしコーチが本当にあの男の子を殺したのなら、ちょっと不気味かな』。それからボルトンは、テリーに切り傷をつくられたと話してた。どういうことかとたずねると、ボルトンはいった——友人の甥たちに尽力してくれたことがあったのでテリーに礼をいい、そのあと握手をかわした。握手のとき、テリーの小指の爪がボルトンの手の甲をかすった。それでごく小さな傷ができた。ボルトンはそれで、ドラッグをやっていたころのことを思い出したそうだ。当時いっしょにバイクを走らせていた仲間のなかには、コカインをすくうために小指の爪を伸ばしている者がいたそうだ。ファッション面での主張のひとつだったんだろうな」

「で、これが重要だというのはなぜ？」ユネルはいささかこれ見よがしに、また腕時計に目をむけた。

「重要じゃないかもしれない。たぶん……」

しかしラルフには、その先に〝実質的ではない〟という言葉をつづける気はなかった。口から出すたびに、その単語がどんどんきらいになる自分に気がついていた。

「たいした話じゃないかもしれないな。しかし、うちの妻がいう〝共時現象《コンフルエンス》〟ではある。というのも、テリーもデイトンの介護施設にいる父親を訪ねたとき、おなじような傷を負わされているからなんだ」

そう前置きしてからラルフは、廊下で介護スタッフが足を滑らせ、とっさにテリーの腕をつかんだときに切り傷を負わせた一件を手早く語った。

ユネルは考えをめぐらせてから肩をすくめた。「それは純粋に偶然じゃないかな、わが友《エセ》。さて、本当にもう行かないと――〝ギャビーの怒り〟をこの身に浴びたくない。だけど、おまえが見逃していることがまだひとつあるぞ。タイヤ痕のことじゃない。用心棒のボルトンの証言にも、その話が出てるくらいだ。スクロールして証言をさかのぼれば見つかるぞ」

しかし、ラルフにはその必要もなかった。ずっと目の前にあったも同然だった。

「ジーンズにパンツ、ソックスとスニーカー……だけど、シャツがない」

「そのとおり」ユネルは答えた。「着ていたシャツがお気に入りだったのか、あるいは納屋を出ていくときに着替えるシャツがなかったんだろうな」

2

フリントシティへの帰途を半分まで来たところで、ラルフはようやくブラジャーのストラップのなにが頭の奥にひっかかっていたのかを突きとめた。

ラルフは〈バイロンズ・リカー・ウェアハウス〉という酒の量販店の八千平方メートルはある駐車場に車を乗り入れると、短縮ダイヤルで電話をかけた。ユネル・サブロへの電話は留守番電話サービスにつながった。ラルフはメッセージを残さずに電話を切った。ユネルにはもう職務範囲以上のことをしてもらった――だからあとは週末をゆっくり過ごさせてやろう。こうしてわずかながら考える時間ができたラルフは、これがおそらく妻ジャネットこそ例外だが、ほかのだれとも分かちあいたくない〝共時現象《コンフルエンス》〟だと結論づけた。

テリーが銃撃される前の超覚醒状態のあいだに目にした、まばゆいほどの黄色い品は、ブラジャーのストラップだけではなかった。ストラップは、もっと大きくグロテスクな光景の代役として、ラルフ自身の脳が送りこんできたものだった――しかもその光景は、わずか数秒後に新聞配達用のバッグから旧式のリボルバーを抜いたオリー・ピータースンのせいでぼやけてしまった。だから、忘れてしまったのも無理はない。

　顔に恐ろしい火傷を負って両手にタトゥーがあったあの男が、頭に黄色いバンダナを巻いていた。ほかにも残っている火傷の痕を隠すためだったのかもしれない。しかし、あれは本当にバンダナだったのか？　ほかの品だった可能性はないだろうか？　たとえば……行方不明になっているシャツだった可能性は？　鉄道駅でテリーが着ていたあのシャツだった可能性は？

《あと少しで手が届きそうだ》ラルフは思った。実際、そのとおりかもしれない……が、ラルフ自身の無意識は（思考の裏にある思考の部分は）ラルフにむけてずっと黄色い声をあげつづけていたのだ。

　ラルフは目を閉じると、テリーの人生最後の数秒間に自分が目にした光景を正確に思い起こそうと努めた。血に濡れた指先に目を落としたときに、ブロンドのアンカーが顔にのぞかせた愛らしいとはいえない冷笑。注射器のイラストと《**メイトランドさん、お注射の時間です**》というメッセージが書いてあるプラカード。唇に障害の残る若者。身を乗りだしてマーシーに中指を突きたてていた女。そして、神が巨大な消しゴムで顔の要素の大半を消したかのように見えていた男――残ったのはごつごつした塊と赤剝けした皮膚、猛火が両手以上に激烈なタトゥーを顔にほどこした結果、鼻があった場所に残された一対の穴だけ。そしていま回想しているラルフの目に見えていたのは、男の頭を包んでいるのがバンダナではなくもっと生地の大きな品であり、ヘッドドレスのように肩まで垂れ落ちていたことだった。

　たしかにシャツであってもおかしくなかった品だ……しかし、仮にシャツだとしても、あのシャツだということになるだろうか？　防犯カメラの映像にとらえられていたテリーが着ていたシャツか？　それを突きとめる手段はあるだろうか？

　方法はあると思ったが、そのためには自分よりコンピューターの知識のあるジャネットの協力を仰ぐ必要があった。それに、ハウイーことハワード・ゴールド弁護士とその調査員のアレック・ペリーを敵だと見なす段階はもうおわりかもしれないとも思えた。《ひょっとしたら、おれたち全員がおなじ側に立っているかもしれない》ゆうべアレックはメイトランド家の玄関ポーチに立って、そういった。その言葉は真実かもしれない。あるいは真実でも不思議はない。

ラルフは車のギアを入れて自宅へむかった——ずっと制限速度ぎりぎりのスピードで。

3

ラルフはジャネットとキッチンテーブルを囲んでいた。テーブルにはジャネットのノートパソコンが置いてあった。キャップシティには大きなテレビ局が四局ある——それぞれが全国ネットワークの系列局だ。それ以外は公共放送のチャンネル81があり、地元のニュースや市議会のようすのほか、地元のさまざまな催しを報道している（たとえば、はからずもテリーが花形ゲストとして登場したハーラン・コーベン講演会のニュースなどだ）。テリーの罪状認否の日、その五局のすべてが取材スタッフを裁判所前へ送りこんでいた。五局すべてが銃撃現場を撮影し、五局すべてが——程度の差はあれ——あつまった群集も撮影していた。ひとたび銃撃がはじまると、当然ながらすべてのカメラがテリーにむけられた。側頭部から血を垂らしているテリー、銃の射線から妻を押しのけて避難させているテリー、そして命とりになった弾丸が命中して、道に倒れ伏していくテリー。CBSの映像だけは、そのシーンになる前に完全な空白になった。ラルフの撃った弾が撮影中のカメラに命中したからだ。弾丸はカメラを破壊し、操作していたスタッフの片目を失明させた。

ふたりですべての映像を二回ずつ再生したのち、ジャネットは唇をきつく結んでラルフにむきなおった。なにもいわなかった。言葉は必要ではなかった。

「チャンネル81の映像をもう一度再生してくれ」ラルフはいった。「他の局のカメラは、銃撃がはじまってからは全方向をよくとらえてる——しかし、銃撃の前に群集をとらえていた映像はチャンネル81がいちばんだ」

「ラルフ」ジャネットは夫の腕に手をかけた。「大丈夫——？」

「ああ、大丈夫、なんともない」とはいったが、大丈夫ではなかった。いまラルフは全世界が傾いて、自分がそこから滑り落ちそうに感じていた。「頼む、もういっぺん再生してくれ。無音《ミュート》で。リポーターの途切れないおしゃべりに集中を乱されちまう」

ジャネットはラルフのいうとおりに再生した。ふたりはいっしょに映像を見た。ふりたてられるプラカード。ふたり音もなく叫んでいる大勢の人々は、いずれも水から引きあげられた魚のように口をぱくぱく開閉させている。ある時点でカメラが唐突に斜め下へパンした——テリーの顔に唾を吐きかけた男の顔をとらえるほど迅速な移動ではなかったが、ラルフがいかにも意図していない攻撃のように見せかけて、唾を吐いたトラブルメーカーの足をひっかけて転ばせた場面は映像にとらえられていた。テリーが唾男に手を貸して立ちあがらせている光景を見せたのち（《まるでクソったれな聖書の一場面のようだ》と思ったことをラルフは思い出した）、カメラはふたたび群集をとらえた。ふたりの廷吏——片方は太っていて、もうひとりは引き締まった体つき——が正面階段に群集を入れまいと奮闘していた。チャンネル7のブロンドのアンカーが立ちあがり、指先についた血を信じられないという顔つきで見つめていた。つづいて新聞配達用のバッグをもったオリー・ピータースン。毛糸の縁なし帽子のへりのあちこちから赤毛の房が突きでていた。オリーがこの舞台の花形スターになるのは、あと数秒後だ。口唇口蓋裂の若者が見えた——チャンネル81のカメラマンは、若者のTシャツにフランク・ピータースンの顔がプリントしてあることがわかるほど長く撮影してから、さらに別方向へレンズを滑らせ——。

「ストップ」ラルフはいった。「一時停止だ。そこで一時停止してくれ」

ジャネットはその言葉に従い、ふたりはいっしょに静止画像を見つめた——わずかずつでも、すべてを映像記録におさめようとしたカメラマンがせわしなくカメラを動かしたせいで、映像は若干ブレていた。

ラルフはスクリーンを指で叩いた。「ここにカウボーイハットを振っている男がいるだろう？」

「ええ」

「火傷の痕があった男は、この男のすぐ横に立っていたんだよ」

「なるほどね」ジャネットはいった……しかし、その神経質で奇妙な響きの声は、ラルフがこれまでに妻の口からきいたことのない声だった。

「誓うよ、男は本当にいたんだ。見たんだよ。あのときのおれは、ＬＳＤかメスカリンでトリップしているときのように、あらゆるものを目にとらえていた。ほかの局の映像をもう一度再生してくれ。群集をとらえた映像のなかではチャンネル81のこれが最上だが、ＦＯＸ系列局の映像もそうわるくはないし、それに――」

「よして」ジャネットは電源ボタンを押すと、ノートパソコンを閉じた。「あなたが見たという男は、各局のどの映像にも映っていなかった。わたしだけでなく、あなた本人にもわかっているはずよ」

「おれが正気をなくしていると思ってるのか？　そうなんだな？　もしや、おれが……ほら……神経……なんとかを起こしているとでも？」

「神経衰弱？」ジャネットの手がふたたびラルフの腕にかかって、そっと揉みたててきた。「そんなことを考えてるはずがないでしょう？　あなたが見たというのなら、その男を見たのよ。その男があのシャツを日除けだかスカーフだかなんだかの代わりに頭にかぶっていたとあなたが思うのなら、たぶんそのとおりだった。あなたは大変な一カ月を過ごしたあとだった……おそらく人生最悪の一カ月をね。それでも、わたしはあなたの観察力を信じてる。ただ……あなたにもわかってると思うけど……」

ジャネットは言葉を途切らせた。ラルフは待った。しばらくしてジャネットは話をつづけた。

「今回の事件には、どこか調子っぱずれなところがある。あなたがなにかをつかむたびに、どんどん調子がはずれてくるの。ユネルがあなたにきかせた話には背すじが寒くなった。これって、基本的には吸血鬼《ヴァンパイア》の話だとは思わない？　わたしはハイスクール時代に『ドラキュラ』を読んだ――それでいまでも覚えているのは、ドラキュラは鏡に映らないってこと。鏡に映らない存在なら、テレビのニュース映像にも出ないかもしれないし」

「いかれた話だな。幽霊だの魔女だのは存在しないし、吸血――」

ジャネットはテーブルに平手を叩きつけた——平板な銃声めいた音にラルフは跳びあがった。妻の両目は怒りに燃えて生き生きとした煌《きら》めきをはなっていた。「目を覚ましなさい、ラルフ！　目を覚まして、目の前にあるものをしっかり見つめること！　テリー・メイトランドは同時に二カ所にいたの！　筋が通るように説明しようなんて料簡《りょうけん》はきっぱり捨てて、事実を事実として受け入れたら——」

「こんなことを受け入れられるものか。生まれてこの方信じてきたことすべてに反する。もしそんな話を受け入れたら、おれは本当に正気をなくしてしまうぞ」

「なくすもんですか。あなたはもっと強い人間よ。でも、とにかくあなたはそんなことをいちいち考える必要さえない——わたしはずっとそういってる。テリーは死んだの。もうすべてを手放してもいいのよ」

「もしおれがすべてを手放し、さらにフランク・ピータースンを殺した真犯人はテリーじゃないとなったら、残されたマーシーはどうなる？　ふたりの娘さんたちは？」

ジャネットは椅子から立ち上がると、シンク上にある窓に近づいて裏庭に目をむけた。「デレクからまた電話があった。やっぱり家に帰りたいって」

「あの子にはどう返事した？」

「来月なかばにシーズンがおわるまでは粘りなさいって。そりゃわたしだって、あの子が家に帰ってくればうれしいけど。とにかく最後には、あの子を納得させたわ。どうしてかはわかる？」ジャネットはむきなおった。「あなたがまだ、このこんがらがった事件の謎を解こうとして街をうろうろしているところへ、あの子に帰ってきてほしくはないから。今夜これから暗くなったら、わたしが怖くなるに決まっているから。ねえ、ラルフ、もし本当に超自然的な化け物のしわざだったらどうなるの？　あなたが追いかけていることを、その化け物が察しとったらどうなってしまうの？」

ラルフはジャネットの体を両腕で抱きしめた。ジャネットの体の震えが伝わってきた。ラルフは思った。《ジャネットのなかには、その話を本気で信じている部分があるんだ》

「ユネルも、そういう話をおれにきかせてくれた。ただしユネルは、殺人犯はあくまでも人間だと信じてる。それはおれもおなじだ」

ラルフの胸に顔を埋めたままジャネットはいった。

「だったら……顔に火傷を負った男の姿がどのテレビ局の映像にも映っていないのはなぜ？」

「おれにはわからない」

「もちろんマーシーのことは気がかりよ、ほんとに」ジャネットが顔を離して見あげてきたので、ラルフには妻が泣いていたことが見てとれた。「マーシーの娘さんたちのことも気がかり。それをいうならテリーのことも気にかかる……ピータースン家の人たちのことも……でも、わたしがいちばん気にかけているのはデレクとあなた。わたしには、あなたとあの子しかいないのだもの。もう、この事件から手を引くことはできない？　休暇をおわらせて精神分析医にかかり、ページをめくって次の章に進めないの？」

「わからないな」ラルフは答えた。しかし、いまの自分の本心はわかっていた。いま奇妙な状態にある妻ジャネットに話したくないだけだ。ラルフにはページをめくるような真似はできなかった。

まだいまのところは。

4

その夜ラルフは裏庭のピクニックテーブルを前にしてすわり、細い〈ティパリロ〉の葉巻を吸いながら夜空を見あげた。星は見えなかったが、夜空を流れる雲のさらに先に浮かぶ月は見分けられた。真実は往々にしてそんなようなものだ——雲の裏側に隠れている、ぼんやりした丸い光。ときには雲の裂け目から真実がのぞくこともある。ときには雲が厚みを増し、光が完全に見えなくなることも。

ひとつだけ確実にいえることがある。こうしてひとたび日が暮れると、ユネル・サブロが話していた民話に出てくる病的なまでに痩せた男のことが、明るいときよりも肌身に迫って感じられるということだ。前よりも存在を信じられるようになるわけではない。そもそもそんな超自然的な存在は、サンタクロースとおなじように信じられなかった。しかし、姿を思い描くことはできた。思春期のアメリカ少女たちの恐怖の対象として知られる〈スレンダーマン〉の、肌が浅黒いバージョン。背が高く、黒いスーツを不気味に着こんだ男。顔はごつごつした塊のようで、いつも袋を下げている。男の子でも女の子でも、膝を曲げて胸に引き寄せた姿勢ならすっぽりはいる大きさの袋だ。ユネルによれば、メキシコのブギーマンは子供たちの血液を飲み、子供たちの脂肪を体に擦りこむことで寿命を延ばしたという……フランク・ピーターソン少年の身に起こったこととは、厳密には異なっているが、似通っているとはいえる。殺人犯が——テリー・メイトランドかもしれないし、ぼやけた指紋のもちぬしの未詳かもしれない——自分こそ吸血鬼だと、あるいはなんらかの超自然的な怪物だと思いこんでいた可能性はあるだろうか？　ジェフリー・ダーマーはホームレスの男性を殺すたびに、自分はいまゾンビをつくっているのだと信じていたのではなかったか？

《こんな話はどれひとつ、各テレビ局のニュース映像に火傷の男の姿が映っていなかった謎を解く役に立たないぞ》

　ジャネットの呼ぶ声がきこえた。「家のなかへいらっしゃいな、ラルフ。雨が降りそうよ。どうしても我慢できなかったら、そのくさい煙をキッチンで吸うのを許してあげる」

《おれを屋内へ呼びもどしたがっている本当の理由はそれじゃない》ラルフは思った。《きみがおれを家へ帰らせたがっているのは、ユネルが話していた民話の子供さらい男が庭の照明灯が届くところのすぐ外をうろついているんじゃないか、と考えてしまうからだ》

　もちろん馬鹿げている。しかし、ジャネットの不安には同情できる。おなじ気持ちをラルフも感じていたからだ。そういえばジャネットはなんといっていた？　《あなたがなにかをつかむたびに、どんどん調子がはずれてくるの》だ。

　ラルフは家のなかにもどると、キッチンシンクの蛇口の水で〈ティパリロ〉の火を消し、充電スタンドから自分の携帯をつかみあげた。ハウイー・ゴールドが電話に出ると、ラルフはいった。

「あした、ミスター・アレック・ペリーといっしょにおれの家へ来てもらえるかな？　ふたりに話しておきたいことがいろいろあるし、そのほとんどがにわかには信じがたいものばかりだ。ランチに来てほしい。それまでに〈ルーディーズ〉まで出かけてサンドイッチを仕入れておくよ」

ハウイーは即座に同意した。電話を切ったラルフが目をあげると、ジャネットがキッチンの戸口に立ち、両腕を胸で組みあわせた姿でじっとラルフを見つめていた。

「すっかり手を引けないの？」

「引けないんだよ、ハニー。無理だ。すまない」

ジャネットはため息をついた。「気をつけて行動してくれる？」

「ああ、最大限の注意を払って足を進めるよ」

「そのほうが身のためね。そうでないとわたしが注意も払わず、あなたの頭の上に足を進めて踏みつぶしてやる。それからサンドイッチを買いに、わざわざ〈ルーディーズ〉に行く必要はないわ。わたしがなにかつくるから」

5

日曜日はあいにく雨模様だったので、一同はアンダースン家ではめったにつかわれないダイニングルームのテーブルを囲むことになった——ラルフとジャネット、ハウイー、それにアレック。ユネル・サブロはキャップシティの自宅にいたが、Ｓｋｙｐｅ《スカイプ》を利用し、ハウイー・ゴールド持参のノートパソコン経由でリモート参加した。

会合ではまずラルフがこれまでに全員が知っている事実を要約して述べ、場をユネルに明けわたした。ユネルはエルフマン家の納屋で発見されたものについて説明した。その説明がおわると、ハウイー・ゴールドがいった。

「いまの話のどれをとっても筋が通らない。それどころか、筋が通っている状態から時間帯で四つも離れている気分だね」

「では問題の人物は、無人の納屋の屋根裏で一夜を明かしたというのか？」アレックがユネルにたずねた。「身を隠していた？　そう考えているのかい？」ユネルは答えた。

「目下のところはそう仮定しているよ」

「もしそれが事実なら、納屋にいたのはテリーではないね」ハウイーがいった。「テリーは、土曜日には一日じゅう街にいた。午前中はふたりの娘さんを市営プールへ連れていき、午後はエステル・バーガ記念公園で、試合にそなえてグラウンド整備をしていたんだ。本拠地チームのコーチとして、テリーにはその義務があった。午前と午後のどちらも、テリーを目にした証人が大勢いる」

「そして土曜から月曜までは」アレックが口をはさんだ。「テリーはずっと郡拘置所に閉じこめられていた。きみがよく知っているようにね、ラルフ」

「テリーの行動には、そのほぼすべてのステップでさまざまな目撃者がいるのは確かだな」ラルフはうなずいた。「それがこの問題の根っこになっているんだが、さしあたりその件は脇に置こう。きみたちに見せたいものがある。ユネルはもう見ている——けさ映像を見てもらったんだ。ただし、ユネルには映像を見てもらう前にひとつ質問をした。きみたちにもおなじ質問をしたい。あのとき裁判所前で、顔や体にひどい火傷の痕を負った男を目にしたという者はいるかな？　男はあるものを頭にかぶっていたが、いまのところは伏せておこう。気がついたという者は？」

ハウイーは気がつかなかったと答えた。あのときは依頼人テリーとその妻マーシーに神経を集中させていたからだ。しかし、アレック・ペリーはちがった。

「ああ、その男なら見たよ。火事で火傷を負ったように見えたね。それに、たしかになにかを頭にかぶってた……」そこで口をつぐんで、目を大きく見ひらく。

「つづけてくれ」ユネルがキャップシティの自宅居間からいった。「すっかり吐いちまえって、友人《アミーゴ》。気分もすっきりするぞ」

アレックは頭痛に悩まされているかのように、両のこめかみを揉んでいた。「あのときは、それがバンダナかネッカチーフのようなものだと思った。というのも……ほら、火事にあって髪の毛がすっかり焼かれ、頭皮を傷めたせいで髪がもう生えてこなくなったから、直射日光が頭にあたるのを避けるためだろうと思ったんだよ。ただ、いまにして思えばシャツだったとしてもおかしくない。あれは納屋から消えたシャツだったんじゃないか

——あんたはそう考えてるんだろう？　鉄道の駅の防犯カメラ映像のなかで、テリーが着ていたシャツじゃないかと？」

「賞品のキューピー人形はきみのものだ」ユネルがいった。

ハウイーは眉を寄せてラルフを見つめた。「きみはいまもまだ、テリーに罪を着せようとしているのか？」

ここで初めてジャネットが口をひらいた。「夫はただ真実にたどり着こうとしているだけ……でもわたしにいわせれば、それが世界最高の名案とはとてもいえないと思う」

「これを見てくれ、アレック」ラルフはいった。「火傷の男が見えたら、さし示してほしい」

ラルフはチャンネル81の映像を再生し、つづけてFOXの映像を再生した。そのあとアレックの要請で（アレックは身を乗りだし、鼻の頭がジャネットのノートパソコンのスクリーンに触れそうなほど顔を近づけていた）チャンネル81の映像をふたたび再生した。すべてがおわると、アレックはまた椅子に背中をあずけた。

「どちらの映像にも見つからないな。そんな馬鹿なことがあってたまるか」

ユネルがいった。「その男は、カウボーイハットを振りまわしていた男の隣に立ってたんじゃないか？」

「そうだと思う」アレックはいった。「その男の隣、プラカードに脳天を直撃されたブロンドのリポーターのずっと先にいたんだよ。リポーターも見えるし、プラカードを振りたてていた男も見える……それなのに、問題の男がどこにもいない。なんでそんなことになってる？」

この質問に答える者はいなかった。

ハウイーがいった。「ちょっと指紋の問題に引き返してもいいかな？　ヴァン車内には何人分の指紋があったんだね、ユネル？」

「鑑識の見立てだと、ざっと五、六人の指紋があったようだ」

ハウイーがうめいた。

「落ち着けって。そこから少なくとも四人の指紋は除外できる。ヴァンの所有者であるニューヨーク州の農夫。ヴァンを運転することもあった農夫の長男。ヴァンを盗んだ少年。そしてテリー・メイトランド。残ったのは、まずひとり分の明瞭な指紋——人物特定にいたってはいないが、農夫の友人のひとりか、車内で遊んでいた農夫のもっと年下の子供のものだろうと思われる。もうひとつ残ったのが、ぼやけた指紋だ」

「ベルトのバックルのぼやけた指紋と同一か？」ハウイーがたずねた。

「おそらく同一だろうが、断定はできないな」ユネルがいった。「どちらの指紋にもはっきり見える筋や渦巻はあるよ――しかし、事件がいずれ法廷で裁かれるときに証拠として提出するためには鑑定にもちいる明瞭な特徴点が必要になるが、この指紋にはそれがないんだ」

「ふむ。なるほどね。わかった」ハウイーはいった。「では、わたしからお三方に質問させてもらうよ。たとえば――顔ばかりか両手にまで――重度の火傷を負った人物であれば、こういった不明瞭な指紋を残すことがありうるだろうか？　識別不可能なまでに曖昧な指紋を残すだろうか？」

「イエス」ユネルとアレックが声をそろえて答えた――ふたりの声が完璧にひとつになっていたのは、コンピューター通信によるごくわずかな時間のズレがあってこそだった。

「そこには問題がひとつある」ラルフはいった。「裁判所前にいた火傷の男の手にはタトゥーがあった。もし指先がすっかり焼けてしまっていたら、タトゥーも焼け落ちてしまったんじゃないかな？」

ハウイーがかぶりをふって、「かならずしもそうとはいえないぞ。わたしが火事にあったとしたら、両手をつかってなんとか脱出しようと試みるとは思うが、そのときには手の甲はつかわないんじゃないかな？」といい、たっぷり肉のついた胸部を平手で叩いて実演しはじめた。「こんなふうに手のひらをつかうはずだよ」

ひとしきり沈黙がつづき、やがてアレック・ペリーがきこえないくらいの小声でこういった。「火傷の男はあの場にいた。積みあげた聖書にかけて誓ってもいい」

ラルフがいった。「納屋の干し草を黒く変色させた物質については、州警察の科学捜査研究所が分析を進めるはずだが、それまでおれたちでできることがあるだろうか？　どんなことでも提案してくれ」

「デイトンにもどったらどうだろう？」アレックがいった。メイトランドがデイトンにいたことはわかっているし、ヴァンがあの街にあったことも判明している。となるれば、少なくとも多少の答えはあの街にあるはずだ。あいにく、おれはいま案件を手いっぱいかかえていて、とても飛行機で出張する余裕はないんだが、腕ききの知人がいる。スケジュールがあいているかどうか、向こうに電話で問いあわせてみよう」

これをもって会合はおわった。

6

父親のテリーが殺されて以来、十歳のグレイス・メイトランドはまともに熟睡できなくなっていたし、たとえ眠りにつけても悪夢に悩まされていた。そしてこの日曜日の午後、溜まった疲労が柔らかな重石《おもし》のようにグレイスにのしかかってきた。母マーシーと姉のセーラがキッチンでケーキをつくっているあいだ、グレイスはひとりこっそり二階へあがって自分のベッドに身を横たえた。これは雨模様だったが、あたりはずいぶん明るかった。これはありがたかった。いまでは暗闇が怖くなっていたからだ。階下から母さんとセーラの話し声がきこえてきた。これもありがたかった。グレイスは目を閉じた——次に目をあけたときには、一、二秒しかたっていないように思えたが、じっさいには数時間たっていたにちがいない。というのも雨脚が強くなって、あたりがすっかり薄暗くなっていたからだ。グレイスの部屋には影が満ちていた。

ひとりの男がベッドに腰かけてグレイスを見おろしていた。男はジーンズと緑のTシャツという服装だった。両手にタトゥーがあり、それが腕をつたって這いのぼっていた。蛇たち、十字架、短剣、そして髑髏《どくろ》のタトゥー。男の顔はもう、才能のない子供が〈プレイ・ドー〉の粘土を捏《こ》ねたようには見えなかったが、それでもグレイスにはあのときの男だとわかった。セーラの部屋の窓の外にいた男だ。ただし、少なくともいまは目が藁になってはいなかった。いま男は父テリーの目をしていた。どこにいようと、その目を見ればもちぬしはわかったはずだ。これって現実？　それともただの夢？　後者なら悪夢よりはましだ。まあ、ほんの少しの差だが。

「父さん？」

「ああ」男はいった。緑のTシャツが父親のゴールデン・ドラゴンズの試合用Tシャツに変わり、それを見てグレイスにもこれが夢だとわかった。つぎにTシャツは白いスモックのような服に変わってから、また緑色のTシャツにもどった。「愛してるよ、グレイシー」

「父さんのしゃべり方はちがうもん」グレイスはいった。「あんたは父さんのふりしてるだけね」

　男はグレイスに顔を近づけてきた。グレイスは父親の目に目を貼りつけたまま、ひっと身を縮めた。〝愛してるよ〟といったときの声に比べればましだったが、それでもやはり父テリーではなかった。

「どっか行って」グレイスはいった。

「ああ、それがきみの望みだし、地獄の炎に焼かれている人は氷水を望む。寂しいか？　父さんがいなくなって悲しいかい？」

「決まってる！」グレイスは泣きはじめた。「あんたなんかどっか行って！　それって本物の父さんの目じゃない、あんたは父さんのふりしてるだけ！」

「おれから同情を期待しても無駄だ」男はいった。「きみが悲しい思いをしていてよかった。これからもずっとあとまで悲しんでいればいい。わぁん・わぁん・わぁん……と赤ん坊のように泣くんだね」

「お願いだからどっか行って！」

「赤ちゃんはミルク飲みたいでちゅか？　赤ちゃんはおむつにおしっこしちゃいまちたか？　赤ちゃんはわぁん・わぁん・わぁんと泣くでしゅか？」

「やめてったら！」

　男はすわりなおした。「頼みごとをひとつきいてくれたら、ここから帰ってやる。頼みごとをきいてくれるかい、グレイス？」

「どんなこと？」

　男はグレイスに話した。それにつづいてセーラがグレイスを揺り起こし、階下に降りてきてケーキを食べるといいと話しかけてきた。だから、すべてはやはり夢、悪夢だったわけであり、それならグレイスはなにもする必要はない。しかし、もし頼みごとをきけば、あの夢は二度と復活しない。

　本当は少しも食べたくなかったが、グレイスは無理してケーキを食べた。母さんとセーラがソファにならんですわり、馬鹿馬鹿しい映画を見はじめると、グレイスは恋愛映画はあまり好きじゃないから〈アングリーバード〉のゲームをするといって二階へあがった。しかし、ゲームはしなかった。グレイスは両親の寝室へはいっていき（いや、いまは母さんひとりの寝室だ——なんと悲しいことか）、ドレッサーの上にあった母親の携帯を手にとった。連絡先を見たが、例の刑事の名前はなかった。代わりにハウイー・ゴールド弁護士の番号は見つかった。グレイスは携帯が震えないように両手でしっかり支えて電話をかけ、相手が出てくれるように祈った。ハウイーが電話に出た。

「マーシー？　どうかしたのか？」

「いいえ、グレイスです。母さんの携帯でかけてます」

「これはこれは、グレイス。きみからの電話とはうれしいね。それで用件はなにかな？」

「刑事さんに電話をかける方法がわからなかったから。父さんを逮捕したあの刑事さん」

「どうしてきみが刑事さんに——」

「刑事さんへのメッセージをあずかってるから。男の人からいわれたんです。ただの夢じゃないかと思ったんですが、念のためと思って。わたしがあなたに話すので、あなたから刑事さんに伝えてください」

「男の人ってだれなんだい？　きみにメッセージをあずけたという男は？」

「最初に見たときには、目の代わりに藁がついてました。わたしがアンダースン刑事にメッセージを伝えれば、男の人は二度と来ないといってました。男の人は父さんの目をしてるとわたしに信じこませようとしたけど、でも目がぜんぜんちがいます。前より顔がまともになりましたが、怖いことに変わりはありません。あれが夢でも、あの男の人にはもう来てほしくありません。だからアンダースン刑事に話してくれますか？」

いつのまにか母親が寝室の戸口に立ち、なにもいわずに見まもっていた。グレイスはあとで面倒なことになるかもしれないと思ったが、それも気にならなかった。

「刑事さんになにを伝えればいいのかな、グレイス？」

「やめろ。大変なことが起こってほしくなければ、いまやっていることをやめるしかない——そう刑事さんに伝えてください」

7

グレイスとセーラは居間のソファにすわっていた。母親のマーシーはふたりにはさまれて真ん中にすわって姉妹の体に腕をまわしていた。ハウイー・ゴールドは、世界が上下さかさまにひっくりかえる以前はテリーの定位置だった安楽椅子に腰かけていた。安楽椅子とセットのオットマンがあった。ラルフ・アンダースンがそのオットマンをソファ前まで引きずって、腰をおろした——足がかなり長いので、両膝で顔をはさんでいるような姿勢になった。他人の目からは滑稽《こっけい》な姿勢に見えるのかもしれない——ラルフは思った。それで少しでもグレイス・メイトランドの気が楽になるのなら、それで問題ない。

「とっても怖い夢だったんだね。本当に夢だったとはっきりいえるかい？」

「もちろん夢に決まってる」マーシーがいった。顔つきがこわばり、血の気をなくしていた。「この家に男の人がはいりこんだはずがないわ。わたしたちに姿を見られずに二階にあがるなんて、そもそも不可能だもの」

「姿を見てなくても足音がきこえたはずね」セーラが口をはさんだが、おずおずとした口調だった。怯えている。「だってうちの階段は、やかましい音をたてるんだから」

「あなたがここにいる理由はたったひとつ、娘の気持ちをなだめることだけよ」マーシーはいった。「遠慮なく、その仕事をすませて」

ラルフはいった。「なにがあったにせよ、もうその男の人がこの家にいないのはわかっているね、グレイス？」

「うん」グレイスはその点を確信しているようだった。「男の人はもういない。わたしがあなたにメッセージを伝えれば、もう来ないって話してた。だから、もうもどってこないと思うの——あの男の人が夢でも、夢じゃなくても」

セーラは芝居がかった大きなため息を洩らした。「ああ、それをきいてほっとした」

「静かになさい、マンチキン」マーシーはいった。

ラルフは手帳を引っぱりだした。「その男の人の外見を教えてくれるかな？　夢で会った男の人の。おれは刑事だから、いまはきみが見たのは夢だったとわかっているんだよ」

マーシー・メイトランドはラルフのことが好きではなかったし、この先好きになる見こみもなかったが、少なくともいまの言葉を娘にかけてくれたことへの感謝を目の表情でラルフに伝えた。

「まし、になってた」グレイスはいった。「前よりもまし、に。もう〈プレイ・ドー〉の塊みたいな顔じゃなくなってたの」

「前はそういう顔だったのよ」セーラがラルフにいった。「その子が話してたんだけど」

マーシーがいった。「セーラ、あなたはミスター・ゴールドといっしょにキッチンへ行って、みなさんにケーキをごちそうしてあげて。できるでしょう？」

セーラはラルフに目をむけた「あの人にもケーキをあげるの？　わたしたち、もうあの刑事が好きになったわけ？」

「ケーキをみなさんにさしあげて」マーシーは娘の質問をかわした。「それが、おもてなしというものよ。さあ、行きなさい」

セーラはソファから立ちあがってハウイーのもとに近づいた。「わたしったら蹴っ飛ばされて追いだされちゃった」

「ま、ある意味では身から出た錆かなにかかな」ハウイーはいった。「ではわたしもいっしょに、幕《ブルダ》の向こうに隠れるとするか」

「プル……ってなに？」

「気にしない気にしない」ハウイーはセーラといっしょにキッチンへむかった。

「お願いだから手短にすませて」マーシーはラルフにいった。「あなたがこの家にいるのは、ハウイーが大事な用件だといったから。もしかしたら……その……あれに関係しているかもしれないっていって」

ラルフはグレイスから目を離さずにうなずいた。「その男は、最初にあらわれたときには〈プレイ・ドー〉の塊みたいな顔だった……」

「それに、目の代わりに藁がついてたの」グレイスはいった。「アニメのキャラみたいに藁の目が飛びだしてた。アニメなら黒い輪っかのなかに目が描いてあるけど、輪っかのなかは穴になってた」

「なるほど」ラルフは手帳に《目の代わりに藁？》と書きつけた。「きみは男の顔が〈プレイ・ドー〉の粘土みたいだといってたけど、それは顔を火傷したせいかな？」

グレイスは考えをめぐらせた。「いいえ。それより……まだ途中、みたいな感じ。まだ……なんていうか……どういえばいいかな……」

「完成していなかった？」マーシーはたずねた。

グレイスはうなずいて親指をくわえた。ラルフは、《傷ついた顔で親指をしゃぶっているこの十歳の子供……この子がこうなったのはおれのせいだ》と思った。そのとおり。これまで行動の礎《いしずえ》にしてきた明晰に思える証拠をもってしても、その事実は変えられない。

「きょう、その男はどんな顔をしていたのかな、グレイス？　きみが夢で見た男の人のことだ」

「ハリネズミみたいに、短くて黒い髪の毛がつんつん突き立ってて、口のまわりに小さなひげがあった。目は父さんの目だったけど、でも父さんの目じゃなかったし。それから手にも、腕のずっと上のほうまでもタトゥーがはいってた。蛇のタトゥーもあった。最初は緑のTシャツだったのに、黄金のドラゴンが描いてある父さんの野球の試合用のシャツに変わり、そのあとは白いふわふわした服に変わった——母さんの髪の毛をととのえるときにミセス・ガースンが着てるみたいな服」

ラルフはちらりとマーシーに目をむけた。「たぶんスモックの上衣のことだと思う」

「うん」グレイスがいった。「それよ。でも、その服がまた緑のTシャツにもどったので、それを見て夢なんだってわかった。でも……」グレイスの唇が震えた。両目に涙がこみあげ、紅潮した頬を涙の粒がつたい落ちた。「でも……あの男の人はひどいことをいったの。わたしが悲しんでいるのがうれしいって。それから、わたしを赤ちゃん呼ばわりしたの」

そういうとグレイスは隣の母親の乳房に顔を押しつけて泣きはじめた。マーシーは次女の頭ごしにラルフに、ほんの一瞬だけ視線をむけてきた——それは怒りの視線ではなかった。このときマーシーは娘の身を思って怯えていただけだった。

《マーシーはこれがただの夢でおわる話じゃないと知ってるんだ》ラルフは思った。《この話がおれにとって、なにかの意味をもってることも知ってるんだ》

グレイスの泣き声がおさまると、ラルフはいった。

「よくがんばったね、グレイス。夢のことをちゃんと話してくれてありがとう。さあ、これで全部おわりだよ。わかったかい？」

「うん」グレイスは涙でかすれた声で答えた。「もうあいつはいなくなった。いわれたとおりにしたから、あいつはいなくなったよね」

「みんな、ここでケーキを食べましょう」マーシーはいった。「あっちへ行って、お姉ちゃんがお皿を運ぶのを手伝ってちょうだい」

グレイスは走って手伝いをしにいった。ふたりきりになるとマーシーはいった。「今度のことでは、ふたりともつらい思いをしてる――とくにグレイスが。わたしはそれが原因だと思うけど、ハウイーはそうは思っていないし、あなたもどうやら思ってなさそう。どうなの？」

「ミセス・メイトランド……マーシー……おれにはわからないな。グレイスの寝室は調べたのかい？」

「もちろん。ハウイーに電話をかけた理由をききだすと、すぐにね」

「侵入者がいた形跡はなかった？」

「ええ。窓は閉まっていて、鎧戸は所定の場所にあった。階段についてはセーラがいったとおり。古い家だから、階段はどの段も軋《きし》んで音をたてるの」

「ベッドはどうだった？　グレイスは男がベッドに腰かけたと話してる」

マーシーは気のない笑い声をあげ、「それ以来、あの子がどれだけ寝返りを打ったりなんだりしたかは、だれにもわからないし……」といい、片手を顔にあてた。「とにかく恐ろしいとしかいえないわ」

ラルフは立ちあがってソファへむかった。マーシーを慰めようとしただけだが、マーシーは体をこわばらせて身を引いた。

「ここにすわらないで。わたしに触らないで。いいこと、あなたはお情けでこの家にいられるのよ、刑事さん。うちの次女が、今夜家じゅうに響きわたるような悲鳴をあげずに朝まで寝られるように、ってね」

ちょうどハウイーとメイトランド家の娘たちが居間にもどってきたので――グレイスは両手で慎重に皿を運んでいた――ラルフは返答をしないでもよくなった。マーシーはだれも気づかないほど迅速な動作で目もとをさっと拭うと、ハウイーと娘たちに輝くような笑みをむけた。

「ケーキに万歳！」マーシーはいった。

ラルフはケーキの皿を受けとって礼をいった。これまでは、今回の事件という調子っぱずれの悪夢についてジャネットにすべてを話してきたつもりだった。しかし、少女グレイスが見た悪夢については妻にも話すつもりはなかった。そう、この夢の件だけは決して話すまい。

8

アレック・ペリーは自分の目あての電話番号が携帯の連絡先に登録されているとばかり思っていた。しかしいざ電話をかけても、この番号は現在つかわれていないというアナウンスがきこえただけだった。そこでアレックは昔つかっていた黒い住所録をとりだして（かつては忠実な仲間として、どこへ行くにも携行していたものだが、コンピューター時代のいまでは机の抽斗に——それも下のほうの抽斗に——追いやられていた）、そこにあった別の番号に電話をかけた。

「はい、〈ファインダーズ・キーパーズ探偵社〉」電話の反対側の声がいった。アレックはてっきり留守番電話の応答だと思って——いまが日曜日の夜だということを思えば、当然の推測だ——電話受付時間の案内がきこえてくるのを待った。そのあとさまざまなメニューが列挙され、それぞれに連絡をつけるための内線番号の案内アナウンスが流れ、最後には電子音のあとにメッセージを残してくれという案内がきこえるはずだ、と。ところがきこえてきたのは、わずかに不機嫌そうなこんな言葉だった。「もしもし？　きこえますか？」

アレックにはそれが知りあいの声だとまではわかったが、相手の名前までは思い出せなかった。この声の主と最後に話をしたのはいつのことだったか？　二年前？　三年？

「お返事がないので切らせてもらいます——」

「待った。ちゃんときいてるよ。おれの名前はアレック・ペリー。ビル・ホッジズに連絡をとりたくて電話をかけてる。数年前、おれが州警察を退職した直後、ある事件の調査で協力したんだ。オリヴァー・マッデンという悪党がいて、こいつがテキサスの石油成金から飛行機を盗んだ。石油成金の名前は――」

「ドワイト・クラム。覚えています。顔をあわせたことはなかったけれど、あなたのことも覚えています、ミスター・ペリー。遺憾ではありますが、ミスター・クラムはなかなか調査料金を払ってくれませんでした。請求書を少なくとも五、六回送ったあげく法的手段に訴えると脅しました。そちらは、もっとすんなり料金を回収できていればよかったのですが」

「多少せっつく必要はあったがね」アレックは当時を思い返して微笑んだ。「最初に送ってきた小切手は不渡りになったが、二枚めの小切手は問題なかった。きみはホリーだね？　苗字までは覚えていないが、ビルがきみのことを大層褒めていたよ」

「ホリー・ギブニーです」

「とにかく、こうしてまた話ができてうれしいよ、ミズ・ギブニー。さっきビルに電話をかけたんだが、どうやら番号を変えたみたいでね」

沈黙。

「ミズ・ギブニー？　電話が切れたかな？」

「いいえ」ホリーが答えた。「ちゃんときこえています。ビルは二年前に死にました」

「なんてことだ。そいつは本当に残念だ。原因は心臓だったのか？」アレックが直接顔をあわせたのは一度きりだったが――ふたりはもっぱら電話とメールで仕事を進めていた――そのときのホッジズはかなりの肥満体だった。

「癌。膵臓《すいぞう》。いまではわたしがピーター・ハントリーといっしょに、この探偵社の仕事をしています。ピーターというのは、ビルの警察時代のパートナーです」

「ああ、きみのためにもよかったね」

「ぜんぜん」ホリーは答えた。「わたしにとっては少しもよくありません。会社はかなり順調ですが、ビルが健康になって生き返るというのなら、会社なんか即刻手放して悔いはありません。癌って本当にクソなやつです」

アレックは改めて悔やみの文句を口にしたあと、ホリーに礼をいって電話を切りかけた。もっとずっとあとになって、アレックはこのとき本当に電話を切っていたら事態がどれほどちがうものになっていたかと思うことになる。しかしアレックは、ドワイト・クラムのキングエア機を回収するという仕事のあいだに、ビル・ホッジズがこの女性のことをどう評していたかを思い出していた。《ホリーには突飛なところがあり、わずかに強迫神経症っぽいところがあり、決して人づきあいが得意とはいえない。しかし、ごまかしを見逃すことはぜったいにない。ホリーが警察にいれば、とびきり凄腕の刑事になったはずだよ》

「じつはビルに調査の仕事を依頼しようと考えていたところなんだ」アレックはいった。「しかし、その仕事をきみにやってもらうのもいいかもしれないな。ビルは本当にきみのことを褒めちぎっていたことだしね」

「うれしいお言葉です、ミスター・ペリー。でも、わたしが適任かどうかは自信がありません。〈ファインダーズ・キーパーズ〉でのわたしたちの仕事は、もっぱら保釈中逃亡者を追跡するとか失踪人の捜索といったところです」ホリーは間を置いてから、こういい添えた。「それに、あなたがいま北東部から電話をかけているのでないかぎり、こちらがあなたからあまりにも遠いところにいるという問題もあります」

「あいにく北東部からの電話じゃないが、たまさかおれが興味をいだいている土地はオハイオ州でね。あいにく、おれはそっちへ飛べる状態じゃない——こっちで進行中の調査から手が離せないんだ。きみのところから、オハイオ州デイトンまではどのくらい離れてる？」

「少々お待ちを」ホリーはそういったが、ほぼ即座にこうつづけた。「三百七十三キロ。〈マップクエスト〉によれば。ちなみにこれは優秀なアプリです。どんな調査が必要なのですか、ミスター・ペリー？　答えをうかがう前に、これだけはいっておきます。もし調査に多少なりとも暴力の要素がふくまれる可能性があるのなら、今回の調査依頼はきっぱりお断わりします。わたしは暴力アレルギーですので」

「暴力の要素はないよ」アレックはいった。「以前はあった——ひとりの子供が殺されたんだ。しかし、その事件はこっちで発生し、事件の犯人だとされて逮捕された男は死んだ。問題は、その男がはたして犯人かどうかだ。その疑問の解明には、死んだ男が四月に家族旅行で訪れたデイトンでの事実確認もふくまれる」

「わかりました。それでわが社の調査料金はどなたが支払うのですか？　あなた？」

「いや。払うのはハウイー・ゴールドという弁護士だ」

「あなたが知っている範囲で、そのゴールド弁護士はドワイト・クラムよりも支払いが迅速でしょうか？」

これをきいてアレックはにやりと笑った。「それはまちがいない」

さらにいえば、着手金を払うのはたしかにハウイーだが、ミズ・ホリー・ギブニーがデイトンでの調査依頼を引き受けた場合、〈ファインダーズ・キーパーズ〉が支払われる報酬は、窮極的にはマーシー・メイトランドが支払うことになる。マーシーには金銭的な余裕ができるはずだからだ。生命保険会社は殺人容疑で起訴された男の死亡保険金を払いたがるとは思えないが、テリーはいかなる罪状においても有罪判決を受けておらず、保険会社には支払わない選択肢はない。さらに、ハウイーがマーシーの代理としてフリントシティ当局を訴える不当死亡訴訟もある。これについてハウイーは、市が百万から三百万ドル程度の範囲の賠償金で和解に応じるだろうという予測をアレックに話していた。銀行口座の残高がどれほど膨らんでも夫テリーは生き返らないが、調査仕事の費用を支払うことはできるし、マーシーが必要だと判断した場合には引越しの費用も、さらにはいずれその時期になれば、ふたりの娘のカレッジ進学に必要な費用も出せる。金銭は決して悲しみを癒す薬ではないが、少しでも楽な環境で悲しむ余裕をつくることはできる。

「では、事件について教えてください、ミスター・ペリー。話をきいたうえで、依頼を引き受けるかどうかを決めます」

「説明にはけっこう時間がかかりそうだ。あした、通常の営業時間内にあらためて話をしよう――そのほうが、きみの都合がよければね」

「今夜でかまいません。ただ、見ていた映画の再生をおわらせますので少々お待ちください」

「おれはきみの夜の楽しみを邪魔したんだな」

「そんなことはありません。だって、〈突撃〉は軽く十回は見ていますから。これはキューブリック監督の傑作のひとつですね。個人的意見ですが、〈シャイニング〉や〈バリー・リンドン〉よりもずっといい映画です。でも、もちろん〈突撃〉はキューブリックがずっと若いころの映画です。これも個人的意見ですが、若いクリエイターのほうがあえてリスクを引き受ける率がとても高いと思います」

「おれはあんまり映画に詳しくなくて」アレックはそう答えながら、ホッジズの言葉を思い出していた――《ホリーには突飛なところがあり、わずかに強迫神経症っぽいところがあり……》。

「映画は世界を明るく照らしてくれる――わたしはそんなふうに思います。少々お待ちを」ホリーの背後からかすかにきこえていた映画音楽が途切れた。ついでホリーが電話口にもどってきた。「デイトンでなにをすればばいいのかを教えてください、ミスター・ペリー」

「こいつはかなり長い話なんだが、それだけじゃない――奇妙な話でもある。そのことだけは事前に警告させてくれ」

ホリーは笑った――それまでの慎重な話しぶりとくらべると、笑い声にはずっと深みがあった。笑い声はホリーを若返らせた。「といっても、奇妙な話をきかされるのは、あなたの話が最初ではありません。本当です。ビルがいたころに……いえ、忘れてください。でも、もしあなたの話がこのあとしばらくつづくなら、わたしのことはホリーと呼んでくれたほうがいいかもしれません。これから両手を自由にするために、あなたの電話をスピーカーフォンに切りかえます。少々お待ちを……オーケイ。さて、すべて話してください」

そううながされて、アレックは話しはじめた。背景にきこえていた映画音楽に代わって、ホリーがメモをとるためにキーボードを打つ〝かち・かち・かち〟という音がきこえていた。会話がおわる前から、アレックは先ほど電話を切らないでよかったと思うようになった。ホリーは的確な質問や鋭い質問をした。事件の奇怪な様相にも、まったく怯《ひる》んでいないようだった。ビル・ホッジズが他界したことは返す返すも残念だったが、アレックは適任そのものといえる代わりの人材が見つかったことを確信していた。

ようやく話しおえると、アレックはたずねた。「興味をもってもらえたかな？」

「ええ。ミスター・ペリー――」

「アレック。きみはホリー、おれはアレックだ」

「了解です、アレック。〈ファインダーズ・キーパーズ〉はこの依頼を受けます。あなたには定期的に報告を入れるようにします――電話か電子メール、あるいは、わたしの考えではＳｋｙｐｅ《スカイプ》よりもずっと優れてるＦａｃｅＴｉｍｅ《フェイスタイム》で。調べられるかぎりのことを調べたら、最終報告書をお送りします」

「ありがとう。それでいいと思――」

「はい。これから銀行の口座番号を伝えます。先ほど話しあった金額の調査着手金をわが社の口座に振りこんでいただくためです」


（下巻に続く）

アウトサイダー　上

二〇二一年三月二十五日　第一刷

著　者　スティーヴン・キング
訳　者　白《しら》石《いし》朗《ろう》
発行者　花田朋子
発行所　株式会社文藝春秋
〒102―8008　東京都千代田区紀尾井町三―二三
電話　〇三―三二六五―一二一一
印刷所　凸版印刷
製本所　加藤製本

万一、落丁乱丁があれば送料当方負担でお取替えいたします。小社製作部宛お送りください。

定価はカバーに表示してあります。

ISBN978-4-16-391351-3

スティーヴン・キングの本

ＩＴ　全４巻
スティーヴン・キング
小尾芙佐訳
少年の頃に出遭った恐るべきものと再び対決すべく彼らは故郷へ……。キングの集大成、歴史にその名を刻む永遠の名作。（文庫版）

ザ・スタンド　全５巻
スティーヴン・キング
深町眞理子訳
ウィルス兵器により死滅したアメリカで、善きものと悪しきものの闘争が……あらゆる物語を詰め込んだ感動の超大作。（文庫版）

１９２２
スティーヴン・キング
横山啓明ほか訳
妻を殺した男を徐々に蝕む黒い罪悪感。田舎町の父子を襲う底なしの破滅を容赦なく描いた表題作ほか一編。最新中編集。（文庫版）

ビッグ・ドライバー
スティーヴン・キング
高橋恭美子ほか訳
山道で暴漢に襲われて九死に一生を得た女性作家の復讐行、夫が連続殺人鬼だと知った女性の恐怖。中編2編を収録する。（文庫版）

スティーヴン・キングの本

ミザリー
スティーヴン・キング　矢野浩三郎訳
重傷を負った作家ポールを熱狂的ファンと名乗る女が監禁する。息づまる恐怖を徹底的に描いた不朽の名作。解説・綿矢りさ（文庫版）

シャイニング　上・下
スティーヴン・キング　深町眞理子訳
雪に閉ざされたホテルに棲む悪しきもの……。これぞ史上最高の幽霊屋敷小説。極限の絶対恐怖を体験せよ。解説・桜庭一樹（文庫版）

悪霊の島　上・下
スティーヴン・キング　白石朗訳
小さな島に移住したエドガーが描く絵には不可解な「力」があった。島には何が隠されているのか。「恐怖の帝王」復活。（文庫版）

リーシーの物語　上・下
スティーヴン・キング　白石朗訳
悲しみに沈むリーシーに今は亡き夫から届けられるメッセージ。キングが自分の作品で最愛だと言い切る愛と不思議の物語。（文庫版）

ジェフリー・ディーヴァーの本

ロードサイド・クロス　上・下

ジェフリー・ディーヴァー
池田真紀子訳

陰湿なネットいじめの被害者となった少年は連続殺人犯なのか。「人間嘘発見器」キャサリン・ダンスが完全犯罪に挑む第二作。（文庫版）

007　白紙委任状　上・下

ジェフリー・ディーヴァー
池田真紀子訳

あの伝説的なヒーローが巨匠ディーヴァーの筆で甦る！　迫りくるテロ計画を阻止せよ。英国情報部員007は世界を駆ける。（文庫版）

追撃の森

ジェフリー・ディーヴァー
土屋晃訳

二人の女を追う二人の殺し屋。誰もいない深い森の中で息づまる追撃戦が開始される。これぞノンストップ・サスペンス。（文庫版）

バーニング・ワイヤー　上・下

ジェフリー・ディーヴァー
池田真紀子訳

電力網を操作して殺戮を繰り返す悪辣な敵。NYを人質にした天才的犯罪者に名探偵ライムと仲間たちが戦いを挑む。（文庫版）